导河积石　至于龙门

黄河文库 •
　　文学黄河

孟宪明　总主编

黄河古代散文选

HUANGHE GUDAI SANWEN XUAN

杜学霞　选注
卞　芳

河南大学出版社
·郑州·

图书在版编目（CIP）数据

黄河古代散文选 / 杜学霞，卞芳选注 .
— 郑州：河南大学出版社，2020.7
（黄河文库 . 文学黄河）
ISBN 978-7-5649-4406-3

Ⅰ．①黄… Ⅱ．①杜…②卞… Ⅲ．①古典散文—散文集—中国 Ⅳ．① I262

中国版本图书馆 CIP 数据核字（2020）第 145655 号

丛书策划	孟宪明　于华龙
责任编辑	陈　巧　卢志宇
责任校对	林方丽
装帧设计	翟淼淼　高枫叶　郭　灿
出版发行	河南大学出版社
	地址：郑州市郑东新区商务外环中华大厦2401号　邮　编：450046
	电话：0371-86059750（高等教育与职业教育出版分社）
	0371-86059701（营销部）
	网址：hupress.henu.edu.cn
排　版	河南大学出版社设计排版部
印　刷	河南瑞之光印刷股份有限公司
经　销	全国各新华书店
版　次	2020年8月第1版
印　次	2020年8月第1次印刷
开　本	787mm×1092mm　1/16
印　张	20
字　数	305千字
定　价	168.00 元

（本书如有印装质量问题，请与河南大学出版社联系调换）

壶口瀑布　摄影／王伟

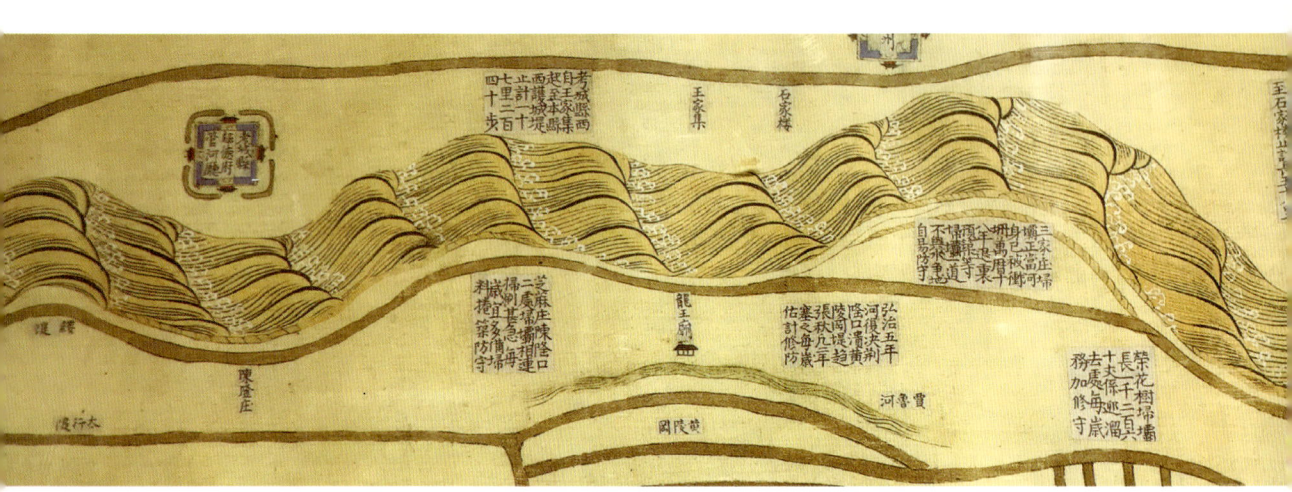

明代河防一览图（局部）

激情与涛声

孟宪明

一

1985年春天，上海一家出版社邀约一套姊妹书《黄河古诗选》和《长江古诗选》，我和朋友们选择了第一本。那时候年轻，对此书究竟意味着什么并不明晰，一做才发现此书之不易。此时，中国大型的古诗集只有《先秦汉魏晋南北朝诗》和《全唐诗》，其他诗作必须从各种各样的合集、别集以及个人的集子中寻找。我们在图书馆整整钻了三年，才对从《诗经》到清末历代诗人作品中的"黄河诗"有了一个大致的了解。此时的中国社会已经深深地进入了市场经济，"赚不赚钱"成了出版的重要指标。直到1989年，此书才由河南的中州古籍出版社出版。五年真诚的"黄河"追索，让我们对黄河文化的宽广度与幽深度有了深刻的洞悉，"黄河"，砥砺成之后我几十年生活中尖锐的警觉和敏感。

2020年1月3日，当我和郑州市惠济区的有关领导坐下来讨论"黄河"的时候，四千年前的大河村先民正在黄河边汲水晚炊，三千年前的商都天空上晚霞正艳，两千年前的《郑伯克段于鄢》正式开启春秋时代的瑰丽文脉，而黄河岸边的鸿沟里正飘荡着同楚汉相争时一样的暮云……亘古不息的黄河水在惠济区的土地上铺展着五十余里的激流与涛声。商定的结果，恰与两个月前我们策划的丛书不谋而合。天时。地利。人和。一套丛书悄然启动。

谁也没有想到，二十天后，十四亿国人会被一种无可感知的病毒所折磨、所震惊，会被一座坚强的城市所激动、所感奋。我们知道我们会胜利，但我们不知道我们会在何时胜利。时间停了下来，停在了这个猝不及防的时刻。

空间停了下来，停在了这个让人讶异的陌生之地。天下事变成了一件事。但是，我们的丛书没停。

二

河流产生文明。古巴比伦、古埃及、古印度、华夏中国，四大文明古国，无一不是河流的成功。

每条河流都有自己的性格和禀赋。这种独特的性格和禀赋必然赋予文明不同的基因，进而左右着文明的命运甚至生命。四大文明古国灭亡其三，难道与河流的性格和禀赋没有关系吗？换句话说，四大文明古国唯华夏之独存，中华文明与黄河的性格和禀赋没有关系吗？

黄河的独特之处在哪里？

此话题本应该先说黄河，但它让我想起来的首先是两则神话，一则是《女娲补天》，一则是《大禹治水》。

《淮南子·览冥训》云："往古之时，四极废，九州裂，天不兼覆，地不周载。火爁焱而不灭，水浩洋而不息。猛兽食颛民，鸷鸟攫老弱。于是女娲炼五色石以补苍天，断鳌足以立四极，杀黑龙以济冀州，积芦灰以止淫水。苍天补，四极正，淫水涸，冀州平，狡虫死，颛民生。"

面对超巨的自然灾害，伟大的女娲昂然而起，炼石补天，积灰止水。她没有逃避，没有退缩，更没有倒下。她是我们既高深辽远又近可视听的共同的老祖母。

四千年前的一场洪水，产生了华夏民族的又一个英雄，那就是从父亲的尸体边站起来的大禹。十三年治水不止，三过家门而不入。

《尚书·禹贡》云："导河积石，至于龙门；南至于华阴；东至于底柱；又东至于孟津；东过洛汭，至于大伾；北过降水，至于大陆；又北，播为九河，同为逆河，入于海。"

司马迁的《史记·封禅书》说："昔三代之君，皆在河洛之间。"三代者，夏、商、周之谓也。夏、商、周者，中华民族之祖源也。而河洛，则是黄河与洛水的相会之处。"关关雎鸠，在河之洲。"中华民族第一部诗歌总集的第一首诗，就唱响在水汽氤氲的黄河沙洲。

可否这样想，如果没有女娲补天的心灵导引，没有大禹治水的宏伟实践，黄河会是今天的样子吗？中国的山川地域会是今天的样子吗？华夏民族的性格和命运会是今天的样子吗？

黄河造就了黄河流域。黄河产生了黄河文明。而我们这一切，包括女娲之补天、大禹之治水，皆是其性格所造成的。换言之，中华民族历数千年而繁荣不息，同样是黄河的性格和禀赋所造成的。黄河从源头起步，千转百绕，九曲回肠，接纳了无数的沟涧溪川、泉脉细流，奔腾而下，在无际的土地上走过千里万里，宽广而汹涌，宽阔而多变，宽厚而易怒，宏富而尖刻。它是阴阳之和、美丑之和、善恶之和，是深刻的对立统一的矛盾综合体。

"一石水，八斗泥。"民间的谚语准确地讲述着黄河的性格与特点。黄河不仅给我们送来了用之不尽的水源，还创造了下游数十万平方公里的冲积平原。正是永无止息的黄河水和黄河水带来的冲积平原，才在很大程度上决定了很早就起步了的农业文明。农业文明是聚居文明，是一家一户一氏族一部落的聚居文明。正是这样的文明形态，产生了"女娲补天"式的不朽的祖先崇拜。祖先崇拜的最大特点是不排他。我祖英明，你祖也可英明。我崇拜我的祖先，你也可崇拜你的祖先。正是这种不排他的信仰崇拜，使这块古老的土地上从未发生过灭绝人寰的宗教战争，而始终葆有旺盛壮健的民族血脉。这是一方面。

另一方面，在华夏先祖"近取诸身，远取诸物"的哲学意识观照下，定阴阳，作八卦，观察、思考周围的世界，黄河，必是先人们基本的对象。黄河接纳了无数的沟涧溪川而形成浩洋不息的奔腾之势，必定震撼过先祖们的英灵。大禹率领天下万邦合力治水而使万流归宗，更是在形式上、思想上、制度上，完成了千年以降的"融合和一统"。这是以接纳对接纳、以融合对融合、以一统对一统的治水战争，也是一场民族团结与民族融合的革命，更是一场对于黄河的学习、实践与礼遇。

站在大历史、长时空的角度讨论黄河与黄河文明，我们发现：

正是始于农业文明的不排他的祖先崇拜，而使很多个部落最后成为一个浩荡的民族。这是人类内心的动力驱使所致，属于主观世界的一次渐进式革命。

正是因为黄河的泛滥和对天下万邦的组织与引领，才使得无数个松散的部落与氏族最后成为一个浩荡的民族。这是对历史演进的客观概述。

主观意义的祖先崇拜和客观意义的万邦统汇，构成了华夏民族之所以绳绳不息的重要因素。华者，华胥氏之女娲伏羲之华也。夏者，大禹建夏而万邦一统之夏也。华夏，之所以成为中华民族的族徽与旗帜，实肇于奔腾的黄河和悠久的文明。我们说黄河是母亲河，不仅仅指"养育"，更指的是"化育"。

三

黄河有两个标识：一是文字上的，一是地理上的。

文字上的标识穿透时空，占领的主属时间，历朝历代，垒垒如高筑之台。

地理上的标识穿透时空，占领的主属空间，大河上下，煌煌如不朽神谕。

搜集之。记录之。梳理之。研究之。这是我们必有的功课。我们的民族性格、文化心理、思想意识、精神现象，皆由此而源起。中华民族的伟大复兴皆应有此一课。记录重要的地理标识而使其文字化、数字化、抽象化；整理与研究历代的典籍，而使其清晰化、条理化、具象化。这是我们具体的方向与方法。

我们可以不做，或者浅尝辄止，像历朝历代那样，浑然于黄河之滨吗？

不能。

因为复兴之途的中华民族到了需要总结的时候。

我们要明晰我们的民族标识。

我们要准确我们的文化标识物。

包容与抗争。忍让与搏杀。博大与幽深。丰厚与锋利。阴阳表里虚实寒热。中华民族宽广幽微的精神世界皆由此而源起。

黄河里，有我们的民族属性。

尼罗河。印度河。黄河。底格里斯河和幼发拉底河。河流于茫茫时空中不息奔涌。古埃及，古印度，古巴比伦，血脉折断，高幕长谢，相继走进深渊般的历史，只留下一痕轻轻的涟漪。河水奔腾，涛声仍然。听涛的已非斯人。而跃下龙门口，穿越砥柱山的，还是那支"天下黄河几十几道湾"的船歌！这是我们的光荣与使命。

黄河，孕育了华夏文明和绳绳不息的华夏子孙，也养育了整个流域里的千亿万亿的生命，会飞的，会游的，会跑的和不会飞、不会游、不会跑的，甚至那些亿万年才可变化的山峰、石梁和岸边那一枚枚石子和沙砾。这是一个庞大的黄河家族，而黄河，是所有生命和生灵的家长。

我们是黄河的子孙。我们受赐于黄河。面对黄河，我们要有子孙的心态和子孙的思考。

四

河流产生于风云际会。如果风云际会的不是黄河，我们当然也会追上另一条河流。如果是那样，我敢保证，今天的我们肯定不是今天的样子。我不敢保证，我们不会像古埃及、古印度、古巴比伦那样高幕长谢。

历史像一条缥缈细弱的丝巾，随时都可能飘散或者折断。在时空的长路里，仅仅人类，就有过多次的飘散与折断。历久弥坚、历久弥新的，只有华夏，只有这一群黄皮肤的华夏子孙。而这群子孙的出发地和坚守地就是黄河和黄河岸边的这片黄土。

没有文字的时候，我们认那些用符号沟通天地的人为神。

不识电力的时代，我们称那些走过长空的闪电为神。

那么，从黄河到黄土，到黄帝，到黄种人，亿万斯年长流不止的河水变成一条穿越时空、奔流不息的血脉。生产。生活。生殖。生命。每一滴流出的鲜血都带有黄河噌吰的涛声。在这个时空般生生不息的传递中，没有堪作"神明"的存在吗？怎样认识和理解？怎样继承与超越？未经证明的未必不存在。正因于此，国人才一次又一次地喊出了天地间的神秘之语：天佑中华！

黄河是人类文明史上唯一一条一直在哺育着同一个民族的大河。它像自己从无断流一样，用从无断流的黄河水哺育着一个从无断流的黄皮肤的民族。在我们的血管里，同时轰响着两道泉脉的亘古涛声。

我们要像对待伟大的先祖一样，常怀谦卑与景仰，跪下黄金般高贵的膝头。我们要从祈求、诅咒、治理甚至战胜的思考中走出来，上升为爱护黄河、保护黄河、尊崇与礼拜黄河的高度。

五

正基于此，我们组织编写了这套《黄河文库·文学黄河》。

《黄河文库》共有四部分内容，即：自然黄河，人文黄河，文学黄河，区域黄河。《文学黄河》是其规模化的起始，内容包括古代诗歌，古代词曲，古代谣谚，古代散文，神话，传说以及现代诗歌和散文等。挑选，依作品内容之质量；编排，依作者生平之先后。不以人废言，不以名取文。披沙淘金，艰难爬梳。因为我们都是黄河的子孙。

除了内容，书中还编配了两千一百余幅黄河或者与黄河有关的图片。标题图，张扬黄河；随文图，阐释黄河；而一千三百余幅页眉图，囊括了文化的、宗教的、艺术的、山石草木鸟兽虫鱼的诸多面貌。图片的内涵与张力自会溢出文字的叙述。图文并茂，互为助益，焕发出策划者与著者、编者的构想与神采。

面对黄河，我们神思飞越。

面对黄河，我们默然长醒。

这只是开始，前行的道路一定还远。

二〇二〇年八月十九日十二时卅分于豫州混沌斋初成。

廿五日午时四改。秋云如絮，七夕至矣。无不惬意。

无不舒服。感激之情沛然而生。

目　录

先秦汉魏晋南北朝

《尚书》	禹贡（节选）	002
《左传》	文公三年·济河焚舟	005
司马迁	西门豹治邺	007
班　固	贾让治河三策	010
	杜钦说王凤治河	013
	王莽新朝群臣议河	014
应　玚	灵河赋	016
刘　桢	黎阳山赋	018
崔　瑗	河堤谒者箴	020
成公绥	大河赋	022
鲍　照	河清颂（并序）	024
范　晔	王景治河	029
崔　楷	治河疏	032
郦道元	水经注·河水（节选）	034

隋唐五代

沈亚之	魏滑分河录	038
许尧佐	清济贯浊河赋	040
吕　温	河出荣光赋	042

元 弼	鱼跃龙门赋	044
裴 度	神龟负图出河赋	046
苗 秀	鱼登龙门赋	048
长孙无忌	贺河清表	050
张 说	蒲津桥赞	052

宋金元

李 垂	导河形势图	055
曾 巩	黄河	058
张 洎	汴水疏凿之由奏	060
苏 辙	再论回河札子	064
范祖禹	又乞罢回河札子	068
欧阳修	论修河第三状	071
文彦博	奏黄河水势	075
夏 竦	河清赋	077
赵匡胤	询求治河策诏	079
柯九思	河源志序	080
潘昂霄	河源志	082
欧阳玄	至正河防记	086
王 逢	拟河清颂	095
余 阙	送月彦明经历赴行都水监序	097
李 祁	黄河清剑铭	100
	黄河赋（壬申湖广乡试）	101

明清

朱元璋	黄河说	104
曹于汴	游龙门记	107
都 穆	砥柱	110

李攀龙	送大司空朱公新河成应召还朝序	112
毛　恺	续中流砥柱赋	116
潘季驯	河议辨惑（节选）	119
	黄河来流艰阻疏	122
潘希曾	沛县飞云桥祭大河文	127
	荥泽县孙家渡祭大河文	128
唐　肃	底柱赋	130
万　恭	漕河议	133
	黄河（节选）	136
王维桢	黄河策	144
王云凤	渡黄河赋	150
王宗沐	预防黄河迁徙疏	152
翁万达	复河套议	157
吴　漳	黄河故道	163
夏良胜	砥柱赋	166
徐有贞	敕修河道功完之碑	170
	言河湾治河三策疏（河湾治河）	174
杨　慎	黄河源	176
	九曲黄河	178
袁　袠	河清颂（有序）	180
张永明	奏为预早设法以杜河患事	183
周　用	理河事宜疏（节选）	191
朱　右	进河清颂表	195
	河清颂	196
邹守益	大禹卑宫室力沟洫图	199
陈　祥	兰州卫重疏水利记	201
胡　广	河清赋（有序）	203
解　缙	河清颂（有序）	206
吕　柟	观底柱记	210
徐宏祖	游太华山记	212

薛　瑄	黄河赋	217
	游龙门记	219
刘天和	黄河图说	222
爱新觉罗·玄烨	黄河（并序）	229
爱新觉罗·胤禛	高家堰碑文	231
	河源神庙碑文	232
爱新觉罗·弘历	中州治河碑	235
爱新觉罗·福彭	九河考	238
蔡世远	河清颂（有序）	241
陈文述	上李书年观察论黄河不宜改道书	245
顾炎武	复庵记	249
靳　辅	黄河	251
	治河奏绩疏·黄河三砂	254
蓝鼎元	河清颂序	256
黎世序	黄河北岸减坝疏	260
刘台斗	黄河南趋议上铁制军	263
潘天成	治河五论	266
裘曰修	治河论	276
徐乾学	治河说	281
张伯行	治河杂论	284
张鹏翮	论逄湾取直	288
	黄河图总说	290
张廷玉	圣治光昭河清献瑞颂（有序）	293
章佳·尹继善	河清赋	297
张玉书	河源考	300

先秦汉魏晋南北朝

四川唐克的黄河　摄影／董保华

《尚书》

《尚书》的作者及成书年代，历来争论不休。对于其成书年代，有学者认为《尚书》形成于西周，也有学者认为其形成于战国或两汉时期。对于其作者，大体认为其是时历多世，人更多手，非一人一时之作。

禹贡（节选）

禹敷土[1]，随山刊木，奠高山大川[2]。

冀州[3]既载。壶口[4]治梁及岐[5]。既修太原[6]，至于岳阳[7]。覃怀厎绩[8]，至于衡漳[9]。厥土惟白壤[10]，厥赋惟上上[11]错[12]，厥田惟中中。恒、卫既从[13]，大陆既作[14]。岛夷皮服[15]，夹右碣石，入于河[16]。

济、河惟兖州[17]。九河既道[18]，雷夏既泽[19]，灉、沮会同[20]。桑土既蚕[21]，是降丘宅土[22]。厥土黑坟[23]，厥草惟繇[24]，厥木惟条[25]。厥田惟中下，厥赋贞[26]，作十有三载，乃同[27]。厥贡漆、丝[28]，厥篚织文[29]。浮于济、漯，达于河。

荆、河惟豫州[30]。伊、洛、瀍、涧既入于河[31]。荥波既猪[32]，导菏泽[33]，被孟猪[34]。厥土惟壤，下土坟垆[35]。厥田惟中上，厥赋错上中。厥贡漆、枲，絺、纻[36]，厥篚纤、纩[37]，锡贡磬错[38]。浮于洛，达于河。

导弱水至于合黎[39]，余波入于流沙[40]。

导黑水至于三危，入于南海。

导河积石，至于龙门；南至于华阴[41]；东至于厎柱；又东至于孟津[42]；东过洛汭，至于大伾[43]；北过降水[44]，至于大陆；又北，播为九河[45]，同为逆河[46]，入于海。

嶓冢导漾[47]，东流为汉；又东，为沧浪之水[48]；过三澨[49]，至于大别，南入于江。东汇泽为彭蠡；东为北江[50]，入于海。

岷山导江，东别为沱[51]；又东至于澧；过九江，至于东陵[52]；东迆[53]，北会于汇[54]；东为中江[55]，入于海。

导沇水[56]，东流为济，入于河，溢为荥[57]；东出于陶丘北[58]，又东至于菏；又东北会于汶；又北东入于海。

导淮自桐柏，东会于泗、沂[59]，东入于海。

导渭自鸟鼠同穴[60]，东会于沣，又东会于泾，又东过漆沮，入于河。

导洛自熊耳，东北，会于涧、瀍；又东，会于伊；又东北，入于河。

【注释】

［1］敷土：分别九州的土地。敷，分。 ［2］奠：定。以山川定界域。 ［3］冀州：在今山西与河北西部。尧时的政治中心。 ［4］壶口：山名，在今山西省吉县南。 ［5］梁：山名，在今陕西省韩城市西。岐：通"歧"，山的支脉。 ［6］太原：今山西太原一带，汾水上游。 ［7］岳阳：《水经·汾水注》载："《禹贡》所谓岳阳，即霍太山。"霍太山即太岳山，在今山西霍县东，汾水所经之地。阳，山的南面。 ［8］覃怀：地名，在今河南武陟、沁阳一带。厎：致，获得。绩：功绩。 ［9］衡：通"横"。漳：漳水，在覃怀之北。 ［10］厥：其指冀州。惟：为。壤：柔土。 ［11］赋：赋税。上上：《禹贡》将赋税和土质分为九等，上上为第一等。 ［12］错：杂。 ［13］恒：滱水。卫：滹沱河。从：顺着河道。 ［14］大陆：泽名，在今河北巨鹿县西北。作：治理。 ［15］岛夷：住在海上的东方民族。 ［16］夹：近，接近。碣石：山名，在今河北抚宁、昌黎二县。 ［17］济：水名。源出河南济源市（汉代在今河南武陟县），流入黄河，又向南溢出，流向山东，与黄河平行入海。兖州：今河北、山东境。 ［18］九河：黄河流到兖州，分为九条河。道：疏导。 ［19］雷夏：泽名，在今山东菏泽东北。 ［20］灉：黄河的支流。沮：灉河的支流。会同：会合流入雷夏泽。 ［21］桑土：宜养桑的田。蚕：养蚕。 ［22］是：于是。降：下。宅：居。 ［23］坟：马融解释为"有膏肥也。" ［24］繇：茂盛。 ［25］条：长。 ［26］贞：孔颖达解释为"贞即下下，为第九也。" ［27］乃同：才与其他八州相同。 ［28］漆、丝：《孔传》载："地宜漆林，又宜养蚕。" ［29］厥

筐织文：筐，竹器。《孔传》说："织文，锦绮之属，盛之筐筐而贡焉。"［30］豫州：大致为今河南省。位于九州中央，又有"中州"之称。［31］伊：水名，源出今河南省卢氏县。洛：水名，源出今陕西省洛南县。瀍：水名，源出今河南省孟津县。涧：水名，源出今河南省渑池县。［32］荥波：即荥播，泽名，在今河南荥阳市境。猪：潴，聚水。［33］导：通道，疏通。菏泽：在今山东定陶县。［34］被：读为"陂"，修筑堤防。孟猪：泽名，在今河南商丘东北。［35］垆：黑刚土。［36］纩：苎麻。［37］纩：细绵。［38］磬错：治玉磬的石头。［39］导：疏导。合黎：山名，在今甘肃山丹、张掖、高台、酒泉之北。［40］余波：指下游。流沙：指居延泽一带的沙漠。［41］华阴：华山的北面。［42］孟津：今河南孟津县。［43］大伾：山名，在今河南浚县西南。［44］降水：指漳、泽合流的漳水，在今河北曲周肥乡间进入黄河。［45］播：分布。九河：指兖州之九河。［46］同为逆河：同，合。下游又合而名为逆河。［47］漾：汉水上游。［48］沧浪：指汉水。［49］三澨：水名，今之钟祥。［50］北江：指汉水。［51］沱：长江的支流。［52］东陵：旧注为汉代庐江郡金兰县西北的东陵乡。［53］迆：水斜着流。［54］汇：是"淮"的假借字。［55］中江：指岷江。［56］沇：水名，济水的上游。［57］溢：水动荡奔突而出。荥：荥泽，汉代已成平地。［58］陶丘：在今山东定陶县。［59］东会于泗、沂：沂水流入泗水，泗水流入淮河。淮河在今江苏阜宁县东入海。［60］鸟鼠同穴：山名，即鸟鼠山。

【赏析】

《禹贡》成书的具体时代和作者不详。部分学者认为，撰著这篇《禹贡》的人是根据设想在当时诸侯称雄的局面统一之后，提出了治理国家的方案。这是一个宏伟周密的方案，不与寻常相等，故托名大禹，企望能够得到实际的施行。

全书分五部分：1. 九州。扼要地描述了各州的地理概况。2. 导山。叙述了主要山脉的名称，并说明导山的目的是为了治水。3. 导水。叙述九条主要河流和水系的名称、源流、分布特征，以及疏导的情形。这部分是全文的精华。4. 水功。5. 五服。

《禹贡》导水，按照先北后南、先上游后下游、先主流后支流的顺序，对九州向靠近黄河的帝都贡赋所经过的水道中的九条河流的水源、流向、流经地、支流和入河口等作了描述，最后讲到黄河的两大支流渭水和洛水，对于它们的发源和它们入黄河所汇的支流，都做了准确的叙述，开中国水文地理的先声。

《左传》

《左传》的作者自唐代赵匡提出质疑以后，斗讼不息。清·纪昀在《四库全书总目》中仍然以严谨的史料为依据，认为是左丘明所著。今人童书业则认为是吴起所作，但吴起的性情与《左传》截然不同；赵光贤认为是战国时鲁国人左氏所作。当代学者多认为是战国初年左丘明所作。据杨伯峻考证，大约作于公元前403年—前386年之间。

文公三年·济河焚舟

三年春，庄叔[1]会诸侯之师伐沈[2]，以其服于楚也。沈溃。凡民逃其上曰溃，在上曰逃。卫侯如陈[3]，拜晋成也。夏四月乙亥，王叔文公[4]卒，来赴，吊如同盟，礼也。

秦伯[5]伐晋，济河焚舟[6]，取王官[7]及郊[8]，晋人不出。遂自茅津[9]济，封殽尸[10]而还。遂霸西戎，用孟明[11]也。

君子是以知"秦穆公之为君也，举人之周[12]也，与人之壹[13]也；孟明之臣也，其不解[14]也，能惧思也；子桑[15]之忠也，其知人也，能举善也。《诗》曰：'于以采蘩？于沼于沚，于以用之？公侯之事'，秦穆有焉。'夙夜匪解，以事一人'，孟明有焉。'诒厥孙谋，以燕翼子'，子桑有焉"。

秋，雨螽于宋，坠而死也。

楚师围江[16]。晋先仆伐楚以救江。

冬，晋以江故告于周。王叔桓公、晋阳处父伐楚以救江，门于方城[17]，遇息公子朱而还[18]。

晋人惧其无礼于公也，请改盟。公如晋，及晋侯盟。晋侯飨公，赋《菁菁者莪》。庄叔以公降、拜。曰："小国受命于大国，敢不慎仪？君贶之以大礼，何乐如之？抑小国之乐，大国之惠也。"晋侯降，辞。登，成拜。公赋《嘉乐》[19]。

【注释】

[1]庄：叔孙得臣的谥号。叔：叔孙得臣的字。 [2]沈：沈国，姬姓，周朝诸侯国。平王东迁后，季载后裔另封沈国之地于上蔡、平舆、沈丘一带。 [3]陈：陈国，出土金文资料作"敶"。西周至春秋时期的周朝诸侯国，首任国君陈胡公，都城宛丘（今河南淮阳城关一带）。 [4]王叔文公：周王室的卿士王子虎。 [5]秦伯：秦穆公。 [6]济河焚舟：渡过黄河，烧掉渡船。犹如项羽巨鹿之战，破釜沉舟，以示死战之决心。 [7]王官：王官城，近涑水。《水经注·涑水》载："涑水又西径王官城北。"在今山西省闻喜县西。 [8]郊：《史记·秦本纪》作"鄗"。"郊"与"鄗"古音同，字通假。 [9]茅津：古黄河津渡名。在今山西省平陆县西南古茅城南（今茅津村）。汉后通称陕津、大阳津。 [10]封：埋葬。骸尸：秦晋殽之战中死亡的秦国将士。 [11]孟明：孟明视（生卒年不详），姜姓，百里氏，名视，字孟明，史称孟明视，春秋时期虞国（今山西平陆县）人，秦相百里奚之子，秦穆公的主要将领。 [12]周：周备。 [13]壹：没有二心。 [14]不解：坚持不懈。解，通"懈"。 [15]子桑：公孙枝，字子桑，在秦穆公嬴任好执政时期担任秦国的大夫。 [16]江：江国。殷商至春秋时期中原民系在河南一带建立的一个诸侯国。国名又作"鸿国""邛国"。古音"罡"。 [17]方城：杨伯峻《春秋左传注》认为："此方城当指方城山之关口。" [18]息公：息县之尹，名子朱。杜预《春秋经传集解》："子朱，楚大夫，伐江之帅也，闻晋帅起而江兵解，故晋亦还。" [19]嘉乐：杜预《春秋经传集解》载："《嘉乐》,《诗·大雅》。义取其'显显令德，宜民宜人，受禄于天。'"

【赏析】

僖公三十三年（前627），秦国趁晋国大丧而出兵占领晋国滑城，晋国出兵将秦军全部消灭，秦军主将孟明视靠晋文公夫人帮助才得以逃回秦国。此次战争就是历史上著名的"秦晋殽之战"。秦军虽损失惨重，但主帅孟明视仍受到秦穆公的重用。文公三年（前624），秦穆公又派孟明视伐晋，要一洗殽之战之耻。孟明视率领秦军渡过黄河以后，把船烧掉，表现出强烈的死战决心。这次战争，秦军攻占了王官和郊这两个地方，晋军不敢前来迎战。秦军又从茅津渡口渡过黄河，在"殽之战"的战场举行了将士亡灵祭祀仪式后才撤兵回秦。自此以后，秦国就在西戎这一区域称霸。"济河焚舟"体现出将士视死如归的情怀。后世多用来比喻有进无退，决一死战。

司马迁

司马迁(前145或前135—不可考),汉代史学家。字子长,生于龙门(西汉夏阳、即今陕西韩城南,另说今山西河津)。司马谈之子,任太史令,因替李陵败降之事辩解而受宫刑,后任中书令。发奋继续完成所著史籍,被后世尊称为史迁、太史公、历史之父。司马迁早年受学于孔安国、董仲舒,漫游各地,了解风俗,采集传闻。初任郎中,奉使西南。元封三年(前108)任太史令,继承父业,著述历史。他以其"究天人之际,通古今之变,成一家之言"的史识创作了中国第一部纪传体通史《史记》(原名《太史公书》)。被公认为是中国史书的典范,该书记载了从上古传说中的黄帝时期,到汉武帝元狩元年(前122),长达3000多年的历史,是"二十四史"之首,被鲁迅誉为"史家之绝唱,无韵之《离骚》"。

西门豹治邺[1]

魏文侯时,西门豹为邺[2]令。豹往到邺,会[3]长老,问之民所疾苦。长老曰:"苦为河伯娶妇,以故贫。"豹问其故,对曰:"邺三老[4]、廷掾[5]常岁赋敛百姓,收取其钱得数百万,用其二三十万为河伯娶妇,与祝巫[6]共分其余钱持归。当其时,巫行视小家女[7]好者,云是当为河伯妇,即娉取。洗沐之,为治新缯绮縠[8]衣,闲居斋戒;为治斋宫河上,张缇绛帷[9],女居其中,为具牛酒饭食,行十余日。共粉饰之,如嫁女床席,令女居其上,浮之河中。始浮,行数十里乃没。其人家有好女者,恐大巫祝为河伯取之,以故多持女远逃亡。以故城中益空无人,又困贫,所从来久远矣。民人俗语曰:'即不为河伯娶妇,水来漂没,溺其人民'云。"西门豹曰:"至为河伯娶妇时,愿三老、巫祝、父老送女河上,幸来告语之,吾亦往送女。"皆曰:"诺。"

至其时,西门豹往会之河上。三老、官属、豪长者、里父老皆会,以人民往观之者三二千人。其巫,老女子也,已年七十。从弟子女十人所,皆衣缯单衣,立大巫后。西门豹曰:"呼河伯妇来,视其好丑。"

即将女出帷中，来至前。豹视之，顾谓三老、巫祝、父老曰："是女子不好，烦大巫妪为入报河伯，得更求好女，后日送之。"即使吏卒共抱大巫妪投之河中。有顷，曰："巫妪何久也？弟子趣[10]之！"复以弟子一人投河中。有顷，曰："弟子何久也？复使一人趣之！"复投一弟子河中。凡投三弟子。西门豹曰："巫妪、弟子，是女子也，不能白事。烦三老为入白之。"复投三老河中。西门豹簪笔磬折[11]，向河立待良久。长老、吏傍观者皆惊恐。西门豹顾曰："巫妪、三老不来还，奈之何？"欲复使廷掾与豪长者一人入趣之。皆叩头，叩头且破，额血流地，色如死灰。西门豹曰："诺，且留待之须臾。"须臾，豹曰："廷掾起矣。状河伯留客之久，若皆罢去归矣。"邺吏民大惊恐，从是以后，不敢复言为河伯娶妇。

西门豹即发民凿十二渠，引河水灌民田，田皆溉。当其时，民治渠少烦苦，不欲也。豹曰："民可以乐成，不可与虑始。今父老子弟虽患苦我，然百岁后期令父老子孙思我言。"至今皆得水利，民人以给足富。

【注释】

[1]本文选自《史记·滑稽列传》。题目"西门豹治邺"为选录者所撰。[2]邺：古地名，今河南安阳市北，河北临漳县西。战国时期，黄河流经此地。[3]会：会集。[4]三老：古代掌管教化的乡官。[5]廷掾：县令的助手，负责处理案件。[6]祝巫：巫婆。[7]小家女：贫穷人家的女儿。[8]缯绮縠：上等绸料。[9]张缇绛帷：张挂起大红色和赤黄色的帏帐。[10]趣：同"促"，催促。[11]磬折：像磬的形状一样弯着腰，形容十分恭敬。

【赏析】

本文写西门豹治邺的两大实绩：一是革除"为河伯娶妇"的陋习；一是凿渠引水灌溉农田。二者所用的笔法有所不同：前者主要通过描绘，再现当时的场景；后者主要采用记叙，说明有关情况。

从革除"为河伯娶妇"这一陋习的过程中，可以看出司马迁笔下的西门豹是一个胆识过人、谋略超群的人物形象。西门豹深知"为河伯娶妇"这一陋习由来已久，为害最重。他自己所面对的势力十分强大，不仅有恶势力的代表三老、廷掾与巫祝，而且还有被愚弄而并不觉悟的百姓。但他毅然决然地担负起了移风易俗的重任，主动地向恶势力发起挑战，并且战而胜之。司马迁笔下的西门豹不是一个勇者，而是一个智者。本文的后半部分写的是西门豹兴修水利，疏凿十二渠。水利之工，甚为苦重，然而西门豹仍坚持自己的主张，并且认为如果百姓得到实惠，在数十百年后，仍会想到自己的主张是对的。

漳水滚滚流　摄影/孟宪明

班固

班固（32—92），东汉著名史学家、文学家、儒客大家。字孟坚，扶风安陵（今陕西省咸阳市东北）人。班固出身儒学世家，其父班彪、伯父班嗣，皆为当时著名学者。在父祖的熏陶下，班固九岁即能属文，诵诗赋，十六岁入太学，博览群书，于儒家经典及历史无不精通。汉和帝永元元年（89），大将军窦宪率军北伐匈奴，班固随军出征，任中护军，行中郎将，参议军机大事，大败北单于后撰下著名的《封燕然山铭》。后窦宪因擅权被杀，班固受株连，死于狱中，时年六十一岁。著有《汉书》《白虎通义》。

贾让治河三策

待诏贾让奏言[1]：

治河有上、中、下策。古者立国居民，疆理土地，必遗[2]川泽之分，度[3]水势所不及。大川无防，小水得入，陂障卑下，以为汙[4]泽，使秋水多，得有所休息，左右游波，宽缓而不迫。夫土之有川，犹人之有口也。治土而防其川，犹止儿啼而塞其口，岂不遽止，然其死可立而待也。故曰："善为川者，决之使道；善为民者，宣之使言。"盖堤防之作，近起战国，雍防百川，各以自利。齐与赵、魏，以河为竟[5]。赵、魏濒山[6]，齐地卑下，作堤去河二十五里。河水东抵齐堤，则西泛赵、魏，赵、魏亦为堤去河二十五里。虽非其正，水尚有所游荡。时至而去，则填淤肥美，民耕田之。或久无害，稍筑室宅，遂成聚落。大水时至漂没，则更起堤防以自救，稍去其城郭，排水泽而居之，湛溺自其宜也。今堤防狭者去水数百步，远者数里。近黎阳南故大金堤，从河西西北行，至西山南头，乃折东，与东山相属。民居金堤东，为庐舍，往十余岁更起堤，从东山南头直南与故大堤会。又内黄界中有泽，方数十里，环之有堤，往十余岁太守以赋民[7]，民今起庐舍其中，此臣亲所见者也。东郡白马故大堤亦复数重，民皆居其间。从黎阳北尽魏界，故大堤去河远者数十里，内亦数重，此皆前世所排也。河从河内北至黎阳为石堤，激使东抵东郡平刚；又为石堤，使西北抵黎阳、观下；又为石堤；使东北抵东郡津北；又为石堤，使西北抵魏郡昭阳；又为石堤，激使东北。百余里间，河再西三东，迫厄如此，不得安息。

今行上策，徙冀州之民当水冲者，决黎阳遮害亭，放河使北入海。河西薄大山，东薄金堤，势不能远泛滥，期月自定，难者将曰："若如此，败坏城郭田庐冢墓以万数，百姓怨恨。"昔大禹治水，山陵当路者毁之，故凿龙门，辟伊阙，析底柱，破碣石，堕断天地之性。此乃人功所造，何足言也！今濒河十郡治堤岁费且万万，及其大决，所残无数。如出数年治河之费，以业所徙之民，遵古圣之法，定山川之位，使神人各处其所，而不相奸[8]。且以大汉方制万里，岂其与水争咫尺之地哉？此功一立，河定民安，千载无患，故谓之上策。

若乃多穿漕渠于冀州地，使民得以溉田，分杀水怒，虽非圣人法，然亦救败术也。难者将曰："河水高于平地，岁增堤防，犹尚决溢，不可以开渠。"臣窃按视遮害亭西十八里，至淇水口，乃月金堤，高一丈。自是东，地稍下，堤稍高，至遮害亭，高四五丈。往六七岁，河水大盛，增丈七尺，坏黎阳南郭门，入至堤下。水未逾堤二尺所，从堤上北望，河高出民屋，百姓皆走上山。水留十三日，堤溃，吏民塞之。臣循堤上，行视水势，南七十余里，至淇口，水适至堤半，计出地上五尺所。今可从淇口以东为石堤[9]，多张水门。初元中，遮害亭下河去堤足数十步，至今四十余岁，适至堤足。由是言之，其地坚矣。恐议者疑河大川难禁制，荥阳漕渠足以卜之，其水门但用木与土耳，今据坚地作石堤，势必完安。冀州渠首尽当印此水门。治渠非穿地也，但为东方一堤，北行三百余里，入漳水中，其西因山足高地，诸渠皆往往股引取之；旱则开东方下水门溉冀州，水则开西方高门分河流。通渠有三利，不通有三害。民常罢于救水，半失作业；水行地上，凑润上彻，民则病湿气，木皆立枯，卤不生谷；决溢有败，为鱼鳖食：此三害也。若有渠溉，则盐卤下湿，填淤加肥；故种禾麦，更为粳稻，高田五倍，下田十倍；转漕舟船之便：此三利也。今濒河堤吏卒郡数千人，伐买薪石之费岁数千万，足以通渠成水门；又民利其溉灌，相率治渠，虽劳不罢。民田适治，河堤亦成，此诚富国安民，兴利除害，支数百岁，故谓之中策。

若乃缮完故堤，增卑倍薄，劳费无已，数逢其害，此最下策也。

【注释】

[1]本文选自《汉书·沟洫志》。贾让奏言原文已不可得，幸而班固之《汉书》有所收录。此是否为全文，亦不可知。题目"贾让治河三策"为选录者所撰。[2]遗：遗留。[3]度：算计、衡量。[4]汙：同"污"。颜师古曰："停水曰汙。"[5]竟：境。[6]濒山：以山为界。[7]赋民：以堤中之地给予百姓耕种。[8]奸：干系。颜师古曰："奸，音干。"[9]石堤：指石筑的堤防。

【赏析】

《贾让治河三策》是中国最早的一篇系统论述黄河治理规划方案的历史文献。西汉末年，黄河屡次决溢，自荥泽以下，灾害十分严重。汉哀帝绥和二年（前7），命令地方官员向朝廷推荐官府和民间能疏浚治理黄河的人才。待诏贾让应召提出治理黄河的见解，因为有上、中、下三策，后世遂称为《贾让治河三策》，或叫《贾让治河策》。贾让治河三策的方案，内容包括人工改河道、分洪、修堤、建闸，以及发展灌溉、放淤改土、航运等多方面的除害兴利措施，对后世影响深远。

后世治河之人，对《贾让治河三策》的评价褒贬不一。明代邱浚说："古今言治河者，皆莫出贾让三策。"清代靳辅说："有言之甚可听而行之不能者，贾让之论治河是也。"在当时的历史条件下，贾让的方案有不合理和不切实际之处，这是难免的。但其中的滞洪、宽堤距等思想，在今天仍然有现实意义。

杜钦说王凤治河[1]

杜钦[2]说大将军王凤[3]，以为："前河决，丞相史杨焉言延世受焉术以塞之，蔽不肯见。今独任延世，延世见前塞之易，恐其虑害不深。又审如焉言，延世之巧，反不如焉。且水势各异，不博议利害而任一人，如使不及今冬成，来春桃华水[4]盛，必羡溢，有填淤反壤之害。如此，数郡种不得下，民人流散，盗贼将生，虽重诛延世，无益于事。宜遣焉及将作大匠许商、谏大夫乘马延年杂作。延世与焉必相破坏，深论便宜，以相难极。商、延年皆明计算，能商功利，足以分别是非，择其善而从之，必有成功。"凤如钦言，白遣焉等作治，六月乃成。复赐延世黄金百斤，治河卒非受平贾者，为著外繇六月。

【注释】

[1]本文选自《汉书·沟洫志》。题目"杜钦说王凤治河"为选录者所撰。 [2]杜钦：字子夏，少好经书，家富而目偏盲，故不好为吏。茂陵杜邺与钦同姓字，俱以才能称京师，故衣冠谓钦为"盲杜子夏"以相别。钦恶以疾见诋，乃为小冠，高广才二寸，由是京师更谓钦为"小冠杜子夏"，而邺为"大冠杜子夏"云。 [3]王凤：汉元帝皇后王政君的哥哥。汉元帝即位，其父王禁被封为阳平侯。永光二年（前42），继承侯位，为卫尉侍中。外甥刘骜登基后，以王凤为大司马、大将军、领尚书事秉政。 [4]桃华水：即桃花水、桃花汛，这里指桃花盛开时黄河暴涨的水。

【赏析】

汉成帝刘骜荒于酒色，外戚擅政，大政几乎全部为太后一族王氏掌握，为王莽篡汉埋下了祸根，各地相继爆发农民起义和铁官徒起义。朝廷委派的河防官吏更是昏聩又谋于私利，对于黄河的治理松懈，导致连年决溢。当时官员对于黄河治理的方法，议论者多，践行者少。班固《汉书·沟洫志》所录杜钦说大将军王凤之文辞，虽较为简短，但实为践行之策。杜钦敏锐地观察到如果黄河决溃的问题不能妥善解决，会造成百姓流离失所，盗寇四起，会造成更多的农民起义。出于对时局的考量，王凤采用了杜钦的建议。

王莽新朝群臣议河[1]

王莽时，征能治河者以百数，其大略异者，长水校尉平陵关并言："河决率常于平原、东郡左右，其地形下而土疏恶。闻禹治河时，本空此地，以为水猥[2]，盛则放溢，少稍自索，虽时易处，犹不能离此。上古难识，近察秦、汉以来，河决曹、卫之域，其南北不过百八十里者，可空此地，勿以为官亭民室而已。"大司马史长安张戎言："水性就下，行疾则自刮除成空而稍深。河水重浊，号为一石水而六斗泥。今西方诸郡，以至京师东行，民皆引河、渭山川水溉田。春夏干燥。少水时也，故使河流迟，贮淤而稍浅；雨多水暴至，则溢决。而国家数堤塞之，稍益高于平地，犹筑垣而居水也。可各顺从其性，毋复灌溉，则百川流行，水道自利，无溢决之害矣。"御史临淮韩牧以为"可略于《禹贡》九河处穿之，纵不能为九，但为四五，宜有益"。大司空掾王横言："河入勃海，勃海地高于韩牧所欲穿处。往者天尝连雨，东北风，海水溢，西南出，浸数百里，九河之地已为海所渐矣。禹之行河水，本随西山下东北去。《周谱》云定王五年河徙，则今所行非禹之所穿也。又秦攻魏，决河灌其都[3]，决处遂大，不可复补。宜却徙完平处，更开空，使缘西山足乘高地而东北入海，乃无水灾。"沛郡桓谭为司空掾，典其议，为甄丰言："凡此数者，必有一是。宜详考验，皆可豫见[4]，计定然后举事，费不过数亿万，亦可以事诸浮食[5]无产业民。空居与行役，同当衣食；衣食县官，而为之作，乃两便，可以上继禹功，下除民疾。"王莽时，但崇空语，无施行者。

【注释】

[1] 本文选自《汉书·沟洫志》。　[2] 水猥：河道两旁调蓄洪水的地势低洼区域。河道涨水过盛时可放水入内滞洪；洪水退后，停蓄之水仍可流回河槽内。相当于今之滞洪区。　[3] 都：大梁。战国时魏国都城，当时中国最大都市之一。在今河南省开封市西北。　[4] 豫见：预先估计到事物发展过程中可能出现的情况，或事先推断其结果。　[5] 浮食：不事耕作而食。

【赏析】

王莽通过"禅让"的方式取代汉朝天子做了皇帝，被古代史学家以"正统"的观念所否定。近代帝制结束之后，王莽被很多史学家誉为"中国历史上第一位社会改革家"，认为他是一个有远见而无私的社会改革者。王莽称帝后，面对愈演愈烈的政治危机以及陷于极度困顿的百姓，采取了一系列惠民措施，史称"王莽改制"。

西汉末年，黄河决溢不断，王莽称帝以后决心治理黄河，为此召集数百人论证治河方案。当时今文经学惶惶议论而泥于空谈，臣属所献计策亦多空疏不可行。《汉书·沟洫志》所录数人之论辩，在当时虽未实施，却对后世产生了重要影响。如：关并主张设立泄洪区，张戎主张以急流刷沙、减少分水河等措施，迄今仍为河道治理的重要参考。

晋陕峡谷的黄河　摄影／孟宪明

应场

应场(177—217),东汉文学家。字德琏,汝南南顿(今河南省项城市)人。"建安七子"之一。应场初被魏王曹操任命为丞相掾属,后转为平原侯庶子。曹丕任五官中郎将时,应场为将军府文学。建安二十二年(217),应场卒于疫疾。应场擅长作赋,有文赋数十篇。诗歌亦见长,与其弟应璩齐名。明人辑有《应德琏集》。

灵河赋

咨灵川之遐原[1]兮,于仑昆之神丘。凌增城[2]之阴隅兮,赖后土[3]之潜流。衔积石之重险兮,披山麓而溢浮。蹶龙黄而南迈兮,纡鸿体而因流。涉津洛之阪泉兮,播九道[4]乎中州[5]。汾颎涌而腾骛兮,恒亹亹而徂征。肇乘高而迅逝兮,阳侯怖而振惊。有汉中叶,金堤隤[6]而瓠子倾[7]。兴万乘而亲务,董群后而来营。下淇园之丰篠,投玉璧而沈星。若夫长杉峻槚,茂栝芬檀,扶流灌列,映水荫防。隆条动而旸清风,白日显而曜殊光。龙艘[8]白鲤[9],越艇蜀舲[10],溯游覆水,帆柁如林。

【注释】

[1]原:通"源"。 [2]增:通"层"。城:通"诚"。黄节曰:"《淮南子·地形训》:'掘昆仑墟以下,地中有增诚九重。'高诱注:'增,重也。'《文选》李善注引作'层'。增、层古通用。" [3]后土:土神或地神。 [4]九道:即九河。 [5]中州:广义之中原地区。 [6]隤:毁,败坏。 [7]瓠子倾:公元前132年(汉武帝元光三年),黄河瓠子(今濮阳西南)决口,洪水向东南冲入巨野泽,泛入泗水、淮水,淹及十六郡,灾情严重。汉武帝派汲黯、郑当时率十万人去堵塞,没有成功。直到二十三年后,汉武帝亲临黄河决口处指挥堵口。 [8]龙艘:皇帝乘坐的御船。 [9]白鲤:白龟,在古代被视为神灵的化身,甲壳被用于占卜。 [10]舲:小船。

【赏析】

这是一篇祭祀地神后土的小赋。汉代帝王及其臣子不断完善祭祀礼制,调整祭祀礼仪，目的是沟通神灵，希冀获得天地神灵的保佑，达到人神和睦相处，使国家风调雨顺。面对东汉末年不断的黄河水灾，祭祀天神、地神、河神的文章不断出现。

  本文虽较为简短，但也涵盖了丰富的信息。包括东汉时期人们对于黄河源的认知，对于昆仑山的认知，当然也谈及了河南濮阳黄河瓠子决口，汉武帝亲临黄河决口处指挥堵口。朝廷上下官员自将军以下皆参加堵口。这一著名的黄河堵口以竹为桩，充填草、石和土，层层夯筑而上，最后终于成功。汉武帝作《瓠子歌》悼之，并在堵口处修筑"宣防宫"纪念。

长河落日　摄影/董保华

刘桢

刘桢（179—217），东汉名士、诗人。字公干，东平宁阳（今山东省宁阳县）人，"建安七子"之一。其祖父刘梁，官至尚书令。刘桢博学有才，警悟辩捷，以文学见贵。东汉建安年间，刘桢被曹操召为丞相掾属，与魏文帝兄弟几人颇相友善，后因在曹丕席上平视丕妻甄氏，以不敬之罪服劳役，后又免罪署为小吏。建安二十二年（217），刘桢与陈琳、徐干、应场等同染疾疫而亡。明代张溥辑有《刘公干集》，收入《汉魏六朝百三家集》中。刘桢的文学成就主要表现于诗歌，特别是五言诗创作方面，在当时负有盛名，后人以其与曹植并举，称为"曹刘"。

黎阳山赋[1]

自魏都[2]而南迈，迄洪川以揭休[3]。想王旅之旌旄，望南路之遐修。御轻驾而西徂，过旧坞之高区。尔乃逾峻岭，超连罡，一登九息，遂臻其阳。南荫黄河，左覆金城[4]。青坛承祀，高碑颂灵。珍木骈罗，奋华扬荣。云兴风起，萧瑟清泠。延首南望，顾瞻旧乡。桑梓增敬，惨切怀伤。河源汨其东游，阳鸟飘而南翔。睹众物之集华，退欣欣而乐康。

【注释】

[1]黎阳山：又名黎山、大伾山。在今河南省浚县东南二里。《魏书·地形志》载："黎阳县'有黎阳山'。"《元和郡县图志》卷十六黎阳县载："古黎侯国，汉以为黎阳县，在黎阳山北。""大伾山正南去县七里。即黎山也。" [2]魏都：邺北城，建安九年（204）以后，东汉的实际政治中心。位于今河北省临漳县西。 [3]揭休：停，止。 [4]金城：比喻城池坚固。

【赏析】

本文是作者随曹操西征马超，由魏都邺北城出发，往南行进，经过黎阳，登黎阳山所作。黎阳山在今河南浚县东南二里，东临黄河，山上有青坛。东汉光武帝平王郎后，还军至黎阳，筑坛，祭告天地百神，后遂成为古迹。大军于此，诗人登山凭吊古迹，抒发感慨，把吊古之幽情与思乡之忧伤融而为一，升华为对人生的感慨。就整篇文章风格而言,这是一篇具有典型"建安风骨"的赋。全文分为三个层次:以时间、事件为线索,描述出王旅之师,气势浩荡,气壮山河;以黄河万里奔腾的形象,来烘托自己的满怀豪情;瞻望未来,如众物的欣欣向荣。

水鸟也来凑热闹　摄影/孟宪明

崔瑗

崔瑗（约77—约142），东汉著名书法家、文学家、学者。字子玉，涿郡安平（今河北省安平县）人。《后汉书》本传（卷五十二）记载他撰写的各种文体五十七篇，亡佚颇多。严可均辑录《全后汉文》中的作品已不足一卷（见卷四十五），今存者以收入《文选》卷五十六的《座右铭》最为有名。崔瑗曾与著名学者王符、窦章、马融、张衡等问学或交游，精通天文、历法、京房易学，后来又从东郡发干县狱吏学习礼学，可谓"专心好学，虽颠沛必于是"。

河堤谒者箴[1]

伊昔鸿泉[2]，浩浩滔天。有夏作空[3]，爰奠山川。导河积石，凿于龙门。疏为砥柱，率彼河浒。大陆既碣，播于北野。济、漯咸顺，沂、泗从流。江、淮汤汤，而冀宅乃州[4]。澹灾[5]溅溅，东归于海。九野[6]孔安，四隩[7]不殆。爰及周衰，夏绩陵迟。导非其导，堙非其堙。八野填淤，水高民居。溢溢滂汩，屡决金堤。瓠子潺湲，宣房作歌[8]。使臣司水，敢告执河。

【注释】

[1]河堤谒者：西汉瓠子堵口以后，置河堤使者，后又称河堤谒者，是派往地方主管水利的官吏。 [2]鸿泉：章樵注："《楚词》：'鸿泉极深，何以填之。'"今本《楚辞·天问》作"洪泉"。 [3]空：司空。《尚书·舜典》载："伯禹作司空。" [4]由前面所述，意为诸多河流安澜，执政者才能安心。 [5]澹灾：淡然顺流，灾害不作。 [6]九野：一般指九州，但与下文"八野填淤"对应来看，应释为九河。 [7]四隩：四方的边远地区。 [8]公元前132年（汉武帝元光三年），黄河瓠子（今濮阳西南）决口，洪水向东南冲入巨野泽，泛入泗水、淮水，淹及十六郡，灾情严重。直到二十三年后，汉武帝亲临黄河决口处指挥堵口。朝廷上下官员自将军以下皆参加堵口。这一著名的黄河堵口以竹为桩，充填草、石和土，层层夯筑而上，最后终于成功。汉武帝作《瓠子歌》悼之，并在堵口处修筑"宣防宫"纪念。

【赏析】

　　崔瑗的父亲崔骃、儿子崔寔、侄子崔烈都是著名的学者，《后汉书·崔骃传》称："崔氏世有美才，兼以沉沦典籍，遂为儒家文林。"可惜存世之作不多，以致各种文学史著作很少论及。《剑桥中国文学史》用较大篇幅介绍了崔氏家族的文学成就，值得注意。

　　东汉后期，政治危机愈演愈烈，黄河河堤因失修多次决口，而朝廷所派官员往往不能成功治理。崔瑗作此规劝告诫之文，希冀当时主持河道治理的官员——河堤谒者能够实施善政。在本文中，崔瑗借大禹治水的历史事件，规劝河堤谒者，认为民生问题解决的妥善与否，关系朝堂的安稳。在当时不断出现的农民军起义的情况下，此文可谓是预警般的规劝之言。

蒲州的黄河爱滚动　　摄影／孟宪明

成公绥

成公绥(231—271),魏晋时期文学家。字子安,东郡白马(今河南省滑县)人。幼而聪敏,博涉经传,有俊才,辞赋甚丽。性寡欲,不营资产,家贫岁俭,处之如常。张华颇重他,每见所作文,叹服以为绝伦。荐之太常,征为博士,历迁中书郎。

大 河 赋

览百川之弘壮兮,莫尚美于黄河。潜昆仑之峻极兮,出积石之嵯峨[1]。登龙门[2]而南游兮,拂华阴[3]与曲阿。凌砥柱[4]而激湍兮,逾洛汭[5]而扬波。体委蛇于后土兮,配灵汉[6]于穹苍。贯中夏[7]之畿甸兮,经朔狄之遐荒。历二周[8]之北境兮,流三晋[9]之南乡。秦自西而启壤兮,齐据东而画疆。殷徒涉而求固,卫迁济而遂强。赵决流而却魏,嬴引沟而灭梁。思先哲之攸叹,何水德之难量。

【注释】

[1]嵯峨:山势高峻。 [2]龙门:黄河龙门是黄河的咽喉,位于山西省河津市西北与陕西省韩城市交接的黄河峡谷出口处。 [3]华阴:华阴市,隶属于陕西省渭南市,因境内的西岳华山而闻名,位于关中平原东部,秦、晋、豫三省结合地带,东起潼关,西邻华州区,南依秦岭,北临渭水。 [4]砥柱:山名。位于河南陕县东北的三门峡,屹立于黄河急流之中,有神门、鬼门、人门等三门。 [5]洛汭:位于洛水的下游,洛水入黄河处。 [6]灵汉:即云汉、天河、银河。 [7]中夏:中国,中原地区。 [8]二周:西周和东周。 [9]三晋:指战国时期的赵国、魏国、韩国三国的合称,大致区域为现山西省。

【赏析】

历代歌颂江河的美文,晋代成公绥的《大河赋》和郭璞的《江赋》为佳。成公绥以饱满的情怀颂扬黄河,郭璞以壮阔的感情赞美长江。行文华丽,境界宏大,波澜壮阔,起伏回环,豪迈充盈,一泻千里。展示出对自然的崇尚,对造化的感恩，对山川的灵悟。

　　本文开端以百川跟黄河作比，认为没有任何一条河流的壮美能够与黄河相匹敌。文中用了一系列表示变化的动词，或名词、形容词活用为动词，来描写黄河所流经的地方展示的情态。赋的最后连续引用了诸多典故，这些典故多与战争相关，一则表现出黄河的安澜紧系国运安昌，一则表现作者对于黄河安澜的期待。

龙门最窄处只有三十八米　摄影／孟宪明

鲍照

鲍照（约414—466），南朝宋文学家。唐人或避武后讳而作"鲍昭"，字明远，本是上党人，后来迁于东海（今山东郯城）。与北周庾信并称"鲍庾"，与颜延之、谢灵运并称"元嘉三大家"。鲍照家境贫困，因而年少时曾从事农耕；元嘉十二年（435），鲍照献诗言志而被刘义庆擢为临川王国侍郎，之后又先后入刘义季和刘濬幕府，依随宋孝武帝刘骏；大明五年（461），鲍照出任刘子顼前军参军，故世称"鲍参军"。泰始二年（466），刘子顼因起兵反宋明帝刘彧失败被杀时，鲍照于乱军中遇害。

河清颂（并序）

臣闻善谈天者，必征象于人；工言古者，先考绩[1]于今。鸿牺[2]以降，邈哉邃乎！镂山岳，雕篆素[3]，昭德垂勋，可谓多矣。而史编唐尧之功，载"格于上下"；乐登文王之操，称"於昭于天"。素狐玄玉，聿彰符命[4]；朴牛文螾[5]，爰定祥历。鱼鸟动色[6]，禾雉兴让。皆物不盈眦，而美溢金石。诗人于是不作[7]，颂声为之而寝，庸非惑欤？

自我皇宋之承天命也，仰符应龙[8]之精，俯协河龟[9]之灵。君图帝宝，粲烂瑰英。固以业光曩代，事华前德矣。圣上天飞践极，迄兹二十有四载。道化周流，玄泽汪濊。地平天成，含生阜熙。文同轨通，表里釐福。曜德中区，黎庶知让；观英遐外，夷貊[10]怀惠。恤勤秩礼，散露台之金[11]；舒国赈民，倾钜桥之粟[12]。约违迫胁，奢去甚泰。燕无留饮，畋不盘乐。物色异人，优游鲠直。显靡失心，幽无怨魄。精焰日月，事洞天情。故不劳仗斧之臣[13]，号令不严而自肃；无辱凤举之使，灵怪不召而自彰。万里神行，飙尘不起。农商野庐，边城偃柝[14]。冀马南金，填委内府；驯象西爵，充罗外囿。阿纨纂组之饶，衣覆宗国；渔盐杞梓之利，傍赡荒遐。士民殷富，繁轶五陵；宫宇宏丽，崇冠三川。闾阎有盈，歌吹无绝。朱轮叠辙，华冕重肩。岂徒世无穷人，民获休息，朝呼韩、罢酤铁而已哉！是以嘉祥累仍，福应尤盛。青丘之狐，丹穴之鸟，栖阿阁，游禁园；金芝九茎，木禾六秀，铜池发，膏亩腴。宜以谒荐郊庙，和协律吕，烟霏雾集，不可胜纪。然而圣上犹昧旦夙兴，若有望而未至；宏规远图，如有追而莫及。神明之贶，推而弗居也。是以琬碑镠检，盛典芜而不治；朝神省方，大化抑而未许。崇文协律之士，蕴舞颂于外；坐朝陪宴之臣，怀揄扬于内。三灵伫眷，九壤[15]注心，既有日矣。

岁宫乾维，月遹苍陆，长河巨济，异源同清，澄波万壑，洁澜千里。斯诚旷世伟观，昭启皇明者也。语曰：影从表，瑞从德，此其效焉。宣尼称"凤鸟不至，河不出图"。《传》曰："俟河之清，人寿几何！"皆伤不可见者也。然则古人所未见者，今殚见之矣。孟轲曰："千载一圣，是旦暮也。"岂不信哉！夫四皇六帝，树声长世，大宝[16]也；泽浸群生，国富刑清，鸿德也；制礼裁乐，淳风迁俗，文教也。殊华逋羯，束颡绎阙，武功也；鸣禽跃鱼，涤秽河渠，至祥也。大宝鸿德，文教武功，其崇如此；幽明协赞，民祇与能，厥应如彼。唯天为大，尧实则之。皇哉唐哉，畴与为让？抑又闻之：势之所覃者浅，则美之所传者近；道之所感者深，则庆之所流者远。是以丰功伟命，润色滕策，盛德形容，藻被歌颂。察之上代，则奚斯、吉甫之徒鸣玉銮于前；视之中古，则相如、王褒之属驰金羁于后。绝景扬光，清埃继路。故班固称汉成之世，奏御者千有余篇，文章之盛，与三代同风。繇是言之，斯乃臣子旧职，国家通议，不可辍也。臣虽不敏，敢不勉乎？乃作颂曰：

窥刊崩石，捃[17]逸残竹，巢风寂寥，羲埃绵邈。钜生大年，赡学渊闻，謦绣成、景，粉缋颛、轩，徒玩井科，未睹天河。亘古通今，明鲜晦多，千龄一见，书史登科[18]。旋我皇驾，揆景方途，凌周躐殷[19]，蹴唐轹虞，如彼七纬，累璧重珠。高祖拨乱，首物定灵，更开天地，再铸群生。帝御三杰，龙步八垧，朔南暨教，海北腾声，沧深格高，浃遐洞冥，鬶鼎迁宋，玄圭告成。大明方徽，鸿光中微，圣命谁堪？皇历攸归，谋从筮协，神与民推，黄旗西映，紫盖东辉，纳瑞螭玉，升政衡机，金轮豹饰，珠冕龙衣。正位北辰，垂拱南面，天下何思，日用罔倦，复礼归仁，观恒通变，一物有违，咸言毁膳。非躬简法，厚下安宅，谦德弥光，损道滋益。孝崇飨祀，勤隆耕藉，馘酎秋羊，封瑾春骼，婴耄兼梁，鳏孤重帛。体由学染，俗以教迁，礼导刑清，乐邕风宣，分衢让齿，折讼归田，野旌伏彦，朝赏登贤。儒训优柔，武节焱骛，文宪精宏，戎容犀利。枢铃明审，程蠖周备，吏砺平端，民羞幸觊。桴鼓凝埃，烽驿垂辔，销我长剑，归为农器。闽外水乡，鄡表炎国，陇首西南，渤尾东北，艳艳岭丹，浑浑泉黑，移琛云朔，转隼邛僰，狼歌荐功，鸟谭陈德。治博化光，民阜财盛，班白[20]行谣，青绮[21]高咏，云表幽和，物章明庆，丽植雕质，蠢行藻性，仁草晨荨，德宿宵映。海无隐飙，山有黄落，牛羊内首，闾户外拓，瑞木朋生，祥禽辈作，薰风荡闱，饴露流阁，器范神妙，剂调众药。匪直也斯，伟庆方臻，注彼四渎，媚此双川，伏灵遥纪，阆阒遐年，澄波海岳，镜流葱山。泉石凝淀，水府清涓，俯瞰夷都，降眠骊渊，朱宫潜耀，紫阁阴鲜。昔在爽德，王风不昌，乃溢乃竭，或壅或亡。洁源滥壑，曾是未央。先民永慨，大道悠长，云何其瑞，实锺我皇？闻诸师说，天竦听密，介焉如响，匪远惟疾，矧是皇心，妙夫贞一，左右天经，户牖人术，訏谟布简，丝言盈室。秽有绵祀，清岂崇日。一人之庆，吹万秉和，灵根方固，修源重波[22]。副睿贰哲，帝体皇柯。景云蔚岳，秀星骈罗。垂光九野，腾响四遐，辅车鼎足，磐石虎牙，世匹周室，基永汉家。泰阶既平，洪河既清，大人在上，区宇文明。樵夫议道，渔父濯缨[23]。臣照作颂，铺德树声。

【注释】

　　[1] 考绩：按一定标准考核官吏的成绩。[2] 鸿牺：帝鸿氏与伏羲氏的并称。[3] 篆素：写篆书于素帛。[4] "素狐"句：《宋书·符瑞志》载："帝禹夏后氏梦自洗于河，以手取水饮之，又有白狐九尾之瑞，治水既毕，天赐玄圭，以告成功。"[5] 朴牛：大牛。朴，大。《楚辞·天问》载："恒秉季德，焉得夫朴牛？"文：大。螾：蚯蚓。应劭曰："黄帝土德，故地有神蚓，大五六围，长十丈，黄者地色，螾赤今黄，故为瑞也。"[6] 鱼鸟动色：《史记·周本纪》载："武王渡河，中流，白鱼跃入王舟中，武王俯取以祭。既渡，有火自上复于下，至于王屋，流为鸟，其色赤，其声魄云。"[7] 诗人于是不作：班固《两都赋序》载："昔成、康没而颂声寝，王泽竭而诗不作。"[8] 应龙：此有两说，一为应德之龙，一为有翼之龙。[9] 河龟：白龟，即灵龟。[10] 夷貊：蛮貊，指边远地区。[11] 散露台之金：《史记·孝文本纪》载："文帝尝欲作露台，召匠计之，值百金。上曰：'百金，中人十家之产也。吾奉先帝宫室，常恐羞之，何以台为？'"[12] "舒国"句：元嘉二十四年（447）春正月甲戌，文帝（刘义隆）大赦天下，文臣武将各赐爵一等。囚犯减刑，旧债也减免一部分。孤儿老人、病残难以生存者，每人赐谷五斛。减免建康、秣陵二县是年一半田租。[13] 仗斧之臣：指掌握兵权的武臣。[14] 偃柝：打更的梆子藏而不用，表示世道太平，无须警戒。[15] 九壤：九州。[16] 大宝：皇帝之位。[17] 捃：拾取。[18] 科：坎。王嘉《拾遗记》载："丹丘千年一烧，黄河千年一清，至圣之君，以为大瑞。"[19] 凌：弛。躐：践踏。[20] 班白：头发斑白之人，泛指年龄大的人。[21] 青绮：指英年之士。[22] "一人"句：晋代崔豹《古今注》："汉明帝作太子，乐人歌四章以赞太子之德，其一曰《日重光》，二曰《月重轮》，三曰《星重耀》，四曰《海重润》。"[23] "樵夫"句：扬雄《长杨赋》载："士有不谈王道者，则樵夫笑之。"《楚辞·渔父》载："沧浪之水清兮，可以濯吾缨。"

【赏析】

　　鲍照之《河清颂》为后世以黄河清颂皇帝盛德之肇始。作者着力于颂扬圣上之德勋政绩，典丽雅致，凝重肃穆，实为特意撰写之作。《宋书·符瑞志》载，宋文帝元嘉二十四年（447）二月，河济俱清，众皆以为祥瑞，于是朝野欢然，皆感叹盛世之来临。鲍文正产生于此时，故颇为时人所重，颂前有序。

　　宋文帝在位期间，政治清明，赏罚有度，对内教化有成效，对外蛮貊有武功，恰在此时，黄河澄清，昭示出祥瑞之迹。鲍照作为近臣，歌颂圣德是其本分。文章由两大部分组成，即序和颂，后人对其序多有褒奖，如吴汝纶曰："序欲远追扬、马。"高步瀛曰："序语瑰丽，犹有扬、马余风……在六朝文中自当首出。"对于颂部分内容，虽未有序文评价之高，亦有"光辉斯发""气体恢弘"之誉。其间典故堆砌繁复，采自《尚书》《周易》《诗经》《周礼》《左传》《战国策》《汉书》《后汉书》《论语》《孟子》等典籍。

清清黄河水　摄影／孟宪明

范晔

范晔（398—445），南朝宋官员、史学家、文学家，东晋安北将军范汪曾孙、豫章太守范宁之孙、侍中范泰之子。字蔚宗，顺阳郡（今河南淅川）人。元熙二年（420），宋武帝刘裕即位后，出任冠军长史，迁秘书丞、新蔡太守；元嘉九年（432），因得罪司徒刘义康，被贬为宣城太守，开始撰写《后汉书》，迁宁朔将军。元嘉十七年（440），投靠始兴王刘濬，历任后将军长史、南下邳太守、左卫将军、太子詹事。元嘉二十二年（445），随从孔熙先拥戴彭城王刘义康即位，事败被杀，时年四十八岁。著有《后汉书》。

王景治河[1]

王景字仲通，乐浪䛁邯[2]人也。八世祖仲，本琅邪不其[3]人。好道术，明天文。诸吕作乱，齐哀王襄谋发兵，而数问于仲。及济北王兴居反，欲委兵师仲，仲惧祸及，乃浮海东奔乐浪山中，因而家焉。父闳，为郡三老。更始败，土人王调杀郡守刘宪，自称大将军、乐浪太守。建武六年，光武遣太守王遵将兵击之。至辽东，闳与郡决曹史杨邑等共杀调迎遵，皆封为列侯，闳独让爵。帝奇而征之，道病卒。

景少学《易》，遂广窥众书，又好天文术数之事，沈深多伎艺。辟司空伏恭[4]府。时有荐景能理水者，显宗诏与将作谒者王吴共修作浚仪渠。吴用景堰流法[5]，水乃不复为害。

初，平帝时，河、汴决坏，未及得修。建武十年，阳武令张汜上言："河决积久，日月侵毁，济渠所漂数十许县。修理之费，其功不难。宜改修堤防，以安百姓。"书奏，光武即为发卒。方营河功，而浚仪令乐俊复上言："昔元光之间，人庶炽盛，缘堤垦殖，而瓠子河决，尚二十余年，不即拥塞。今居家稀少，田地饶广，虽未修理，其患犹可。且新被兵革，方兴役力，劳怨既多，民不堪命。宜须平静，更议其事。"光武得此遂止。后汴渠东侵，日月弥广，而水门故处，皆在河中，兖、豫百姓怨叹，以为县官恒兴他役，不先民急。永平十二年，议修汴渠，乃引见景，问以理水形便。景陈其利害，应对敏给，帝善之。又以尝修浚仪，功业有成，乃赐景《山海经》《河渠书》《禹贡图》及钱帛衣物。夏，遂发卒数十万，遣景与王吴修渠筑堤，自荥阳东至千乘海口千余里。景乃商度地势，凿山阜，破砥绩，直截沟涧，防遏冲要，疏决壅积，十里立一水门，令更相洄注，无复溃漏之患。景虽简省役费，然犹以百亿计。明年夏，渠成。帝亲自巡行，诏滨河郡国置河堤员吏，如西京旧制。景由是知名。王吴及诸从事掾史皆增秩一等。景三迁为侍御史。十五年，从驾东巡狩，至无盐，帝美其功绩，拜河堤谒者，赐车马缣钱。

建初七年，迁徐州刺史。先是杜陵、杜笃奏上《论都赋》，欲令车驾迁还长安。耆老闻者，皆动怀土之心，莫不眷然伫立西望。景以宫庙已立，恐人情疑惑，会时有神雀诸瑞[6]，乃作《金人论》，颂洛邑之美，天人之符，文有可采。

明年，迁庐江太守。先是，百姓不知牛耕，致地力有余而食常不足。郡界有楚相孙叔敖所起芍陂稻田。景乃驱率吏民，修起芜废，教用犁耕，由是垦辟倍多，境内丰给。遂铭石刻誓，令民知常禁。又训令蚕织，为作法制，皆著于乡亭，庐江传其文辞。卒于官。

初，景以为《六经》所载，皆有卜筮，作事举止，质于蓍龟，而众书错糅，吉凶相反，乃参纪众家数术文书，冢宅禁忌，堪舆日相之属，适于事用者，集为《大衍玄基》云。

【注释】

[1]本文选自《后汉书·循吏列传》。篇名"王景治河"为选录者所撰。 [2]乐浪：西汉汉武帝于公元前108年平定卫氏朝鲜后在今朝鲜半岛设置的汉四郡之一，当时直辖管理朝鲜北部。西晋八王之乱后，中原大乱，高句丽开始南下攻占乐浪郡。詽邯：位于今朝鲜平壤西北。 [3]琅邪：琅琊郡，秦三十六郡之一。琅琊郡治，秦时

在琅邪，西汉在东武，东汉初年在莒县，以后均在临沂境内。不其：221年，置不其县（今青岛市城阳区城阳街道城阳、城子、寺西三村交汇处），属琅琊郡。［4］伏恭：字叔齐，东汉琅邪东武（今山东诸城）人。东汉明帝、章帝时大臣。司徒伏湛侄、光禄勋伏黯子。东汉光武帝建武年间，任剧县令、常山太守等职，为官公正廉洁，并以施惠政办学校闻名。永平二年（59）迁任太仆。永平四年（61）拜相，任司空。永平十三年（70）以病辞相。建初二年（77）冬，为三老。元和元年（84）卒，终年90岁。［5］堨流：使阻塞的水流恢复畅通。堨，用于调整水流的堰。［6］神雀诸瑞：汉章帝时有神雀、凤凰、白鹿、白鸟等祥瑞。

【赏析】

西汉鸿嘉四年（17），黄河下游决溢未堵；平帝时，黄汴泛滥混流；王莽始建国三年，黄河大决魏郡（今河北省大名县一带），数十年失修。东汉明帝永平十二年（69），令王景治河。

王景和王吴组织军士数十万人治理黄河和汴河，自荥阳（今河南省郑州市荥阳市西北）到千乘海口（今山东省利津县境）筑黄河堤一千余里，勘测地形，开凿山丘，挖除河道中的石滩，裁弯取直，防护险要堤段，疏浚淤塞河段，"十里立一水门，令更相洄注"，竣工后恢复西汉时的管理制度，设河防官吏。王景治理河道后形成新的黄河河道，后人称为汉唐河道。

王景治河的历史贡献，长期以来得到很高的评价，有王景治河千年无患之说。从史料记载看，王景筑堤后的黄河经历八百多年没有发生大改道，决溢也为数不多，确是位置比较理想的一条河道。

崔楷

崔楷（477—527），字季则，博陵安平（河北省安平县）人。美风望，性刚梗，有当世干具。崔楷性严烈，能摧挫豪强，故时人说："莫鹰獬，付崔楷。"释褐奉朝请、员外散骑侍郎、广平王怀文学。孝昌三年（527）据城抵御葛荣，城陷而被杀，时年五十一。《魏书》有传。

治 河 疏[1]

臣闻有国有家者[2]，莫不以万姓为心，故矜伤轸[3]于造次，求瘼结于寝兴[4]。黎民阻饥，唐尧致叹，众庶斯馑，帝乙罚己。良以为政与农，实系民命。水旱缘兹以得济，夷险用此而获安。顷东北数州，频年淫雨，长河激浪，洪波汩流，川陆连涛，原隰通望，弥漫不已，泛滥为灾。户无担石之储，家有藜藿[5]之色。华壤膏腴，变为舄卤[6]，菽麦禾黍，化作萑蒲[7]，斯用痛心徘徊，潸然伫立也。

昔洪水为害四载，流于夏书；九土既平攸同，纪自虞诰。亮由君之勤恤，臣用劬劳，日昃忘餐，宵分废寝。伏维皇魏握图临宇，总契裁极，道敷九有，德被八荒，槐阶棘路，实维英哲，虎门、麟阁，实曰贤明，天地函和，日月光耀。自比定冀水潦，无岁不饥；幽瀛川河，频年泛溢。岂是阳九厄会，百六钟期，故以人事而然，非为运极。昔魏国咸舄，史起哂之；兹地荒芜，臣实为耻。不揆愚瞽，辄敢陈之。

计水之凑下，浸润无间，九河通塞，屡有变改，不可一准古法，皆循旧堤。何者？河决瓠子，梁楚几危；宣防既建，水还旧迹。十数年间，户口丰衍。又决屯氏，两川分流，东北数郡之地，仅得支存。及下通灵、鸣，水田一路，往昔膏腴，十分病九，邑居调离，坟井毁灭。良由水大渠狭，更不开泻，众流拥塞，曲直乘之后致也。至若量其逶迤，穿凿涓浍，分立堤堨，所在疏通，预决其路，令无停蹙。随其高下，必得地形，土木参功，务从便省。使地有金堤之坚，水有非常之备。钩连相注，多置水口，从河入海，远迩迳通，泻其硗泻，泄此陂泽。九月农罢，量役记功，十日昏正，立匠表度。县遣能工，麾画形势；郡发明使，筹察可否。审地推岸，辨其脉流；树板分崖，练厥从往。别使案检，分剖是非，瞰睇川原，明审通塞。当境修治，不劳役远，终春自罢，未须久功。即以高下营田，因于水陆，水种粳稻，陆艺桑麻，必使室有久储，门丰余积。其实上叶御灾之方，亦为中古井田之利。即之近事，有可比伦。江淮之南，地势洿下，云雨阴霖，动弥旬月。遥途远运，惟用舟舻；南亩畲灾[8]，微事未耜。而众庶未为馑色，黔首罕有饥颜。岂天德不均，致此偏罚，故是地势异图，有兹丰馁。臣既乡居水际，目睹荒残，每思郑白[9]，屡想王李。凤宵不寐，言念皇家，愚诚丹款，实希效力，有心萤爝[10]，乞暂施行。使数州士女，无废耕桑之业，圣世洪恩，有赈饥荒之士。邺宰深笑，息自一朝；臣之至诚，申于今日。

【注释】

[1]本文选自《魏书·崔楷传》，题目为选录者所撰。 [2]有国有家者：指诸侯和大夫。诸侯有国，大夫有家。这里借指当朝执政者。 [3]伤轸：伤痛，悲伤。 [4]寝兴：日夜或起居。 [5]藜藿：藜和藿，指粗劣的饭菜。 [6]舄卤：含有盐碱的瘠土。 [7]蘿蒲：芦苇和蒲草，这里泛指水草。 [8]畲灾：耕耘。 [9]郑白：战国时筑郑国渠的郑国与汉武帝时筑白渠的白公的并称。 [10]萤爝：微弱的光，这里用作薄弱的谦辞。

【赏析】

本文作于北魏孝明帝熙平元年(516)。由于黄河连年泛滥，弥漫东北冀(约今河北省冀州市)、定(约今河北省定州市)数州。崔楷时里居，目睹洪水所经之处，土地盐碱化十分严重，加之黎民饥荒，途有饿殍，向皇帝提出治河建议。建议涉及诸多方面，如洪泛区盐碱地治理，在险滩处修筑金堤，多开分水口等。根据河势地形，该修堤的修堤，该疏通的疏通，使水有出路。皇帝采纳崔楷的意见，付诸实施。但可惜的是工未完成，即把崔楷"诏还追罢"。

郦道元

郦道元（？—527），北朝北魏官员、地理学家，青州刺史郦范之子。字善长，范阳涿州（今河北省涿州市）人。郦道元以父荫入仕，曾任御史中尉、北中郎将，外出历任冀州长史、青州刺史、鲁阳太守、东荆州刺史、河南尹等职。郦道元幼时随父访求水道，博览奇书。后游历秦岭、淮河以北和长城以南的广大地区，考察河道沟渠，搜集风土民情、历史故事及神话传说。在游历的过程中，他常感地理方面史籍的不足，遂以毕生心血，撰成《水经注》四十卷。《水经注》文笔隽永，描写生动，既是一部内容丰富多彩的地理著作，也是一部优美的山水散文汇集，成为中国游记文学的开创者，对后世游记散文的发展影响颇大。此外，郦道元另著《本志》十三篇及《七聘》等文，但均已失传。

水经注·河水（节选）

河自蒲昌[1]，有隐沦之证，并间关入塞之始。自此，《经》当求实致也。河水重源，又发于西塞之外，出于积石之山。《山海经》曰：积石之山，其下有石门，河水冒以西流，是山也，万物无不有。《禹贡》所谓导河自积石也。

《淮南子》曰：龙门[2]未辟，吕梁[3]未凿，河出孟门[4]之上，大溢逆流，无有丘陵，高阜灭之，名曰洪水。大禹疏通，谓之孟门。故《穆天子传》曰：北登孟门，九河之隥。孟门，即龙门之上口也。实为河之巨阨，兼孟门津之名矣。此石经始禹凿，河中漱广。夹岸崇深，倾崖返捍，巨石临危，若坠复倚。古之人有言，水非石凿，而能入石，信哉。其中水流交冲，素气云浮，往来遥观者，常若雾露沾人，窥深悸魄。其水尚崩浪万寻，悬流[5]千丈，浑洪赑怒[6]，鼓若山腾，浚波颓叠，迄于下口。方知《慎子》，下龙门，流浮竹，非驷马之追也。

汉明帝永平十二年，议治汳渠[7]，上乃引乐浪人王景[8]问水形便，景陈利害，应对敏捷，帝甚善之，乃赐《山海经》《河渠书》《禹贡图》及以钱帛。后作堤，发卒数十万，诏景与将作谒者[9]王吴治渠，筑堤防修堨[10]，起自荥阳[11]，东至千乘[12]海口，千有余里，景乃商度[13]地势，凿山开涧，防遏冲要，疏决壅积，十里一水门，更相回注，无复渗漏之患。明年渠成，帝亲巡行，诏滨河郡国置河堤员吏，如西京旧制。景由是显名，王吴及诸从事者，皆增秩一等。

河水又东北流迳四渎津[14]，津西侧岸。临河有四渎祠，东对四渎口。河水东分济，亦曰济水受河也。然荥口石门[15]水断不通，始自是出东北流，迳九里与清水合，故济渎也。自河入济，自济入淮，自淮达江，水径周通，故有"四渎"之名也。

【注释】

[1]蒲昌：即蒲昌海，位于今新疆东南部的罗布泊。 [2]龙门：在今山西省河津市和陕西省韩城市之间，黄河至此，两岸峭壁对峙，形如阙门，故名。 [3]吕梁：山名，在今山西省西部，位于黄河与汾水间。大禹治水，凿吕梁以通黄河，即指此。 [4]孟门：古山名，在今山西省吉县西黄河河道中，为水中一巨石。 [5]悬流：这里指瀑布。 [6]颓怒：形容气势壮大。 [7]汳渠：古水名，自今河南省荥阳市东北接黄河，东南经今开封市南、民权县与商丘市北，复东南经今安徽省砀山县、萧县北，到江苏省徐州市北入泗水。 [8]王景（约30—85）：字仲通，乐浪郡邯郸（今朝鲜平壤西北）人，东汉时期著名的水利工程专家。 [9]将作谒者：官名，又称河防使者、河堤谒者等，派往地方主管水利的官员。 [10]堨：遏水的土堰。 [11]荥阳：古郡名，三国魏置，在今河南省荥阳市东北。 [12]千乘：古县名，西汉置，在今山东省高青县。 [13]商度：斟酌。 [14]四渎津：在今山东省茌平县东南古黄河上。 [15]荥口石门：杨守敬认为，此石门于东汉阳嘉三年（134）立，在敖山（今河南省荥阳市）东。

【赏析】

《水经》是中国第一部记述河道水系的专著。旧传为西汉桑钦所作。经清代学者考证，大概是三国时人所作。原书列举大小河道137条，内容非常简略。郦道元就力之所及，搜集了有关水道的记载和他自己游历各地、跋涉山川的见闻为《水经》作注，对《水经》中的记载以详细阐明并大为扩充，介绍了

1252条河流。注中除记载水道变迁沿革外,还记叙了两岸的山陵城邑、风土人情、珍物异事。单以兵要地理资料一项而言,全注记载的从古以来的大小战役不下300次,许多战例都生动地说明了熟谙地理、利用地形、争夺桥梁、险道、仓储的重要性。《水经注》对研究我国古代的历史、地理有很高的参考价值。其以《河水》开卷,河水指的是黄河。上古的地名比后代简单,黄河就称"河",长江就称"江"。河流的通名早期称"水",黄河称为"河水",长江称为"江水",直到《水经注》时代还是这样。到后来,"河"与"江"两个专名也被人们当作河流的通名使用,如"永定河""松花江"等等,现在的"黄河","黄"是专名,"河"是通名。"河"与"江"原是黄河和长江的专名,后来成为一切河流的通名。

黄河夕照　摄影/孟宪明

隋唐五代

祁连河谷　摄影 / 董保华

沈亚之

沈亚之（781—832），唐代文学家。字下贤，吴兴（今浙江省湖州市）人。沈亚之初至长安，曾投韩愈门下，与李贺结交，与杜牧、张祜、徐凝等友善。举不第，贺为歌以送归。元和十年（815）进士。泾原李汇辟掌书记，后入朝为秘书省正字。太和初，柏耆为德州行营诸军计会使，召授判官。耆贬官，亚之亦贬南康尉。后于郢州掾任内去世。沈亚之兼长诗、文、传奇，曾游韩愈门下，以文才为时人所重，李贺赠诗称为"吴兴才人"。

魏滑分河录

元和八年秋，水大至滑[1]，河南瓠子堤[2]溢，将及城。居民震骇，帅恐，出视水。迎河西南行，思欲以救其患，亦颇闻故有分河[3]之事，言其水尝导出黎阳傍。帅以其功尚可迹，于是遣其宾裴宏泰请于魏曰："河经地而东，滑最大。自洛以西，百流皆集于滑。而春秋堤防不为固，此将军所明知也。窃以黎阳西南，其泂壖[4]拒流，以生冲激之力。诚愿决一派于斯，幸分其威耳。今秋雨连久不间，洛滑以西，稚川峻谷，暴发之水，争怒以走会。即河势日夜益壮，恐一旦城郭无赖。谨听命于将军。"

魏帅许之。其将卒吏民更请曰："患难近也。况滑得水患于天久矣。魏何戚[5]？乃许移于己哉。"帅曰："民前听所语，是黎阳与滑，俱帝土否耶？设人有不幸于水火，而望及于四海道路之人，凡见其苦，即为举手，宁皆有戚者。夫全大以弃细，顺理也。且滑壁卒数万人，民不安业，未知其赖。吾安敢以河鄙咫尺之地为专惜乎？顾桑麻五谷之出不能赈百户，假如水能尽败，黎阳尚不足[6]爱，况其无有。民何患无土以食。"因召吏趣籍民地所当夺者，尽以他地与之籍。奏天子，天嘉其意而可。

明年春，滑凿河北黎阳西南，役卒万人，间流二十里，复会于河。

其壖田凡七百顷，皆归属河南。夏六月，魏使杨茂卿授地，滑帅于令陈酒乐，与浮河新渠[7]。是日亚之以客得与，故悉其事于两帅之宾。

【注释】

[1]滑：春秋时，滑县为卫国的曹邑。秦汉之时，滑境称白马县，隶属东郡。隋至明初，滑县称滑州。明洪武三年（1370），废白马县入滑州。七年降滑州为滑县。1983年成立濮阳市，归濮阳市。1986年改属安阳市。2014年属河南省直管。 [2]瓠子堤：即古黄河大堤，又称"金堤"，当地称"龙虎堤"，始建于秦代，当地有"秦始皇跑马修金堤"的传说，自卫辉发轫，延袤百里入滑境，因黄河改道已久，大堤失去原有作用，今基本破毁。 [3]分河：指后世所谓的为黄河挖凿分水河。 [4]洞壖：洞水边的空地。 [5]戚：忧愁。 [6]不足：不充足，不够，满足不了。 [7]新渠：指前文所言之新河。

【赏析】

沈亚之以传奇闻名于世，其中以《异梦录》对后世影响最大。沈亚之的散文创作师承韩愈，尚奇崛，求辞采新异，但是流于生硬艰涩。其散文中成就最高的当属人物传记，即在具体事件描写过程中，通过对话、形态等特点塑造人物形象。

沈亚之于唐元和八年（813）秋经历了一场黄河大决堤，这就是本文提到的元和瓠子决口，这次决堤波及滑州（今河南省滑县）、黎阳（今河南省浚县）。沈亚之通过守官与幕僚的对话以及守官与百姓的对话，不仅让读者了解到了滑县、浚县当时面临的河决形势，也让读者品味出其高超的人物传记撰写方式。

许尧佐

许尧佐(生卒年不详),许康佐之弟。约唐宪宗元和元年(806)前后在世。先中进士,又登博学宏辞科,为太子校书郎。贞元十六年(800)与张宗本、郑权皆佐征西幕府。后官至谏议大夫。《全唐诗》录有诗六首,《全唐文》收录文章六篇。

清济贯浊河赋

河[1]之并济[2]兮,惟秩其平。济之贯河兮,势若相倾。非刚克无以见其柔立,非甚浊无以彰其至清。是以灵源浚发,柔德兼呈。徒观其流波委注,秀色澄澈。冲融而浊水遥开,鼓怒而洪流直截。遂使还淳之士,疑二气之初分;策功之臣,惊一带兮中裂。既处浊而不染,每含贞而自洁。苟与和光者殊致,宁与溷泥[3]者无别。是以霍濩[4]波激,崩腾势翻。济水与河水相辉,光容易识;清流与浊流不杂,质性难论。苟征之于变化,可察之于本源。于以表德,于以辨类。方九折而横流,启重泉而直至。故以盘涡浑晓日之辉,叠镜写晴峰之翠。绝河而去,孰与我争先;导沇[5]斯来,孰谓我奚自。若乃冲虚是玩,迅激难俦。广可涉兮,思杭苇于寒渚;清可挹也,欲濯缨于夕流。贯长川之浸浸,委清浪之悠悠。然下流绵邈,愿表清而不浊;上善昭融,故守和而不同。故可扶正直之纯志,助润泽之成功。动涟漪于回浦,萃光景于微风。且淮之清兮滨于夷,江之远兮界于楚。岂若贯大川以扬波,临大都而分渚。含清浊而独秀,求匹敌而谁与?苟河清之可期,愿朝宗[6]而为侣。

【注释】

[1]河:黄河。 [2]济:济河,又称济水,古名沇水,发源于今河南省济源市,流经河南、山东入渤海。现代黄河下游的河道就是原来济水的河道。 [3]溷泥:搅

浑泥水,激起波浪。比喻随俗沉浮。[4]霍濩:水流声。[5]沇:水名。沇水,"沇"一作"兖"。济水的别称。[6]朝宗:比喻小水流注大水。《尚书·禹贡》:"江汉朝宗于海。"孔颖达疏:"朝宗是人事之名,水无性识,非有此义。以海水大而江汉小,以小就大,似诸侯归于天子,假人事而言之也。"

【赏析】

　　济水作为"四渎"之一,在历史上地位相当显赫。《尚书·禹贡》载:"导水东流为济,入于河,溢为荥,东出于陶邱(定陶)北,又东至于菏(菏泽),又东北会于汶,又北东入于海。"说明在上古时期,济河曾经作为黄河下游的河段之一。然而历史上显赫的济水却命运多舛,济水自晋代始,时断时续。清·咸丰五年后,直接作为黄河下游入海河道而彻底消失。

　　唐代以"清济贯浊河"为题的赋,在《全唐文》中收录两篇,一是李君房的《清济贯浊河赋》,一为本文。此二文的意蕴大致相同,文辞运句稍有差异。表达了作者欲独秀于浊世,而无与匹敌的气魄。

青铜峡大禹像　摄影/王伟

吕温

吕温（771—811），唐朝文学家。字和叔，又字化光，河中（今山西省永济市）人。唐德宗贞元十四年（798）进士，次年又中博学宏词科，授集贤殿校书郎。贞元十九年（803），得王叔文推荐任左拾遗。贞元二十年（804）夏，以侍御史为入蕃副使，在吐蕃滞留经年。顺宗即位，王叔文用事，他因在蕃中，未能参与"永贞革新"。永贞元年（805）秋，使还，转户部员外郎。历司封员外郎、刑部郎中。元和三年（808）秋，因与宰相李吉甫有隙，贬道州刺史，后徙衡州，甚有政声，世称"吕衡州"。

河出荣光赋

丽乎天者曰汉[1]，纪乎地者惟河[2]。居上善[3]以利物，顺朝宗[4]而致和。时否则为灾而独昏垫，运至则呈瑞以叶讴歌。岂徒列四渎以居贵，与百川而随波者乎。当其布德惟新，储庆兹始。浊色既变，荣光乃起[5]。乍若烛龙[6]喷焰，上腾钟岭之云；又似阳乌[7]回翔，下落咸池[8]之水。增华一代，振耀千祀。信能陵晏海而比崇，蔑浴日而专美。时则纤埃不惊，和风充盈。大野初霁，圆灵始清。皎且洁兮，孤明不杂；焕其炳兮，五色斯呈。祥烟敛彩，瑞日韬晶。掩轻云而旁属，拂薰风而上征。百辟具瞻，孰云其相照；一人乃眷，自合于皇明。庶品昭苏，众幽光被。大哉有国之庆，赫兮为君之瑞。朣胧[9]元黄[10]，熠爚丹翠。洞鉴龙宫之人，朗见马图[11]之字。昔在温洛，致美化于陶唐，复效灵于我皇。先后叶德，今古和光。比屋观其自化，遐荒望以来王。讵比流景集坛，独作郊天[12]之应；赤光照室，空称诞帝之祥而已哉。客有目观荣河，心倾圣日。傥余光而见及，庶幽谷之可出。

【注释】

[1]汉：银河。[2]河：黄河。[3]上善：上善若水。至高的品性像水一样，

泽被万物而不争名利。[4]朝宗：比喻小水流注大水。《尚书·禹贡》载："江汉朝宗于海。"孔颖达疏："朝宗是人事之名，水无性识，非有此义。以海水大而江汉小，以小就大，似诸侯归于天子，假人事而言之也。"[5]"浊色"句：古人认为黄河水清，天上会呈现五色祥云。[6]烛龙：中国古代神话中的神，据《山海经》中记载，烛龙长千里，居住在章尾山。其人面蛇身，红色的皮肤，睁开眼就为白天。闭上眼则为夜晚，吹气为冬天，呼气为夏天，能呼风唤雨。[7]阳乌：神话传说中在太阳里的三足乌。[8]咸池：古代中国神话中日浴之处。古人认为西方王母娘娘拥有很多年轻貌美的侍女，而咸池是专供仙女洗澡的地方。[9]朣胧：微明的样子。[10]元黄：天地。[11]马图：龙马河图。[12]郊天：祭天。

【赏析】

吕温是中唐文坛卓有成就的文学家，其文学思想深受儒家诗教及其师梁肃的影响，强调文学的社会功能，论文有重道轻文的倾向。正如本文中作者点出"先后叶德，今古和光"，可以看得出，吕温文章的思想内容以传道为目的。

吕温积极参与并践行韩柳倡导的古文运动，以其"文彩赡逸"的独特风格被世人赞誉有加。其政论文联系现实，针砭时弊，具有唐代新经学下求实的特点。其擅长碑铭赞颂之作，融汇上古散文和六朝骈文优点，行文整饬匀美而又错综多变，苍凉之韵奔流而成"奇逸之气"，体现出文质彬彬的特色。本文虽以论道为最终目的，然而其文采甚佳，是唐代不可多得的美文。

郑州的黄河　摄影／孟宪明

元弼

元弼，生卒年不详，生平不详。

鱼跃龙门赋

彼龙门[1]之津，流水激射，断山嶙岣。厥功彰于夏禹，斯险际乎苍旻[2]。河源炳灵以峻极，水族候时而荐臻[3]。副天用也，伫龙行兮骧首。参神选也，同鲲化兮脱鳞。徒观其向天倪，辞水府，望霄汉之九[4]，越泥沙之五。来如及门，出若由户。虽悬波而千仞，终作气而一鼓。

我鬣既张，彼川何长？仰云路而抑扬，终不息而自强。我功既奖，彼河徒广。揖天衢而直上，诚择利而攸往。变化伊何，升沈亦多。潆洄曲渚，泛滟长波。背蛟室而大集，指龙门而远过。至于激厉果决，乘陵险绝。虽迅湍奔雷，骇浪喷雪，终瞬息而上。膺腾而撇，挥其尾而不劳，骋其力而不竭。于是俄变鱼服[5]，倏为龙姿，志气自负，威灵自持。岂同涂于点额，宁较力于掀鬐哉？于戏[6]！道有行藏，运有通塞。天资性灵，神辅正直。始有水而呀鳃，忽升天而振翼。然后随方受变，千里一色。风云际会，未始有极。慕李膺之往哲，孰不愿游。追老氏之元踪，而（阙一字）不测。倪真宰之可仰，终进德于君门之侧。

【注释】

[1]龙门：黄河龙门是黄河的咽喉，位于山西省河津市西北与陕西韩城市交接的黄河峡谷出口处。　[2]苍旻：苍天。　[3]荐臻：接连地来到。　[4]霄汉之九：古人认为天有九层。　[5]鱼服：鱼形。晋代潘岳《西征赋》载："彼白龙之鱼服，挂豫且之密网。"　[6]于戏：呜呼，感叹词。

【赏析】

在中国古代汉族神话传说中，黄河鲤鱼跳过龙门（指的是黄河从壶口咆哮而下的晋陕大峡谷的最窄处的龙门），就会变化成龙。后世多比喻举业成功或地位高升。

这个典故出自《辛氏三秦记》："陕西韩城市东北一名龙门口，二名禹门口，当地人称呼名。龙关。禹凿山开门，阔一里余，黄河自中流下，而岸不通车马。每逢春之际，有黄鲤鱼逆流而上，得过者便化为龙。"

随着唐代国力强盛，人才选拔制度的进一步完善，科举制度的推行，士人建功立业的热情日益高涨。在这种背景下，渴望进入仕途的文人士子常常以鱼跃龙门作为步入仕途的象征。

龙门石壁　摄影 / 孟宪明

裴度

裴度（765—839），唐代中期杰出的政治家、文学家。字中立，河东闻喜（今山西省闻喜县）人。唐德宗贞元五年（789）进士。唐宪宗时累迁御史中丞。因支持宪宗削藩而与宰相武元衡均遇刺，武元衡遇害，裴度亦伤及头部，后代武元衡为相。帅将平定淮西之乱，以功封晋国公，世称"裴晋公"。此后历仕穆宗、敬宗、文宗三朝，数度出镇拜相。晚年随世俗沉浮，以求避祸，官终中书令。开成四年（839）去世，谥号"文忠"。裴度坚持正道，辅佐宪宗实现"元和中兴"。为将相二十余年，荐引李德裕、李宗闵、韩愈等名士，重用李光颜、李愬等名将，还保护刘禹锡等人。史称其"出入中外，以身系国之安危、时之轻重者二十年"，被时人比作郭子仪。《全唐诗》《全唐文》等录其诗文。

神龟负图出河赋

茫茫积流，祚圣有作。动上天之密命，假灵龟以潜跃。盖欲以庆遥源，敷景铄。写物象之精秘，化人文之朴略。岂不以河之德兮灵长[1]，龟之寿兮会昌[2]。载征符先呈于古帝，称大宝后遗于宁王[3]。故将出也，感天地，动阴阳。浮九折[4]之澄碧，散五色[5]之荣光。然后蹈箭流而泳花浪，露元甲而明绣裳。初若沉圆璧而未没，稍似泛孤凫而欲翔。既而降芳莲，蹈清沚。五老[6]游而共睹，列圣过而每喜。出朝日如耀其宝图，伏灵坛状陈其镂簋。布爻象之纠纷，蕴天地之终始。负谋谟之画，将化洪荒。当授受之时，岂思绿水[7]。非臆对之可述，谅钩深而有致。所以出河宗，作天瑞。冯夷[8]倚浪以相送，神鱼鼓舞而旋避。于戏[9]！冥数窅然，自我而传。外骨明赟，中心善泉。将后天而思永，岂为贽而居前。至如鱼托素以达情，凤衔诏而展礼。未若祥开八卦，兆动四体。阐文教宁木铎之足俦，赞贞明与日月而同启。洎乎形貌既著，品物类分。荣万化之茫昧，合一气之氤氲。谶用光于夏叶，繇每焕于羲文。此乃天理用彰，神道设教。故跃波而委质，殊以文而饰貌。触纶诚怪于文鳐[10]，隐雾徒嗟乎元豹[11]。此悠久也，可是则而是效。

【注释】

　　[1]灵长：广远绵长。　[2]会昌：会当兴盛隆昌。　[3]宁王：开国受命之王。　[4]九折：九曲黄河。　[5]五色：颜色绚丽的彩云。古人以为祥瑞之兆。　[6]五老：神话传说中的五星之精。　[7]绿水：清澈、澄净的水。　[8]冯夷：传说中的黄河之神，即河伯。泛指水神。　[9]于戏：呜呼。感叹词。　[10]文鳐：传说中的鱼名。　[11]元豹：指玄豹。汉刘向《列女传·陶答子妻》载："陶大夫答子贪富务大，不顾后祸，其妻说之曰：'南山有玄豹雾雨七日而不下食者，何也？欲以泽其毛而成文章也，故藏而远害。'"后为遁世全身之典实。

【赏析】

　　这是一篇题画文章。唐代题画文章较多，这得益于唐代绘画艺术的繁荣。文中体现了汉代以来正宗的神学世界观、神学天命论在唐代的影响。正如本文开端所述的"茫茫积流，祚圣有作。动上天之密命，假灵龟以潜跃。盖欲以庆遥源，敷景铄。写物象之精秘，化人文之朴略"，体现出唐代主流的天命观。

　　裴度在文学创作方面，认为"文之异，在气格之高下，思致之浅深，不在碟裂章句，骧废声韵"，主张"不诡其词而词自丽，不异其理而理自新"。这对于当时古文写作上追求奇诡的倾向，具有补偏救弊的意义。他对韩愈的才能是赞赏的，但不赞成韩愈"以文为戏"，写那些嘲讽性的杂文。因此裴度的文章风格体现出雅驯的特点。

苗秀

苗秀（生卒年不详），《全唐文》卷四百五十七收录有《鱼登龙门赋》《登春台赋》。《全唐文》小传："苗秀，秀一作芳，大历八年进士。"

鱼登龙门赋

有客有客[1]，栖于草泽[2]。观龙门[3]，壮禹迹。目送跳沫，十有余里。心惊悬流，千有余尺。气濛濛而雾蒸，声隐隐而雷激。于是吞舟之伦，吹潦将适。奋泥沙而鲅剌[4]，簸鬐鬣[5]以投掷。鳞栉比而映水星攒，目瞳昽而中流月白。翔叠浪，凌洪波。当用取之，既遑志而浩汗，何往不可。岂失溜而蹉跎，遂脱鱼服入龙涡。上既亲于天水，下不离于鼋鼍。天吴[6]芒昧而莫测其以，冯夷[7]腭眙而孰知其他。出彼处此，载腾载跃。违任公之钓饵，远渔父之矰缴。昔常未达，伏艰难以如兹。今则获伸，观变化之何若。既禀受乎灵，遂隐见乎形。鹜寥廓，升窅冥[8]。却讶泥蟠，兔翻身于尾赤。旋惊意逸，摩正色于天青。然后知游濠浮沉，在藻出入。嗟所处之龊龊，恨中区[9]之于邑。岂若一朝豹变[10]，千古名立。当天衢而翱翔，近日域而呼吸。悬水之文人莫比，赤鳞之巨鲤何及。永无涸辙之忧，宁有穷波之急。别有志士，卓尔不群。名嗟岁晚，寝必夜分。思拜手于丹阙，愿献赋于明君，倘获比鱼而变龙，必能行雨而吐云。

【注释】

[1]有客有客：《诗经·周颂》有《有客》诗："有客有客，亦白其马。"周王为微子启饯行时所唱的乐歌，表现了周王对来客热情招待的情形，暗示了周王对微子启的希望。 [2]草泽：低洼积水野草丛生的地方，这里指民间。 [3]龙门：黄河龙门是黄河的咽喉，位于山西省河津市西北与陕西韩城市交接的黄河峡谷出口处。 [4]鲅剌：亦作"拨剌"，象声词，用来形容鸟拍翅膀或鱼拍尾的声音，也意指鸟飞或鱼游得

极快。[5]鬐鬣:鱼、龙的脊鳍。[6]天吴:古代中国神话传说中的水神。[7]冯夷:中国古代神话中的黄河水神,即河伯。也泛指水神。[8]窅冥:遥远处,遥空。[9]中区:区中,人世间。[10]豹变:像豹子的花纹那样变化。刚出生的小豹子很丑陋,但逐渐会变得雄健而美丽。这是一个漫长的过程,不知不觉中,平凡已化为卓越。比喻地位高升而显贵。

【赏析】

　　鲤跃龙门(又作鲤鱼跳龙门),是古代中国的一个民间传说,相传龙门也称禹门,位于黄河峡谷中,由大禹治水时凿通龙关山形成。由于黄河水性浑浊,一般鱼类不能存活,只有耐污的鲤鱼适应生长,又由于其生长环境是黄色的泥水,所以刚出水的黄河鲤鱼身上鳞片呈黄色。每年春季,黄河中的鲤鱼会逆水而上产卵,在龙门形成跳跃的群体,但是由于黄河水流湍急,加之落差较大,没有任何鱼类可以登上,所以古代人们想象这些金色的鲤鱼跳过龙门以后就会变化成龙升天而去。也就是本文作者在文中畅想的那样,一旦飞跃成功,便可脱离人间草泽,遨游于天际。

　　后世常用鲤跃龙门比喻勠力拼搏,砥砺奋进,敢想敢干,敢于筑梦。科举制度推行后,鱼跃龙门被用来比喻科举中榜,于是龙门在国人心里就有了神圣的地位。

　　"鲤鱼跳龙门"的传说流传下来,也影响了东亚文化圈,在日本等地悬挂鲤鱼旗,就是希望孩子健康成长,像鲤鱼一样跳过龙门成龙。

长孙无忌

长孙无忌(？—659),唐代政治家、文学家。字辅机,河南洛阳人,鲜卑族。隋朝右骁卫将军长孙晟之子,母亲为北齐乐安王高劢之女,文德皇后同母兄。长孙无忌幼年丧父,由舅父高士廉抚养成人。聪明鉴悟,雅有武略,与唐太宗是布衣之交,进而结为姻亲。晋阳起兵后,前往谒见投效,跟随唐太宗征战四方,成为心腹谋臣,封上党县公,参与策划"玄武门之变"。贞观年间,长孙无忌历任左武侯大将军,领吏部尚书,拜尚书右仆射,迁司空、司徒兼侍中、检校中书令,封赵国公,图形凌烟阁,位列第一。他在立储之争时,支持李治,后被任为顾命大臣,授太尉、同中书门下三品。永徽年间,长孙无忌在《贞观律》基础上主持修订《唐律疏议》,冤杀吴王李恪,反对"废王立武"。显庆四年(659),为许敬宗所诬,削爵流放黔州(今重庆市),自缢而死。上元元年(674),追复官爵,陪葬昭陵。

贺河清表

臣闻昆仑戴极,道元液以周天;积石疏源,委沧波而括地[1]。俯作神州之纪,仰膺上帝[2]之宫,水德灵长,斯其谓矣。故能道符千载,位长百川。瑞马开图[3],发荣光于远代;应龙辟壤[4],致宅土于遐年。自此不追,寂寥难俟。天之祚圣,复在于兹。伏惟皇帝陛下则哲承基,穷神阐化,功绵寓外,德耀瀛表,文教蔚乎三五。至道格乎地天。是以祯凝薮泽,庆溢风烟,丹井辉奇,青邱表异,嘉苗合颖,入丰膳以鸣锺;天驷尔云:播颂声于缀兆。西鹣南稚[5]之贶,日至月书;连珠涌醴之征,云霏雾集。宜其展事嬴里,仰告成功,出豫介邱,方腾茂实。犹且宵衣旰食,若有追而不逮;对越嘉祉,乃固辞而弗居。遂使万玉韬华,三神觖望。西星伫照,申以德水之祥;东岳希封,勖以清河之贶。伏见陕州刺史房仁裕状称,所管界内二百余里,正月元日黄河载清。谨按《易乾凿度》[6]曰:"圣人受命河水清。"京房《飞候》[7]曰:"河水清,天下太平。"繇是纳渭含泾,混流同洁,凌门淴泽,别派俱清。马颊驰波,详观若镜,龙门激箭,迥眺飞空。滔天之曲焕然，冰夷之都可见。千寻朗澈，俯映元珠，一曲澄鲜，遥观紫贝。尽河宗之奥秘，沿水府之仙灵。岂非天鉴详明，不爱其道，神心昭著，在感斯通，何幽显合符，人祇交际，理均形契，若斯之效欤！臣等沐道醉心，观洋骇目，按图遂听，旷古无闻，实庆生涯，亲承旦暮。伏愿陛下上承天意，下谕人心，昭告环瀛[8]，编列国史。

【注释】

[1]括地：包容大地的意思。 [2]上帝：古时指天上主宰一切的神。 [3]瑞马开图：指龙马河图。 [4]应龙：古代中国神话传说中一种有翼的龙，亦作黄龙、飞龙。应龙是和风化雨的主宰，开辟龙门，曾下凡作为黄帝大将斩杀蚩尤、夸父，也曾以尾画地成江，助大禹治水。 [5]西鹣南稚：泛指四海珍异之物。 [6]《易乾凿度》：即《周易乾凿度》，是中国西汉末纬书《易纬》中的一篇。又称《易纬乾凿度》，简称《乾凿度》。 [7]京房（前77—前37）：西汉学者，本姓李，字君明，推律自定为京氏，东郡顿丘（今河南省清丰县）人，著有《周易飞候》。 [8]环瀛：天下。

【赏析】

本文作于唐太宗贞观十四年（640）春。文中记载元月元日黄河载清与《新唐书》卷三十六记载"贞观十四年二月，陕州、泰州河清"虽稍有不同，但差异不多。是年，与长孙无忌《贺河清表》同时闻名的亦有张文收的《景云河清歌》。

唐初近百年间，奏疏章表虽已多有散体，但骈体仍占主要地位。长孙无忌的《贺河清表》恰恰体现出骈文向古文发展的痕迹。文中主体部分为骈文，但引用陕州河清事件时，已经出现形散化倾向。唐初士大夫的这一创作倾向，推动了唐代中期散文文体的进一步改革。

张说

张说（667—730），唐代政治家、军事家、文学家，字道济，一字说之，河南洛阳人。历任太子校书、左补阙、右史、内供奉、凤阁舍人。后累迁工部侍郎、兵部侍郎、中书侍郎，加弘文馆学士。后封燕国公。开元十八年（730）十二月病逝，时年六十四岁。唐玄宗于光顺门举哀，罢十九年元正朝会，追赠太师，谥号"文贞"。张说前后三次为相，执掌文坛三十年，为开元前期一代文宗，与许国公苏颋齐名，号称"燕许大手笔"。著有《张燕公集》。

蒲 津 桥 赞

《易》曰"利涉大川"，济乎难也；《诗》曰"造舟为梁"，通乎险也。域中有四渎[1]，黄河是其长；河上有三桥，蒲津是其一。隔秦称塞，临晋名关，关西[2]之要冲，河东[3]之辐凑，必由是也。其旧制：横絙百丈，连舰十艘，辫修笮以维之，系围木以距之，亦云固矣。然每冬冰未合，春互初解，流澌峥嵘，塞川而下，如础如臼，如堆如阜，或搉或捆，或磨或切，绠断航破，无岁不有。虽残渭南之竹，仆陇坻之松，败辄更之，罄不供费，津吏成罪，县徒告劳，以为常矣。

开元十有二载（一作九年十二月），皇帝闻之曰："嘻，我其虑哉！"乃思索其极，敷祐于下，通其变，使人不倦。相其宜，授彼有司。俾铁代竹，取坚易脆，图其始而可久，纾其终而就逸，受无疆惟休，亦无疆惟恤。于是大匠蒇事[4]，百工献艺，赋晋国之一鼓[5]，法周官之六齐[6]。飞廉[7]煽炭，祝融[8]理炉。是炼是烹，亦错亦锻。结而为连锁，镕而为伏牛。偶立于两岸，襟束于中滩，锁以持航，牛以縶缆，亦将厌水物，奠浮梁。又疏其舟闲，画其鹢首，必使奔澌不突，积凌不溢。新法既成，永代作则。原夫天意，有四旨焉：济人仁也，利物义也，顺事礼也，图远智也。仁以平心，义以和气，礼以成政，智以节财。心平则应，谐百神矣；气和则感，生万物矣；政成则义，文之经矣；财节则丰，武之德矣。故天将储其祯，地将阜其用，人将盈其力。圣皇之道，乾乾翼翼，观艺而无穷，咏功而无极。

【注释】

[1] 四渎：长江、黄河、淮河、济水的合称。[2] 关西："关"指的是函谷关（或潼关），关西就是指函谷关以西的地方。[3] 河东：河东在古代指山西西南部，位于秦晋大峡谷中黄河段乾坤湾，壶口瀑布及禹门口（古龙门）至鹳雀楼以东的地区，是华夏文明的摇篮。[4] 蒇事：事情办理完成。[5] 赋晋国之一鼓：《左传·昭公二十九年》载："晋赵鞅、荀寅帅师城汝滨，遂赋晋国一鼓铁，以铸刑鼎，著范宣子所为刑书焉。"《孔子家语·正论解》载："赵简子赋晋国一鼓钟，以铸刑鼎，著范宣子所为刑书。"王肃注："三十斤谓之钟，钟四谓之石，石四谓之鼓。"[6] 法周官之六齐：商周时期，青铜器冶炼及其铸造技艺已达到相当高的水平，六齐之法，实为锡、铜的六种不同的合金比例而做出不同的器具的冶炼技术。[7] 飞廉：风伯。[8] 祝融：重黎，颛顼的玄孙、称之孙、老童之子、太子长琴之父。又是三皇五帝时夏官火正的官名。

【赏析】

唐开元十二年（724），玄宗皇帝为加强长安与中原地区的联系，命群臣商议改建蒲津桥（位于今陕西省运城市永济市蒲州城西），张说作为蒲津桥改建的倡议者和主持人，其方案得到玄宗皇帝的支持。

在改建蒲津桥过程中，张说坚持以桥梁稳固为前提，一是在黄河两岸筑造石堤，使河岸坚固、稳定；二是将竹索链改为铁索链；三是在两岸分别铸造八尊铁牛，用来牵系桥梁，使桥梁稳定，类似于现代工业的基桩。工事完毕之后，张说作此文以说明修桥缘由。

修桥所用铁牛，称为开元铁牛，亦称唐代铁牛。元末桥毁，久置不用，当地人称为"镇河铁牛"。因黄河变迁，逐渐为泥沙埋没。1989年8月在蒲津渡遗址上经勘查发掘，处于黄河古道东岸的四尊铁牛全部出土。四牛四人形态各异，大小基本相同，据测算，铁牛各重约30吨左右，下有底盘和铁柱，各重约40吨，两排之间有铁山。这四尊铁牛是至今我国发现的历史最早、体积最大、重量最重、数量最多、工艺最精的渡口铁牛，是中华古代文明成就的又一重大发现。

宋金元

刘家峡　摄影 / 王伟

李垂

李垂（965—1033），宋代文学家。字舜工，博州聊城（今山东省聊城市）人。宋真宗咸平年间进士。历任闻喜尉、湖州录事参军，召为崇文校勘，迁著作佐郎、馆阁校理，上《导河形式书》三卷，又累修起居注。其为人正直，不肯同流合污而得罪于宰相丁谓，罢知亳州，迁颍、晋、绛州。宋仁宗明道初年（1032），丁谓倒台，李垂被召回京都，因不攀附新宰相，很快又被排挤出知均州。未几卒。

导河形势图

臣请自汲郡[1]东推禹故道，挟御河[2]，减其水势，出大伾、上阳、太行三山之间，复西河故渎，北注大名西、馆陶南，东北合赤河而至于海。因于魏县北析一渠，正北稍西，径衡漳，出邢、洺，如《夏书》[3]过滹水，稍东注易水，合百济，会朝河而入于海。大伾而下，黄、御混流，薄山障堤，势不能远。如是，则载之高地而北行，百姓获利，匈奴[4]南寇无所入。《禹贡》所谓"夹右碣石入于海"，孔安国曰："河逆上此州界。"其始作自大伾西八十里，曹公所开运渠东三十里，引河水正北稍东十里，破伯禹古堤，径牧马陂，从禹故道。又东三十里，转大伾西、通利军北，挟白沟，复西大河，北径清丰、大名，西历洹水、魏县，东暨馆陶，南入屯氏故渎，合赤河而北至于海。既而自大伾西新发故渎西岸析一渠，正北稍西五里，广深与汴等，合御河道；通大伾北，即坚壤析一渠，东西二十里，广深与汴等，复东合大河。两渠分流，则西三分水犹得注澶渊[5]旧渠矣。大都河水从西北大河故渎，东北合赤河而达于海。然后于魏县北发御河，河西岸析一渠，正北稍西六十里，广深与御河等，合衡漳水。又，冀州北界，深州西南三十里，决衡漳西岸，限水为门，西北注滹沱，潦则塞之使东渐渤海，旱则决之使西灌屯田，有以见备塞限边形势之利出于中国矣。两汉以下，言水利者屡欲求九河故道而疏之。今考图志，九河并在平原而北，且河坏澶、滑，未至平原而上已决矣，则九河奚利哉！汉武舍大伾之故道，发顿丘之暴冲，则滥兖泛济，接闻于世。夫平原而北，地势浚下，泄水甚易，故沧、德之间，旧障皆完。滑台而北，地形高平，入海稍难，故齐、棣之间，游波互出。若放河北下，则其利甚详。惜哉河朔平田膏腴千里，而纵容敌骑劫掠其间，无山川阨塞之防，无形腾顾望之备，虽将材兵盛，未暇长驱，可谓授胜地于匈奴，借寇兵为虎翼。汉贾谊、晁错不及此议者，以河水未东故也；唐戴胄、马周不及此议者，以守在幽北故也。今大河尽东，全燕陷北，则御敌之计，莫大于河。不然，则赵、魏百城，赋庶万亿，所谓诲盗[6]而招寇[7]矣。一日伺我边土蔬谨谷饥，乘虚入犯，临时为计则实难。不如因人足财丰之隙，下民轻资疾力而成，实于利除害之大者也。

【注释】

[1] 汲郡：西晋泰始二年（266）置，治所在汲县（今河南省卫辉市西南），属司州。唐天宝、至德时曾改卫州为汲郡。宋称卫州，州治除先后短时间迁共城（今河南辉县）和胙城（今河南延津县胙城乡），其余时间均在汲县。1988年10月，撤销汲县，建立卫辉市，属河南省直辖，由新乡市代管。 [2] 御河：北宋时期，御河是一条较为重要的内陆运河，由隋唐时期的永济渠发展而来。 [3]《夏书》：指《尚书》中的《夏书》。 [4] 匈奴：这里指契丹人建立的辽国。 [5] 澶渊：古湖泊名。也叫繁渊。故址在今河南濮阳市西。《春秋》襄公二十年（前553）载：晋齐等诸侯"盟于澶渊"，即此。北宋与辽国的"澶渊之盟"也发生在此。 [6] 诲盗：诱人盗窃。 [7] 招寇：招致盗寇。

【赏析】

宋景德元年（1004），辽萧太后与辽圣宗率20万大军南下，深入宋境，围攻定州（今河北定县），直逼黄河岸边的澶州，威胁到京城东京（今开封）。新任宰相寇准坚请真宗御驾亲征，最终在澶州订立盟约，史称"澶渊之盟"。

宋辽结盟后,两国长期并立,虽无大战事,但小的侵扰仍不断。朝野一些忧国忧民之士,难以忍受这种状况的存在,纷纷上计献策,企盼改变这种局面。

外忧未竟,而内患又不断。据《宋史·五行志》记载,仅从真宗咸平元年(998)七月大水灾之后,清河、黄河泛滥三十余次。大中祥符五年(1012)正月李垂上《导河形胜书》三篇并图,提出整治开挖六条导洪入海的水派。文中分析及论证详细而深刻,甚受宋真宗重视,但因需"筑堤七百里,役夫二十一万七千,工至四十日,侵占民田,颇为烦费"(《资治通鉴·宋纪》卷三十),同时又顾虑建成后万一达不到设计目标,会造成被动等原因,便将此事搁置。

龙门而下的黄河　摄影/孟宪明

曾巩

曾巩（1019—1083），宋代文学家。字子固，建昌军南丰（今江西省南丰县）人。少有文名，为欧阳修所赏识，王安石尝与之交游。宋嘉祐二年（1057）进士。初为太平州司法参军，召编校史官书籍，迁馆阁校勘、集贤校理，为实录检讨官。出通判越州，历知齐、襄、洪、福等州。元丰三年（1080），判三班院。四年，迁史馆修撰，典修五朝国史，管勾编修院。未及属稿，擢中书舍人。后病卒于江宁。任地方官时，注意除民害，平冤狱，治疫救灾。任职史馆，曾整理《战国策》《说苑》，并校定南齐、梁、陈三书。散文含蓄典重，雍容平易，为"唐宋八大家"之一，亦能诗。著有《元丰类稿》。

黄　河

河自西出而南，又东折，然后北注于海。当禹之行水，功之所施者最多，自大伾而北，既酾[1]为二，至大陆又播为九，然后为逆河，以与海属，非屡散裂而顺导之，莫能为功。盖其难如此，故历三代千有余年，无河患者，以禹故迹未尝变也。

至周定王之时，禹迹遂改，故河之为败自此始。自是之后，言治河者尤众，有欲索故迹而穿之，许商、解光之说是也。有欲出之胡中，齐人延年之说是也。有以为天事可勿理者，田蚡、谷永之说是也。有以为宜空水冲以纵其决，穿漕渠以通其势者，关并、贾让之说是也。有以为宜弛灌溉之防，使水得自行者，张戎之说是也。有以为宜徙之宽平者，王横之说是也。有以为宜计为堤防，又以为堤防非古义者，王延世、平当之说是也。凡此数者，各乖异。

总之，堤防之起自战国，西汉以来，筑作者辄复败，故务壅塞居水者，最谙[2]于用，而复二渠，则水之害去，绝屯氏之河，则害作，故言河宜散裂[3]，仿于禹迹是当。

盛宋之隆，河数为败。兴国之间，房村之决为甚。当此之时，劳十万之众，然后复理。天子为赋诗比《瓠子之歌》，属者虽有商胡之忧，非曩时比也，然天子大臣讲求利害之理勤矣。愚既以为堤防壅塞谙于用，仿禹之迹为可，然水之为迹，难明久矣，非深考博通，心知其详，固难以臆见决策举事也。宜博求能疏川浚河者，与之虑定，然后施功，则可以下安元元^[4]，上追禹绩矣。

【注释】

[1]酾：疏导（河渠）。 [2]谙：熟悉，了解。 [3]散裂：分流。 [4]元元：人民，百姓。

【赏析】

曾巩散文成就很高，在文学创作方面，远学韩愈，又师承欧阳修，主张"文以明道"。宋代以降，许多人将其奉为"唐宋八大家"之一，其作品也被奉为典范。纵观曾巩的一生，其不仅是一位文学家，更是一位实干家。

本文行文浅显易懂，在梳理了历代治河名人、名论之后，提出支持在黄河下游开分水河的观点，这与后世治河思想有着本质的区别。

有宋一代，黄河泛滥无数，有识之士往往能够提出真知灼见，部分也被朝廷重视，但绝大多数都被搁置而不用，究其原因不在士大夫无拯黎民生计之心，而在于朝廷多嫌烦费之虑。

张洎

张洎（934—997），宋代政治家、文学家。字师黯、偕仁，滁州全椒（今安徽省全椒县）人。其行止洒脱，文采清丽，博览佛道书籍。南唐进士，后官礼部员外郎、知制诰，起草诏书，参议机密，深得后主李煜的信任。宋至道二年（996），赵匡义任命张洎为参知政事，与寇准同列中枢，专修政纪、编纂史籍。次年赐誉推忠佐理功臣、金紫光禄大夫、上柱国清河郡开国侯。张洎有文集流传于世。又有《贾氏谈录》，内容多为唐代轶闻。

汴水疏凿之由奏

禹导河自积石至龙门[1]，南至华阴[2]，东至砥柱，又东至于孟津[3]，东过洛汭[4]，至于大伾，即今成皋是也，或云黎阳山也。禹以大河流泛中国，为害最甚，乃于贝丘疏二渠，以分水势：一渠自舞阳县东，引入漯水[5]，其水东北流，至千乘县[6]入海，即今黄河是也；一渠疏畎引傍西山，以东北形高敝坏堤，水势不便流溢，夹右碣石入于渤海。《书》所谓"北过洚水，至于大陆"，洚水即浊漳，大陆则邢州钜鹿泽。"播为九河，同为逆河，入于海。"河自魏郡贵乡县界分为九道，下至沧州，今为一河。言逆河者，谓与河水往复相承受也。齐桓公塞以广田居，唯一河存焉，今其东界至莽梧河[7]是也。禹又于荥泽下分大河为阴沟，引注东南，以通淮、泗。至大梁浚仪县西北，复分为二渠：一渠元经阳武县中牟台下为官渡水；一渠始皇疏凿以灌魏郡，谓之鸿沟，莨菪渠自荥阳五出池口来注之。其鸿沟即出河之沟，亦曰莨菪渠。

汉明帝时，乐浪人王景、谒者王吴始作浚仪渠，盖循河沟故读也。渠成流注浚仪，故以浚仪县为名。灵帝建宁四年，于敖城西北垒石为门，以遏渠口，故世谓之石门。渠外东合济水，济与河、渠浑涛东注，至敖山北，渠水至此又兼邲之水，即《春秋》晋、楚战于邲。邲又音汳，即"汴"字，古人避"反"字，改从"汴"字。渠水又东经荥阳北，旃然水自县东流入汴水。郑州荥阳县西二十里三皇山上，有二广武城，二城相去百余步，汴水自两城间小涧中东流而出，而济流自兹乃绝。唯汴渠首受旃然水，谓之鸿渠。东晋太和中，桓温北伐前燕，将通之，不果。义熙十三年，刘裕西征姚秦，复浚此渠，始有湍流奔注，而岸善溃塞，裕更疏凿而漕运焉。隋炀帝大业三年，诏尚书左丞相皇甫谊发河南男女百万开汴水，起荥泽入淮千余里，乃为通济渠。又发淮南兵夫十余万开邗沟，自山阳淮至于扬子江三百余里，水面阔四十步，而后行幸焉。自后天下利于转输。昔孝文时，贾谊言"汉以江、淮为奉地"，谓鱼、盐、谷、帛，多出东南。至五凤中，耿寿昌奏："故事，岁增关东谷四百万斛以给京师。"亦多自此渠漕运。

唐初，改通济渠为广济渠。开元中，黄门侍郎、平章事裴耀卿言：江、淮租船，自长淮西北溯鸿沟，转相输纳于河阴、含嘉、太原等仓。凡三年，运米七百万石，实利涉于此。开元末，河南采访使、汴州刺史齐澣，以江、淮漕运经淮水波涛有沉损，遂浚广济渠下流，自泗州虹县至楚州淮阴县北八十里合于淮，逾时毕功。既而水流迅急，行旅艰险，寻乃废停，却由旧河。

德宗朝，岁漕运江、淮米四十万石，以益关中。时叛将李正己、田悦皆分军守徐州，临涡口，梁崇义阻兵襄、邓，南北漕引皆绝。于是水陆运使杜佑请改漕路，自浚仪西十里疏其南涯，引流入琵琶沟，经蔡河至陈州合颍水，是秦、汉故道，以官漕久不由此，故填淤不通，若畎流培岸[8]，则功用甚寡；又庐、寿之间有水道，而平冈亘其中，曰鸡鸣山，佑请疏其两端，皆可通舟，其间登陆四十里而已，则江、湖、黔、岭、蜀、汉之粟，可方舟而下。由是白沙趋东关，经庐、寿，浮颍步蔡，历琵琶沟入汴河，不复经溯淮之险，径于旧路二千里，功寡利博。朝议将行，而徐州顺命，淮路乃通。至国家膺图受命，以大梁四方所凑，天下之枢，可以临制四海，故卜京邑而定都。

汉高帝云："吾以羽檄召天下兵未至。"孝文又云："吾初即位，不欲出虎符召郡国兵。"即知兵甲在外也。唯有南北军、期门郎、羽林孤儿，以备天子扈从藩卫之用。唐承隋制，置十二卫府兵，皆农夫也。及罢府兵，始置神武、神策为禁军，不过三数万人，亦以备扈从藩卫而已，故禄山犯关，驱市人而战；德宗蒙尘，扈驾四百余骑，兵甲皆在郡国。额军存而可举者，除河朔三镇外，太原、青社各十万人，邠宁、宣武各六万人，潞、徐、荆、扬各五万人，襄、宣、寿、镇海各二万人，自余观察、团练据要害之地者，不下万人。今天下甲卒数十万众，战马数十万匹，并萃京师，悉集七亡国之士民于辇下，比汉、唐京邑，民庶十倍。甸服时有水旱，不至艰歉者，有惠民、金水、五丈、汴水等四渠派引脉分，咸会天邑，舳舻[9]相接，赡给公私。所以无匮乏，唯汴水横亘中国，首承大河，漕引江、湖，利尽南海，半天下之财赋，并山泽之百货，悉由此路而进。然则禹力疏凿以分水势，炀帝开畎以奉巡游，虽数湮废，而通流不绝于百代之下，终为国家之用者，其上天之意乎？

【注释】

[1]龙门：黄河龙门是黄河的咽喉，位于山西省河津市西北与陕西韩城市交接的黄河峡谷出口处。 [2]华阴：今陕西省渭南市华阴市。 [3]孟津：今河南省孟津县。 [4]洛汭：位于洛水的下游，洛水入黄河处。 [5]漯水：别名獭河，亦称杨绪沟。流域在山东省济南市章丘区境内。 [6]千乘县：在临淄郡西北百五十公里，高苑县（今山东省高青县高城镇）北，县域跨今博兴、高青部分地区。 [7]莽梧河：指王莽枯河。《元和郡县图志》载："王莽枯河在平原县南五里。" [8]畎流培岸：指疏通河道，增筑河堤。畎，疏通。培，筑造。 [9]舳舻：指首尾相接的船只。舻，船头。

【赏析】

汴水，又称"古汴渠"，是泗水的一条重要支流。自今河南开封市西北的蒗荡渠，经开封市、杞县、民权县、宁陵县，流入商丘市睢阳区、梁园区。接河南商丘市西北的甾获渠，又东北经山东曹县南部边界，流入虞城县北境，东经夏邑县北、永城市北，又经安徽省萧县北，流入江苏徐州市西境，于城北汇入泗水。这一河段又称为"获水"，亦兼丹水之称。

宋初张洎意识到汴水的重要性，主张疏通已经淤塞的河段，并加之以筑堤。张洎的初衷是南北粮食转运的经济效益，面对宋初已经开始频发的黄河水灾，其疏通汴水的主张，可视为王景治河思想的延续。

岑仲勉先生在《黄河变迁史》中论述到，王景治河以后，黄河之所以能够八百余年无大决，关键在于汴水的分流，可谓是真知灼见。

今日汴水美　摄影／孟宪明

苏辙

苏辙（1039—1112），宋代文学家。字子由，一字同叔，晚号颍滨遗老。眉州眉山（今四川省眉山市）人。宋嘉祐二年（1057）进士，初授试秘书省校书郎、商州军事推官。宋神宗时，因反对王安石变法，出为河南留守推官。此后随张方平、文彦博等人历职地方。宋哲宗即位后，入朝历官右司谏、御史中丞、尚书右丞、门下侍郎等职，位列执政。哲宗亲政后，因上书谏事而被贬知汝州，连谪数处。宰相蔡京掌权时，再降朝请大夫，遂以太中大夫致仕，筑室于许州。政和二年（1112），苏辙去世，年七十四，追复端明殿学士、宣奉大夫。宋高宗时累赠太师、魏国公，宋孝宗时追谥"文定"。苏辙与父亲苏洵、兄长苏轼齐名，合称"三苏"。著有《栾城集》。

再论回河札子[1]

臣顷闻朝廷议罢回河[2]，来年当用役兵开河分水。臣以为天下财赋匮竭，河朔[3]灾伤之后，民力未复，未堪此役，辄奏言不便。既而采察众议，闻河北转运使谢卿材到阙[4]，倡言于朝曰："黄河自小吴决口，乘高注下，水势奔快，上流堤防无复决怒之患，而下流湍驶行于地中，日益深浚。朝廷若以河事付臣，臣请不役一夫，不费一金，十年之间，保无河患。"大臣以其异己，罢归本任，而使王孝先、俞瑾、张景先三人重画回河之计。三人利在回河，虽言其便而亦知其难成，故于议状之末复言"若将来河势变移，乞免修河官吏责罚"。都下汹汹[5]，传笑以为口实。盖回河之非，断可知矣。然近日复闻内批[6]降付三省，如云"若河流不复故道，终为河朔之患"。外廷疏远，不知此说信否。然众心忧惧，深恐群臣由此观望，不敢正言得失。臣职在财赋，忧责至深，不敢畏避诛戮，愿毕陈其说。

方今回河之策，中外讲之熟矣。虽大臣固执，亦心知其非，无以藉口矣。独有边防一说，事系安危，可以竦动上下，伸其曲说。陛下深居九重，群言不得尽达，是以迟迟不决耳。昔真宗皇帝亲征澶渊，拒破契丹，因其败亡，与结欢好。自是以来，河朔不见兵革几[7]百年矣。陛下试思之，此岂独黄河之功哉。昔石晋之败，黄河非不在东。而祥符以来，非独河南无虏忧，河北亦自无兵患。由此观之，交接夷狄，顾德政何如耳。未闻逆天地之性，引趋下之河，升积高之地，兴莫大之役，冀不可成之功，以为设险之计者也。昔李垂、孙民先等号知河事，尝建言乞导河西行，复禹旧迹，以为河水自西山北流，东赴海口，河北诸州尽在河南。平日契丹之忧，遂可无虑。今者天祚[8]中国，不因人力，河自西行，正合昔人之策。自今以往，北岸决溢，渐及虏境，虽使异日河复北徙，则虏地日蹙，吾土日纾[9]。其为忧患正在契丹耳。而大臣过计，以为中国之惧，遂欲罄竭民力，导河东流。其为契丹谋则多，为朝廷虑则疏矣。议者或谓河入虏境，彼或造舟为梁，长驱南牧，非国之利。臣闻契丹长技在鞍马，舟楫之利固非所能。且跨河系桥，当先两岸进筑马头。及伐木为船，其功不细。契丹物力寡弱，势必不能。就使能之，今两界修筑城栅比旧小增，辄移文诘问，必毁而后已，岂有坐视大役而不能出力止之乎。假设虏中遂成此桥，黄河上流尽在吾地。若沿河州郡多作战舰，养兵聚粮，顺流而下，则长艘巨缆，可以一炬而尽。形格势禁，彼将自止矣。臣窃怪元老大臣，久更事任，而力陈此说，意其谋已出口，重于改过，而假此不测之忧，以取必于朝廷耳。不然，岂肯于天下困弊、河朔灾伤之后，役数十万夫，费数千万物料，而为此万无一成之功哉。夫大役既兴，势不中止，预约功料有少无多。官不独办，必行科配，官出其一，民出数倍。公私费耗，必有不可胜言者矣。苟民力穷竭，事变之出，不可复知。饥饿相逼，必为盗贼。昔秦筑长城以备胡，城既成而民叛。今欲回大河以设险，臣恐河不可回，而民劳变生，其计又出秦下。异日难欲悔之，不可得也。陛下数年以来，休养民物，如恐伤之。今河已安流，契丹无变，而强生疮痏[10]以扰之，非计之得也。故臣愿陛下断之于心，罢此大役，唯留神察之，自河决小吴，于今九年，不为不久矣，然虏情恭顺，与事祖宗无异。陛下诚重违大臣，姑复以三年观之，事久情见，大臣之言与天下公议，可以坐而察也。臣不胜区区忧国之诚，干犯斧钺[11]，死无所避。取进止。

贴黄[12]：朝廷虽已遣范百禄、赵君锡出按回河利害，然大臣方持其议，事势甚重，中外谁不观望风旨？百禄等虽近侍要官，臣不敢保其不为身谋，能以实告也。故不避再渎，复为此奏。非陛下断之于心，天下之忧未知所底也。

【注释】

[1]札子：古代官方公文中的上呈文书。用于向皇帝或长官进言议事。[2]回河：回河之争是北宋神宗、哲宗两朝对疏导黄河"东流"抑止"北流"引发的争议。因统治者强行引导黄河回到故道，故称为"回河"。[3]河朔：在中国古代泛指黄河以北的地区，大体包括今山西、河北和山东部分地区。[4]阙：古代皇宫大门前两边供瞭望的楼，泛指帝王的住所。这里指中央执政部门。[5]汹汹：形容争论的声音或纷扰的样子。[6]内批：从宫内传出来的皇帝圣旨。[7]几：几乎，将近。[8]天祚：上天赐福。[9]纾：宽舒，缓解。[10]疮痍：疮疡，伤痕。[11]干犯：指触犯，干扰侵犯。斧钺：斧与钺，泛指兵器，是军权和统治权的象征。[12]贴黄：宋代奏札意有未尽，摘要另书于后，叫作"贴黄"。

【赏析】

宋仁宗庆历八年（1048），黄河在澶州商胡埽（今河南省濮阳市东北）决口，泛滥大名府、恩、冀等州，至乾宁军（今河北省青县）东北入海，是为北流（原入海处在今山东利津附近）。嘉祐元年（1056），塞商胡决口，修六塔河，引河回故道。五年，又在大名（今河北大名东）第六埽决为二股河，经旧马颊河故道，至信阳（今属山东）东北入海，是为东流（下游河道在故道北面）。宋人为解决这个问题，引发回河争议。回河之争的内容看起来很复杂，但其实质就是：让黄河主流走唐代延续下来的"京东故道"（即东流，宋景祐元年以后称为"横陇故道"；宋嘉祐五年以后决为"二股河"），还是走宋庆历八年（1048）以后形成的"商胡大道"（即北流）。

苏辙意识到自然地理因素，即本文中提出的"未闻逆天地之性，引趋下之河，升积高之地，兴莫大之役，冀不可成之功，以为设险之计者也"。苏辙作为反对派，三次上书反对回河，但均未被采用。整个北宋王朝一百多年的历史中，三次用人力强行逼河回归东流，三次在实践中遭到惨败。

河水 摄影/孟宪明

范祖禹

范祖禹（1041—1098），宋代文学家。字淳甫，一字梦得，成都华阳（今四川省成都市）人。少孤，闭门读书，所交皆一时闻人。举进士甲科。从司马光编修《资治通鉴》，在洛十五年，不事进取。王安石尤爱重之，范祖禹却不往谒见。书成，司马光荐为秘书省正字。哲宗时，迁给事中。祖禹当进《唐鉴》十二卷，《帝学》八卷，《仁宗政典》六卷；而《唐鉴》深明唐三百年治乱，学者尊之，目为唐鉴公。著有《范太史集》。

又乞罢回河札子

臣闻周灵王[1]之时，谷、洛斗[2]，将毁王宫，王欲壅[3]之，太子晋谏以为不可。夫谷、洛二水，小川也。王宫，天子所居也。小川水斗而妨王宫，太子晋犹深陈祸福之戒，言川不可壅，壅必有祸，以其违天地之性也。今大河岂谷、洛之比，又无王宫之害，以何理而欲塞之也。

六国之时，邻敌相倾，则劝人以动众役民。韩闻秦之好兴事，欲疲之，无令东伐，乃使水工郑国[4]为间以说秦，令凿泾水为渠溉田。夫以一渠犹能疲秦，使无东伐，今回河之役不知几渠，而自困民力，自竭国用，又多杀人命，有不可胜言之害，此乃西北二虏[5]所幸也。是以臣与傅尧俞极言论列，实以河北数路生民休戚、国家安危、朝廷轻重所系。

天地血脉已北向九年，必非人力所能遏绝。今之河流方稍复大禹旧迹，入界河趋海，初无壅底。万壑所聚，其来远大，必无可回之理，自古亦无容易塞河之事，欲望陛下与执政在臣考臣等言之是非，若臣等所言为是，即乞以数路生民为念，以国家安危、朝廷轻重为急，速赐指挥停罢修河。今将大冬盛寒，宜早降德泽，免生民饥冻死亡。正李伟等欺罔之罪。如以臣等言为不然，方册中语皆不可信，而河有必回之理；不于他处决溢，为州县大患；不至苦虐数路兵民力役，以致逃亡起为群盗；及不至火急收买数千万物料，致非时斩伐林木，残害天地之所生；科扰[6]州县乡村坊郭人民，鞭笞枷锢，星火督责，致百姓惊搔流离之苦；又免枉费国家不资之计，以致公私匮乏，仓库空竭，内则奸狡窥伺，别致生事，外则四夷传闻，萌心作过。但令大臣保得必无上件数事，回河必有成功，则臣言显为谬妄，岂可但隐忍而已，须当正臣等所言不当之罪，黜责以励后来，乃可以示朝廷典法。今不试验臣等所言是否，以救朝廷过举，而章奏才下，未及累日，即蒙优加美迁。臣不知大臣此谋，为国耶？为身耶？若为国，则当公天下之言，尽河事之利害，不当以官职姑息，使人不言。若为身，则是唯欲人之同已，而不欲人之异已。岂唯国事不当如此，为大臣身计，亦未为得也。人臣官愈进，则当忧国愈深；宠益加，则当爱君愈切，臣若闻命，遂缄嘿[7]不言，不唯臣心实有所愧，有识之士必指臣为贪利无耻、忘国不忠之人。伏望圣慈宣问大臣等，所言回河是否如上所陈数件事理。必有必无，别白是非，明辨可否，使如臣辈不得缄嘿。取进止。

贴黄：昨开第三、第四铺，而第七铺溃决，已非人意所料，恐将来闭塞，必有不测之患。

【注释】

[1]周灵王：姬泄心（？—前545），姬姓，名泄心，周简王之子，东周第11代君主，在位27年。周灵王姬泄心在位期间，周朝国势日益衰败，周天子威信日益低落。各诸侯国通过战争扩张势力，大诸侯国无视周君。强国伐弱国，连年战争，民生疾苦。 [2]谷、洛斗：谷、洛二水在王城东北合流。《水经注·谷水》杨守敬注曰："此《周语》灵王二十二年事。" [3]壅：堵塞。 [4]郑国：战国时期韩国卓越的水利专家，韩国都城新郑（今河南省新郑市）人。被韩王派去秦国修建水利工事，从而"疲秦"，而郑国渠修建之后，关中成为天下粮仓，赢得了"天府之国"的美名。郑国渠和都江堰、灵渠并称为秦代三大水利工程。 [5]西北二虏：指吐蕃和西夏。 [6]科扰：

指以捐税差役骚扰百姓。［7］缄嘿：缄默。

【赏析】

　　回河之争的内容看起来很复杂，究其实质，无外乎让黄河主流走唐代延续下来的"京东故道"，抑或是走宋庆历八年以后形成的"商胡大道"。此问题的解决，需当政者委派河官实地勘察方可确定，但由于当时的治河与北宋社会的政治、经济、民族矛盾复杂地交织在一起，再加上朝廷内部党争非常激烈，造成治河问题变得异常复杂，北宋时期，三次用人力强行逼河回归东流，三次在实践中遭到惨败。

　　范祖禹以治史闻名朝野，其所纂《唐鉴》深明唐三百年治乱，学者尊之，称其为唐鉴公。范祖禹文章素有史才之称，本文恰体现出这种风格。开端引入周灵王谷河、洛河交汇的史实，继而又述战国时郑国渠修造始末，反对回河，目的是为了让宋哲宗能够以史为鉴，关注民生，切勿劳民伤财。本文也体现了范祖禹浓厚的民本思想。

中游黄河水　摄影／孟宪明

欧阳修

欧阳修（1007—1072），宋代政治家、文学家。字永叔，号醉翁，晚号六一居士，出生于绵州（今四川省绵阳市），籍贯吉州庐陵永丰（今江西省永丰县）。宋仁宗天圣八年（1030）进士，历仕仁宗、英宗、神宗三朝，官至翰林学士、枢密副使、参知政事。死后累赠太师、楚国公，谥号"文忠"，世称欧阳文忠公。欧阳修是在宋代文学史上最早开创一代文风的文坛领袖，与韩愈、柳宗元、苏轼、苏洵、苏辙、王安石、曾巩合称"唐宋八大家"，并与韩愈、柳宗元、苏轼被后人合称"千古文章四大家"。他领导了北宋诗文革新运动，继承并发展了韩愈的古文理论。其散文创作的高度成就与其正确的古文理论相辅相成，从而开创了一代文风。欧阳修在变革文风的同时，也对诗风、词风进行了革新。在史学方面，也有较高成就，他曾主修《新唐书》，并独撰《新五代史》。著有《欧阳文忠集》。

论修河第三状

右，臣伏见朝廷定议开修六塔河口[1]，回水入横垄故道[2]。此大事也，中外之臣皆知不便，而未有肯为国家极言其利害者，何哉？盖其说有三：一曰畏大臣，二曰畏小人，三曰无奇策。今执政之臣用心于河事亦劳矣，初欲试十万人之役以开故道，既又舍故道而修六塔，未及兴役，遽又罢之。已而终为言利者所胜，今又复修，然则其势难于复止也。夫以执政大臣锐意主其事，而又有不可复止之势，固非一人口舌可回。此所以虽知不便，而罕肯言也。李仲昌小人，利口伪言，众所共恶。今执政之臣既用其议，必主其人。且自古未有无患之河，今河浸恩、冀，目下之患虽小，然其患已形；回入六塔，将来之害必大，而其害未至。夫以利口小人为大臣所主，欲与之争未形之害，势必难夺。就使能夺其议，则言者犹须独任恩、冀为患之责，使仲昌得以为辞，大臣得以归罪。此所以虽知不便，而罕敢言也。今执政之臣用心太过，不思自古无不患之河，直欲使河不为患。若得河不为患，虽竭人力，犹当为之。况闻仲昌利口诡辩，谓费物少而用功不多，不得不信为奇策，于是决意用之。今言者谓故道既不可复，六塔又不可修，诘其如何，则又无奇策以取胜。此所以虽知不便，而罕肯言也。众人所不敢言而臣今独敢言者，臣谓大臣非有私仲昌之心也，直欲兴利除害尔。若果知其为患愈大，则岂有不回者哉？至于顾小人之后患，则非臣之所虑也。且事欲知利害，权重轻，有不得已则择其害少而患轻者为之，此非明智之士不能也。况治水本无奇策，相[3]地势，谨[4]堤防，顺水性[5]之所趋尔，虽大禹不过此也。夫所谓奇策者，不大利，则大害。若循常之计，虽无大利，亦不至大害，此明智之士善择利者之所为也。今言修六塔者，奇策也，然终不可成而为害愈大；言顺水治堤者，常谈也，然无大利亦无大害。不知为国计者欲何所择哉？若谓利害不可必，但聚大众，兴大役，劳民困国以试奇策，而侥幸于有成者，臣谓虽执政之臣亦未必肯为也。

臣前已具言河利害甚详，而未蒙采听。今复略陈其大要，惟陛下诏计议之臣择之。臣谓河水未始不为患，今顺已决之流，治堤于恩、冀者，其患一而迟。塞商胡复故道者，其患二而速。开六塔以回今河者，其患三而为害无涯。自河决横垄以来，大名金堤埽岁岁增治，及商胡再决，而金堤益大加功。独恩、冀之间，自商胡决后，议者贪建塞河之策，未尝留意于堤防，是以今河水势浸溢。今若专意并力于恩、冀之间，谨治堤防，则河患可御，不至于大害。所谓其患一者，十数年间，今河下流淤塞，则上流必有决处。此一患而迟者也。今欲塞商胡口使水归故道，治堤修埽，功料浩大，劳人费物，困弊公私，此一患也。幸而商胡可塞，故道复归，高淤难行，不过一二年间上流必决。此二患而速者也。今六塔河口虽云已有上下约，然全塞大河正流，为功不小。又开六塔河道，治二千余里堤防，移一县两镇，计其功费，又大于塞商胡数倍。其为困弊公私，不可胜计，此一患也。幸而可塞，水入六塔而东，横流散溢，滨、棣、德、博与齐州之界咸被其害。此五州者，素号富饶，河北一路财用所仰，今引水注之，不惟五州之民破坏田产，河北一路坐见贫虚，此二患也。三五年间，五州凋弊，河流注溢，久又淤高，流行梗涩，则上流必决。此三患也，所谓为害而无涯者也。今为国误计者，本欲除一患而反就三患，此臣所不谕也。至如六塔不能容大河，横垄故道本以高淤难行而商胡决，今复驱而注之，必横流而散溢，自澶至海二千余里，堤埽不可卒修，修之虽成，又不能捍水。如此等事甚多，士无愚智，皆所共知，不待臣言而后悉也。

臣前未奉使契丹时，已尝具言故道、六塔皆不可为，惟治堤顺水为得计。及奉使往来河北，询于知水者，其说皆然，虽恩、冀之人今被水患者，亦知六塔不便，皆愿且治恩、冀堤防为是。下情如此，谁为上通？臣既知其详，岂敢自默？伏乞圣慈特谕宰臣，使更审利害，速罢六塔之役，差替李仲昌等不用。选一二精干之臣与河北转运使、副及恩、冀州官吏，相度堤防，并力修治，则今河之水，必不至为大患。且河水天灾，非人力可回，惟当顺导防捍之而已，不必求奇策立难必之功，以为小人侥冀恩赏之资也。况功必不成，后悔无及者乎！臣言狂计愚，惟陛下裁择。

【注释】

[1]六塔河口：指赵征村，在今河南省濮阳县东北。 [2]横垄故道：唐代的"京东故道"，宋景祐元年（1034）以后称为"横陇故道"，宋嘉祐五年（1060）以后决为"二股河"。 [3]相：观察事物的外表，判断其优劣。 [4]谨：谨慎。 [5]水性：指江河湖海的深浅、流速等方面的特点。

【赏析】

欧阳修此论可谓是当时之真知灼见，后世黄河虽多有改迁，然而治河之臣在治理黄河时，多论及欧阳修。如《皇朝文鉴》《历代名臣奏议》《经济类编》《文章辨体汇选》《右编》《行水金鉴》《古今图书集成》皆收录此文。

回河之争，于北宋惶惶议论近百年，北宋一百多年的历史上，三次用人力强行逼河回归东流，三次在实践中遭到惨败。一方面是人们对于自然水文的认知不够科学，虽有诸如欧阳修、苏轼、苏辙等人已经意识到原有河道淤塞严重，回河实为劳民伤财、耗费国帑之举，但终究未被采用；另一方面是论争的中心已经转移到胶着的党争，正如本文欧阳修所论之君子与小人。

河水醉滔滔　摄影/孟宪明

文彦博

文彦博（1006—1097），宋代政治家、文学家。字宽夫，号伊叟。汾州介休（今山西介休市）人。宋天圣五年（1027）进士。历任殿中侍御史、转运副使、枢密副使、参知政事等职。因讨平王则起义之功，升任同平章事。皇祐三年（1051）被劾罢相，出知许、青、永兴等州军，至和二年（1055）再次拜相。嘉祐三年（1058），出判河南等地，封潞国公。宋神宗时，反对王安石变法，极论市易法"损国体、惹民怨"，出判大名、河南府，累加至太尉。元丰六年（1083）以太师致仕。宋哲宗即位后，经司马光举荐，起授平章军国重事。元祐五年（1090），再次致仕。绍圣四年（1097），降授太子少保，同年去世，年九十二。宋徽宗时，与司马光等并入元祐党人碑，后追复太师，谥号"忠烈"。著有《文潞公集》。

奏黄河水势

臣本司于七月九日据卫州申[1]，管勾运河于良弼申，今月四日，沙河水涨，沫[2]过上东水偃，寻下插板[3]拦截不住，沫过插板，透入运河行流。本司为今六月七日大名府御河连并添涨，日夕救护，仅免决溢。寻牒[4]卫州火急闭塞插口。据卫州申，寻卷扫于上东水口闭塞了当。有些小津漏，见札填次。本司为穿府城水，大关梁下不通舟船，切虑运河插口依前固护不定，透黄河水入御河，即为害不细。已奏乞指挥都水监速差官就运河插口固护。今月十九日却据澶州申，据临河县申，十七日午时诣遥堤上巡睹，见水自西南来，波浪紧急，问得人民，言说卫州樊店西黄河口决，一概水东北行流。十六日夜二更以来到本县，冲注二十余疃[5]人户。观此水势及民间所说，为害不细。县司已逐急于沿河差船，令佐亲监辖救渡人命去讫。又据卫州黎阳县申，今月十五日御河水浑浓涨猛，水色与别日不同，认是黄河涨溢沫岸，通流入御河。至三更，御河水一沫出两岸，见今此来相及南门，本县令、佐、都监即时救应堤口城门。至十六日，南门、西门口节次破决，水头一并向城流注，遮塞不定，遂紧切一向固护城壁官物者。本司即时灾急再行文字，转指挥府城以上县镇官吏，严切固护防。如水势大，必不可防遏，即令本地分官吏究心详审，计较利害，相度踏行有自来分减水势旧河道处，即便火急开决，分减水势，无致奔冲，直向府城为害去讫。伏乞更赐指挥都水监，选委公心知河事官赴卫州，相度调集人兵物料固护地方。取进止。

今据卫州十四日状申，水势沫过埽背，于运河上约，后行流，救护不定。及称河势危急处，系运河上约。卫州属河北西路，仍乞下西路转运司疾速应副人兵物料。

【注释】

[1]申：下级向上级禀报。 [2]沫：水沫子。 [3]插板：指用木板插入水中，以拦截河水。插，刺入、挤放进去。 [4]牒：文书。 [5]疃：村庄。

【赏析】

宋神宗熙宁九年（1076），黄河下游在大名府、卫州等地决口泛滥。文彦博作为"熙宁变法"中的保守派，出判大名府。虽然官衔有所迁落，但对于黎民苍生之拳拳之心却未有改变。

文彦博作文赞赏质实而反对虚华，切实关注现实，追求简易自然的文风。具体之本文而言，文章风格简易自然，其内容详述了熙宁九年，黄河在大名府、卫州泛滥的情形，也记载了当时采用何种办法去治理水灾。文彦博期望执政者能够委派治理河道之人，实地勘测，把治理水灾所需人力、物力、财力调度至需要的地方。

夏竦

夏竦（985—1051），宋代政治家、文学家。字子乔，江州德安县（今江西九江市德安县）人。世称夏文庄公、夏英公、夏郑公。宋真宗景德元年（1004），夏竦因父亲夏承皓死忠之事，被录官丹阳主簿。大中祥符三年（1010），选为国史编修官，与王旦等同修《起居注》，又参与编写《册府元龟》。宋仁宗天圣年间，历知寿、安、洪等州，勒令巫觋一千九百余家还农，毁其淫祠。天圣五年（1027），拜枢密副使。天圣七年（1029），升为参知政事。天圣九年（1031），进兵部侍郎、尚书左丞。庆历七年（1047）入朝拜相，旋即改授枢密使，封英国公。次年，复拜同平章事。皇祐元年（1049），进封郑国公。皇祐三年（1051），夏竦病逝，获赠太师、中书令兼尚书令，谥号"文庄"。著有《文庄集》《古文四声韵》。

河 清 赋

有客谓臣曰："朝廷将祀汾南，为民祈谷，大河载清，于陕之服，子尝闻其说而颂其异乎？"臣曰："传遽[1]之吏，罕聆朝议。愿客摅抱[2]剧谈，开我以嘉瑞。"客曰："唯唯。盖闻滔滔灵源，登自昆仑，导于积石，出于龙门，怀砥柱而势回，播巨鹿而派分。三王[3]先之于祭，四渎[4]宗以为尊。千里兮一曲，浊流兮浑浑。乘春则桃花兢涌，赴下则竹箭争奔。若澄清而变色，实千祀而畴德。为中夏[5]之经渎，故其应有常；通上天之绛河，故其灵不测。洎我国家秉皇图，宣帝力，尊百神，朝万国，光明乎遐绝，馨香乎霄极。禅云亭而广厚，玉简[6]既封；祀汾脽[7]而颂祇，鸾旂[8]未饬。西人清候而望幸，六官戒期而励翼。爰荐祉而炳灵，潋澄波之湜湜[9]。徒观其祥风荡漾，非烟蒙幂。浮休气于川上，泛荣光于岸侧。失汹涌之黄流，湛清泠[10]之素液。银潢之影横秋，帝台之浆映日。江练初静，壶冰乍释。鉴秋毫及纤尘，露金沙与银砾。神鱼龙马，泳深渊而不隐；紫阙珠宫，扩洪流而可睹。合济渎兮安辨，委澹溟兮竞碧。吉蠲[11]自等于明水，嘉号宜尊于清涤。可以颂于庙，式告元符；赞于史，以永大谟。岂比夫兰叶朱文，涌黄灵之篆；芝泥玉柙，泛帝妫之图。登夏子之巍巍，掩汉唐之区区。子盍献议外廷，上封公车，请以水而纪官，以瑞而建元？然后登歌而率舞，岂非士大夫之职乎？"臣曰："客知其一，未知其二。上之功不可以方策载，上之道不可以金石纪。感通靡间于洪纤，周流罔滞于形器。六合而万区，肃穆而昌炽。元符而景命，纷纶而沸渭。天地清而阴阳既序，边鄙清而干戈不试，政教清而无远弗怀，刑罚清而有生咸遂。道德为休而神灵幽赞，仁义为祥而富寿攸暨，礼乐为符而上下昭假，贤材为瑞而中外允治。乔岳未分则三篇降，汾祀将祷则真文至。旁无垠而高无际，充乎天而溢乎地。盖盛德与大业也，夫岂河清而已矣？"客于是色沮魂悸，逡巡而退。

【注释】

[1] 传遽：指乘传车驿马的使者。这里是谦辞。[2] 摅抱：抒发胸怀。[3] 三王：夏、商、周三朝的第一位帝王大禹、商汤王、周武王的合称。[4] 四渎：长江、黄河、淮河、济水的合称。[5] 中夏：中国，中原地区。[6] 玉简：玉质的简札。帝王封禅、诏诰用的文书。[7] 汾脽：汾阴脽，汉代汾阴县的一个土丘。汉武帝祭祀地神的地方。[8] 鸾旗：鸾旗，天子仪仗中的旗子。[9] 湜：形容水清见底。[10] 清泠：清澈凉爽貌。[11] 吉蠲：指祭祀前选择吉日，斋戒沐浴，祭祀，祀典。

【赏析】

宋真宗景德元年（1004），宋朝与北方辽国达成停战协议，其后又与西夏协商停战。朝廷上下认为内忧外患的局面已经破解，盛世太平的生活已经到来。宋真宗大中祥符元年（1008），皇帝东封泰山，四年（1012），又于山西宝鼎祭祀地祇，呈现出一幅盛世图画。

夏竦于大中祥符三年（1011）作的《河清赋》，就是这在这样的一个社会环境中阐释的颂平之作。文章采用主客问答的形式，描绘了黄河千里澄碧的福瑞景象，为当时的盛世心理奏响颂歌。文章中情感的渲染已不同于宋初的内敛，而是充分宣泄。夏竦在文中的典故运用也较有特色，一浅一深，简易与古奥并存，宣扬了太平气象，又体现出雄视古今的治世豪情。

赵匡胤

赵匡胤（927—976），宋代政治家。字元朗。涿郡人（今河北省涿州市），生于洛阳夹马营（今河南省洛阳市瀍河区）。后周显德七年（960），受命抵御北汉及契丹联军。旋即在"陈桥兵变"中被拥立为帝，并回京逼迫后周恭帝禅位。同年，赵匡胤登基为帝，改元建隆，国号"宋"，史称宋朝或北宋。赵匡胤在位期间，依据宰相赵普"先南后北、先易后难"的策略，致力于统一全国，先后灭亡荆南、武平、后蜀、南汉及南唐等南方割据政权，完成了全国大部的统一。他两次"杯酒释兵权"，罢去禁军将领及地方藩镇的兵权，解决了自唐朝中叶以来地方节度使拥兵自擅的局面。开宝九年（976），赵匡胤逝世，享年五十岁。在位十六年，谥号英武圣文神德皇帝，庙号太祖，葬于永昌陵。

询求治河策诏

近者澶、濮等数州[1]，霖雨洊[2]降，洪河为患。朕以屡经决溢，重困黎元[3]，每阅前书，详究经渎。至若夏后所载，但言导河至海，随山浚川，未闻力制湍流，广营高岸。自战国专利，堙塞故道，小以妨大，私而害公，九河之制遂隳[4]，历代之患弗弭。凡搢绅多士、草泽之伦，有素习河渠之书，深知疏导之策，若为经久，可免重劳，并许诣阙上书，附驿条奏。朕当亲览，用其所长，勉副询求，即示甄奖[5]。

【注释】

[1]"近者"句：清代顾祖禹《读史方舆纪要》卷一百二十五载："开宝四年，河复决澶州，东汇于郓、濮，坏民田舍。五年，河复决濮阳，命颍州团练使曹翰往塞之。"本文作于宋开宝五年（972）六月。 [2]洊：一次又一次。 [3]黎元：百姓。 [4]隳：毁坏。 [5]甄奖：嘉奖。

【赏析】

唐末后，黄河在荥泽以下，不断决口泛滥。赵匡胤面对日益严峻的黄河水灾，于开宝五年（972）昭告天下，寻求治河能士。然而纵观有宋一代，有论争之才不胜枚举，有践行之实寥寥无几。这与宋代职官设置有关，也与党争有关。

柯九思

柯九思(1290—1343),元代书法家、画家。字敬仲,号丹丘、丹丘生、五云阁吏,台州仙居(今浙江省仙居县)人。其父柯谦,曾任翰林国史检阅、江浙儒学提举,是元朝仙居较为显扬的一个官宦。大德元年(1297),随父迁居钱塘(今杭州)。柯九思博学能诗文,善书,四体八法俱能起雅去俗。素有诗、书、画三绝之称。他的绘画以"神似"著称,擅画竹,并受赵孟頫影响,主张以书入画。柯九思多藏魏晋人书法,如晋人书《曹娥诗》,也有部分宋人的精品,如苏轼《天际乌云帖》、黄庭坚《动静帖》等,经他鉴定的书画名迹流传至今者颇多。

河源志序

河源有志,自本朝始,前乎此,曷为未有。志河源者,道路辽阻,所传闻异辞,莫能究河之源也。《山经》曰:"敦薨之水,西流注于泑泽,出于昆仑之东北陬,实惟河源。"而《水经》载河出昆仑,经十余国乃至泑泽经山。又称阳纡之山,河出其中。凌门之山,河出其中。《穆天子传》亦云阳纡之山,河伯冯夷所居,是惟河宗氏。释氏《西域志》称阿耨达大山,上有大渊水,即昆仑山也。《地里志》亦称昆仑山在临羌西。而《汉书》载出两源,或称有,或称无,河源所着异同。况世殊代易,名地亦异,终莫能有究之者。我太祖皇帝二十有一年春正月,征西夏,夏取甘肃等城,秋取西凉府,遂过沙陀至黄河九渡。按:昆仑当九渡下流,则昆仑固已归我职方氏矣。宪宗皇帝二年,命皇太弟旭烈帅诸部军征西域,凡六年辟封疆四万里。于是河源及所注枝出者,尽在封域之内。当时在行有能记其说,皆得于目击,非放[1]也。逮世祖皇帝功成治定,天下殷富,遂命臣都实置郡河源。故翰林侍读学士潘公得究其详实,搜源析派而作斯志。乃知更昆仑行一月,始穷河源。于戏,当四海混一之盛,闻广见夥,致数千载莫能究者,俾后世有考而传信焉。岂斯文之光,实邦家无疆之休也。公之子诩,能不坠其先业,增光而润色之。至顺间,以同知嘉定州事。来吴

将刊是书行于世，属[2]九思为之叙云。元统元年冬十有一月南至。奎章阁学士院鉴书博士文林郎柯九思书。

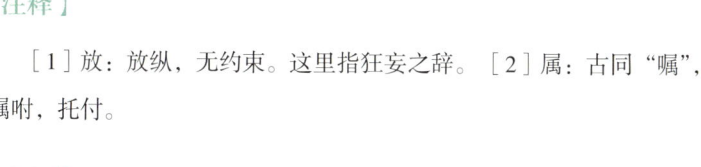

【注释】

[1]放：放纵，无约束。这里指狂妄之辞。 [2]属：古同"嘱"，嘱咐，托付。

【赏析】

柯九思《河源志序》是为潘昂霄《河源志》刊刻时所撰，文中论述了都实奉敕探寻黄河源之前，人们对于河源的认知多出于《山海经》《穆天子传》等典籍，多有不实之处。而潘昂霄记录的都实考察河源之行——《河源志》详尽而征实，亦体现出四海混一的盛世景象。

自汉代王景治河以后，黄河安澜约八百年。至唐末以后，黄河下游正流、分水河不断淤塞，导致黄河水灾频发。元代更是水灾日益加剧，统治者为了治理黄河，专门派使臣前往黄河源头一探究竟，这得益于元代统一的疆域。也就是从元代开始，人们才逐渐论及黄河源头。

草也峥嵘 摄影/孟宪明

潘昂霄

潘昂霄（生卒年不详），元代官员。字景梁，号苍崖。济南历城人。历官昆山县尹，世祖至元二十六年（1289）任南台御史，不久升为闽海宪佥。成宗大德六年（1302），转任南台都事，累官翰林侍读学士、通奉大夫。雄文博学，为世所重。谥号"文僖"。

河 源 志

延祐乙卯春，圣天子以四海万国之广，轸念庶民艰虞[1]罔控告也。分使诣外郡诸道，布扬德心，戚休兴替之，清污扬激之，畿甸[2]密迩，独不得均其泽。越五月，诏前翰林学士承旨臣阔阔出，翰林侍读臣昂霄，奉使宣抚京畿西道。臣昂霄承命，惊悸罔措，惟务罄竭忠赤尽民瘼后已。

阔公一日语昂霄："余尝从余兄荣禄公都实，抵西国，穷河源，耳之不觉瞿然以骇，有是乎哉。"请毕其语。公曰："世祖皇帝至元十七年，岁在庚辰。钦承圣谕：'黄河之入中国，夏后氏导之，知自积石矣，汉唐所不能悉其源。今为吾地，朕欲极其源之所出，营一城，俾蕃贾互市，规置航传，凡物贡水行达京师，古无有也。朕为之，以永后来无穷利益。盖难其人，都实，汝旧人[3]，且习诸国语，往图，汝谐，授招讨使，佩金虎符以行。'是岁至河州，州东六十里有宁河驿，驿西南五六十里，山曰：杀马关。林麓穹隘，译言泰石答班，启足浸高。一日程至巅，西迈愈高，四阅月，约四五千里，始抵河源。冬还。图城传位置以闻，上悦。往营之，授土蕃等处都元帅，仍金虎符，置寮寀[4]，督工，工师悉资内地，造航为艘六十，城传措。工物完，阔阔出驿闻。适相哥征昆哥臧不回，力阻遂止。翌岁兄都实旋都。河源在土蕃朵甘思西鄙，有泉百余泓，或泉或潦，水沮洳散涣，方可七八十里，且泥淖溺，不胜人迹，逼观弗克，旁履高山下视，灿若列星,以故名火敦恼儿。火敦,译言星宿也。群流奔凑,近五七里,汇二巨泽,名阿剌脑儿。自西徂东,连属吞噬,广轮马行一日程,迤逦东骛成川,号赤宾河。二三日程,水西南来,名亦里出,合赤宾。三四日程南来,名忽兰。又水东南来,名也里术,合流入赤宾。具流浸大始名黄河。然水清人可涉。又一二日,岐裂八九股,名也孙斡论,译言九度。通广六七里,马亦可度。又四五日程,水浑浊,土人抱革囊乘马过之,民聚落,纠木干,象舟,传毛革以济,仅容两人。继是两山峡东,广可一里二里,或半里深叵测矣。朵甘思东北鄙有大雪山,名亦耳麻不莫剌,其山最高,译言腾乞里塔,即昆仑[5]也。山腹至顶皆雪,冬夏不消,土人言远年成冰。时六月见之,自八九股水至昆仑。行二十日程,河行昆仑南,半日程地。又四五日程,至地名阔即及阔提。二地相属。又三日程,地名哈剌别里赤儿,四达之冲也。多寇盗,有官兵镇防。昆仑迤西,人简少,多处山南。山皆不穹峻,水亦散漫。兽有牦牛、野马、狼、狍、羱羊之类。其东山益高,地亦渐下,岸狭隘,有狐,可一跃越之者。行五六日程。有水西南来,名纳邻哈剌,译言细黄河也。又两日程,水南来,名乞儿马出。二水合流入河,河北行转西至昆仑北。二日程地水过之,北流少东,又北流约行半月程,至贵德州,地名必赤里。有州事官府,州隶河州,置司土蕃等处,宣慰司所辖。又四五日程,至积石州,即《禹贡》'积石'。五日程至河州安乡关。一日程至打罗坑。东北行一日程,洮河水南来入河。又一日程至兰州。其下过北卜渡,至鸣沙州。过应吉里州,正东行,至宁夏府。南东行即东胜州,隶西京大同路。地面自发源至汉地。南地涧溪,细流旁贯,莫知纪极,山皆草山。至积石,方林木畅茂。世言河九折,彼地有二折,盖乞儿马出,及贵德州必赤里也。"

汉张骞使绝域,羁联拘执,艰厄百罹,历大宛、月氏等数国。其旁大国五六，皆称传闻。以为穷河源，乌能睹所谓河源哉。史称河有两源，一出于阗[6]，一出葱岭[7]。于阗水北行，合葱岭河，注蒲类海不流，潜[8]至临洮出焉。今洮水自南来，非蒲类明矣。询之土人，言于阗、葱岭水俱下流，散之沙碛。又有言河与天河通，寻源得织女支机石以归，亦妄也。昆仑至嵩高五万里，阆风元圃，积瑶华盖，仙人所居，又何耶。《唐史·土蕃传》："河上流由洪济梁南二千里，水益狭，春可涉，秋夏乃胜舟。其南二百里，三山中高而四下，曰紫山。"故所谓昆仑，其言颇类，然止称河源其间云。

国家敌天威，亘天所覆焘，无间海内外，冠带万国，罔非臣妾，视汉唐为不足讶。故穷河源，去万里，若步闺闼[9]。嘻！盛典也。不可不志，因志之。都实族女真蒲察氏，统乌思臧路暨招讨都元师，凡三至吐蕃。阔阔出今除甘肃行省参知政事。是岁八月初吉。翰林侍读学士中奉大夫知制诰同修国史臣潘昂霄谨述。

【注释】

[1] 艰虞：战乱频繁的年月，困难忧患，指灾荒多。 [2] 畿甸：指京城地区。 [3] 旧人：年高德劭的旧臣。 [4] 寮寀：亦作"寮采"，官舍。引申为官的代称。 [5] 昆仑：昆仑山脉（昆仑山），又称昆仑虚、中国第一神山、万祖之山、昆仑丘或玉山，是亚洲中部大山系，也是中国西部山系的主干。该山脉西起帕米尔高原东部，横贯新疆、西藏间，伸延至青海境内。 [6] 于阗：于阗国是古代西域佛教王国，中国唐代安西都护府安西四镇之一。 [7] 葱岭：帕米尔高原，波斯语，意为平顶屋。中国古代称葱岭，古丝绸之路在此经过。 [8] 潜：水在地面下流。 [9] 闺闼：指家门。

【赏析】

《河源志》一卷，收入《四库全书》子部《说郛》卷六十五下及《四库全书》子部《稗编》卷五十五，文字多有出入，如卷首有"延祐丁卯"与"延祐己卯"两种，文中有人名"库库楚"与"阔阔出"不同，有地名译文不同，作者在文末落款也有差别，凡此种种。然而核对行文，则实为同一文章。又，文中关于河源行程的纪录并非潘昂霄本人亲历,而是述记阔阔出所见所闻。

此文可谓是后世论述河源所不得不征引之最权威材料。潘昂霄《河源记》所出以前,关于河源之论述,典籍多引《山海经》《水经注》,行述多引张骞使西域、刘元鼎出使吐蕃所见。但《山海经》多怪诞神话,郦道元、张骞、刘元鼎等三人皆未至河源一探究竟。

元朝都实奉敕探寻河源,回朝复命时,将黄河上游流经地域、方向作以详述,潘昂霄整理成《河源记》一卷刊行于世。对于明代、清代学者认识黄河源头有重要的参考作用,直至清代胡渭考辨河源时,仍援引其材料。

河源的野驴　摄影/王伟

欧阳玄

欧阳玄（1283—1358），元代政治家、文学家。字元功，号圭斋，祖籍分宜县防里村，湖南浏阳（今湖南浏阳）人，是欧阳殊之后裔。欧阳玄曾"三任成钧，两为祭酒，六入翰林，三拜承旨"，为朝廷的主要笔手，文章、书法均极负盛名。海内名山大川、释老之宫、王公墓隧之碑等，都以得其手笔为荣。后人尊他与虞集、揭奚斯、黄谱等四人为"元代文人之冠"。死后葬于京西昌平县香山石井村。文集100多册，皆毁于兵，今仅存《圭斋集》15卷，附录1卷。

至正河防记[1]

至正四年夏五月，大雨二十余日，黄河暴溢，水平地深二尺许，北决白茅堤[2]。六月，又北决金堤[3]，并河郡邑济宁、单州、虞城、砀山、金乡、鱼台、丰、沛、定陶、楚丘、武城以至曹州、东明、巨野、郓城、嘉祥、汶上、任城等处，皆罹水患。民老弱昏垫，壮者流离四方。水势北侵安山，沿入会通、运河，延袤济南、河间，将坏两漕司盐场，妨国计甚重。省臣以闻，朝廷患之，遣使体量，仍督大臣访求治河方略。

九年冬，脱脱既复为丞相，慨然有志于事功，论及河决，即言于帝，请躬任其事，帝嘉纳之。乃命集群臣议廷中，而言人人殊，唯都漕运使贾鲁，昌言必当治。先是鲁尝为山东道奉使宣抚首领官，循行被水郡邑，具得修捍成策。后又为都水使者，奉旨诣河上相视，验状为图，以二策进献。一议修筑北堤，以制横溃，其用功省；一议疏塞并举，挽河使东行，以复故道，其功费甚大。至是复以二策对，脱脱韪其后策。议定，乃荐鲁于帝，大称旨。

十一年四月初四日，下诏中外，命鲁以工部尚书为总治河防使，进秩二品，授以银印，发汴梁、大名十有三路民十五万人，庐州等戍十有八翼军二万人供役，一切从事大小军民，咸禀节度，便宜兴缮。

是月二十二日鸠工，七月疏凿成，八月决水故河，九月楫舟通行，十一月水土工毕，诸埽诸堤成，河乃复故道。东汇于淮，又东入于海。帝遣贵臣报祭河伯，召鲁还京师，论功超拜荣禄大夫、集贤大学士。其宣力诸臣迁赏有差，赐丞相脱脱世袭"答剌罕"之号，特命翰林学士承旨欧阳玄制河平碑文，以旌劳绩。

玄既为河平之碑，又自以为司马迁、班固记河渠沟洫，仅载治水之道，不言其方，使后世任斯事者无所考则，乃从鲁访问方略，及询过客，质吏牍，作《至正河防记》，欲使来世罹河患者按而求之。其言曰：

治河一也，有疏、有浚、有塞，三者异焉。酾河[4]之流，因而导之，谓之疏。去河之淤，因而深之，谓之浚。抑河之暴，因而扼之，谓之塞。疏浚之别有四：曰生地，曰故道，曰河身，曰减水河。生地有直有纡，因直而凿之，可就故道。故道有高有卑，高者平之以趋卑，高卑相就，则高不壅[5]，卑不潴[6]，虑夫壅生溃，潴生堙[7]也。河身者，水虽通行，身有广狭。狭难受水，水溢悍，故狭者以计辟之。广难为岸，岸善崩，故广者以计御之。减水河[8]者，水放旷则以制其狂，水骤突[9]则以杀其怒。

治堤一也，有创筑、修筑、补筑之名。有剌水堤[10]，有截河堤，有护岸堤，有缕水堤，有石船堤。

治埽[11]一也，有岸埽、水埽，有龙尾、栏头、马头等埽，其为埽台及推卷、牵制、薶挂之法，有用土、用石、用铁、用草木、用杙、用絙之方。

塞河一也，有缺口，有豁口，有龙口。缺口者，已成川口。豁口者，旧常为水所豁，水退则口下于堤，水涨则溢出于口。龙口者，水之所会，自新河入故道之潈[12]也。

此外不能悉书，因其功用之次序，而就述于其下焉。

其浚故道，深广不等，通长二百八十里百五十四步而强。功始自白茅，长百八十二里。继自黄陵冈至南白茅，辟生地十里。口初受，广百八十步，深二丈有二尺，已下停广百步，高下不等，相折深二丈及泉。曰停、曰折者，用古算法，因此推彼，知其势之低昂，相准折而取匀停也。南白茅至刘庄村，接入故道十里，通折垦广八十步，深九尺。刘庄至专固，百有二里二百八十步，通折停广六十步，深五尺。专固至黄固，垦生地八里，面广百步，底广九十步，高下相折，深丈有五尺。黄固至哈只口，长五十一里八十步，相折停广垦六十步，深五尺。乃浚凹里减水河，通长九十八里百五十四步。凹里村缺河口生地，长三里四十步，面广六十步，底广四十步，深一丈四尺。自凹里生地以下旧河身至张赞店，长八十二里五十四步。上三十六里，垦广二十步，深五尺。中三十五里，垦广二十八步，深五尺；下十里二百四十步，垦广二十六步，深五尺。张赞店至杨青村，接入故道，垦生地十有三里六十步，面广六十步，底广四十步，深一丈四尺。

其塞专固缺口，修堤三重，并补筑凹里减水河南岸豁口，通长二十里三百十有七步。其创筑河口前第一重西堤，南北长三百三十步，面广二十五步，底广三十三步，树置桩橛，实以土牛、草苇、杂梢相兼，高丈有三尺，堤前置龙尾大埽。言龙尾者，伐大树连梢系之堤旁，随水上下，以破啮岸浪者也。筑第二重正堤，并补两端旧堤，通长十有一里三百步。缺口正堤长四里，两堤相接旧堤，置桩堵闭河身，长百四十五步，用土牛、草苇、梢土相兼修筑，底广三十步，修高二丈。其岸上土工修筑者，长三里二百十有五步有奇，高广不等，通高一丈五尺。补筑旧堤者，长七里三百步，表里倍薄七步，增卑六尺，计高一丈。筑第三重东后堤，并接修旧堤，高广不等，通长八里。补筑凹里减水河南岸豁口四处，置桩木，草士相兼，长四十七步。

于是塞黄陵全河，水中及岸上修堤长三十六里百三十六步。其修大堤剌水者二，长十有四里七十步。其西复作大堤剌水者一，长十有二里百三十步。内创筑岸上土堤，西北起李八宅西堤，东南至旧河岸，长十里百五十步，颠广四步，趾广三之，高丈有五尺。仍筑旧河岸至入水堤，长四百三十步，趾广三十步，颠杀其六之一，接修入水。

两岸埽堤并行。作西埽者夏人[13]水工，征自灵武；作东埽者汉人[14]水工，征自近畿。其法以竹络实以小石，每埽不等，以蒲苇绵腰索径寸许者从铺，广可一二十步，长可二三十步。又以曳埽索绹径三寸或四寸、长二百余尺者衡铺之。相间复以竹苇麻苘大綍，长三百尺者为管心索，就系绵腰索之端于其上，以草数千束，多至万余，匀布厚铺于绵腰索之上，橐[15]而纳之，丁夫数千，以足踏实，推卷稍高，即以水工二人立其上，而号于众，众声力举，用小大推梯，推卷成埽，高下长短不等，大者高二丈，小者不下丈余。又用大索或互为腰索，转致河滨，选健丁操管心索，顺埽台立踏，或挂之台中铁猫大橛之上，以渐缒之下水。埽后掘地为渠，陷管心索渠中，以散草厚覆，筑之以土，其上复以土牛、杂草、小埽梢土，多寡厚薄，先后随宜。修叠为埽台，务使牵制上下，缜密坚壮，互为掎角，埽不动摇。日力不足，火以继之。积累既毕，复施前法，卷埽以压先下之埽，量水浅深，制埽厚薄，叠之多至四埽而止。两埽之间置竹络，高二丈或三丈，围四丈五尺，实以小石、土牛。既满，系以竹缆，其两旁并埽，密下大桩，就以竹络上大竹腰索系于桩上。东西两埽及其中竹络之上，以草土等物筑为埽台，约长五十步或百步，再下埽，即以竹索或麻索长八百尺或五百尺者一二，杂厕其余管心索之间，俟埽入水之后，其余管心索如前龭挂，随以管心长索，远置五七十步之外，或铁猫，或大桩，曳而系之，通管束累日所下之埽，再以草土等物通修成堤，又以龙尾大埽密挂于护堤大桩，分析水势。其堤长二百七十步，北广四十二步，中广五十五步，南广四十二步，自颠至趾，通高三丈八尺。

其截河大堤，高广不等，长十有九里百七十七步。其在黄陵北岸者，长十里四十一步。筑岸上土堤，西北起东西故堤，东南至河口，长七里九十七步，颠广六步，趾倍之而强二步，高丈有五尺，接修入水。施土牛、小埽梢草杂土，多寡厚薄随宜修叠，及下竹络，安大桩，系龙尾埽，如前两堤法。唯修叠埽台，增用白阑小石。并埽上及前几游修埽堤一，长百余步，直抵龙口。稍北，栏头三埽并行，埽大堤广与刺水二堤不同，通前列四埽，间以竹络，成一大堤，长二百八十步，北广百一十步，其颠至水面高丈有五尺，水面至泽腹高二丈五尺，通高三丈五尺；中流广八十步，其颠至水面高丈有五尺，水面至泽腹高五丈五尺，通高七丈。并创筑缕水横堤一，东起北截河大堤，西抵西刺水大堤。又一堤东起中刺水大堤，西抵西刺水大堤，通长二里四十二步，亦颠广四步，趾三之，高丈有二尺。修黄陵南岸，长九里百六十步，内创岸土堤，东北起新补白茅故堤，西南至旧河口，高广不等，长八里二百五十步。

乃入水作石船大堤，盖由是秋八月二十九日乙巳道故河流，先所修北岸西中刺水及截河三堤犹短，约水尚少，力未足恃。决河势大，南北广四百余步，中流深三丈余，益以秋涨，水多故河十之八。两河争流，近故河口，水刷岸北行，洄漩湍激，难以下埽。且埽行或迟，恐水尽涌入决河，因淤故河，前功遂隳。鲁乃精思障水入故河之方，以九月七日癸丑，逆流排大船二十七艘，前后连以大槚或长桩，用大麻索、竹絙绞缚，缀为方舟。又用大麻索、竹絙周船身缴绕上下，令牢不可破，乃以铁猫于上流硾之水中。又以竹絙绝长七八百尺者，系两岸大橛上，每絙或硾二舟或三舟，使不得下，船腹略铺散草，满贮小石，以合子板钉合之，复以埽密布合子板上，或二重，或三重，以大麻索缚之急，复缚横木三道于头槚，皆以索维之，用竹编笆，夹以草石，立之桩前，约长丈余，名曰水帘桄。复以木桩拄，使帘不偃仆，然后选水工便捷者，每船各二人，执斧凿，立船首尾，岸上捶鼓为号，鼓鸣，一时齐凿，须臾舟穴，水入，舟沉，遏决河。水怒溢，故河水暴增，即重树水帘，令后复布小埽土牛白阑长梢，杂以草土等物，随宜填垛以继之。石船下诣实地，出水基趾渐高，复卷大埽以压之。前船势略定，寻用前法，沉余船以竟后功。昏晓百刻，役夫分番甚劳，无少间断。船堤之后，草埽三道并举，中置竹络盛石，并埽置桩，系缆四埽及络，一如修北截水堤之法。第以中流水深数丈，用物之多，施功之大，数倍他堤。船堤距北岸才四五十步，势迫东河，流峻若自天降，深浅叵测。于是先卷下大埽约高二丈者，或四或五，始出水面。修至河口一二十步，用工尤艰。薄龙口，喧豗猛疾，势撼埽基，陷裂欹倾，俄远故所，观者股弁，众议腾沸，以为难合，然势不容已。鲁神色不动，机解捷出，进官吏工徒十余万人，日加奖谕，辞旨恳至，众皆感激赴功。十一月十一日丁巳，龙口遂合，决河绝流，故道复通。又于堤前通卷栏头埽各一道，多者或三或四，前埽出水，管心大索系前埽，碇[16]后阑头埽之后，后埽管心大索亦系小埽，碇前阑头埽之前，后先羁縻[17]，以锢其势。又于所交索上及两埽之间，压以小石白阑土牛，草土相半，厚薄多寡，相势措置。

　　埽堤之后，自南岸复修一堤，抵已闭之龙口，长二百七十步。船堤四道成堤，用农家场圃之具曰辘轴者，穴石立木如比栉，蕢前埽之旁，每步置一辘轴，以横木贯其后，又穴石，以径二寸余麻索贯之，系横木上，密挂龙尾大埽，使夏秋潦水[18]、冬春凌潦[19]，不得肆力于岸。此堤接北岸截河大堤，长二百七十步，南广百二十步，颠至水面高丈有七尺，水面至泽腹高四丈二尺；中流广八十步，颠至水面高丈有五尺，水面至泽腹高五丈五尺；通高七丈。仍治南岸护堤埽一道，通长百三十步，南岸护岸马头埽三道，通长九十五步。修筑北岸堤防，高广不等，通长二百五十四里七十一步。白茅河口至板城，补筑旧堤，长二十五里二百八十五步。曹州板城至英贤村等处，高广不等，长一百三十三里二百步。梢冈至砀山县，增培旧堤，长八十五里二十步。归德府哈只口至徐州路三百余里，修完缺口一百七处，高广不等，积修计三里二百五十六步。亦思剌店缕水月堤，高广不等，长六里三十步。

其用物之凡，桩木大者二万七千，榆柳杂梢六十六万六千，带梢连根株者三千六百，槁秸蒲苇杂草以束计者七百三十三万五千有奇，竹竿六十二万五千，苇席十有七万二千，小石二千艘，绳索小大不等五万七千，所沉大船百有二十，铁缆三十有二，铁锚三百三十有四，竹篾以斤计者十有五万，硾石三千块，铁钻万四千二百有奇，大钉三万三千二百三十有二。其余若木龙、蚕椽木、麦秸、扶桩、铁叉、铁吊、枝麻、搭火钩、汲水、贮水等具皆有成数。官吏俸给，军民衣粮工钱，医药、祭祀、赈恤、驿置马乘及运竹木、沉船、渡船、下桩等工，铁、石、竹、木、绳索等匠佣费，兼以和买民地为河，并应用杂物等价，通计中统钞[20]百八十四万五千六百三十六锭有奇。

鲁尝有言："水工之功，视土工之功为难；中流之功，视河滨之功为难；决河口视中流又难；北岸之功视南岸为难。用物之效，草虽至柔，柔能狎水，水渍之生泥，泥与草并，力重如碇。然维持夹辅，缆索之功实多。"盖由鲁习知河事，故其功之所就如此。

玄之言曰："是役也，朝廷不惜重费，不吝高爵，为民辟害。脱脱能体上意，不惮焦劳，不恤浮议，为国拯民。鲁能竭其心思智计之巧，乘其精神胆气之壮，不惜劬瘁，不畏讥评，以报君相知人之明。宜悉书之，使职史氏者有所考证也。"

【注释】

[1]《至正河防记》所载治理黄河的方法，在后世明代、清代治理黄河时多有参

考。后世典籍引用时,略称《河防记》。清代典籍中因避清康熙帝讳,欧阳玄改欧阳元。［2］白茅堤:元代黄河北岸的险工,在今山东曹县西白茅集一带。元至正三年、四年(1343—1344)黄河两次溃决于此,河水泛滥于今豫东南、鲁西南地区,并危及会通河、北清河沿线府、州、县。至正十一年(1351)贾鲁治河,塞决口,疏导旧河,挽河东南入淮故道,河患稍息。［3］金堤:指修筑得很坚固的江河堤塘。这里指位于河南省荥阳至延津的黄河旧堤,并非今天原阳县黄河北大堤。［4］酾河:疏导河流。［5］壅:堵塞。［6］潴:水聚集。［7］堙:堵塞。［8］减水河:人工开凿用来控制水势的河道。［9］隳突:冲撞,破坏。［10］刺水堤:人工修筑的用来分流黄河水的河堤。［11］埽:治河时用来护堤堵口的器材,用树枝、秫秸、石头等捆扎而成。也指用秫秸修成的堤坝或护堤。［12］溇:水流会合的地方。［13］夏人:1227年,西夏末主李睍率西夏文武官员投降蒙古,后李睍被杀死,从此西夏被蒙古所灭。1271年,元朝建立,称原属西夏人民为夏人。［14］汉人:主要指北方汉民族和女真、契丹、高丽等北方民族,原来金国统治范围内的人民。［15］橐:口袋。［16］硾:同"缒",拴上重物往下沉。［17］縻:捆,拴。［18］潦水:雨水过多,水淹。潦,同"涝"。［19］凌:指块状或锥状的冰。潯:多。［20］中统钞:"中统元宝交钞"是中国现存的最早由官方正式印刷发行的纸币实物,有"交钞""元宝钞"两种。《元史·食货志一》载:"世祖中统元年,始造交钞,以丝为本。每银五十两易丝钞一千两,诸物之直,并从丝例。是年十月,又造中统元宝钞……然元宝、交钞行之既久,物重钞轻。二十四年,遂改造至元钞,自二贯至五文,凡十有一等,与中统钞通行。"

【赏析】

这是我国较早的一篇治河技术专著。欧阳玄详细记载了元朝至正十一年(1351)以堵黄河白茅决口为主的贾鲁治河事迹,详述施工过程及主要技术措施:整治旧河槽以便恢复故道;疏浚减水河以便分流;先堵较小决口,后堵主要决口;创造了沉船筑坝(石船坝)逼溜等施工方法。在治河过程中,也考虑到了泥沙淤塞危害的严重性,所以把分疏、挑浚、堵塞(固堤)三者并列。

文章开端小序记述了贾鲁治河功成之后,朝廷特命他"制河平碑文,以旌劳绩"。他"既为河平之碑,又自以为司马迁、班固记河渠沟洫,仅载治水之道,不言其方,使后世任斯事者无所考则,乃从鲁访问方略,及询过客,质吏牍,作《至正河防记》,欲使来世罹河患者按而求之"。所记颇为翔实、具体,是研究贾鲁治河的最重要史料。

于前矣。故为书之。前太史知制诰鄱阳周伯琦识逢拟此，时至正甲辰岁。公则以江浙左丞迁南台侍御史，不赴，遂告老中吴。云逢敬书。

【注释】

[1] 欢抃：喜极而鼓掌。 [2] 咸若：指称颂帝王之教化。 [3] 醴泉：甘美的泉水。《唐九成宫醴泉铭》为唐代魏徵于唐贞观六年（632）创作，作成之后，由唐代书法家欧阳询书写。 [4] 效：效劳。琛：同"珍"，这里指珠玉等宝物。 [5] 瀹沦：水深广貌。 [6] 椒：通"薮"，生长着很多草的沼泽。

【赏析】

本文作于明洪武三十年（1397）。关于黄河清的颂文，自南朝宋鲍照《河清颂》之后，历代不乏其人其文。多以黄河清寓意政治清明，天下太平。

王逢的颂文正如后世所评价的"辞达而意敷，得归美之体"，体现出元末明初文章风格的演变。

值得注意的是，历史上黄河清并非是好事。黄河澄清的最重要原因是黄河流域上中游长期持续干旱无雨，地表难以形成径流，没有或仅有少量的泥沙进入河道，同时，黄河水量大幅度减少使大量的泥沙沉积下来，河水由浊变清。历史时期，有超过一半的黄河澄清是由于干旱造成的，如明洪武四年（1371）、永乐七年（1409）、崇祯五年（1632）。清代数次黄河澄清，也多因干旱。

宁夏三盛公水利枢纽处　摄影／孟宪明

余阙

余阙（1303—1358），元代官员、文学家。字廷心，一字天心，庐州（今安徽合肥）人。元统元年（1333）进士及第，授同知泗州（安徽泗县）事。至正十二年（1352），余阙代理淮西宣慰副使、都元帅府佥事，分兵守安庆。至正十八年（1358）春，红巾军再次集结，攻安庆城，城池失守，余阙拔刀自刎，自沉于安庆西门外清水塘中，时年五十六。谥"忠宣"。其与北宋包拯、明代周玺并称"庐阳三贤"。著有《青阳集》。

送月彦明经历赴行都水监序

中国[1]之水，赖禹治之而悉平。而河[2]独为患，至今未已者，何也？河失禹之道，而治河者不以禹之所治治之也。盖河出昆仑，合诸戎之水，东流以入中国，其性劲悍，若人性之有强力。其来也甚远，而其注中国也为甚下，又若建瓴水于峻宇之上，则其所难治也。固宜且中原之地，平旷夷衍，无洞庭、彭蠡以为之汇，故河尝横溃为患，其势非多为之委以杀其流，未可以力胜也。故禹之治河，自大伾而下，则析为三渠。大陆而下，则播为九河[3]。然后其委多河支大有所泻，而其力有所分，而患可平也。此禹治河之道也。自周定时河始南徙，讫于汉，而禹之故道失矣。故西京时受害特甚。虽以武帝之才，乘文景富庶之业，而一瓠子之微，终不能塞，而付之无可奈何而后已。自瓠子再决，而其流屯氏诸河，其后河入千乘，而德棣之河又播为八。汉人指以为太史、马颊河者是。其委多，河之大有所泻而力有所分，大抵偶合于禹所治河者。由是而讫，东都至唐河不为害者千数百年。或者以谓王景堤防之力，乃大不然。使无屯氏及德棣诸河，河之大无所泻，而力无所分，景以寻丈之防，而捍犹螳螂之驾，而可以捍大车之奔，吾不信也。惟河之委既多，大有所泻，而力又有所分，景之堤防，特以捍渐水之衍溢者耳。比赵至宋时，河又南决，至于南渡，乃由彭城合汴、泗，东南以入淮，而汉之故道又失。以河之大且力，惟一淮以为之委，无以泻而分之，故今之河患与武帝无异，非有他说也。

余尝以为，中国之地，西南高而东北下，故水至中国而入海者，一皆趋于东北，古河自龙门[4]即穿西山踵趾，而入大陆地之最下者也。然河天下之浊水也，凡水一石，率泥数斗，尝道出梁宋观河所决，凡水之所被，比其去即穿居，大木尽没地中，漫不见踪迹，河之行于地也，数十年而河徙千乘。自汉而后，千数百年，而河徙彭城，然南方之地本高于北，故河之南徙也难，而其北徙也易。

自宋南渡时至今，殆二百年，而河旋北，乃其势然，非有他说也。比者河北破金堤逾，丰、沛、曹、郓诸郡大受其害。天子哀民之垫溺，乃疏柳河，欲引之南，工不就。又遣平章政事嵬名公、御史中丞李公及礼部尚书泰不花公沉两珪有邸，及白马而祀之，河之患不已。乃会诸老臣集议治河者，诸老臣无能言其说。独尚书泰不华公以为当浚河弃道，复引河以入彭城。而待制杨梓又力以为弃道不可浚，设使浚之，而河未必能入。庙堂无所从，遣都水使者相其便害。或者以为当筑堤起曹，南讫嘉祥，东西三百里，以障河之北流，则渐可图以导之使南。庙堂从之，乃置都水分监以任其事，选朝臣之知水者为都水。而吾同年[5]月君彦明为元幕，将行以问于余，余不知河事者。虽然谚有之曰："不习为吏，视已成事。"以事已成者，为君言。则古所以治河者可见也，今河惟不反故道，则其势可障而排之使南，使反于故道，由汉之千乘以入海，则国家将无水患千余年，如东都与唐之时乎。今禹之九河，既不可复考，而河亦不复德棣之间。汉人指以为太史马颊河者，尚未泯可寻究，如缕河之道，是将大有所泻，而力有所分，非若一淮之小，而扼其势，而使之横溃为吾民害也。今夫庙堂之议，非以南为壑也。其虑以为河之北则会通之漕废，其系于朝廷甚重。余则以为河北而会通之漕不废，何也？漕以汶而不以河也。河北则汶水自彭城以下必微，微则吾有制而相之，亦可以舟以漕，《书》所谓"浮于汶，达于河"者是也。余特欲防巨野而使河不妄行，俟河复千乘，然后相水之宜而修治之。特一人之私言也。朝廷方事堤防，固无事，此乃以彦明言者，似迂远而不切也，万一堤防不足以御河，则余之言或有时而验焉，故为之叙。

【注释】

［1］中国：中原，又称华夏、中土、中州，是指以洛阳至开封一带为中心的黄河中下游地区。狭义上指今天的河南省。当与外族对应时，中原又泛指中国。［2］河：特指黄河。［3］九河：古代黄河下游许多支流的总称。古黄河在河南北部孟津县附近向东北方向散开，分为徒骇河、太史河、马颊河、覆釜河、胡苏河、简河、絜河、钩盘河、鬲津河九道河流，最后又在天津大港地区合流为一注入大海。［4］龙门：黄河龙门是黄河的咽喉，位于山西省河津市西北与陕西韩城市交接的黄河峡谷出口处。［5］同年：科举时代称同榜或同一年考中者。

【赏析】

本文为元代余阙送友人月彦明治理黄河决口时所作，文中自"中原之地"以下云云，历数前代黄河治理，以及黄河南徙、黄河北徙。其中关于"黄河北徙"之论述，为后世治河所参考，也为多家史志所收录。

关于王景治河的论述，余阙是较早意识到王景以后数百年，黄河无大决的真正原因，即分水河能有效分流洪水，不至于正河溢漫泛滥。以德州、棣州境内如屯氏河等诸多河流分水，"大有所泻，而力又有所分，景之堤防，特以捍渐水之衍溢者耳。"

生于元末乱世的余阙，文章多带有慷慨刚烈之气，本文风格也具有慷慨之气，又关注黎民苍生之生计。《四库全书总目提要》评价其文章曰："皆有关当世安危。"

李祁

李祁（约1296—约1368），元代著名遗民。字一初，号希蘧翁、危行翁、望八老人、不二心老人，湖南茶陵州人。元惠宗元统元年（1333）进士第二名。《四库全书总目提要》评曰："祁为诗，冲融和平，文章亦雅洁有法。"

黄河清剑铭

姜达泉以"黄河清"名其佩剑，有问之者曰："子之剑，一器尔，于黄河乎何预。"达泉曰："吾之所以名吾剑者，夫岂拘拘焉以器为哉。吾将以著吾志焉耳。吾之所以为吾剑者，盖直以天地为炉，以阴阳为炭，鼓风雷为橐籥[1]，体日月为光华[2]。窥之而莫知其形，运之而莫名其妙。此吾之所以为剑也。吾之用吾剑也，盖将以割利欲，绝恩爱，馘[3]百邪，灭万怪，使吾之耳目聪明，神气炳灵。溟涬[4]寥廓，合乎太清[5]。由吾身而达之天下，无不可者。且天下犹吾身也，黄河则吾之血气，周流乎吾身者也。血气和则吾身宁，黄河清则天下平。吾之所以名吾剑者，夫岂苟然而已哉。"予闻姜君言，始而疑之，再而思之，终而信之，以其言之近乎道，而非徒以欺世而骇俗也。故为之铭。

铭曰：

黄河清，天下平。举世混浊，滑滑劳其生。畴能持寸铁，截断黄河清。猗嗟乎。姜君有此"黄河清"。黄河清，天下平。

【注释】

[1]橐籥：比喻自然、造化。[2]光华：光辉照耀。比喻才华或精神。[3]馘：古代战争中割取敌人的左耳以计数献功。这里指消除。[4]溟涬：天地未形成前，自然之气混混沌沌的样子。[5]太清：天道，自然。

【赏析】

本文为元末著名遗民李祁为友人姜达泉所佩之剑所作。文章创作以问答形式展开，其中包含了浓重的道家思想。以天地为炉，日月为炭体现出作者对于太极学说的认同。

元末乱世之中，豪侠之士往往具有刚烈的性格，作者友人姜达泉以自己所佩之剑，灭百邪，祛不祥。把自己当作天下，黄河当作血液，周流全身。这种博大的胸怀在乱世之中不可不视为一种积极的力量。文中的黄河清与其他黄河清颂文有所不同，这里采用的是河清的意象，而非真正的黄河澄清。

黄河赋（壬申湖广乡试）

乾清坤彝，岳奠川会。览四海之萦环，见黄河之如带。下亘寰宇之区，上通银河之派。折九曲之迂回，泻千里于一快。想成功于当年，微神禹吾谁赖。

观其肇迹西土，潜[1]源天渊，浩浩汤汤[2]，翩翩绵绵。或奔放而莫御，或纡徐以夷延。或腾踔奋迅，激强弩以俱发。或喧豗[3]震掉，雷万鼓而并前。耸银关[4]之嵯峨，驱铁骑之森严。忽洪流之浩渺，播余波于两壖。谅一苇之难渡，岂容刀之可言？

思昔龙门未辟，积石未导。荡斯民之衡庐，为鱼鳖之闾奥。暨黄河之安流，嘉玄圭之锡告。济苍生于艰危，拯沉溺于闲燥[5]。昭乎如日月之乍明，廓乎若乾坤之再造。此后之临流而叹者，所以深为鱼之忧而羡禹功之妙也。

逮从西京，治化昭明。何壮心之未已，复驰骛于远征。命彼张骞，使于西垠。穷二水之所自，至盐泽而陆沉。是虽足以知黄河之源委，要未可与神禹而并称。盖其甘心远夷，疲弊中国。孰若疏凿功成，免民鱼鳖。灵槎[6]泛泛，使节煌煌。孰若乘彼四载，经营四方。竹杖诡奇，蒟酱甘好。孰若水土既平，稼穑是宝。吾于是知禹之功，如天地之无不持载,无不覆焘者矣。

惟我皇元,万国一统。会百川而东朝,环众星而北共。不必手胼足胝,而河流无泛溢之虞。不必穷幽极远,而河源皆版图之贡。愚生南邦,未获时用。盖将振衣袂乎昆仑,豁心胸乎云梦。挹黄河之余波,造明堂而献河清之颂。

【注释】

[1]濬:同"浚",幽深。 [2]汤汤:水流盛大的样子。 [3]喧豗:纷乱吵闹的声音。 [4]银关:辉煌华美的门阙。 [5]闲燥:宽静高敞。 [6]灵槎:能乘往天河的船筏。这里指船。

【赏析】

元皇庆二年(1313),元仁宗圣文钦孝皇帝整顿吏治,恢复科举,但录取名额很少。1332年8月,在湖广行省乡试中,李祁以《黄河赋》一举夺魁,成为解元,是为本文。作者通过对黄河的赞颂,来传达自己对于元朝的热爱,整首赋把幅员辽阔的状况与大一统的局面加以总括,可见作者的自豪感与国家认同感。

关于李祁的文学创作风格,四库馆臣认为雅洁有度。李东阳曾引称学士刘三吾对李祁的评语:"其胸次廓然,为文不事奇圆。"指出了李祁的文章不事雕琢、质朴醇厚的风格。刘中孚评说李祁的文中还洋溢着雄豪悲慨的气息。

黄河小景 摄影/孟宪明

明清

上游的黄河　摄影 / 王伟

朱元璋

朱元璋（1328—1398），明朝开国皇帝，年号洪武。字国瑞，原名重八，后取名兴宗，参加郭子兴领导的红巾军后改名为"元璋"，濠州钟离（今安徽凤阳）人。洪武三十一年（1398），朱元璋病逝，享年71岁，庙号太祖，谥号开天行道肇纪立极大圣至神仁文义武俊德成功高皇帝，葬明孝陵。传位其孙朱允炆。朱元璋未薨之时，即授意乐韶凤、宋濂等人编纂《御制文集》，有明二百余年间，经多次修订，篇目稍有差异。朱元璋《高皇帝御制文集》是我国现存年代最早的御制文集，集中文章取舍体现出明初文臣对"明君圣主"形象的建构。

黄 河 说

吴元年丁未月，遣大将军率马步被坚者二十有五万，渡江越淮，北入中原，首服齐鲁。明年，洪武初夏四月，定河洛[1]。秋八月，胡君弃城，远遁沙漠[2]。又，冬，转战晋冀，抚有其地，关右望风送款[3]，中原是平。

尝云："君天下，非都中原不可。"今中原既平，必躬亲至彼，仰观俯察，择地以居之。遂于当年夏四月，率禁兵数万往视之。

溯流河上，足月抵汴梁。当是时，机务浩繁，虽有山川秀丽，古今人之事迹，一时不暇歌咏。至九年秋八月，祀社斋于奉天门。夕坐道上，有儒臣待制李思迪者侍其傍，皆当时同舟往者。因言北狩，河水变迁，欲为之说。未文。明日午漏，思迪以说来进。观斯文意，壮水势，说河源，文颇顺序。朕因以为之说：

元年夏四月，敕有司清江淮水滨及河际故道。某日，乘巨艘抵瓜州，是时，春水方既，潦水初兴，江无洪涛，日无酷暑，时在清和，利征旦吉。舟入运河，舍半抵广陵。三日至淮阴，舟师入淮，是日，巽上风多，扬帆飞帆，不二时而达河、淮二水相合之处[4]。见水分两道，清浊如界，并流二十余里，方乃混沌东注，既而越淮入河，方觉水上同流，极浊而无清，至黄而无黑，更无他色，所以古今称黄河，宜其然也。

舟行三旬，昼夜居斯水上，时刻听观其势，若万马奔驰，其状若大地轰马，其湍物之速，一息莫视。其山回石转之处，则水绕势，盘旋于羊角。水底玲珑，因风激怒，涛飞泼天，则珠飞雨降。有时巨浪如堤，倏然而涌，横亘其河，使湍者缓，流者止，细浪者无文。良久之间，众流辐辏，其横亘之水将消。

忽然一水周旋，则水底有声喑喑鸣鸣。又少时间，水中一穴若数丈围，有如井状，上通天气，下至河底，俗呼旋涡是也。其水为旋转急甚，中有飞者，上起去涡丈余，霏霏临岸，沸沸触人。其流于两山峡之处，或直而湍，或曲而折，或绕石而旋，或复流以触岸，或怒急而雪浪成堆，或使山倾地陷，或舟覆而楫摧，或巨鱼一尾之间，虽呼吸之际，早十里之程。若胎龙美之而出戏，或蜿之以一蜿，则渊深无底，四野成湖。若蜓之以一蜓，则瞬目千里，莫可止焉。斯水之急，乘利之物，则有若是耶。

斯水，人云神水，每患于中国，为民害者多矣[5]。朕亲游斯上，观斯水之势，遇两山之间，河狭流急，宜其然欤。至于平原旷野，则东荡西坍，使桑田变迁，水势少慢，亦宜其然欤。此坚柔之所申，孰谓有神者欤。若非河之无神，却乃有之。所以有之者，极浊而难澄，滔滔东注，亘古今而不息，此久常者也。忽然而极清，人影皆毫厘洞见。如此者，或千百里，或数十里，斯可谓神者焉。故上古人君载在祀典，畏之，祀之，为民祈福焉。

今朕得观斯水，挟直处如经如弦，凡山回石起之处，则盘若羊肠。若河阴以达于徐、宿，地旷而原平，则不然，斯水汗汗漫漫，浩浩荡荡，有不可测焉。《禹贡》云："三门未开，吕梁未凿，则河出孟门之上。"则未为当也。必后人讹其文，相传差矣。朕曩者既游，今思复述，以为说耳。

【注释】

[1]"明年"句：据《明史》，洪武元年（1368）四月初八，徐达军自虎牢关（今河南荥阳汜水附近）西进，大败脱因帖木儿守军5万人于洛水北塔儿湾（今河南偃师境内），梁王阿鲁温投降，洛阳遂为明军所有。　[2]"秋八月"句：据《明史》，洪武元年（1368）八月初二，徐达等进师攻取元都，至齐化门，令将士填壕登城而入。徐达本人亲自登上齐化门楼，杀死元朝监国宗室淮王帖木儿不花和右丞相张康伯等人，并俘诸王子6人，封存府库图籍宝物以及故宫殿门，令兵守卫。胡君，指元惠宗妥欢帖睦尔。　[3]款：器物上刻的字，书画、信件头尾上的名字。这里指归顺降书。　[4]元朝至元二十三年（1286）10月，黄河在原武、阳武、中牟、延津、开封、祥符、杞县、陈留、通许、太康、鄢陵、扶沟等15处决口，主要形成3股，其中一股由中牟境内折而南流，经尉氏、鄢陵、扶沟等地，由颍水入淮；一股开封境内折而南流，经通许、太康等地，由涡入淮；一股经陈留、杞县、睢县等地由泗水入淮。此次黄河决堤改道被称为第五次大徙。到明嘉靖二十五年（1546）以后，黄河"南流故道始尽塞"，经潘季驯治理，河道基本固定下来，即今天地图上的废黄河。　[5]"为民"句：据1959年黄河水利委员会的统计，历史时期见于记载的黄河决口泛滥总计有1500余次，较大的改道有26次。在这26次较大的改道中，又有6次影响巨大的改道，所涉及的地区有今河南、河北、山东、安徽、江苏五省。改道对民众的生命和财产造成了巨大损失。

【赏析】

朱元璋《高皇帝御制文集》是我国现存年代最早的御制文集，集中文章取舍体现出明初文臣对"明君圣主"形象的建构。

朱元璋秉持功利实用的文学观，为后世留下了大量务实的文学作品。作为开国君主，其作品更多关注于社会价值观的构建，说教内容较多。其文学作品极大程度地发挥了文学的功利实用价值，为明初文学确立了独具品格的风范。在元明易代之初，面对部分文人排斥新朝和社会的复杂状况，朱元璋的文学态度对转变士风和文风起到了重要的引导作用。提倡雍容典雅的文学风尚和功利实用的文学观，规范文人士大夫思想，从促使文人从政治的旁观者转变为社会责任的承担者。

本文作于洪武初年，朱元璋在文章中回忆了定鼎中原的最后战况，谈及中原对于国家稳定的重要作用。文章也记述了明初黄河南流汇于淮河的走向，对于黄河水浪滔天的壮阔场景有着精彩的描述。整体文风体现出朱元璋务实而典雅的风格。

曹于汴

曹于汴（1557—1634），明代文学家。字自梁，一字贞予，解州安邑（今山西省运城市）人。明万历二十年（1592）进士。以淮安推官徵授刑科左、右给事中，转吏科给事中，遇事敢言。擢太常少卿。光宗时，转大理少卿。熹宗立，迁左佥都御史，佐赵南星主京察，进吏部右侍郎。力抉善类，为魏忠贤所斥。崇祯初，拜左都御史，振顿宪规。他平生制行高洁，风节凛然。著有《仰节堂集》。

游龙门记

里居一载，听客谈龙门之胜，为之驰想。是月旬有一日，偕一峰李君并辔北游。薄暮抵弘芝[1]，栖迟田野萧寺，摩抚古碑，业觉洒然[2]。

十三登孤山东偏之柏林，甫及山麓，见怪石纵横，若蹲狮、若伏象、若欹[3]鼎、若倚案。万柏森郁，柯交根走，状若龙螭与狮象狎卧。因而小憩，疑在世外矣。

仰顾山巅，有楼突兀如在霄汉。由西径步，上为风伯、雨师之庙。殿前有亭，亭前为门，横以栏楯，则先所仰顾以为楼者也。凭栏南眺，百里目前，万顷平畴，红绿相间，庙中人谓余曰："今犹雾霭耳，其晴日，禹都齹海历历可指，然已大恢廓矣。"李君闻宗室守正者耕耨其下，下山访之，回视余以为仙也。无何，守正遣人邀余，余辞焉。至再，乃赴。其社有泉双注，颇植花卉，白牡丹成丛亦足嘉赏。北望山岩，又若大虎拗项，伸爪将饮甘泉之象。李君浮白，余亦忻嚼[4]。迨晚回山，皎月东升，六字浮朗，林隙露白，树杪[5]平铺，幽色可人，鸟声清婉。余于此，时兴不浅，李君豪剧醉叫，几忘其险。

凌晨而起，月尚挂空苍，林若洗，愈觉妙好，畅然而北。日中至文清公墓下，再拜瞻眺，感叹典刑。既出祠门，将倚坊上马，大风忽起，悚然屏息，步走十丈，许是风之来不可知，然谓先生风之亦可也。

十五拜子夏子祠，其裔孙殊贫，时余饥甚，渠[6]不能具一熟水，胡无周之者。逮晚至神前村，去龙门尚三二里，或谓且歇于此。余志方锐，策马趋之。傍山东南，凿石为磴，其缺处联以栈道。盘曲而上，拜于神禹殿前。见其两山断岸，大河北来，缅怀疏凿之功。古栢森立，雉堞[7]回环，右有危峰横插中流，上凌碧落甃，砖石为楼，所谓吞吐云雷者。峰下架木若桥，覆之以屋，悬浮水面，去水可百尺，扁曰"飞阁"。以暮未遽[8]，登也。凭堞流盼，月光射波，若冶金泛涌。舟人欸乃[9]，声动山谷，徘徊漏深。方就卧。

次早乃陟云雷楼，身在空中，但目力所及，谁障之者，大观哉。不知山下之人仰视此楼中人，又何如仙也。下此绕入飞阁，容膝之外，四顾洪波，虽谓水击三千，何不可焉。阁前刳板为窦[10]，悬以辘轳。余为木朽地峻，不欲窥之，犹存岩墙之戒乎。经西亭出庙后，度小桥更成幽寂，巉岩壁削，怪石离列，石隙童树，点青缀绿。北祀后土，右有大石龛，悬泉滴滴，榜曰鸣玉贵。在万古不息滴滴，自奇也。龛中寒肃，不可久留。濒河小亭共坐，地远喧稀，坦怀渊舒，动固不若静[11]耶。入山已静，犹羡乎此，静趣固无穷耶。岩头群鸽为巢，缯缴[12]不及，嘉其知止。循东廊入东亭，游人词翰俱集，拂拭读之。又东，复高峻有亭，南向亦堪览胜。北皆巨石，好事者镌大字于其上。仍入庙中，得文清公之记于碑，其阴为湛甘泉先生之笔，更不虚此游也。过午，大风作，激涛怒号，飞沙弥漫，石岩撼震。想汉寿、汾阳诛伐寇虏之日，挥戈大战，万骑奋呼，当亦肖是，辄又神旷，动固不异静耶？抑动中自寓静耶？既晚，为主司者所知，驺从群拥，为我走村人，备饩廪，意固甚嘉。然余盂菽足饱，安用劳人为。

次晨遂还，立马峨嵋，犹举鞭指顾，挹揽烟云也。方游时，以未获泾野先生之记为憾，北溪路翁授余以稿，可以为慊。遂呼笔识之。时万历甲辰三月二十日。

【注释】

［1］弘芝：今泓芝驿镇。［2］洒然：肃然起敬的样子。［3］攲：倾斜不正。攲，音崎。［4］釂：干杯。［5］杪：树的细梢。［6］渠：他，指第三人称。［7］雉堞：城上的短墙，也泛指城墙。这里指像城墙的样子。［8］遽：立刻，马上。［9］欸乃：唐代柳宗元《渔翁》有"烟销日出不见人，欸乃一声山水绿"句。此处应指撑船人唱的民歌。［10］窦：门户。［11］坦怀渊舒，动固不若静：宋代苏舜钦有《若神栖心堂》一诗曰："予心充塞天壤间，岂以一物相拘关。放然一物无不有，遂得此身相与闲。上人构堂号栖心，不欲尘累相追攀。冷灰槁木极溃败，虽有善迹辄自删。予尝浩然无所挠，与子异指亦往还。卷舒动静固有道，期于达者诚非艰。"本文作者在这里化用苏舜钦诗意。［12］缯缴：即矰缴。猎取飞鸟的射具。缴为系在短箭上的丝绳。缯，通"矰"。

【赏析】

　　本文作于明万历三十二年（1604），时曹于汴辞官返乡，在山西运城居住。黄河龙门是黄河的咽喉，位于山西省河津市西北与陕西省韩城市交接的黄河峡谷出口处。龙门对于传统社会文人影响最大的莫过于大禹治水以及鲤鱼跃龙门，科举时代的知识分子亦常常用鲤鱼跃龙门表示皇榜高中。

　　文中详述了曹于汴和李一峰于三月十三至三月十七期间在黄河龙门的游迹。以时间为纲，路线为纬，为读者呈现出龙门周边的名胜古迹、重峦叠嶂以及秀水绿植。当然文章中也体现了作者的人生哲理之思，对于动、静的体会。

都穆

都穆（1458—1525），明代文学家。字玄敬，一作元敬，人称南濠先生。原籍吴县相城（今苏州市相城区）人，后徙居城区南濠里（今苏州阊门外南浩街）。明弘治十二年（1499）进士，授工部主事，官至礼部郎中。著作颇丰，《四库全书》收录有《金薤琳琅》《寓意编》二种，另有《南濠诗话》《游名山记》《使西日记》《铁网珊瑚》《听雨纪谈》《都公谭纂》等。

砥　柱 [1]

砥柱在陕州东五十里，黄河之中。以其形似柱，故名。《禹贡》谓导河东至于砥柱，即此。

癸酉五月，道陕，会金宪殷君文济饮间言及，跃然欲与之游，以使事不果。十月，予回至陕，则殷君已先我游，遂决意而往。

乙卯，知州事颜君如环，命州学生熊釜、张崇勉从予，离州二十里，午食。又二十里循河行。十里至三门集津。三门者，中曰神门，南曰鬼门，北曰人门。其始特一巨石，而平如砥。想昔河水泛滥，禹遂凿之为三。水行其间，声激如雷，而鬼门尤为险恶。舟筏一入，鲜有得脱，名之曰鬼，宜矣。三门之广，约二十丈。其东百五十步，即砥柱。崇约三丈，周数丈，相传有唐太宗碑铭，今不存。

蔡氏《书传》[2] 以三门为砥柱。《州志》[3] 亦谓砥柱即三门山，皆未尝亲履其地，故谬误若此。又按《隋书》载，大业七年，砥柱山崩壅河，逆流数十里。砥柱，今屹然中流。上无土木，而河之广仅如三门，奚有崩摧而壅河逆流至数十里之远。盖距河两岸皆山，意者当时或崩，人遂以为砥柱，而史氏书之也。孟子云："尽信《书》，不如无《书》[4]。"有以哉。

【注释】

[1]篇名《砥柱》于不同版本或选本中又称《游砥柱记》。[2]蔡氏《书传》载：指宋代蔡沈所著《尚书集传》。书中《尚书·禹贡》"底柱、析城，至于王屋"处注解曰："底柱石，在大河中流，其形如柱，今陕州陕县三门山是也。"[3]《州志》：指《河南通志》。按：古人对砥柱、三门山的认知过程是由概指到确定的一个发展过程。自秦至明前期，诸多文献作品对于砥柱的认定较为模糊，有指六座山，也有指某一座山，也有指三门山者，明中叶以后，才逐渐有所确指。[4]"尽信"句：出自《孟子·尽心下》："孟子曰：'尽信《书》，则不如无《书》。吾于《武成》，取二三策而已矣。仁人无敌于天下，以至仁伐至不仁，而何其血之流杵也？'"

【赏析】

本文作于明武宗正德八年（1513），是一篇游记文章，作者写了他游历砥柱山的情形。关于砥柱的认知，明代以前人们概念较为模糊，即便是亲历砥柱之人，记述也有差异。

文章题为《砥柱》，但对于砥柱的描写却不多，而对三门的描写却较为详尽。可以看得出作者亲历砥柱以后，对于以往典籍中的论述有所辨正。其写作此文的目的主要在于阐发"欲知此事必躬行"的道理，但道理不能离开事实而存在。在描写的过程中，指出三门山与砥柱山的不同，为下文的说理作铺垫。在躬亲游历的基础上，对于蔡沈《书传》《州志》以及《隋书》等典籍的有关不实的记载，进行批驳、纠谬，并指出致误之因，从而得出了不能尽信书的结论。此外，成语有"中流砥柱"，比喻能担当重任、支撑危局的英雄人物。这一成语源自都穆的《砥柱》。

李攀龙

李攀龙（1514—1570），明代政治家、文学家。字于鳞，号沧溟，山东济南府历城（今山东省济南市历城区）人。嘉靖二十三年（1544）进士，授刑部主事。历员外郎、郎中，迁顺德知府，擢陕西按察司提学副使。隆庆元年（1567），出任浙江按察司副使，隆庆三年（1569），诏拜河南按察使，卒于官，终年五十八岁。著有《沧溟先生集》。嘉靖二十三年（1544）至嘉靖三十二年（1553），李攀龙与王世贞、谢榛、宗臣、吴国伦、梁有誉、徐中行等结诗社。其论诗主张，与"前七子"相倡和，形成一个新的文学流派，史称"后七子"。他们的文学主张的基本内容，即文主秦汉，诗规盛唐，继"前七子"的文学复古运动，为彻底改变"台阁体"统治文坛的局面而斗争。李攀龙集中的拟古乐府，是其文学主张的具体实践。

送大司空朱公新河成应召还朝序[1]

先是，河塞新集而南流以阻，再塞庞家屯而全河北徙矣[2]。运道无所出，县官仰东南粟岁数百万，不得从漕上，盖中外汹汹焉。是时，公方从少冢宰迁大司寇之南都也，先帝[3]辄为止之，改守今官，属使治河矣。公至行河，则奏言新河事。而明年新河成，南阳至留城[4]百四十里，入旧河，至境山五十里，而运道复出，江南粟数百万，更得从漕上。亡何，有为上言治三河口亡状者，疑不与公新河也。以为河所从来建瓴万里，并挟百川，湍悍欲暴泄之甚，秦沟[5]一川，兼受数河之任，恐不溢而北则溢而东耳，长堤一溃，运道沙淤，不厌不止，抵极而反西南，泛沛与鱼台，苦为壑无己时。幸故道灭未久可求，又其处易浚，不如从上原开支河，于以分流杀水力，助大河泄暴水，备非常，佐旧河，便新河，三难不可为也。

公既得议以水之利害：河诚欲暴泄之甚，然使不直境山而北出，将一听沙淤所为；即出自徐州南，而二洪又且生庆忌。今幸出秦沟，秦沟适直境山南五里，则是国家于河不治而已得其大，唯是为务，它可次第举者。秦沟虽兼受数河之任，犹为束隘之而益其疾也。河流疾则能自刮除，束隘之则后推前，以致于二洪，势不逾淮放海而不已，暴泄河患焉？夏秋水猥盛，虽时溃，而东北沙淤浡落，泛浅力微，视其自索，抵极而反，亦在新河西堤外，昭阳湖[6]受之以休息，若所谓勿与水争者，独何言为壑？今所欲开支河，在新集至两河口，无论漫无河形者，凡二百五十余里，须创作深广若千丈，即有河形如郭贯楼至龙沟灭未久，称易浚，又尽沙淤。先臣有言："撮沙如聚米，挑淤如画脂。"河之所舍。宁能强之？即求得故道，又何以异未复之前，而移鱼、沛之害还萧、砀也？两河皆赤子，奈何伤昏垫之怀？地出水上，虽隆之天，力可从施，谁能筑虚，倡予和汝，而欲自托于水也？无已，则横堤抵之，使舍旷而就隘，以迫陉[7]其性，不可矣。且安得数十里成堤，举以置其间？由华而东而入秦沟，而河自道也，以观水势，跳出沙土，欲居之久矣。不如因之，以合经义。治水有决河深川，而无堤防壅塞之文。俾得并力下流，以事秦沟，而增卑倍薄，兼事西堤，重为鱼、沛之防，如是，则上不伤天子昏垫之怀，而江南粟常得从新河漕上矣。及上报可，而西堤亦成。是役也，因高为深，黄流辟之，污渠交委，而本水自足，其著者在新河。

某曰：国家运道，业以与河相直矣。河独非水哉？善用河者，因而利之耳。出秦沟直境山[8]，以致于二洪，逾淮放海，岂一日乎而忘东南？秦沟既导浊河数倍，下流已阔，无复壅理，即溢而东北，湖休息之，束以长堤，新河自足，是为不治而已得其大。计定焉，而他可次第举者，因而利之之道也。岂其智焉？匪天作之图，而必欲复国家二百年之运道，业以与河相直，而幸必争之利，以尝不可并行之害，贻非常忧，必不然矣。河入秦沟者什九，而马家桥西堤复成，均之引水，出小浮桥，而秦沟去桥止三十余里，运道已便，斯庞家屯所不必开。先是开新河，自南阳至留城，道又径易，漕度可省十日，上介有河形，土不疏恶，势又可因，为沙、薛两河力，又可陂泽之。而劾节宣大臣之于国家，见谓利害，私窃念之，犹曰"天作之漕"。不然，奉诏使行河，费不訾，作亡益，而无尺寸功，偷得不惮劳任事之名，且为新河中废地，以徽人主。见谓：识微虑远，备非常者，而苟无后咎余责，虽蹠兴大役，复故道，何不可者？然而国家大命，利害悬绝，大臣举事，当为后法。善乎"开新河，不尽弃旧河；引安流，不尽排黄流"之为言乎！所谓善用河者，因而利之之道也。岂嫌固自持议，与众破坏，深论便宜，相难极也？苟得其大，彊直自用，安所恤哉？今且入见上，言水之利害，与所以治河状，报敬承之绩，以赞乂安，图永赖，勿但曰"先帝式灵之"而已。

是役也，祔绥贞作，有若都御史姜公；临饬艺略，有若监察御史罗公，共济底平，而与议利害，天子所尝报可者。乃命某以备论之如此云。

[注释]

　　[1]朱公：朱衡（1512—1584），字士南，万安（今江西省万安县）人。嘉靖十一年（1532）进士。历知尤溪、婺源，有治声。迁刑部主事，历郎中。出为福建提学副使，累官山东布政使。嘉靖三十九年（1560），进右都御史巡抚山东。嘉靖四十四年（1565），进南京刑部尚书，改工部尚书兼右副都御史，总理河道漕运。隆庆三年（1569），内阁首辅高拱命朱衡督河工，适值邳州新河工竣，遂还朝。　[2]"先是"句：嘉靖四十四年（1565）七月，黄河在沛县飞云桥地区决口。开始是新集决口，后来是庞家屯决口。　[3]先帝：指明朝第十一位皇帝明世宗朱厚熜，年号"嘉靖"，在位四十五年。　[4]留城：位于微山岛西南六公里处，是微山古城中年代最远的一个，可以上溯到唐尧时期。北齐末，废留县，并于沛县，称留城镇。　[5]秦沟：清代顾祖禹《读史方舆纪要》卷二十九载："明嘉靖四十四年，黄河决溢，其北股经华山南而东流入沛县界。县西南有秦沟，在河北岸，于是导河入沟济运。万历六年，筑邵家坝，以绝秦沟旧路，又议于华山斜筑大坝，东至楼子集，断遏秦沟、浊河二口。《志》云：'秦沟口亦曰邵家口，其浊河在县东南。隆庆初，黄河自秦沟冲决而南，遂为浊河，其后河复旧流，秦沟、浊河，往往堤塞，无复旧流矣。'"　[6]昭阳湖：位于山东省微山县和江苏省沛县龙固镇北部交界处，南与微山湖、北与独山湖相通，加上独山湖以

北的南阳湖合称"南四湖",或统称微山湖。［7］迫:压制。陁:阻塞。［8］境山:在今江苏省徐州市铜山区北。《方舆纪要》卷二十九载:"境山在州北四十里。相传徐之封境,尽于此山,因名。"

【赏析】

　　本文作于明隆庆三年（1569）,李攀龙时任河南监察御史。本年,内阁首辅高拱命朱衡督河工,在邳州新河竣工之后,朱衡需还朝复命,李攀龙作为监察御史为朱衡送行而作此文。明嘉靖四十四年到四十五年（1565—1566）,朱衡同潘季驯曾在沛县治理黄河,当时已经尝试采用"束水攻沙"策略,李攀龙在本文中也予以肯定,即"河流疾则能自刮除,束隘之则后推前"。对于朱衡开新河、留昭阳湖（今微山湖）为滞洪区治河方法,文中也予以辨析,李攀龙更主张因势利导,开新河而不弃旧河,既要保河槽畅通,也要疏浚黄河故道,能够对黄河善以利用,而非排斥。陈子龙《明经世文编》亦收录此文,评价曰:"视古修辞,而贯通时事,此于鳞之文也。"

浴石　摄影/孟宪明

毛恺

毛恺（1506—1570），明代文学家。字达和，号介川，江山（今浙江省江山市）人。明嘉靖十四年（1535）进士。初授行人司行人（掌管传旨、册封等事），后擢升为御史。历任安徽宁国知府，河南按察使，南京刑部、吏部尚书，刑部尚书等职。《西游记》作者吴承恩曾为毛恺写过"道德逢辰颂序"，赞毛恺"恢之于宽""履之以让""饬之以礼""体之以勤"。毛恺死后被追赠太子少保，谥"端简"。著有《介川文集》《奏议》《薛文清读书录钞释》。

续中流砥柱赋

江陵曹先生柄文三晋，博综六籍。暇日有感于黄河之砥柱，抗九曲而不回，历万古其如新。爰托楚声，挥毫成赋，间示毛子，三复读之。意高而雅，辞丽以则，揆之礼义，中正秩如也。宋玉、景差，风斯下矣。式遵步骤，辄续厥篇。深愧鄙芜，聊代就正之贽云耳。

其辞曰：

黄鹄道人[1]，睹世变之日下，羌欲挽而回之。托大河之巍石，寄微意于雄词。慨彼夏氏，受命于帝。导兹洪流，沛然下注。粤遗奇迹，削如芙蓉。巀岌[2]嵯峨，崔巍龙嵷[3]。亭亭孑孑，郁郁葱葱，不偏不倚，不蹇[4]不崩。千仞壁立，屹乎波中。声鼓万雷，势奔九龙[5]。倒垂玉楝，直挂长虹。下压鸿庞，上摩太空。真成天造，疑为鬼工。激鲸涛以澎湃，戴鳌背之穹窿。山川森其蔽戏，烟霭翕以冥蒙。巨灵乘时而赑屃[6]，天吴[7]奔靡而下风。回狂澜于既倒，俯冯夷之幽宫。兹非所谓三门之砥柱，障百川而之东者耶。若夫日观泰岱之宗，霞标赤城之峰。华表曾闻于泪鹤[8]，支机见卜于仙翁[9]。娲石裁成，精炼补天之色。秦皇东狩，神驱驾海[10]之功。斯皆似涉于茫昧，俱不足以拟其形容。嗟夫！古之君子，比物丑类，罕譬而喻。物有所假，情有所寓。汤盘铭以自新，孔登山而小视。斯目击而道存，何莫学而非事。

况夫宇宙之间，爰有正气。灿日星以华天，奠河岳而纬地。在人得之，亶为圣智。弗砺而砥，弗斫而柱。莫怵以威，难诱以利。招之不来，麾之不去。值危疑而靡惊，投艰大而罔惧。举世尚同，吾非立异。举世好方，吾方以制。举世百虑，吾以一致。人多炎炎，吾宁踽踽[11]。人多汲汲[12]，吾宁泄泄[13]。黜身外之浮游，耻墦间之富贵。穷则《采薇》之歌，达则霖雨之志[14]。生以望乎万夫，没以风斯百世。庶植立乎两间，乃浩然而无愧。

辞曰：

嗟横流之靡兮，夫孰知其非兮。繄君子之挽其趋兮，志百折而弗移兮。端吾轨兮，范吾驱兮。吾将从道而入于圣域而日跻兮，誓白首以为期兮。

【注释】

[1]黄鹄：比喻高才贤士。道人：得道之人。 [2]巘：古同"巚"，高峻。岌：山耸起的样子。 [3]巃嵸：高峻的样子。 [4]謇：迟钝，不顺利。 [5]九龙：传说中的治水神兽。 [6]巨灵：神话传说中劈开华山的河神。赑屃：指强壮有力。晋代干宝《搜神记》载："二华之山，本一山也，当河，河水过之而曲行。河神巨灵，以手擘开其上，以足蹈离其下，中分为两。以利河流。今观手迹于华岳上，指掌之形具在。" [7]天吴：中国古代神话传说中的水神。《山海经·海外东经》载："朝阳之谷，神曰天吴，是为水伯。"《山海经·大荒东经》载："有神人，八首人面，虎身十尾，名曰天吴。" [8]华表曾闻于泪鹤：化用"鹤归华表"典故。晋代陶潜《搜神后记》卷一载："丁令威，本辽东人，学道于灵虚山。后化鹤归辽，集城门华表柱。时有少年，举弓欲射之。鹤乃飞，徘徊空中而言曰：'有鸟有鸟丁令威，去家千年今始归。城郭如故人民非，何不学仙冢垒垒。'遂高上冲天。"后世多用于感叹人世的变迁。 [9]支机见卜于仙翁：宋代陆游《老学庵笔记》卷二载："李知几少时，祈梦于梓潼神。是夕，梦至成都天宁观，有道士指织女支机石曰：'以是为名字，则及第矣！'李遂改名石，字知几。是举过省。" [10]神驱驾海：《艺文类聚》卷七九引晋代伏琛《三齐略记》："始皇作石桥，欲过海观日出处。于时有神人，能驱石下海，城

阳一山石,尽起立,嶷嶷东倾,状似相随而去云。石去不速,神人辄鞭之,尽流血,石莫不悉赤,至今犹尔。"后世以"驱石驾沧津"为神助秦始皇造桥的典故,表现帝业天成,神助其功。 [11]踽踽:孤独的样子。 [12]汲汲:急切的样子。 [13]泄泄:舒坦快乐的样子。 [14]霖雨之志:《尚书·商书·说命上》载:"爰立作相,王置诸其左右。命之曰:'朝夕纳诲,以辅台德!若金,用汝作砺;若济巨川,用汝作舟楫;若岁大旱,用汝作霖雨。'"汉代孔安国传:"霖,三日雨。霖以救旱。"后世比喻济世泽民。

【赏析】

　　万里黄河,从源头到入海,以汹涌澎湃的气势而闻名于世。在黄河上,险滩和暗礁不可胜数,作为中华民族的母亲河,中华儿女常常能够发现黄河的美景,体味黄河的精神。中流砥柱,这座仅有十多米高的一座山形河石,就被华夏子孙们传颂为英雄石,作为中华民族坚强不屈的象征。

　　黄河散文描写的对象,在不同朝代,有所不同。唐人以博大、积极的胸怀,写出了跃龙门的飞跃;明代士大夫以其独立、高昂的人格,注目于不屈的砥柱精神。毛恺的《续中流砥柱赋》正是体现出明人对于黄河精神的认同。

俯瞰三门峡的中流砥柱 · 摄影/王伟

潘季驯

潘季驯（1521—1595），明朝中期官员、水利学家。字时良，号印川。湖州府乌程县（今属浙江省湖州市吴兴区）人。嘉靖二十九年（1550）进士，曾于江西、广东等地任职。其从嘉靖四十四年（1565）始，至万历二十年（1592），历二十七年，奉三朝简命，四次出任总理河道都御史，为明代治河诸臣在官最长者，以功累官至太子太保、工部尚书兼右都御史。著有《宸断大工录》《两河管见》《河防一览》《留余堂集》等。潘季驯在长期的治河实践中，吸取前人成果，全面总结了中国历史上治河实践中的丰富经验，发明了"束水冲沙法"，深刻地影响了后代的"治黄"思想和实践，为中国古代的治河事业做出了重大的贡献。2019年12月6日，潘季驯入选中华人民共和国水利部第一批"历史治水名人"。

河议辨惑（节选）

《中都志》[1]与《欧阳文集》[2]载宋臣欧阳修《先春亭记》，其略有云："景祐三年，泗守张侯问民之所素病，而治其尤暴者，曰：'暴莫大于淮。'明年春，作城之外堤，因其旧而广之，高三十三尺，土实石坚，捍暴备灾，可久而不坏。又曰：'泗，天下之水会也。先时岁大水，州几溺，张侯夏守是州，筑堤以御之，今所谓因其旧者是也。'"

职按，修曰："尤暴者莫大于淮"，则知淮之为暴于泗旧矣。曰："堤高三十三尺"，则知水之高矣。"大水几溺州，而先后州守惟以筑堤为事"，则知御淮之策，舍堤之外无策矣。今查泗州护城堤高不及宋三之一，是今之水较宋为甚小矣。再查黄河自宋神宗十年七月，大决于澶州，北流断绝，河遂南徙，合南清河而入于淮。而先臣丘浚《大学衍义补》曰："此黄河入淮之始"。则仁宗景祐三年，黄河尚未会淮，业已为泗州暴矣。今乃归罪于黄，或未可也。

或有问于驯曰："老黄河之说何如？"驯应之曰："老黄河之说，吾未之前闻也。考之郡志，止有大清河、小清河。《注》云：即泗水之末,流源出泰安州,至县西北三汊口,分为二河,大清河由治东北入淮,小清河由治西南入淮。是黄未会淮之时,泗、沂之水或经于此,并无所谓老黄河者。今据淮人云:自桃源县三义镇,经毛家沟、渔沟等处,出大河口,谓之老黄河故道。殊不知大河口去见行清口仅五里许,至此复与黄会,何能遽[3]杀清浦、泗州水势?若如近议,欲改从叶家冲周伏三莊瓦子滩入颜家河,则自渔沟而北,又非老黄河故道矣。深阔须照见行之河,方能改旧,无论开掘之难,工费之巨,而开通之后,自三义镇迤东,一带河道必至淤塞,运艘[4]岂能飞渡,矧泗州之水自古及今皆然,志传开载甚明,所谓老黄河者,去泗贰百余里,去清口亦肆拾余里,岂能远泄泗州之水?此言甚易惑人,既非志乘有据之言,又非合众通方之论,执己见以淆国是,如之何其可哉?"累经勘议,并未有考订详确,阐发明悉者,若知泗州伏秋淮水之涨,即如徐、邳。河南每岁黄河之涨,必不可免,止宜堤防,则其议自息矣,其说详具淮黄交会白。

或有问于驯曰:"浚睢河以为通运,旁行一道,且可杀河流也,其说何如?"驯应之曰:"考之《括地志》[5]云:睢水首受浚仪县[6]浪荡渠水,东经取虑县[7]入泗过沛。浚仪、取虑二县,皆隶河南。《漕河图志》[8]云:宿迁县小河在本县东南十里,源自开封府,黄河来流,经归德州、虹县、宿州,至睢宁县东南,流六十余里,至小河口,以入漕河。盖《括地志》所载,乃黄河入北海之时,故止云睢水而不及黄河。《漕河图志》所载,乃黄河南徙之后,故直指黄河来流也。《淮安志》[9]云:小河在宿迁东南十里,以其浅狭故名。查得弘治六年,侍郎白昂曾导水,自归德小坝地方,经睢宁至宿迁小河口,入漕河,比因河决河南之金龙口,冲张秋,势甚危急,故浚此河以杀水势耳。然不久遂淤,盖河不两行。徐、邳之河,与小河必无并行者。今自徐溪口迤北,直至永城县一带,俱成平陆,复之亦颇不难,但恐此河一开，则徐、邳必塞，若徐、邳不塞，则此河必复为平陆，且均一浊流也。在徐、邳大河则淤，在新复之小河则不淤，恐无是理也。况小河口而南至清河县，尚有二百三十余里，假如近岁河决崔镇，桃、清为塞不知，南来运艘将从何路达睢河也。"

问者曰："止浚双沟、永涸湖一带，使艘从九里沟出小浮桥，倘徐、邳正河淤塞，此不通而彼通，可无阻也。"驯曰："此河原甚浅狭，且湖水常盈，浚工难施，若正河淤塞，黄水尽从此河，则泛滥无归，非特牵挽无路，而经行于树桩基磉[10]之间，必至触败，与由决何异也？若正河不塞，而此河仅分支流，则径由正河可也，何必去夷就险为哉？"

【注释】

[1]《中都志》：明代柳瑛撰。瑛，字廷玉，临淮（今江苏省泗洪县）人。天顺丁丑（1457）进士，官至河南按察使佥事。 [2]《欧阳文集》：宋代欧阳修撰。修，字永叔，号醉翁，晚号六一居士，吉州庐陵永丰（今江西省吉安市永丰县）人，宋仁宗天圣八年（1030）进士及第，历仕仁宗、英宗、神宗三朝，官至翰林学士、枢密副使、参知政事。死后累赠太师、楚国公，谥号"文忠"，故世称欧阳文忠公。 [3]遽：立即，赶快。 [4]运艘：指运船。 [5]《括地志》：唐魏王李泰主编，是一部大型地理著作，吸收了《汉书·地理志》和顾野王《舆地志》两书编纂上的特点，创立了一种新的地理书体裁，为后来的《元和郡县志》《太平寰宇记》开了先河。 [6]浚仪县：古县名。西汉置，治今河南省开封市，属陈留郡。北宋大中祥符三年（1010）改名祥符县。1914年，祥符县被改名为开封县。2014年，河南省调整开封市部分行政区划，撤销开封县，设立祥符区。 [7]取虑县：古县名。秦置取虑县，属泗水郡。南朝梁，废取虑县。 [8]《漕河图志》：明王琼编撰。琼，字德华，太原人。成化二十年（1484）由进士授工部主事，弘治时擢升管理河道的工部郎中，在任凡三年。《漕河图志》是目前所见我国最早的一部关于运河的专著。 [9]《淮安志》：《淮安府志》版本较多，有明成化刻本、明正德刻本、明万历刻本、明崇祯增补本、清顺治刻本、清康熙刻本、清乾隆刻本、清光绪刻本。 [10]树桩基磉：泛指农田民舍。树桩，树木被锯去树身后所剩的根部的一段。基，建筑物的根脚。磉，柱子底下的石礅。

【赏析】

　　《河议辨惑》原文一万余字，限于篇幅，本选文有所删节，希冀读者能够了解明代治河名臣潘季驯一生中最主要的治河观点。全篇以问答形式表述，共有大小议题数十个，涉及的方面有"河有神否""故道能复否""洪水淤滩""蓄洪减水""治河和治漕的关系"等，其中关于"筑堤束水，以水攻沙"内容最为详尽，这也是潘季驯治理黄河的核心思想，对后世影响也最为深远。文中所回答的多为有争议的历史及现实问题，可以说本文是对明代以前历朝历代各种治河思想的梳理和总结，也针对一些长期争论不休的错误观点进行系统的批驳。可以说《河议辨惑》是前人治黄思想的集大成者。

　　潘季驯坚持实践，而非拘泥于古人和书本。其对他人的批驳不是武断否定，而是有理有据，在强调史实的同时，也强调时代的变异。潘季驯特别指出空洞言论的根源是"身未经历"，这对于后世治理黄河需实地勘测具有极强的指导意义。

黄河来流艰阻疏

　　臣潘季驯谨题，为黄河来流艰阻后患可虞，乞恩速赐查议，以图治安事。臣等猥以谫材[1]，谬膺重任，昼夜思惟，欲求万全之策，以报陛下罔极之恩，食不甘味，寝不贴蓆者三月矣，而卒未能快于心也。

　　窃惟今之谈河患者，莫不曰徐、邳[2]河身垫高，水易溢也；崔镇[3]诸口未塞，桃、清[4]浅阻也；高堰、黄浦[5]淮水横流，淮扬之民久为鱼鳖也；淮、黄两河之水，漫无归宿，海口沙垫也。此徐州迤南之患，耳目之所睹记，运道之所必资，故人人得而言之也。臣等已于前月二十八日会本具题，陛下俯从臣请，两年之内或可脱淮扬昏垫之苦，免运道梗阻之虞，而臣等亦得藉以少逭愆[6]尤矣。然其大可忧者不在此也，敢敬陈之。

　　臣等初抵淮安，即询黄河出接运道处所，众云出徐州小浮桥，则臣等喜以为此黄河故道之最顺者也。又询水深若干，众云深四丈余，则臣等又喜，以为此河身之本体也。又询小浮桥迤西，则为胡佃沟，为梁楼沟，为北陈，为雁门集，为石城集，而石城集以上十五里则为崔家口，即去岁八月所决之口也。其间浅深俱不能答，臣等即行淮安府管河同知王琰，前往测度。去后随于四月二十九日亲督淮北分司郎中佘毅中，添注管河郎中张誉，徐州管河兵备副使林绍，添注管河副使张纯沿河踏勘，行至徐州，随据王琰揭报，前项河水深七八尺至二三尺不等，而梁楼沟至北陈三十里，则止深一尺六七寸，散漫湖坡，一望无际，原系民间住址陆地，非比沙淤可刷，故河流逾年而浅阻如故也。臣等不胜惊讶，随据徐州砀山乡民段守金、龚泮、王霜等各呈称：老河故道，自新集历赵家圈、萧县蓟门出小浮桥，壹向安流，名曰铜帮铁底。后因河南水患，另开一道，出小河口，本河渐被沙浅。至嘉靖三十七年，河遂北徙，忽东忽西，靡有定向，行水河底，即是陆地，比之故道，高出三丈有余。停阻泛滥，妨运殃民，恳乞开复老河，上下永利等情。臣等当督前司道并山东管河道副使邵元哲、河南管河道副使唐汝迪，由夏镇历丰、沛至崔家口，复自崔家口历河南归德府之虞城、夏邑、商丘诸县，至新集阅视间，则见黄河大势已直趋潘家口矣。随据地方乡老靳廷道等禀称：去此十二三里，自丁家道口以下二百二十余里，旧河形迹见在，尽可开复。臣等即自潘家口历丁家道口、马牧集、韩家道口、司家道口、牛黄堌、赵家圈至萧县一带地方，委有河形，中间淤平者四分之一，地势高亢，南趋便利，用锥钻探河底，俱系滂沙，见水即可冲刷。

又据夏邑、虞城等县乡官王极、乡民欧阳照等七百余人连名呈告，俱为乞疏旧河便民事。窃照黄河故道，自虞城迤下，萧县迤上，夏邑迤北，砀山迤南，嘉靖年间岸阔底深，水势安流，既于运河无虞，亦于民田无害，商贾通行，贸易大遂，民称丰庶，自嘉靖三十六年以后故道渐淤，河随北徙，黄流泛溢，青野汪洋，居民十不存一，运道屡年阻滞，告乞早为开通，上利下便，是诚万世盛举等情。臣等度其言，实为探本之论，但道里遥远，工费巨艰，复又沿河荒废，更无省近可从者。而臣等犹冀崔家口一带浅阻去处，或可疏浚成河，易为力也。复督各官，驾小舠至梁楼沟、北陈等处，躬亲测量，委果浅阻，河底原系陆地，委难冲刷。萧县地方，一望弥漫，民无粒食，号诉之声，令人酸楚。该县城外环水为堑，城中潴水为池。居民逃徙，官吏婴城[7]难守，见今题请迁县。臣等窃思之，一县之害，此其小也。夫黄河并合汴、沁诸水，万里湍流，势若奔马，陡然遇浅，形如槛限，其性必怒，奔溃决裂之祸，臣等恐不在徐、邳，而在河南、山东也。止缘徐州以北，非运道经行之所，耳目之后，人不及见，止见其出自小浮桥，而不考小浮桥之所自来，遂以为无虞耳。岂知水从上源决出，运道必伤。往年黄陵冈、孙家渡、赵皮寨之故辙可鉴乎。臣等又查得新集故道，河身深广，自元及我朝嘉靖年间，行之甚利。后一变而为溜沟，再变而为浊河，又再变而为秦沟。止因河身浅涩，随行随徙，然皆有丈余之水，未若今之逾尺也。浅愈甚则变愈速，臣等是以夙夜为惧也。

臣等又查得此河先年亦尝建议开复，止缘工费浩繁，因而寝阁[8]。臣等窃料先时诸臣，虽以工费为辞，实非本心，盖诚虑黄河之性叵测，万一开复之后，复有他决，罪将安辞？目前既有一河可通，姑为苟安之计耳。而不知臣子任君父之事，惟当论可否，不当论利害。惟当计其功之必成，不当虑其后之难必。且所虑者他决也，随决随塞，亦非有甚难者。

故河变迁之后，何处不溢，何年不决，宁独不虑之乎？臣等与司道诸臣计之，故河之复，其利有五：河从潘家口出小浮桥，则新集迤东一带河道俱为平陆，曹、单、丰、沛之民，永无昏垫之苦，一利也。河身深广，受水必多，每岁可免泛溢之患，虞、夏、丰、沛之民，得以安居乐业，二利也。河从南行，去会通河甚远，闸渠可保无虞，三利也。来流既深，建瓴之势导涤自易，则徐州以下河身亦必因而深刷，四利也。小浮桥之来流既安，则秦沟可免复冲，而荼城永无淤塞之虞，五利也。

臣等以为复之便。至于复故道难，仍新冲易；复故道劳，仍新冲逸，则臣等计之熟矣。然舍难就易，趋逸避劳，虑日后未可必之身谋，而不惜将来必致之大患，皆非臣等之所以尽忠于陛下也。臣等勘议之后，即拟具题，但因伏水将发，犹望水势汹涌，或可冲刷成渠。近又行据同知王琰回称，勘得北陈等处，原深一尺六七寸者，今止深七八尺。臣等看得伏秋暴涨之时，水增六尺有余，则客水消落之后，不免仍存本体矣。伏望敕下该部查议，如果臣等所言不谬，拟议上请特差素识水性科臣一员前来，候秋深水落，与臣等会同山东、河南抚臣，及兼理河道巡盐御史躬亲勘议。如果可复，即便估计钱粮，会本题请早赐施行，地方幸甚，臣等幸甚。谨题请旨。奉圣旨："工部知道。"

【注释】

［1］猥：谦辞，犹言辱。谫材：浅薄的才能，亦指才能浅薄的人。 ［2］徐：徐州，简称"徐"，古称彭城，是江苏省地级市。邳：邳州，简称"邳"，徐州市下辖市，古称良城、邳国、下邳、东徐州，1992年撤县设市。 ［3］崔镇：崔镇渡口，位于今江苏省宿迁市宿城区郑楼镇张渡村。 ［4］桃：江苏省淮安市泗阳县地方。清：清河县，清代以前江苏省的一个旧县名，县境完全位于淮河以北。元泰定年间，清河县城被黄河冲毁，于是徙治淮河以南的淮阴县故城。清乾隆二十五年（1760），清河县城再次被黄河冲毁，于是江苏巡抚奏请朝廷，割山阳县重镇、河道总督驻地清江浦为清河新县城。1914年，因为与直隶省清河县同名，改名为淮阴县（今江苏省淮安市淮阴区）。 ［5］高堰：今江苏省淮安市淮阴区高家堰镇地方。黄浦：江苏省盐城

市阜宁县。阜宁古称黄浦。　[6]逭：逃避。愆：罪过，过失。　[7]婴城：环城而守。　[8]寝阁：搁置。

【赏析】

潘季驯四次总理河道，都深入治河一线，历尽艰辛，建立在实地考察的基础之上。其总理河道期间，每年都是"春初即出，秋深方归"，从不坐在衙门里纸上谈兵。

《黄河来流艰阻疏》详述了潘季驯到达淮安之初，为了解黄河河道行水情况，彻底查清利用黄河作为运道的起点，从淮安沿黄河一直到徐州。从文中可以看出，潘季驯对于所经之处黄河河道淤塞情况都有详尽的记录。一方面为河道治理找到了病灶，一方面辅助对于黄河全局的把握。

潘季驯在淮安治河期间，创建了一整套堤防系统，并实践了他所创建的"束水攻沙""蓄清刷黄"治理多沙河流的理论。他的治河理论符合今天水流动力学的原理，领先世界数百年。据贾征《潘季驯评传》记述，在20世纪30年代，许多来华参与制订黄河治理规划的西方一流的水利专家和学者，都对潘季驯的治河理论"感到惊讶和敬佩"。潘季驯的治河思想、理论和方法以及有关治河奏疏，为后世治河所借鉴，在今天的黄河治理中，仍具有实际的应用价值。

潘希曾

潘希曾（1476—1532），明代官员、文学家。字仲鲁，号竹涧，婺州金华（今浙江省武义县）人。明弘治壬戌进士，授兵科给事中，因灾异奏陈八事，指斥近幸。出核湖广、贵州军储还，不赂刘瑾，刘瑾大怒，矫诏廷杖除名。刘瑾伏诛，起迁吏科右给事中。嘉靖中历太仆卿，伏阙争大礼。以右佥都御史巡抚南赣，迁工部右侍郎总理河道，筑长堤四十余里，期年而成。历兵部左右侍郎。嘉靖十一年（1532）五月初四日卒于官，年五十七。赠兵部尚书。有《竹涧集》《奏议》传世。

沛县飞云桥[1]祭大河文

惟河导自积石，会归于海，润泽厚土，通利舟楫，功施博矣。迩来[2]河南支流多淤，专趋沛、徐，遂贻运河之患。兹非神意，实任事者之责也。某奉天子明命，来治河事。方议疏支河，以杀上流；修长堤，以保运道。躬率官属阅视至飞云桥，敢竭诚致祭，用祈神休[3]，惟神祐国祐民，相予成功，以报天子，神其鉴之尚飨[4]。

【注释】

[1]沛县：简称"沛"，因古有"沛泽"而得名，江苏省徐州市下辖县，位于徐州市西北部，处于苏、鲁两省交界之地，东靠微山湖，西邻丰县。清代顾祖禹《读史方舆纪要》卷二十九载："飞云桥在（沛县）城南。泡水经其下入泗水，为往来津要。明正德四年，大河决于此入运河。嘉靖八年，飞云桥之水北徙入鱼台，三十七年，支流复冲入飞云桥，四十四年，泛滥益甚，为漕害。万历以后，遏河南徙，横决始免。" [2]迩来：近来。 [3]神休：神明赐予的福祥。 [4]尚飨：希望祭拜对象享用祭品。多用作祭文的结语。

【赏析】

飞云桥是古沛（大致为今江苏省沛县）一大景观。古沛城南门外有桥，跨泡河之上。桥近歌风台，因汉高祖《大风歌》"风起云飞"句得名飞云桥。1781年后，沛城三次搬迁，有关飞云桥的记载从此无从查找。相传飞云桥造型精致优美，整体为石制结构。桥两旁精雕鲤鱼15条，姿态各异，栩栩如生。

潘希曾《沛县飞云桥祭大河文》是其总理河道时所作祭文。明嘉靖七年（1528），黄河下游沛县一带冲决，潘希曾到任之后，对当地的地势、水势亲自进行细致考察，分析未来可能发生冲决的地方。通过考察，潘希曾上疏《疏支河以防水患》，建议加筑济沛间东西两堤以拒黄河，此建议得到嘉靖皇帝的认同，并付诸实施，于是"筑长堤起单至沛几百四十余里"。本祭文为治河工程开始之前，祈求天地神明保佑国泰民安。

荥泽县[1]孙家渡祭大河文

自九河不分，河患颇殷。大明御宇，地平天成。虽间尝决溢，亦治以宁。迩年支流堙塞，单、丰、沛[2]下决，漕渠沙淤，粮运阻涩，惟是孙家渡故道可寻。上命巡按河南御史督浚甚勤，河伯效顺[3]，忽决[4]若倾，人力因之，厥功告成。某叨总河事来视兹隅，幸渡口与赵皮寨口，二支并疏，庶下流永奠，而运道无虞也。敬陈牲醴，用报神休，惟神鉴之，翊我皇猷尚飨。

【注释】

[1]荥泽县：据《乾隆荥泽县志·地理志》载："隋开皇四年，置广武。仁寿元年，改荥泽，属豫州荥阳郡。"明代，荥泽属河南开封府郑州。1931年荥泽县与河阴县合并为广武县，1993年改广武镇，即今河南省郑州市荥阳市广武镇。广武镇北滨黄河，南有孙家渡，明正统十三年（1448），黄河决口于此。 [2]单：单县，古称"单父"，隶属于山东省菏泽市，位于苏、鲁、豫、皖四省交界处。丰：丰县，又名凤城，隶属于江苏省徐州市，位于于苏、鲁、豫、皖四省交界处，东与沛县相连，西接单县。沛：沛县，简称"沛"，因古有"沛泽"而得名，隶属于江苏省徐州市，位于苏、鲁两省交界之地，东靠微山湖，西邻丰县。 [3]效顺：忠顺。 [4]忽：迅速，突然。决：排除阻塞物，疏通水道。

【赏析】

明初治理黄河采用分水南下入淮以杀水势的方略，在荥泽县孙家渡口挑浚河道，引黄河南下。这在《明史·河渠志》里有明确的记载："弘治七年……又浚孙家渡口，别凿新河七十余里，导使南行，由中牟、颍川东入淮。又浚祥符四府营淤河，由陈留至归德分为二。一由宿迁小河口，一由亳涡河，俱会于淮。"然而这条南行的分水河却常淤塞不能行水，嘉靖十四年（1535），刘天和在写给嘉靖皇帝的奏议中说："孙家渡自正统时全河从此南徙，弘治间淤塞，屡不能通。"明代李濂作于嘉靖二十四年（1545）的《汴京遗迹志》说道："今所谓孙家渡河者，亦自荥泽而下，引河为渠，由朱仙镇东南，达于淮、泗，似亦汴渠之遗意。特以不近都会，而转漕非其所资，故任其浅涸，而不为之疏浚耳。"

潘希曾总理河道，对于这条淤塞的分水河寄以希望，在上书皇帝得到允许后，并力挑浚孙家渡河，使这条淤塞严重的分水河仍然起到引黄南行的作用。

大河混茫　摄影／王伟

唐肃

唐肃（1321—1374），明初文人、官吏。字虔敬，号丹峰，越州山阴（今浙江绍兴）人。元至正十九年（1359）举乡荐，为嘉兴教授。洪武三年（1370）召修礼乐书，擢应奉翰林文字承事郎，同知制诰，兼国史编修官。与高启等号"十才子"。为文简洁雅奥，诗学盛唐，书工篆、籀。善画山水，格力高妙，兼善画石。著有《丹崖集》。

底 柱 赋

按：底柱在冀州大河中流[1]。禹导河自积石，至于龙门。南至于华阴，又东至于底柱。然后至孟津，过洛汭而复北折焉。盖河自龙门既决以来，奔腾迅快，势不可遏，至是而龃龉之，乃分为四流，贯于三门之下，然后力杀而行缓。故郦氏《水经》谓底柱与龙门皆禹所疏凿也。昔苏子瞻《滟滪堆》[2]，以为蜀江会百水而至于夔，弥漫滉瀚，横放大野。而峡之小大，曾不及[3]其什一，苟无是堆，则瞿唐之险当不啻此。余谓底柱之功亦有类于滟滪者，故述而赋之。

赋曰：

黄河之流，西来数千里兮，贯长城而南驰。激龙门之险阨兮，霆奔电驰，气汹涌而莫支。历华阴而径趋兮，乃折流而东下。势若万骑衔枚而疾走兮，将悉锋尽锐鏖战于平野。何底柱之崔巍崒嵂[4]兮，独儗[5]立乎中流。俨一夫之当关兮，强兵悍卒睥睨退缩不敢运其戈矛。惟崇伯子[6]之敷土兮，导泽洞[7]而平之。凿兹山以疏泄兮，剖三门之嵌巇[8]。然后洪波巨浪龃龉而不骋兮，分流析派，间度以逶迤。指孟津而逾洛汭兮，遂东极乎大邳。苟非是以中梗兮，曷以杀天吴水伯[9]之淫威。予尝驾方舟而远求古迹兮，誓将豁心胸于浩荡。过黄老之神祠[10]兮，遡虾石之泱漭。睇连天之修楹兮，干云霄而直上。浊波汩汩包其下兮，显神功于俯仰。使昔怀襄之莫救兮，汇四海为一区。上巢下窟之赤子兮，殆皆戢以为鱼。览斯险而嘅叹兮，虽天造而地设。微玄圣之大智兮，孰能成夫万世之烈。彼蜀江之滟滪兮，羌地势之所同。诵金声于儋叟兮，信物理安危之所从[11]。噫吁嚱，世道降兮，风移而俗媮。颓波汗漫兮，忌刚而茹柔。鱼虾鼓舞兮，蛟龙郁愁。岂无吾人之底柱兮，障百川之横流。

【注释】

[1] 底柱：山名。在河南省三门峡市，位于黄河急流中，形状像柱子，故名。冀州：《尚书·禹贡》所描述的汉地九州之一，位列九州之首，包括现在北京市、天津市、河北省、山西省、河南省北部及辽宁省与内蒙古部分地区。大河：黄河。按：黄河河道位于冀州和豫州的交界，故本文作者说底柱在冀州，亦可。 [2]《滟滪堆》：苏轼有《滟滪堆赋》。作为地名，滟滪堆俗称燕窝石，古代又名犹豫石。位于白帝城下瞿塘峡口，因航运障碍，于1958年冬炸除。这块巨石存放在重庆的三峡博物馆中，供人们参观。 [3] 及：此字"淡水堂抄本"字迹不可辨识，校之《四库全书》之《明文海》作"及"。校之中华书局景印抄本《明文海》作"当"。校之"四库全书本"《明文衡》此字脱文。今从"四库全书本"《明文海》。 [4] 崒崔：高峻貌。 [5] 儗：此字"淡水堂抄本"字迹不可辨识，校之《四库全书》之《明文海》作"儗"。儗，超越本分，这里指超越平常的力量。 [6] 崇伯子：夏禹父鲧，因封于崇，故称。 [7] 泽洞：大水无边无际的样子。 [8] 嶔巇：险峻貌。 [9] 天吴水伯：中国古代神话传说中的水神。《山海经·海外东经》载："朝阳之谷，神曰天吴，是为水伯。"《山海经·大荒东经》载："有神人，八首人面，虎身十尾，名曰天吴。" [10] 黄老之神祠：指永乐宫。1959—1964年间，三门峡水库的修建使得位于库区的永乐宫被淹没，后整体搬迁至山西省芮城县城北郊的龙泉村附近，距离原址20公里许。 [11] 儋叟：指苏轼。儋应为"瞻"字之异文。北宋嘉祐四年（1059）十月，苏轼还乡为母亲程氏守制期满后，与父亲、兄弟一起，取道长江，经三峡而去汴京，路经滟滪堆，各有诗赋记述。苏辙作《滟滪堆》，苏轼作《滟滪堆赋》，文中阐述了滟滪堆有功于人的原因，并得出结论："物固有以安而生变兮，亦有以用危而求安。"

【赏析】

本文作于元末未入明之时，面对当时昏暗的政治环境，作者以"砥柱"为象征，表达了自己要在乱世中岿然独立之决心。

　　文章开端有序，交代了创作的缘由。细玩本文意境，则取苏东坡《滟滪堆赋》之寄托。苏东坡行文特立独行、不拘一格，其对于事物的看法也与常人不同。由于滟滪堆的拦截，致使本已十分狭窄的瞿塘峡显得更加逼仄，因而江水更加湍急凶恶，更严重威胁航船的安全。但在苏轼的心目中，滟滪堆却被视为敢于挽狂澜于将倾的中流砥柱，是大无畏精神的化身，因而应大加歌颂。这是宋人特有的与统治者共治天下，以天下兴亡为己任的情怀。唐肃不但引用了苏东坡的典故，更寄托了苏东坡的情怀，以黄河河道中昂然独立的砥柱山为描写对象，亦表现了自己在乱世中的大无畏精神。

风平小浪底　摄影／孟宪明

万恭

万恭（1515—1591），明代治河名臣。字肃卿，别号两溪，江西南昌人。明嘉靖二十三年（1544）进士，历任光禄寺少卿、大理寺少卿等职。隆庆六年（1572）被任命为兵部左侍郎兼都察院右佥都御史总理河道，万历二年（1574）被劾罢官。万恭在职期间，写有《治水筌蹄》一书，总结了长期以来治河治运的经验教训及治河思想、方法、措施等，对后世治理黄、运有深远的影响。

漕 河 议 [1]

夫唐、虞不言漕，三代不苦漕，盖天子、诸侯分土而治，天子以王畿养，诸侯以国中养，则亦分土而食，而诸侯特修贡以明臣节而已，焉用漕。即禹疏九河，特以去中国之害，而非以资漕运之利也。且唐、虞、有夏皆都冀州，商都河南，周都关中，即诸侯之贡，唐、虞、夏、商自黄河而至，周自渭河而至，舟楫之制，特以修王会之利，而非避漕运之害也。又焉用漕。

盖秦有事于泰山、碣石，则云帆沧海而海运始兴。唐有事于河朔、汴、洛，则粳稻东吴而河运始利。若宋人都汴，则江、湖之粟自江入淮，吴、浙之粟自浙入淮，而皆会于河以直达于汴，京师仰给东南，而饷道甚便，漕未苦也。元人都燕，则始以河运，顾黄河、卫河不贯通也，中飞挽数百里曰陆运，继之海运，又继之会通河之运，又继以贾鲁河之运。然陆运费，海运险，河运阻，漕甚苦也。而元始困以毙矣。

天祐国家，洪武初，都金陵，江南之粟万艘集于龙江，是建瓴之便也。永乐初，都金台，江南之粟千艘浮于东海，苦漂流之患也。永乐九年，宋礼始治会通河，坝戴村，逆汶水之流而西注于南旺，以其七分合卫河北流入于天津之海，以其三分合黄河南流入于安东之海，而北道大利矣。伟哉！宋康惠之绩乎！其北道万世之计乎。永乐十年，陈瑄大治淮、扬漕，堤高、宝，修范蠡之业，导天、盱之流而东注于太湖，以其五闸北流淮安而注之河，以其三闸南流仪真而注之江，而南道大利矣。伟哉！陈恭襄之绩乎！其南道万世之计乎！顾南道二百年无恙也，唯北道河漕、闸漕不通条贯耳。夫春夏之交，黄河安流而闸漕告涸，是春夏之交运则利于河，不利于闸也。夏秋之交，闸漕通流而黄河大溢，是夏秋之交运则利于闸，不利于河也。

隆庆终，天子特允万司马建早运之策，创瓜洲之闸，江南七千艘俱以二月过淮，三月过洪，遂闸天妃以便入河之捷径，又塞草湾以束云梯之专流，而南道始利，又滩坎河以取开河之涸泉，又改九月大挑南旺，便来夏之运舟，又加浚泰山五百泉，以广旺之协济，乘春夏之交，发湖山之藏，而北道始利，建千万世之长策，变二百年之旧图，因风之南北而为运期，理河之淤决而为运道，瞰黄河之未泛而北运，乘闸河之未冻而南还，盖祖宗以来漕运于隆庆、万历之交独盛矣。是国家获黄河之利，无黄河之害，小有淤决，第疏之塞之，令不败运、不大伤农足矣。则黄河何负于国哉！

好事者顾欲从海运，而弃黄河，此丘文庄之议也。夫文庄但计漂溺之米而不计漂溺之人，嗟乎！"伤人乎？不问马"[2]，仁人之言也，曾是而海道可行乎？

开泇河，此翁中丞之议也。夫赤、独、蟃蛤诸湖之巨浸不可堤，而良城、侯湾之顽石不可开。嗟乎！捐有限之民财，填无穷之巨壑，[3] 仁人之言也，曾是而泇河可通乎？

凿胶河而弃闸河，此刘司空之议也。夫海潮之淖沙日浚日淤，而百里之石骨愈凿愈坚。嗟乎！竭民事河，无故料民[4]，智者之言也，曾是而胶河可通乎？

夫黄河非可弃之水也，万一泇河可通，黄河终不可不治也。闸河非可弃之路也，万一胶河可通，闸河终不可不治也。国家财利几何？

每年事黄河，又事闸河，又事胶河，又事泇河，夫一长城之役，足以毙秦，一贾鲁之役，足以踣元。乃今四役并兴，上下疲命，胡不引秦、元之事观之也。宋臣有言，天下未有有利而无害者，唯择其利多而害少者为之，夫利多而害少者，祖宗之河运是也。有大害而无微利者，海运、胶河、泇河分河之议是也。司国者其取衷焉。

【注释】

[1]万恭著有《治水筌蹄》，是其在隆庆六年至万历元年（1572—1573）任总理河道，主持黄河、运河的治理工程中形成的经验总结，有效地解决了水资源短缺、流量微弱和运输量庞大而时限迫促等具体困难，以保障通航，后经潘季驯等继承发展成为束水攻沙的理论和措施。本文于《治水筌蹄》无载，收录于黄宗羲所编《明文海》中，其间治水思想与《治水筌蹄》如出一辙。 [2]"伤人"句：《论语·乡党》载："厩焚，子退朝，曰：'伤人乎？'不问马。" [3]"捐有"句：《元史·赵良弼传》载："（至元十年）帝将讨日本，三问，良弼言：'臣居日本岁余，睹其民俗，狠勇嗜杀，不知有父子之亲、上下之礼。其地多山水，无耕桑之利，得其人不可役，得其地不加富。况舟师渡海，海风无期，祸害莫测。是谓以有用之民力，填无穷之巨壑也，臣谓勿击便。'帝从之。" [4]料民：《国语·周语》载："宣王既丧南国之师，乃料民于太原。仲山父谏曰：'民不可料也！……治民恶事，无以赋令。且无故而料民，天之所恶也。害于政而妨于后嗣。'"料，数，清点。

【赏析】

明永乐以后，漕运经济活动日益频繁，随之而来的就是对运河的依赖也愈加增强。运河的水源很大程度上得益于黄河的分流，因此在明代中后期黄河治理的问题上，执政者多以保运为出发点，甚至准备要废弃淤塞的黄河，改由海道运输，为此在当时出现了诸多类似"漕河议"的文章。

万恭作为兵部左侍郎兼都察院右佥都御史总理河道，在职期间，撰写了许多治河文章，总结了长期以来治河治运的经验教训及治河思想、方法、措施等，对后世治理黄、运有深远的影响，被整理成《治水筌蹄》一书。万恭通过实地勘测，认为在运河能否顺利通航与黄河是否疏通关系密切，倘若舍弃黄河，专力于运河，不但会造成运河水源不足，更会因黄河泛滥造成运河冲毁、淤塞。

黄河（节选）

国朝黄河入运。洪武元年，河决曹州，从双河口入鱼台，大将军徐达开塌场口入于泗以通运。时戴村未坝，汶由坎河注海，运阻，故引河入塌场以济之。

二十四年，河决阳武[1]，东南由陈、颖[2]入淮。而故元会通河[3]悉淤。

永乐九年，以济宁州同知潘叔正言，命尚书宋礼役丁夫一十六万五千，浚会通河。乃开新河，自汶上县袁家口左徙二十里至寿张之沙湾接旧河。九阅月而成绩。侍郎金纯，从汴城、金龙口下达塌场口，经二洪，南入淮。漕事定，为罢海运。

正统十三年，河决荥阳。冲张秋。尚书石璞、侍郎王永和、都御史王文相继塞之。弗绩。

景泰四年，都御史徐有贞役丁夫五万八千作，九堰、八闸以制水势，塞之。凡十有八月而成。

弘治三年，河决原武，支流为三：一决封丘金龙口，漫祥符，下曹、濮，冲张秋长堤；一出中牟，下尉氏；一泛滥仪封、考城、归德，入于宿。以布政使徐恪言，命侍郎白昂役丁夫二十五万，塞之。

弘治五年，复决金龙口，溃黄陵冈，再犯张秋。侍郎陈政治之。弗绩。

六年，讹言沸腾，有云："河不可治，宜复海运。"有云："陆运虽费，饷事亦办。"朝议弗之是也。乃命都御史刘大夏、平江伯陈锐，役夫十二万有奇。一、浚孙家渡口，开新河导水南行，由中牟至颖川，东入于淮；一、浚四府营淤河，由陈留至归德，分为二派：一由宿迁小河口入淮。一由亳州涡河入淮。分土命工，始塞张秋。二年告成。

自是,河南岁计河工矣。

正德四年,河东决曹县杨家口,趋沛县之飞云桥入运,患之。工部侍郎崔岩役丁夫四万二千有奇,塞垂成,暴涨,溃之。岩以忧去。侍郎李镗代之,四月弗绩,盗起而罢。

七年,都御史刘恺筑大堤,自魏家湾起至双埽集,亘八十余里。都御史赵璜又堤三十里续之。

嘉靖六年,河决曹、单、成武。杨家口、梁靖口、吴士举庄,冲鸡鸣台。

七年,淤庙道口三十里。都御史盛应期开赵皮寨、白河诸支流杀水势,役丁夫五万八千,三月而成。乃议开夏村新河,役夫九万八千,四阅月,朝议不一,罢之。

八年,飞云桥之水北徙鱼台谷亭,舟行闸面。

九年,由单县侯家林决塌场口,冲谷亭。

十一年、十二年,水竟不耗。

十三年,庙道口淤,都御史刘天和役丁夫一十四万三千九百九十四,浚之,四月始成。而忽由赵皮寨向亳、泗,俄骤溢。而东向梁靖口渐奔岔河口东出谷亭之流遂绝。运河淤,二洪阻涸。秋,冬,忽自河南夏邑县太丘、四村诸集攻开数口,转向东北流,经萧县城之南,仍出徐州小浮桥,下济二洪。赵皮寨俄塞。

十九年,决野鸡冈,由涡河经亳州入淮。二洪大涸。兵部侍郎王以旂开李景高支河一道,引水出徐济洪,役丁夫亡万有奇,八月而成。

寻淤。

二十六年,决曹县,冲谷亭,运河不淤。

三十二年,决房村,约淤三十里。都御史曾钧役丁夫五万六千有奇,浚之。二月而成。

三十七年，新集淤。七月忽向东北冲成大河，而新集河由曹县循夏邑丁家道、司家道出出萧县蓟门，由小浮桥入洪，七月淤，凡二百五十余里。趋东北段家口，析为六股，曰：大溜沟，小溜沟，秦沟，浊河，胭脂沟，飞云桥，俱由运河至徐洪。又分一股，由碣山坚城集下郭贯楼，又析五小股，为：龙沟，母河，梁楼沟，杨氏沟，胡店沟，亦由小浮桥会徐洪。河分为十一流遂不淤。然分多则水力弱水力弱，则并淤之几也。

四十四年七月，河果大淤。郭贯楼淤平，全河逆行，自沙河至徐州俱入北股，至曹县崇朴集而下，北向分二股，内南之一绕沛县戚山、徐州杨家集入秦沟至徐州；北一绕丰县华山，北又分二股，南之一自华山东马村集漫入秦沟，接大、小溜沟，泛滥入运河达徐州；北一大股自华山向东北，由三教堂出飞云桥，而又分十三股，或横截，或逆流，入漕河，至胡陵城口漫散湖坡达徐。从沙河至二洪，浩渺无际，而河变极矣！八月，少保尚书朱衡乃请开盛应期新河。浚留城旧河，同都御史潘季驯开新河，自南阳达留城一百四十一里有奇，浚旧河，自留城达境山五十三里有奇，役丁夫九万一千，八阅月而成。七月，河复决沛县，冲运河，而运河亦由胡陵城口入湖坡。九月，马家桥堤成，水始南趋秦沟。冬，沛流遂断。

隆庆元年正月，河南冲浊河、鸡爪沟入洪。

二年，专由秦沟入洪，而河南北诸支流悉为巨浸，舟行梁山之麓。而茶城至吕梁，两崖为山所束，不得下又不得决。

五年，乃自双沟以下，北决油房口、曹家口、青羊口，南决关家口、曲头集口、马家浅口、阎家口、张摆渡口、王家口、房家口、白浪浅口，凡十一口。枝流既散，干流遂微，乃自匙头湾八十里，而河变又极矣！议者欲弃干河而行舟于曲头集大枝间，冬初水落，则干已平沙，而枝复阻浅，损漕舟千有奇。则又议弃黄河运，而胶河，洳河，海运,纷沓焉莫可归一。都御史潘季驯乃役丁夫五万开匙头湾仅仅一沟,遂塞十一口,并冲沟,沟大疏导,而八十里之故道渐复。明年,议大堤两崖,北堤起磨脐沟迄邳州之直河,南堤起离林迄宿迁之小河口。

六年,少保尚书朱衡、兵部侍郎万恭至,悉罢胶、泇之议,而一意事徐、邳河,役丁夫五万有奇,分工画地而筑之。夏四月,两堤成,各延袤三百七十里。始列铺布夫,议修守,河南、山东例。河乃安。运通。

万历元年,运又大通。议始定。

夫黄河有干有枝,嘉靖四十四年以前,析十一枝,上流,而复归于徐州之干河,故干通而枝淤。隆庆五年以前,析十一枝,上决,而不归于邳州之干河,故枝通而干淤。若植木焉,枝荣则干瘁,干荣则枝瘁。与其瘁干,孰若瘁枝?治河者与其枝通,孰若干通?故黄河合流,防守为难,然运之利也。国家全藉河运,往事镜之,何尝一年废修守哉!

或者欲分河以苟免修守之劳,而不欲事堤以永图饷道之利,又不虞河分之易淤,堤废之易决。其未达祖宗之所以事河与河之所以利运者!余故备著于篇,大智者采择焉。

【注释】

［1］阳武:明代的阳武县、原武县。1949 年,两县合并为原阳县。 ［2］陈:明代的陈州。2019 年,经国务院批准,变为河南省周口市淮阳区。颖:明代的颍州。1996 年,经国务院批准,变为安徽省阜阳市颍州区。 ［3］会通河:明朝将山东临清会通镇以南到徐州茶城(或夏镇)以北的一段运河,都称会通河。明洪武二十四年(1391),黄河在原武决口,会通河三分之一的河段被毁。

※ ※ ※

黄河为中国患,久矣。神禹以来,或言于三代,或言于汉、唐、宋,时固不同,或言于秦、晋,或言于宋、郑、徐、淮,地固不同。

今治河者，动泥古说，则以三代治河之法用之汉、唐、宋，可乎？又以秦、晋治河之法用之宋、郑、徐、淮，可乎？特以数事，拘儒牢不可破者，列于左：

一、"多穿漕渠以杀水势[1]。"此汉人之言也。特可言之秦、晋峡中之河耳。若入河南，水汇土疏，大穿，则全河由渠而旧河淤，小穿则水性不趋，水过即平陆耳。夫水专则急，分则缓，河急则通，缓则淤。治正河，可使分而缓之，道之使淤哉？今治河者，第幸其合，势急如奔马，吾从而顺其势，堤防之，约束之，范我驰驱，以入于海。淤安可得停？淤不得停则河深，河深则永不溢，亦不舍其下而趋其高，河乃不决。故曰：黄河合流，国家之福也。

二、"我朝之运不赖黄河。"此先臣之言也。盖欲黄河由禹故道，而以为山东汶水三分流入徐、吕二洪，为可以济运，遂倡为"不赖黄河"之说耳。夫徐、吕至清河入淮，五百四十里。嘉靖中。河身直趋河南孙家渡、赵皮寨，或南会于淮，或出小河口，而二洪几断，漕事大困，则以失黄河之助也。今欲不赖之而欲由禹故道，则弱汶三分之水，曾不足以湿徐、吕二洪之沙，是覆杯水于积灰之上者也。焉能荡舟！二洪而下，经徐、邳，历宿、桃，河身皆广百余丈，皆深二丈有奇，汶河勺水，能流若是之远乎？能济运否乎？故曰：我朝之运，半赖黄河也。

三、"黄河北徙，国家之利。"此先臣之言，堪与家者流之说也。不知三代以上都冀州，黄河若张弓。然其时大江以南多未贡赋，故山东之运东而至，西秦之运西而至，原不藉南运也。若河南徙，则东运既不便，而黄河之水，从太行而望之，势若反而挑，王气乃微。方今贡赋全给于江南，而又都燕，据上游以临南服。黄河南徙，则万艘度长江，穿淮、扬，入黄河，而直达于闸河，浮卫，贯白河，抵于京。且王会万国，其便若是。苟北徙，则徐、邳五百里之运道绝矣。故曰：黄河南徙，国家之福也。

四、"黄河不能复禹故道,必使复河南故道。"此近臣之议也。盖惩徐、邳连岁河害,激而云然耳。不知徐、邳之患由邳河之淤,邳河之淤,又由先年河行房村口,近年曲头集口,旁流既急而盛,正流必缓而淤,而徐、邳之水患博矣。然河患不在徐、邳,必在河南,不在河南,必在徐、邳。嘉靖以前,河经河南,河南大患。九重拊膺,百工蹙额,思与河南图一旦之命,策力毕举,竟莫支吾。而河南适有天幸,河并行徐、邳,而后河南息二百年之大患,居平土者仅二十余年。今若复河南之故道,岂惟人力不胜,即胜之,是又移徐、邳之患于河南,而又生二洪干涸阻运之患也。第堤徐、邳三百里有奇,河不泛滥,而徐、邳之患消。故河由徐、邳,则民稍患而运利,由河南,则民与运两患之,姑毋论"王土王民""邻国为壑"之大义也。又况堤固水深,即砀、徐之患直河,秋一季耳,利害岂不章章明甚。故曰:河南故道不必复也。

五、"黄河清,圣人生。"此史臣之言也。彼盖谓"五百年王者兴"说也,非河渠说也。夫"王者兴",非臣所当言。而今拘儒每以黄河清为上瑞,误哉!夫黄河,浊者,常也,清者,变也,欲其常浊而不清。彼浊者尽泥沙,水急则滚,沙泥昼夜不得停息而入于海,而后黄河常深、常通而不决。清则水澄,水泥不复行,不能入海,徒积垫河身,与岸平耳。夫身与岸平,河乃益弱,欲冲泥沙,则势不得去,欲入于海,则积滞不得疏,饱闷逼迫,然后择下地一决以快其势。此岂待上智而后知哉!夫河洪矣,饷道败矣,犹贺曰"上瑞",非迁则愚。故河清,则治河者当被发缨冠而救之,不尔,忧方大耳。故曰:黄河清,变也,非常也,灾也,非瑞也。

【注释】

[1]"多穿"句:《汉书·沟洫志》:"待诏贾让奏言:治河有上中下三策……今行上策,徙冀州之民当水冲者,决黎阳遮害亭,放河使北入海……故谓之上策。""多穿

漕渠于冀州地，使民得以溉田，分杀水怒……故谓之中策。""若乃缮完故堤，增卑倍薄，劳费无已，数逢其害，此最下策也。"防河，请以战喻。夫虏以秋高跋扈，出没无常，防之不严，则内地荼毒。河以伏秋迅烈，消长叵测，守之不固，则堤岸横冲。

※　※　※

然暴猛虽有其时，而衰弱亦有其候。防河者，伏秋战守数合，以防其锐，逮至秋深气降，河势自倦，不战而屈之矣。故防虏者，吃紧止在八、九、十月，余月零贼不足虑也。防河者，吃紧止在五、六、七月，余月小涨不足虑也。而三月之中，又止战守数合，来则厉兵跃马，去则解甲息兵。是在我者执常胜之枢，在彼者无必胜之势。

夫黄河，非持久之水也！与江水异。每年，发不过五六次，每次发不过三四日，故五、六月是其一鼓作气之时也。七月，则再鼓而盛。八月，则三鼓而竭且衰矣。

万一河势虚骄，锐不可当，我且避其锐气，固守要害，如河南之铜瓦厢，山东之武家坝，徐州之曲头集，布阵严整，二字、四防[1]以待。而姑以不要害之堤，委而尝之。以分弱其势，以全吾要害。持至水势渐落，郤将所委之堤，随缺而随补之，刻期高厚，勿令后水再由，渐成河身，致垫旧河。如此，则河之攻我者有限，我之守河也无穷，以无穷防有限，视不胜矣！校之而索其情，河事毕矣。

余往杀俺答于雁门关外[2]，无他长也，不过审盛衰之机，委之，持之而已矣。故善委，则敌易疲，善持，则敌易竭，是我常为主，彼常为客，复有不可守之河，不可破之虏哉！

故善战者，莫妙于持，莫尤妙于委。

[注释]

[1]二字、四防：应为二守、四防之讹误。《治水筌蹄》对明潘季驯治河思想影响很大，潘季驯《河防一览》载有"二守""四防"。二守，即官守、民守。四防，即昼防、夜防、风防、雨防。 [2]"余往"句：据《明史》，明嘉靖二十年（1541），秋七月丁酉，俺答、阿不孩遣使款塞求贡，诏却之。九月辛亥，俺答犯山西，入石州。明

嘉靖二十一年（1542），六月辛卯，俺答寇朔州。壬寅，入雁门关。丁未，犯太原。嘉靖二十九年（1550），俺答兵临北京城下，胁求通贡，史称"庚戌之变"。隆庆四年（1570），以俺答之孙把汉那吉降明为契机，明蒙开始和谈。次年，封俺答为顺义王，自此开始了明蒙几十年和平友好的局面。俺答汗，孛儿只斤氏，明朝蒙古土默特部首领，成吉思汗黄金家族后裔达延汗孙。又译作阿勒坦汗、阿拉坦汗，明朝嘉靖年间崛起。

【赏析】

本文为《治水筌蹄》中有关黄河论述的节选，内容包括明代河决的梳理、运河和黄河的关系、前人治河思想的论证以及万恭自己对于历年治理黄河的感想。希望读者通过本选文，能够大致了解《治水筌蹄》的核心思想和内容。

值得注意的是，万恭对于"黄河清"的认知十分准确，可谓为真知灼见。万恭认为黄河的特性是多沙，多沙是其常态，河清是非常态。认为"黄河清，圣人生"是一种谬误，而河清也并非是祥瑞之兆。其论曰："彼浊者尽泥沙，水急则滚，沙泥昼夜不得停息而入于海，而后黄河常深、常通而不决。清则水澄，水泥不复行，不能入海，徒积垫河身，与岸平耳。"河水长期积滞不得疏通，必然会决堤矣，黄河决口则运不通。在诸多朝臣惶惶议论保漕运的环境下，万恭主张黄运结合，提出治河就是治运，并付诸实践，这可视为明人治河务实之征。

王维桢

王维桢（1507—1556），明代文学家。字允宁，号槐野，陕西华州（今陕西省渭南市华州区）人。嘉靖十四年（1535）进士，选庶吉士，授翰林院检讨，参与纂修《大明会典》。累迁翰林院修撰、右春坊右谕德掌南京翰林院事。嘉靖三十四年（1555）升南京国子监祭酒，未赴任，归家探母，丧于关中大地震，年四十九岁。著有《槐野先生存笥稿》《李律七言颇解》《杜律七言颇解》等，对李白、杜甫的诗作有深入的研究。王维桢作文效法司马迁，作诗追汉魏、李杜之风。明人胡应麟评其文曰："矫健。"

黄　河　策

问：

黄河为患，随地迁徙，其间防避之法，代有规为[1]，姑勿论。即如顷者，河决。曹邑生民昏垫殆甚，有司思患预防，乃有安平镇故事之虞。而持议之臣，有欲穿赵皮寨者，有欲穿孙家渡者，其说孰优？守土之臣有称便者，有称不便者，其见奚异？方今力已困矣，猥兴[2]莫大之役，用已匮矣。重以不赀之费，而其役、其费于时势又不可已，兹且图之。役，欲其效力而不怨，何以恤之；费，欲其财出而有功，何以理之。夫役夫众多，久劳则溃，费涉诸州，兼取则冒托资奸，我将令其役久不溃，财用不滥，其何道以督之？夫众言淆乱，必归诸一安，所便安，所不便安，可见功捷，而不至久役，安可少费，而成功大，无厌其渎说也。

论[3]：

天下有不可必兴之利，亦有不可必去之害。夫利害者，休戚之原也，兴衰之机也。利有可兴，而弗知所以兴；害有可去，而弗知所以去，仁者不为也。利不可以兴，而必欲兴之；害不可去，而必欲去之，知者不为也。不必于兴利，不必于去害，知以度之，仁以经之，尽诸我者，足以回天人之心，是谓得时。方今黄河之害，非在所当必去者乎。运道之利,非在所当必兴者乎。而执事先生恳恳焉,惟是之问,无亦欲察利害之原,而究其说乎。夫河之为中国患也,久矣。禹凿龙门,导大伾,疏九河,而注之海。而后怀襄[4]之害息[5],允赖[6]之利成。孟子所谓:"禹之行水,水之道也。"继禹而治者,代不乏人。然议论敷奏,人持所见,经营规度,各私其功,其于利害之原,率未暇致详也。

明兴洪武初,河尝决双河口,入鱼台,已而用兵梁晋间,命大将军徐达开塌场口,决耐牢坡,引曹郓河,以输晋梁之粟。永乐中,运道淤阻,输挽不继,乃发河南丁夫,命侍郎金纯,引开封河,复开塌场口,出谷亭北,以复故道。当是时,不徒察利害之原明,兴去之宜,而圣德神功,孚契感格[7],亦不可诬。自是百余年间,凡七决矣。虽尝命大臣董治[8]其事,然亦随时补葺,未闻经久之图也。迩者河折而东,决夏邑,经曹县,达梁靖,接二洪,其于运道有赖矣。然戊申年,河水暴溢,曹、单之地皆沼渚,而滨河之民悉鱼鳖,盖不忍言者。且弘治五年,决张秋也,溃自金龙口,而其所经之地,莫非曹州之境。今曹、单之野,视河水为甚低,而张秋故道,又视曹、单为甚迩,故曹、单一决,势必寻故道而决张秋,非徒南旺以北,闸座尽废,愚恐山东诸泉悉因之而东奔矣。此河患之在山东者,诚为至切,而运道之在张秋者,不可不虑也。"决上流以杀其势,开支河以分其流",今日救患之策,宜莫先于此者。

故总督重臣一则有欲穿赵皮寨之奏,一则有欲穿孙家渡之奏。夫二河俱上流也,而难易殊焉。何则?孙家渡之开,昔尝因之以塞张秋,五十余年淤积成阜,虽经十、五挑浚[9],卒罔攸济[10]。赵皮寨之穿,以达涡河,虽其道里较若稍远,而河身尚存,易以成功。然自河以南者,曰二河既开,则曹县之患转而之睢,归亳泗矣。夫民患均切也,而未然之防，亦不可不虞，是故决孙家之渡，则必由白露、西华以入荆山矣。而寿春诸王之坟，近淮河者，可不虑其奔迫邪？开赵皮之寨，则必经涡河、蒙城以达临淮矣。而祖陵皇陵之在凤泗者，可不忧其荡啮邪？故灾害之及于民者，均之可恤。而其切于陵寝者，尤可畏也。虽然二河诚可凿也，方今财力困矣，莫大之役，不赀之费，将何所取给邪？

议者谓，在山东则有溜浅之夫、堤白之夫，在大名亦有堤夫，在河南亦有河夫、堤夫、堡夫，而岁时定派，复有椿草之银[11]。然河南之夫，征银以为雇募之直，山东之夫，役力以备挑浚之用，而力与银又取诸均徭。盖自黄河兴役，而经费有常，所谓轮年之额办者也。而明问则曰：役夫众多，久劳则溃。财出州郡，兼取则冒托资奸者，无亦有惩，于胜国之已事，而为是忧治时之言乎？

愚则以为救灾恤患，本非黩式穷兵之事，而董理诸臣，又非好大喜功之人。故尚书宋礼役夫一十六万，以决会通之淤，凡七阅月而后成。都御史徐有贞役夫五万八千，以塞荥阳之决，历十有八月而后集。及决金龙，则白康敏役夫二十五万矣。复决张秋，则刘忠宣役夫一十二万矣。又，皆成功于二年之后。当时民不以为怨者，得非"说以先民，民忘其劳"[12]邪？

兹果欲其役久而不溃，愚则曰：非姑息之可能也，必与之工直，以安其心，锡之犒赏，以作其气，出给有时，更休有候，而又节其风雨之劳，恤其疾苦之私，复得仁厚之吏，巡行劳来于其间，有如李牧[13]、魏尚[14]之抚士卒。即驱之于必死，民且乐于战矣，况徒役其力而已邪？

果欲其财出而不滥，愚则曰：非浚削之可恃也，必圭地以计其数，因数以定其夫，测深广以验工，视湿燥以为节，而又远迩有程，稽考有籍，复得廉明之吏，核实经度于其间，如孔仅[15]、刘晏[16]之善心计。即有污吏猾胥，无所容其奸矣，况用之而得其人邪？

嗟夫！此自一时区处[17]者言之也。而利害之原，则固有未悉者。昔宋欲回河，欧阳修曰：凡动大众，必顺天时，量人力，谋于其始，审于其终，计所利者多，乃可无悔。刘敞亦曰：天有时，地有势。今极力于疲病，掠财于残耗，上与天争时，下与地争势，未见其为可也。方今可忧之害，莫切于皇陵。必图之利，莫先先于漕运。乃者河水东行，而陵寝无虞，接河济洪，而漕挽[18]通利。此盖皇天垂佑，地祇效灵，国家亿万载无疆之休端，有在于此者，是岂人谋之能与哉？而持议之臣，不审其所终，自贻无穷之患，争时、争势，强为难图之功，诚未见其便者。然则为今之计，必何如而后可哉？陈尧佐知滑州，以西北水坏城，筑大堤，又叠埽于城北，护州中居民，复置木龙以护岸，当时赖焉。任伯雨云：河流必决者，势也，安可以人力制哉。为今之策，正宜因其所向，宽立堤防，约拦水势，使不至大段漫流尔。故与其分心于难浚之二河，孰若并力于尚完之曹、单，是故多置方舟，疏浚淤淀，使河益深广，足为容受之地，以行贾鲁之"三法"，宽立堤防，增培卑薄，复旁植木龙，以当奔突之势，以行贾让之"三策"。不然，则又于崔坝南岸，别决小河，自贾庄以达梁靖，俾水有所分，且免他虞，是或治河之一道也。如是，则事捷而役不久，功大而费不重矣。

然草野之臣，不识忌讳，复有进于此者。晋景公时，河壅不流，召伯尊，遇辇者曰："君亲素缟，帅群臣哭之，既而祠焉，斯流矣"，如言。汉武帝时，河决金堤，谷永[19]以为：河乃中国之经渎，今溃溢横流，漂没陵阜，异之大者，宜修政以应之。至后世三宝之说，献于祖禹；崇阳抑阴之疏，进诸李纲。此愚生所谓得其时焉之意也。兹遇圣明在上，知周仁备，以建中和之极，行将见其就下，安流出图书，以答皇休矣，愚也。又何赘焉。

【注释】

［1］规为：谋度所为之事。［2］猥兴：猥起，比喻事端纷起。［3］"论"字原文无，本选文增"论"字，以示与"问"前后对应。［4］怀襄：洪水汹涌奔腾溢上山陵。［5］害息：危害滋生。［6］允赖：信赖，依靠。［7］孚：相应。契：相合。感格：感动，感化。［8］董治：监督管理。［9］挑浚：清除淤塞，开通河道。［10］攸济：达到目标。《尚书·大诰》载："予惟小子若涉渊水，予惟往求朕攸济。"王引之注："攸，所以也。"济，渡。［11］椿草之银：指采办椿树、榆树、蒲绳、泥草等护堤材料的专项支出。据《明史·河渠志一·黄河上》："永乐三年，河决温县……八年秋，河决开封……九年七月，河复故道……工部主事兰芳按视，言：'堤当急流之冲，夏秋泛涨，势不可骤杀。宜卷土树椿以资捍御，无令重为民患而已。'又言：'中滦导河分流，使由故道北入海，诚万世利。但缘河堤埽，止用蒲绳泥草，不能持久。宜编木为囤，填石其中，则水可杀，堤可固。'诏皆从其议。"［12］"说以"句：《易经·兑卦·象辞》载："说以先民，民忘其劳；说以犯难，民忘其死：说之大，民劝矣哉！"［13］李牧（？—前229），嬴姓，李氏，名牧，赵国柏仁（今河北省隆尧县）人，战国时期的赵国名将，与白起、王翦、廉颇并称"战国四大名将"。战国末期，李牧是赵国赖以支撑危局的唯一良将，素有"李牧死，赵国亡"之称。［14］魏尚（？—前157），西汉槐里（今陕西省兴平市）人。汉文帝时为云中（今内蒙古托克托东北）太守。其镇守边陲，防御匈奴，作战有功。魏尚治军严明，关心部下，军帛租税全用来犒劳部下官兵，并用自己的俸禄，杀牛宰羊，每五日一次宴请自己的部下，部下都很拥戴他。［15］孔仅（生卒年不详）：西汉南阳（今河南省南阳市）人。武帝元鼎二年（前115），任大农令，领盐铁事，主管盐铁专卖。后任大司农、大农丞。［16］刘晏（716—780）：字士安，曹州南华县（今山东省东明县）人。唐至德年间，参谋平定李璘反叛，治理宁州、陇州、华州、豫州、雍州。迁户部侍郎，管理度支、铸钱和盐铁等事务。实施榷盐法、漕运改革和常平法等一系列的财政改革措施，增加中央收入，为安史之乱之后的唐朝经济发展做出了重要贡献，授吏部尚书、同平章事，册封彭城伯，官至尚书左仆射。［17］区处：处理，筹划安排。［18］漕挽：水运和陆运。［19］谷永：本名谷并，字子云，长安（今陕西省西安市）人，西汉时期官员。

【赏析】

明代科举考试继承和发展了唐宋两代的模式。唐代科举考试有贴经、墨义、策问、诗赋等四种主要题型。宋代初年，题型仍仿唐代，南宋科举，有诗赋、经义、论、策等四种形式。明代科举沿袭了宋代的经义、论、策等三种形式，增添诏诰表、判语等两种。

其中策又称时务策，即对当世的政治、军事、文化、经济等时务问题阐述观点，作出评析或提出改革方略。策一般以千字为限。明代对制策（命题）和射策（答题）有具体要求："凡对策须参详题意，明白对策，如问钱粮即言钱粮；如问水利即言水利，熟得熟实，不许敷衍繁文，遇当写题处亦止曰云云，不必重述。"从策试题目看，内容比较丰富，涉及的一般均为当世国计民生的重大社会问题。

明嘉靖三十一年（1552），46岁的杨维桢升任右春坊右谕德，署掌南京翰林院事。这个职位既接近权力中心，又肩负掌管国家智库发展的任务。明代自洪武年间至嘉靖年间，黄河不断泛滥，关于黄河如何治理，自上而下都没有一个统一的认识，究其原因无外乎河臣了解详情但位卑言轻，中枢高居庙堂但未实地勘测。杨维桢在翰林院提出的这一策论，目的是想通过国家智库的力量，形成一个黄河治理的良策。

古城新绿　摄影／孟宪明

王云凤

王云凤（1465—1517），明代文学家。字应韶，号虎谷，山西和顺人。成化二十年（1484）进士。授礼部主事。后升陕西提学佥事，历副使、按察使，召为国子祭酒，以右佥都御史巡抚宣府。著有《小学章句》《读四书札记》《博趣斋稿》。为文雄浑严洁，不假雕刻模仿。诗赋清奇古雅，朴实无华。后人称其"有作人化俗之文，有攘夷戡乱之武，有因时明礼之才，有援古修乐之具"，与王琼、乔宇同科中进士，号称"河东三凤"。

渡 黄 河 赋

造化剖胎，混沌开函。黑水沆瀁，昆仑礴[1]岩，乃有百泉星聚以下列，九派虹分而可蹴[2]。忽茫泂[3]汹涌，禀中央之正色兮。飞下万仞之重岩，涤戎荡狄[4]兮。望神州而南骛，抹雍贯豫兮。上拥碛[5]石之滓[6]，下吞沧海[7]之醎。汱潼东西，冲突南北。盖不知其几千万折，谓之千里而一曲者，乃其大凡。时或带雨以奔怒，啮崇崖而肆馋。渺平原兮曾不一瞬，渠深如谷兮崖突如岩。声若迅雷之将击，势如怒兵之鼓儳[8]。河伯踊跃兮，蛟龙啸舞。浊涛巨浪，不啻日浴而天衔[9]。野老稚子，号顾以遁走兮。壮夫健妇，争持敝畚荷长镵[10]。峻堤忽亘以百里兮林空山赭，曾未惜乎合抱之松杉。慨何代不罹此患兮，岂水德之匪仁。抑上帝之降灾兮，而吾未有乎至诚。何艰兹辰，汴堤决缄[11]。千村万落，如刮如芟[12]。天子震怒，乃责守监。何献防之纷纷兮，曾不异乎燕语之呢喃。匪顺下而障塞兮，斯又鲧之枪欓[13]。民脂膏兮竹石[14]，绲百文兮落械[15]。溘瀑濇兮一芥，趆[16]疲癃兮喃喃。郁里间之嚱[17]喷兮，望天阊于霄汉。镌功伐之蠢蠢兮，輋西山之珉瑊。我扣舷兮太息，但见渔人舟子，天际挂一叶之轻帆。欲诉真宰何辜兮，苍生安得神巫起郑之咸[18]。

【注释】

　　[1] 嶜：同"巀"，山势高峻。　[2] 踫：同"碰"。徒步渡水。《集韵·平声·衔韵》："踫，涉也。"　[3] 泘：同"盘"。回旋。　[4] 涤戎荡狄：即"涤荡戎狄"之倒文。涤荡：清洗，这里指流经。戎狄：旧指居于西北边境外的野蛮民族。这里指黄河上游流经青海、内蒙古等地区。　[5] 碛：沙石浅滩。　[6] 滓：液体里下沉的杂质。　[7] 沧海：即青海湖。青海湖曾经通过倒淌河与黄河水系相通，后来逐渐演变为咸水湖。　[8] 儳：不整齐。　[9] 衔：同"衔"。衔接。这里指黄河与天相连。　[10] 镵：古代的一种犁头，又是一种挖草药的器具。这里指种田的农具。　[11] 缄：封，闭。　[12] 芟：割草，引申为除去。　[13] 枪欃：即欃枪。作者为了押韵进行倒文。欃枪，彗星的别名，古人认为是凶星，主不吉。唐代李白《南奔书怀》中有"欃枪扫河洛，直割鸿沟半"句。　[14] 竹石：治河原料。《宋史》卷九十一载："旧制。岁虞河决，有司常以孟秋预调塞治之物，梢芟薪柴，楗橛竹石，茭索、竹索凡千余万，谓之春料。"　[15] 緪百文分落械：緪，大绳索。落，通"络"，联结。械，箱子一类的器具，这里指船。《山西通志》卷三十四《水利六·黄河》载："蒲津渡：蒲津桥，后魏迄唐初，皆横緪百丈连舰千艘，辫修筅以维之，系围木以距之。少败辄更，费不訾。"本文中"緪百文分落械"中"文"字应为"丈"字讹传。　[16] 趀：跑动的声音。这里指加快。　[17] 嘼：愤怒。　[18] 苍生安得神巫起郑之咸：屈原《楚辞·招魂》中有"二八齐容，起郑舞些"句。咸，感应。本句意思是天下苍生哪里能够感应到上天神明的指示。

【赏析】

　　王云凤勤奋好学，于书无所不读，尤其深谙性理之学。其为文雄浑严洁，不假雕刻模仿；所作诗赋有清奇古雅、朴实无华的特点。

　　本文可分为三个部分解读：第一部分写了黄河自开天辟地以来，神工造化，奔腾而来。一路涤戎荡狄，抹雍贯豫，上拥万里河源，下注沧海，气势恢宏。第二部分写历代黄河流域之人民在依赖黄河谋求生计的同时，也避免不了黄河水灾。一旦洪水暴发，千村万落，如刮如芟，呈现出一派残相。而朝廷的治河又给人民增加了税赋的压力。第三部分写诉求于神明，希冀上天体恤苍生，能够让百姓生活下去。纵观全文，风格古朴典雅，用典与时务相结合，体现出作者的文采斐然。

王宗沐

王宗沐(1524—1592),明代官员、文学家。字新甫,号敬所,临海(今浙江省台州市临海市)人。明嘉靖二十三年(1544)进士,授刑部主事。累迁广西按察佥事、江西提学副使、山西右布政使、山东左布政使、右副都御史,官至刑部左侍郎,明万历九年(1581)致仕。师从欧阳德。著有《敬所王先生文集》《宋元资治通鉴》《江西大志》《海运志》《海运详考》《十八史略》《巡视三边纪略》《撄宁语录》等。清代黄宗羲《明儒学案·浙中王门学案五》载:"(王宗沐)在比部时,与王元美为诗社,七子中之一也。久历藩臬。值河运艰滞,以先生为右副都御史,查复祖宗旧法,一时漕政修举。犹虑运道一线,有不足恃之时,讲求海运,先以遮洋三百艘试之而效。其后为官所阻而罢。"

预防黄河迁徙疏

漕抚虽不兼河工之事,而皇陵为抚治所属之地,故具此疏。[1]

题为《预防黄河迁徙》,以保护陵寝事。

据徐州兵备副使冯敏功,会同颍州兵备佥事吉大同,揭呈先奉臣宪牌,前事遵依,查得旧牍。凤、泗,原通黄河。故道有二:一原自河南荥泽县[2]孙家渡,由中牟县北清河口,会贾鲁河,经本县,逾朱仙镇、通许、尉氏,陈、颍各州县,至寿州达于淮。此乃弘治二年,河决金龙口,东北趋运河,冲张秋,而刑部尚书白昂所开者,今已淤塞堤围数层;一原自河南兰阳县赵皮寨,由野鸡冈,涡河亳州,至怀远县荆山[3]口入淮,后因绕经陵寝,虑有他虞。嘉靖十九年,该兵部侍郎王[4]等塞野鸡冈,开李八老集河,由归德、宿州、虹县、睢宁,出宿迁县小河口,入运河,不久亦淤。以上二口,近未有开决,若果孙家渡河决,由朱仙镇南下,势即于寿州入淮,而凤、泗陵寝,委属可忧,然与宿州符离集相离甚远,水源不通。今奉本院牌勘水决符离集,乃宿迁之小河口矣,若仍从涡河入荆山,则凤、泗皆其下流,尤为可虑也。及查孙家渡、赵皮寨二口,照常完固,欲为预防保护陵寝之计，筑堤实为上策。今赵皮寨以上，至孙家渡一带，俱已筑有缕水长堤，中止开封府地方，判官村至徐家庄一段无堤，其赵皮寨以下，历仪封、考城、虞城、砀山，至茶城，并无堤防，委应增筑。复查符离集之水，西北通萧县永堌湖，东北通徐州桃山，迤东苏家湖。下通灵璧县，地名孟山，睢宁县，地名高作社，以至小河口。每岁夏秋连雨，积水相通，民间小船从此往来。如隆庆五年，邳州阎家等口，及徐州双沟黄钟集，被黄水冲决，由苏家湖溢出，经符离集，入灵璧境，沿孟山、高作社，通小河口。自灵璧距泗州祖陵，止隔虹县地方，若使水趋虹县，诚亦可虑。今徐、邳地方，已筑新堤，似可无患。所患，特河南赵寨以下，无堤地方耳。合无题请[5]，将河南开封府地方，判官村至徐家庄，又自赵皮寨以下，历仪封、考城、虞城、砀山、茶城一带，筑堤捍御，庶保无虞。等因。具呈到臣。

据此案照先该。臣到任之后，亲诣泗州、凤阳，恭谒陵寝，沿行看得凤、泗一带，西北接河南归德、虞城等处地方，当黄河下流之冲，迩来水决小河口，出符离集，经灵璧县，其势日益西侵，逼近陵寝，殊为可忧。已经备行，徐州、颍州、睢、陈，河南管河各道约会，速自黄河南岸沿行，直至凤、泗下流，止将滨淮一带地方，务要寻源求委，逐一亲行，踏勘要见。某处为受害要冲，应该筑堤以捍其患；某处为分水汊口，应该别导以挽其流；某处有堤单薄，仍要加高；某处无水相侵，不必防决；某处工小，可以有司径处；某处工大，必须动用官钱。一一勘议，停当通详，合干衙门会议，题请去后。

今据前因该，臣会同巡按直隶监察御史王，议得无事而先言之，似为过计，有事而后言之，则为失时。臣境内地方，凤阳、泗州，陵寝在焉。其西北接河南仪封、考城、虞城、砀山一带地方，自祖宗二百年来，天佑圣朝，百神拱护，固无他患。但臣查得黄河决徙不常，自弘治二年，决于张秋，夺汶水入海，犹为向北。乃今渐徙而南，询之土人，皆云自张秋加功而后，官司皆培增北堤，而南岸浸薄。去年河水泛溢，一夕而高数尺，犹幸不于萧、砀之间，而在徐、邳之下，是以虽出支流，入小河口，经灵璧，而势稍近东，故于凤、泗尚为无患。但臣观天道，则连岁之水患异常，人事则北岸之功程常密，然不知河水高，则溢出之地难以定拟。凤、泗下，则受水之地，其防甚多，万一有如去年，仍然泛溢，而使偶然适当封、考、虞城、萧、砀之间，正出凤、泗之背，则彼时虽有神禹，无以措手，而仰廑[6]圣明之念乃大矣。

故宁使臣言为过计，而不敢罪取后时。伏乞陛下采臣愚见，敕下该部速行河道都御史，转行各河道兵备等官。乘今无水之时，凡系陵寝，当黄河南岸地方各官，务要惕心勤虑，逐一亲加踏勘，但于单薄之处，不惜大费，题请增加防捍，务使无虞。庶有以保护陵寝，上慰圣怀，而臣等待罪地方，亦少逭[7]于罪矣。

【注释】

[1]"漕抚"句：原刻本无，今据陈子龙《明经世文编》卷三四三《王敬所集》卷一补入。　[2]荥泽县：据《乾隆荥泽县志·地理志》："隋开皇四年，置广武。仁寿元年，改荥泽，属豫州荥阳郡。"明代，荥泽属河南开封府郑州。1931年荥泽县与河阴县合并为广武县，1993年改广武镇，即今河南省郑州市荥阳市广武镇。广武镇，北滨黄河，南有孙家渡，明正统十三年（1448），黄河决口于此。　[3]荆山：在今安徽省怀远县西南。古名楚山。　[4]"嘉靖"句：《明史》卷八十三载："（嘉靖）二十年五月命兵部侍郎王以旂督理河道，协总河副都御史郭持平计议。先一岁，黄河南徙，决野鸡冈，由涡河经亳州入淮。旧决口俱塞。"《明史》卷八十五载："（嘉靖）十九年七月，河决野鸡冈，二洪涸。"又，据张德信《明代职官年表》，明嘉靖十九年（1540）七月八日丁酉，南京刑部侍郎王浚改京师刑部右侍郎，王以旂时在督察院。明嘉靖二十年（1541）二月六日癸亥，王以旂由督察院迁兵部右侍郎。王以旂，江宁（今江苏省南京市）人，字士招，号石岗。官至兵部尚书，谥"襄敏"。著有《漕河奏议》《襄敏集》。王浚，字德深，建德（今浙江省杭州市建德市）人，正德戊辰（1508）进士，

授蓟州知州。以事忤逆瑾，逮锦衣狱，瑾诛乃释。历任刑部员外郎、山东按察佥事、贵州兵备副使、右副都御史，嘉靖十九年（1540）改刑部右侍郎，嘉靖二十年（1541）四月十八日甲戌致仕。[5]合无：何不。题请：奏请。[6]廑：殷切挂念。[7]逭：逃避。

【赏析】

　　明代自建国初年制定黄河南行方案以后，黄河治理的核心问题就是在北岸加固河堤，以防止黄河北徙，对于南岸之工事，则不甚关注。王宗沐作为总督漕运都御史，其职责范围是确保南北运河畅通，正如文章开端所述漕抚不兼河工之事。随着黄河、运河治理实际情况的发展，具有务实精神的河臣、漕臣愈加感觉黄河与运河应一体化治理，治黄的成败，决定了漕运通畅与否。

　　本文的撰写极具策略性，面对众多保黄抑或是保运之论述，权臣无所适从，皇帝也面临抉择的困难。王宗沐以保护先帝陵园为治理黄河的缘由，这对于宗法制度下的君臣都极具说服力，无可辩驳。

邙山垒垒　摄影／孟宪明

郑州的黄河雪景　摄影 / 李庆明

翁万达

翁万达（1498—1552），明代官员、政治家、文学家。字仁夫，号东涯。潮州府揭阳县（今广东省汕头市）人。出身寒门，嘉靖五年（1526）进士。历任广西梧州府知府、陕西布政使、左副都御史、兵部尚书、右都御史、左都御史等职，曾参与平定安南莫登庸叛乱，后期统理北方边防，抗击蒙古俺答汗侵扰，统边五六年间，屡立战功。嘉靖三十一年（1552）逝于回乡途中，谥号"襄敏"。著有《翁东涯集》《稽愆集》《稽愆诗》等。《明史》称："嘉靖中，边臣行事适机宜，建言中肯窾者，万达称首。"明世宗褒其为"文足以安邦，武足以戡乱""岭南第一名臣"。

复河套议

盖闻智者必待时而举事，君子不昧势以图功。是故理有所当尽，而机有所宜审；志有所必奋，而谋有所不可略者。是之不备，难与虑终矣。河套本中国故壤，界以黄河，固天之所以限华夷[1]也，讵宜弃而不守，藉寇赍盗[2]。然揆以今之时势。则有当复之理，而无可乘之机；多必奋之志，而鲜万全之算。是故不能不为图事者深长思也。

河套自周秦以来，为国、为郡，汉置朔方，唐城受降，据险扼胡，往迹俱在。我太祖以神武定天下。成祖躬御六飞[3]，三犁虏庭[4]，其虏既残破，我亦未暇，舍黄河而卫东胜[5]，计则偏矣。后又撤东胜以就延绥[6]，套地遂沦之犬羊矣。然正统、弘治之间，我虽未守，彼亦未取。不见可欲，其心不动，不夺所恃，其争不力，取之可也。乃竟因循画地，自捐天设之险，失沃野之利，此边疆之臣所宜卧薪尝胆，而有志之士所以扼腕而攘袂者也。先巡抚余肃敏公[7]，置镇榆林，想亦有志斯举。而套卒未复，镇则空设，开垦无闻，转输难继，孤悬独立，沙碛为墟。外之不足恃为藩篱，内之无所资其赋役。不有其利，而益处其劳，岂豪贤固略于远谋，抑其时或亦有掣肘而未终其志耶！然弘治以前，我军犹岁常搜套，捣其巢穴。嗣是我谋日疏，任虏出入，不来深竟，以为套地易复。然复套与是二者实有不同。盖捣巢因其近塞，乘其不备，胜则倏忽而归，败亦支持以退，举足南向，便是家门，壕堑城堡为援可恃。复套则深入人境，后援不继，胜固艰关，败虞陷没，事势异也。夫必胜之兵，有限之矢，此李陵[15]所以失也。今我之将士，能为陵之所不能为者乎？往城诸边，实近我土，又沿边之地，虏原不以为利，故虽城边筑垣，少有侵取，虏不恤也。套地则自火筛[16]入寇以来，据以为家，四时之间，不离住牧，一旦欲取而有之，彼肯晏然不有争乎？事体异也。故曰：杀虎者易，夺虎子者难；夺虎子者易，夺虎穴而居者难。今未能杀虎，而夺其子，欲处其穴。得乎？夫先据北山，将勇者胜，赵奢之所以得也。今我之将士，能为赵奢之所为者乎？

若曰：伺虏出套，拒河为守，先将渡口及可以履冰道路，亟筑垣墙，以次移置边堡于沿河，如昔年王晋溪，近年张南川，及总兵官周尚文所论，似若可为。而不知今日诸酋，各有分地，套地为吉囊四子所居，控弦者当不下十余万，岂有空套以出之理？沿河计二千余里，筑垣为限，岂时日可完？移置边堡，非百数十，不相联络，堡置兵非千人不可，而游徼、瞭望、哨守者不与，当三十万众不止也。诚恐布置未定，而争穴之虎至矣。况我边去河，动辄千里，一年之食，为数亿万，沿边所出，仅足自供，益以此数，必仰内地。由内地而输之边，远者二千里，近亦不下千余里，乃又自边而输之于河，即粮道可通，飞挽实难，此尤所当撼虑而殚思者也。

然则套中之地其终不可复乎？曰：事变之来，至无常也，要之，君子不可有侥幸之心。夫秦之所虑者胡，而终秦无北边之警。汉之所备者胡，而中叶有款塞之顺。事变之来。孰能逆睹。我皇上以圣德建极，元老以上知作辅，天心助顺。将来虏之盛衰强弱，虏能保耶？自相攻击，如匈奴之南北，荐[17]遭疾疫，如先零之殄灭，岂无期邪？

彼有其隙，我乘其弊，套地之复，此其时乎？谨我塞障，饬我戎备，和我行伍，固我元气，以俟其隙，计之得也。故曰：知彼知己，百胜之道也。若不察房势之强弱，不审事情之难易，不揆我力之有余不足，使塞下之民，迫于备边者，喘息不获定，沿边之卒，伤于锋刃者，疮痍不获起，而复横挑强寇，以事非常，则愚所不解者也。谨议。

【注释】

［1］华夷：指汉族与少数民族。后亦指中国和外国。 ［2］藉寇赍盗：即借寇赍盗。把武器借给了贼兵，把粮食送给了盗匪。这里指河套地区肥沃的土地让鞑靼诸部占领，继而增强力量。赍，资助。《荀子·大略》载："非其人而教之，赍盗粮，借贼兵也。" ［3］成祖躬御六飞：指明永乐八年（1410）、永乐十二年（1414）、永乐二十年（1422）、永乐二十一年（1423）、永乐二十二年（1424）明廷对蒙古的五次征讨，明成祖朱棣在第五次征讨蒙古班师回朝的途中，病逝于多伦之北的榆木川（今内蒙古自治区多伦县西北）。又有明永乐年间与安南（今越南）之间的长期战争。 ［4］三犁房庭：明成祖朱棣对于北方少数民族的多次征讨。 ［5］东胜：今内蒙古自治区鄂尔多斯市东胜区。 ［6］延绥：延绥镇，也称榆林镇（今陕西省榆林市），为明朝九边重镇之一，也是明朝与蒙古人交战最频繁的地区之一。为了防备蒙古军的入侵，明朝政府曾先后在延绥镇一带数次大规模修筑长城。 ［7］余肃敏：余子俊（1428—1489），字士英。四川青神县（今四川省夹江县）人，景泰二年（1451）登进士第，授户部主事，进户部员外郎。巡抚榆林时，与徐廷璋、马文升并称"关中三巡抚"。官至兵部尚书、太子太保。谥号"肃敏"。 ［8］雄断：英勇果断。 ［9］天启：上天的启示。 ［10］呼韩：呼韩邪单于。稽颡：古代一种跪拜礼，屈膝下拜，以额触地，表示极度的虔诚。《文选·张衡〈东京赋〉》载："宣重威以抚和戎狄，呼韩来享。"薛综注："《汉书·宣（帝）纪》曰：'呼韩邪单于款五原塞，愿奉国珍。'" ［11］乌林：三国时期古战场，湖北洪湖境内，与赤壁隔江。赤壁之战并非火烧赤壁，实则火烧乌林。赤壁因火烧乌林的大火映红了对江的赤壁而得名。关于赤壁之战，火烧乌林史料，《水经注》《三国志》《沔阳志》均有记载。削迹：销声匿迹。 ［12］艅艎：泛指大船、大型战舰。 ［13］小王子：元朝灭亡后，北元分裂形成的鞑靼部落的主要首领，被明朝人称为小王子，前后有多位小王子，时常进犯明朝的北部边境。吉囊：明代蒙古右

翼三万户济农（亲王）。明朝人以其尊号、封号（济农）译作麦力艮吉囊、已宁等。俺答：俺答汗，孛儿只斤氏，明朝蒙古土默特部首领，成吉思汗黄金家族后裔达延汗孙。［14］妻孥：妻子和儿女。［15］李陵（前134—前74）：字少卿，陇西成纪（今甘肃省秦安县）人。飞将军李广长孙。天汉二年（前99），跟随贰师将军李广利出征匈奴，率五千步兵与八万匈奴兵战于浚稽山，终因寡不敌众兵败投降。得知汉武帝夷灭三族，将太史令司马迁处以腐刑的消息，心灰意冷，投降匈奴鞮侯单于，迎娶公主为妻，封为右校王，管理坚昆地区。［16］火筛：明正德时期，蒙古鞑靼郭勒津旗旗主，15世纪蒙古北元时期，被称为中兴烈祖的达延汗，统一了四分五裂的漠南蒙古各部，使蒙古民族得以振兴、发展并强盛。［17］荐：再，屡次，接连。

【赏析】

　　河套地在今内蒙古黄河以南，与宁夏、陕西相连接，从明初开始就未直接统辖，长期处于长城九边之外。明嘉靖初年，靼部吉囊开始占据此地。俺答兴起后，此地成为俺答部的势力范围。久居此地的俺答部经常骚扰明朝北方边境，有时也深入内地，掳掠人民和财物。在翁万达任宣、大总督防御俺答时期，也是俺答积极遣使通贡互市时期，明廷内部展开了收复河套的争议。

　　面对这一形势，翁万达在《复河套议》中明确表示，河套本就是我们的疆土，但目前有收复之理却没有收复之机。通过分析敌我兵力，他认为当时的小王子、吉囊、俺答诸部落军队有三四十万，明朝并没有对抗的军事实力。对于书生之论，如提出整军六万，在春夏虏马瘦弱之时明军征伐，秋冬虏马肥壮之际明军守边，三年三举，可凭河拒守的建议，翁万达给予有力的反驳：秋冬虏马肥，我们的马也肥，仅仅有利于守备吗？春夏虏马瘦，我们的马也瘦，仅仅有利于征战吗？

　　然而当局者不听，最终在收复河套之地时战败，主战派夏言、曾铣被杀。事实证明，翁万达的主张是正确的，其认为面对已经在河套安居的胡人，不应无端生事，结合明军的实力，提出当时应该加强防御措施，巩固边防，等待机会，一举收复。

吴漳

吴漳（生卒年不详），明代文学家，字清甫，歙（今安徽省歙县）人。明弘治己未进士，令胙城，升御史，以论逆瑾削籍。瑾败起官巡按北畿，升山东副使。河决黄陵冈，吴漳殚力鸠工祷于神，愿以身塞，河遂南徙复故道。因治水有功，升都御史，未到任卒。

黄河故道[1]

古自阳武北新乡西南入境，东北经延津、汲、胙城至北直隶浚县大伾山北入海，即《禹贡》导河东过洛汭至于大伾处。《地志》[2]：魏郡邺县有故大河，在东北直达于海，疑即禹之故河也。周定王五年河徙，则非禹之所穿。汉文帝十二年，河决酸枣，东南流经封丘，入北直隶长垣县，至山东东昌府濮州张秋入海。五代至宋，两决郑州及原武东南阳武，南流经封丘于家店、祥符金龙口、陈桥，北经兰阳、仪封入山东曹县境，分为二派：其一东南流至徐州入泗，其一东北流合会通河。

国朝洪武七年至十八年、二十四年，阳武、原武、祥符凡四度淹没护城堤，又决阳武西南，东南流经封丘陡门、祥符东南草店村，经府城北五里，东过焦桥，南过苏村，至通许西南分九道，名九龙口。又南至扶沟、太康、陈、项城诸州县境，入南直隶太和县合淮。正统十三年河溢，仍循阳武故道直抵张秋入海，今皆淤平地。其自荥阳县筑堤，至千乘海口千余里，名金堤。自河内北至黎阳为石堤，激使东抵东郡平刚，西北抵黎阳观下，东北抵东郡津北，西北至魏郡昭阳。又自汲县筑堤，东接胙城，抵直隶滑县界，西接新乡获嘉县界，东南接延津县界，名护河堤。在荥阳县东南二十里中牟县东北境，名官渡，即曹操与袁绍分兵相拒处，筑城筑台，皆名官渡。在汲县东南境，名延津，置关亦名延津，又置关名金堤。在新乡南境有八柳渡，皆因河徙而废。国朝于祥符县置清河巡检司，清河、大梁、陈桥三驿，陈桥递运所。封丘县置中滦巡检司，中滦、新庄二驿。仪封县置大岗驿、大岗递运所。通许县置双沟驿。太康县置仪安驿、长岭递运所。扶沟县置崔桥驿。陈州置宛丘驿、淮阳递运所。项城县置武丘驿。皆因河徙而革。

黄陵冈口塞于弘治乙卯，筑三巨坝而防护之，逼水南行，运道无虞矣。正德癸酉，巨浪横奔，头坝、二坝俱打在河南，止存三坝，暴水涌冲，坝去十分之八。总理副都御史保定刘公斋沐致祭，退百二十步。事闻朝廷，天子遣刘公谕祭谢焉。

今正德丙子，又北侵，水至大堤，钦差总理河道工部右侍郎兼督察院左佥都御史安福赵公，同漳于季春沐斋戒以祭河神。季夏水发，漳又洁己而祭，遂远退八里。曹、濮等处兵备兼理河道新安[3]吴漳书。

【注释】

[1]本文收录于明代吴山《治河通考》卷上，亦收录于明代杨宏、谢纯《漕运通志》卷九，然《漕运通志》多有删节。今选文依吴山《治河通考》卷上所载。 [2]《地志》：指《汉书·地理志》，刻本做"地至"，今改。 [3]新安：指晋时新安郡。歙属新安郡管辖。

【赏析】

黄河以"善淤、善决、善徙"而著称，向有"三年两决口，百年一改道"之说。据统计，在1946年以前的几千年中，黄河决口泛滥达1593次，较大的改道有26次。改道最北的经海河，出大沽口；最南的经淮河，入长江。黄河改道后，避开的河道，称为黄河故道。黄河故道大致分为三类：荒芜的盐碱地、水草丰美的湿地以及尚存的河道。

汉代黄河大致经今荥阳、惠济区北、武陟东、获嘉南、新乡县南，入延津，后北行入海。金章宗明昌五年后，黄河在原武以下，流经阳武、延津、封丘，南行入海。明代黄河，在潘季驯治理之前，极具变动性。潘季驯治河时，不仅完成了徐州以下的黄河治理，而且对河南境内的堤防也进行了大规模的修筑。自潘季驯以后，中下游河道基本形成。

　　本文所述明正德十一年（1516），吴漳奉敕治理河道。在治理当下的同时，巡视黄河故道，从其论述中，我们可以看到黄河变迁对于政区、人口、农业的变迁影响巨大。

黄河走过邙山下　摄影/孟宪明

夏良胜

夏良胜（生卒年不详，约明武宗正德末前后在世），明代官员、文学家。字于中，南城（今江西省南城县）人。中正德进士，累迁吏部考功员外郎，因谏南巡廷杖归。嘉靖初（1522），复职。著有《东洲初稿》《中庸衍义》，皆收录于《四库全书》中。

砥 柱 赋

稽古先生方与中州君论砥柱为天下奇胜，东观子、西游子挟所见而造焉。稽古先生谓中州君曰："夫二子以游观名，何大观乎，何远游乎？试叩其素于砥柱何如？"东观子曰："予尝慕渤海之胜也，而往观之。刳桂为舟，剡兰为楫。放乎中流，与风疾徐，随波上下，惟适所如。四顾无垠，万象入目。水蒸酿魄，天光倒浸。蛟妖蜃怪，鳌侧鲸骇。为洞为崖，为楼为台。若钧天王都[1]，宛然在眉睫而不可以阶。虽胆掉神瘅，瞑目尸坐，中望隐隐，蚁浮杯停。梗泛槎休，一楫可到。是曰三岛[2]，方丈、瀛洲、蓬莱未扫。曰井曰灶[3]，丹汞未老。琪树[4]交花，蘷[5]尔瑶草。有鹿斯迎，有猿斯导。玉箫宝瑟，惟鸣所好。童服清爽，鹄侍有道。须发如画，颜色渥如赭。羽衣霓裳，燕越黛冶。凫鹥凤骑，云车鹤驾。安期羡门，王乔赤松，不约而来，错杂庑下。于是知神仙果出于尘想，而秦皇汉武所以慕而求之也。"西游子曰："子之观，其尽是也。蹈危犯险以究荒忽茫昧，吾弗为者，而敢望于砥柱也耶？吾尝以山自西来，天地有判。恣一蹇之力，一仆之干。是陟太华而俯视于长安，终南为表，牛首在冠。控桃林，扼蓝田，漆经于东，沮缠于西。千里沃野，陆海奚疑。周卜协吉。镐都曰宜。历秦与汉，自唐及隋。相禅于兹，兽圹鸟栖。惟智攸墍，狂或舍之。庙曰既黍，社曰既屋。摇摇远思，动冈不触。而遗构故筑，遗风余俗。

纷华竞奢，犹有存者。有兰其皋，有椒其丘。披香蕙草，喷气芷洲。明庭深宫，别殿离寝，翼亭崇堦，梗柟其材。丹垩其颜，纹縠[6]疏绮，金玉其班，曲阁回廊。飞甍雕阑，周遭其间。绝壁粉光，残流腻香。荷屋药房，缭以芬芳。朝可遏日，夕可延明。冬毳尔温，夏浴其冰。因人之胜，而夺天之灵。彼甘泉建章，长乐未央，翠微大明，阿房华清，与夫石渠金马，天禄麒麟之名，入烟光而丽繁星。每怪夫班生[7]未辩，张子[8]短才，相如、杜牧，不足以尽上林之奇哉。吾思得周游其间，将置海岛于度外矣。"中州君曰："神仙有无，愚者惑焉。富贵余粕，知者不道。二子将不能上下矣。顾予不翱游，不骋观，举目而望，真意在颡[9]。是砥柱之壮，将吞二子所见于胸中而不妄。"二子曰："有是哉。"中州君曰："蘬躬之降，在洛之阳。天地所会，阴阳所藏。嵩丘隆居，伊缠中贯。百尔鸠孕，莫之具状。试举巨丽之殊绝者，而与子讲夫柱之在中流也。广非逾渤，高不逮华。以为金耶，火不可冶。以为石耶，溜不可泻。惟孤撑于寰穹，而混碧于长空。想像其巅，摩天之连。缤错其趾，奠河之底。岍岐掎之，太行比之。雷首壶口，析城、王屋。以辅以翼，以引以缩。若振业驱驰，御主于仆。远应近瞻，颐气使膂，可怒可訾而莫违。其所至，若挥云遁雨，揽雾祛霞。宿月落星，风飚号下。晴空蒙蒙，帷幕可架。朝隮未断，削出嵯岈。欺雪山，渺冰谷下视巫峡之非险，而铁崖之在陆。其所足多，尤据黄河。驾山轰隧，翻海荡波。跃跃金璧，澄澄绮罗。击射撼震，龈啮伊那。欲究其源之出也，亦不知其几何。吐蕃有泉，殆百余泓，火敦脑儿，水母乃生。是星宿海，自天而受。陇西出塞，弱不负芥。闷磨黎屺，昆仑突起。中高四下，东北溃迤而与积石相比。葱岭、于阗，菖蒲海徙。潜行地中，浊流伊始。龙门湮沦，流沙孟津，华阴洛汭，泾渭并济。九河分合，绵亘万亿，而柱之屹然，适要其会。亦有岩崖倾欹，涧硲逶迤。崚嶒呀欱，随所附丽。然而望之不可登，济之不可系。故禽兽是厎，万翼千蹄。射弹奚惊，而毕罗不至。又安得供三豆而狄薙？以至浮鸥浴鹔，濯鸡吐鸬[10]，落雁漂凫。输芒有蠏，孕珠有蠃。文身跛足，毒螭灵鼍[11]，鳠鳏鲫鲂，鲔鳢鳝虾之类。一有负固，则若水府所畜。天吴[12]所妒，大罟绝网，丽挂钩铒，亦何所措。钓徒榜人，垂涎朵颐，安能致之？膏焉卤就脔切，而厌饫于口脂。若夫夏木蔽光，殆不可章。苟命以延，若倚若眠，若犇若骞。根绞枝压，若龙虎之斗，风霆之颠。帝王屈力，匠氏黜巧，终不得以斧斤而寻焉。是所托也，犹然固宜。历古今，穷造化，无尺寸之推迁。是故大人君子，忠臣义士，振尔颓波，奋激陈义。不知刀锯鼎镬之在前，而任天下之重。足以扶危而持颠，将举是而名旃。尔二子之所见者，视此为何如焉？"稽古先生喟然叹曰："予东西南北人也，固知中州。君探禹穴[13]者，言大而非夸。夫二子真不逮耶。"

呜呼噫嘻，流俗滔滔，莫知所裁。拟斯柱者几何人哉？中州君无较也，无较也。益以伤予之怀。

【注释】

[1]钧天王都：钧天，天的中央，古代神话传说中天帝住的地方。王都，天子的都城。亦指天帝住的地方。 [2]三岛：指传说中的蓬莱、方丈、瀛洲三座海上仙山。亦泛指仙境。 [3]井、灶：四川、云南、天津等地煎制井盐的工场。这里指神仙炼丹的工具。 [4]琪树：仙境中的玉树。 [5]蹙：通"蹴"，踩踏。 [6]纹縠：即縠纹，绉纱的皱状纹。这里指水波纹。 [7]班生：班固（32—92），字孟坚，扶风安陵（今陕西咸阳东北）人，东汉著名史学家、文学家。 [8]张子：张衡（78—139），字平子，南阳西鄂（今河南南阳市石桥镇）人。南阳五圣之一，与司马相如、扬雄、班固并称汉赋四大家。 [9]颡：额头，这里指脑中。鹔：《说文解字》载："鹔，鹔鹴也。"鹔鹴即"赤头鹭"。嘴长，脚高，体长约五十厘米。入夏，雄的头、颈及羽冠呈栗红色。 [10]鸬：鸬鹚，俗称"鱼鹰"，羽毛黑色，有绿光，善捕鱼。渔人常用来捕鱼。又名"乌鬼""水老鸦"。 [11]鼍：钝吻鳄科的一种爬行动物。亦称"鼍龙"，俗称"猪婆龙"。这里泛指爬行动物。 [12]天吴：中国古代神话传说中的水

神。《山海经·海外东经》载:"朝阳之谷,神曰天吴,是为水伯。"《山海经·大荒东经》载:"有神人,八首人面,虎身十尾,名曰天吴。"[13]禹穴:指砥柱山。

【赏析】

砥柱山位于河南省三门峡黄河中间,有神门、鬼门、人门等三门。传说上古时代,因这座山堵塞了黄河的河道,河水不能畅通。夏禹治水时,凿宽山两侧的河道,使河水分流而过,这座山就像一根高大的石柱,矗立在黄河的急流之中,砥柱山由此得名。在河南三门峡汹涌东下的黄河急流直对砥柱山冲去之时,这根高大的"石柱"却迎着险恶水势,巍然屹立,毫不动摇。因此,古人常用"中流砥柱"来比喻在艰难险恶动荡的环境中起巨大支持作用的力量和人物。

夏良胜《砥柱赋》的行文构思较为奇特,以东观子和西游子神游为开端,历数仙境的美妙,接下来描述了中州君实地游览砥柱山的所见所闻。二者形成鲜明的对比,砥柱山坚毅的精神及美妙的自然、深厚的人文内涵跃然纸上。

黄河古栈道的山与水　摄影／王伟

徐有贞

徐有贞（1407—1472），明代治河名臣、文学家。初名珵，字元玉，又字元武，晚号天全翁，南直隶苏州府吴县（今江苏苏州）人，明宣宗宣德八年（1433）进士，历任翰林院庶吉士、编修、侍讲，景泰年间担任金都御史，到山东治理黄河水患，因功升任副都御史。景泰八年（1457），徐有贞与石亨、曹吉祥等人策划发动夺门之变，拥戴明英宗复辟，被拜为华盖殿大学士、兵部尚书，封武功伯。著有《武功集》。

敕修河道功完之碑[1]

惟景泰纪元之四年冬十月十有一日，天子以河决沙湾，久弗克治。集左右丞弼暨百执事之臣于文渊阁，议举可以治水者。金以臣有贞应诏，乃锡玺书命之行。天子若曰："咨尔有贞，惟河决，于今十年，东方之民，厄于昏垫，劳于湮筑，靡有宁居。既屡遣治，而弗即功。转漕道阻，国计是虞，朕甚忧之。兹以命尔，尔其往治，钦哉。"

臣有贞祇承惟谨。既至，乃奉扬明命，戒吏饬工，抚用士众，咨询群策，率兴厥事。已乃周爰巡行，自北东徂南西，踰济、汶，沿卫及沁，循大河道濮、范以还。既究厥源流，因度地行水，乃上陈于天子曰："臣闻凡平水土，其要在知天时、地利、人事而已。天时既经，地利既纬，而人事于是乎尽。且夫水之为性，可顺焉以导，不可逆焉以堙。禹之行水，行所无事，用此道也。今势反是，治所以难。盖河自雍而豫，出险固而之夷斥。其水之势既肆，又由豫而兖，土益疏，水益肆，而沙湾之东，所谓大洪之口者，适当其冲，于是决焉，而夺济、汶入海之路以去。诸水从之而泄，堤以溃，渠以淤，涝则溢，旱则涸，此漕途所为阻者与。然欲骤而堙焉，则不可。故溃者益溃，淤者益淤，而莫之救也。今欲救之，请先疏其水，水势平，乃治其决。决止，乃浚其淤。因为之方，以时节宣，俾无溢涸之患，必如是而后有成。"制曰："可。"

臣有贞乃经营焉。作治水之闸，疏水之渠。渠起张秋金堤之首，西南行九里而至濮阳之泺，又九里而至博陵之陂，又六里而至寿张之沙河，又八里而至东西影塘，又十有五里而至白岭之湾，又三里而至李崔之崖，由李崔而上，又二十里而至竹口莲花之池，又三十里而至大潴之潭，乃逾范暨濮。又上而西北数百里，经澶渊以接河、沁。河、沁之水，过则害，微则利，故遏其过而导其微，用平水势。

既成，名其渠曰"广济"，闸曰"通源"。渠有分合，而闸有上下。凡河流之旁出而不顺者，则堰之。堰有九，长袤皆至丈万。九堰既设，其水遂不东冲沙湾，乃更北出，以济漕渠之涸。阿西、鄄东、曹南、郓北之水，出沮洳而资灌溉者，为顷百数十万。行旅既便，居民既安，有贞知事可集。乃参综古法，择其善而为之，加神用焉。爰作大堰，其上楗以水门，其下缭以虹堤。堰之崇，二[2]十有六尺，其厚什之，长伯之门之广，三十有六丈，厚倍之。堤之厚如门，崇如堰，而长倍之。架涛截流，栅木络竹，实之石而键之铁。盖合土、木、火、金而一之，用平水性。

既乃导汶、泗之源，而出诸川，汇澶濮之流，而纳之泽。遂浚漕渠，由沙湾而北，至于临清，凡二百四十里。南至于济宁，凡二百一十里。复作放水之闸于东昌之龙湾、魏湾凡八。为水之度，其盈过丈，则放而泄之，皆通古河以入于海。上制其源，下放其流。既有所节，且有所宣，用平水道。

由是，水害以除，水利以兴。初，议者多难其事，至欲弃渠弗治，而由河、沁及海以漕，然卒不可行也。时又有发京军疏河之议。有贞因奏蠲濒河州县之民马牧庸役，而专事河防，以省军费，纾民力。天子从之。

是役也，凡用人工聚而间役者四万五千有奇，分而常役者万三千有奇，用木大小之材九万六千有奇，用竹以竿计倍木之数，用铁为斤十有二万，铤三千，絙百八，釜二千八百有奇，用麻百万，荆倍之，槁秸又倍之，而用石若土则不计其算。然其用粮于官以石计，仅五万而止焉。自始告祭兴工至于工毕，凡五百五十有五日。于是水官佐工部主事臣诩、参议山东布政使司臣云鹏、山东按察司事臣兰等，咸以为惟水之治，自古为难矧。兹地当两京之中，天下之转输贡赋所由以达，使终弗治，其为患孰大焉。夫白之渠以溉不以漕，郑之渠以漕不以贡，而工皆累年，费者钜亿。若武之瓠子不以溉，不以漕，又不以贡，而役久弗成，兵民俱敝，至躬劳万乘投璧马吁神祇而后已。以彼视此，孰轻孰重，孰难孰易。乃今役不再期，费不重科，以溉焉，以漕焉，无弗便者，是于军国之计，生民之资大矣厚矣。其可以无纪述于来世。臣有贞曰：凡此成功，实惟我圣天子之致，所以俾臣之克效，不夺浮议，非天子之至明，孰恃焉。所以俾民之克宁，不苦重役，非天子之至仁，孰赖焉。有贞之于臣职，其惟弗称是惧，矧敢贪天之功，惟夫至明至仁之德不可以弗纪也。臣有贞尝备员翰林，国史身亲承乏，不可以嫌故自辍，乃拜手稽首而为之文。

曰：

皇奠九有，历年维久，延天之祐，既豫而丰。有部以蒙，见沫日中，阳九百六，数丁厥鞫。龙地起陆，水失其行，河决东平，漕渠以倾。否泰相乘，运维中兴，殷忧乃凝，天子曰吁。是任在予，予可弗图，图之孔亟，岁行七易。曾靡底绩，王会在兹，国赋在兹，民便在兹。孰其干济，其为予治，去害而利，惟汝有贞。勉为朕行，便宜是经，臣拜受命，朝俨夕儆。将事惟敬，载驱载驰，载谋载度，以为乃分厥势，乃堤厥溃，乃疏厥滞。分者既顺，堤者既定，疏者既浚，乃作水门，键制其根，河防永存。有埽[3]如龙，有堰如虹，护之重重，水性斯从，水利斯通，水道斯同，以漕以贡，以莫不用。邦计维重，惟天子明，浮议弗行，功是用成。惟天子仁，加惠东民，民是用宁。臣拜稽首，天子万寿，仁明是懋。爰纪厥实，勒兹贞石，昭示无极。

【注释】

[1]明正统十三年（1448），黄河决口于新乡八柳村，冲张秋，运河河道被毁，时工部侍郎王永和、工部尚书石璞治理无果。景泰四年（1453），明代宗任命徐有贞为都察院佥都御史，治理沙湾河道。历时近两年完工，水平漕畅。景泰六年（1455）竣工，当地修建了水河神祠，徐有贞亲自撰文、书丹，在祠内立"敕修河道功完之碑"。1990年3月，"敕修河道功完之碑"由八里庙村民挖土时掘出。 [2]二：今本"涵芬楼抄本"《明文海》作"二"，核"文渊阁四库全书"《北河纪》《明文衡》《文章辨体汇选》所录此文，皆作"三"。 [3]埽：治河时用来护堤堵口的器材，用树枝、秫秸、石头等捆扎而成。

【赏析】

明正统十三年（1448），黄河于新乡八柳村决口，洪水直冲张秋镇（今属山东阳谷县），沙湾（今濮阳市台前县八里庙村南）一带运河河道被毁，南北漕运大动脉几乎中断，朝廷先后派工部侍郎王永和、工部尚书石璞等治理沙湾河道，工程均失败。景泰四年（1453）十月，明代宗又任命徐有贞为都察院佥都御史，治理沙湾河道。徐有贞到沙湾后，对地形水势进行了详细查勘。最后集思广益，开创性地提出了置水门、开支河、浚河道的治河三策。该方案得到朝廷批准后立即开始实施。徐有贞这次治河，采取了疏、塞、浚并举的办法，耗费物资数以万计，河工五万八千余人，历时近两年，于景泰六年（1455）七月完工。此后山东河患减少，漕运通畅。工程竣工后，徐有贞主持在当地（今八里庙村）修建了水河神祠，并亲自撰文、书丹，在祠内立"敕修河道功完之碑"。

1990年3月，"敕修河道功完之碑"由八里庙村民挖土时掘出。碑文及书丹均出自明左佥都御史徐有贞之手，书法挺拔秀丽，气韵神采俱佳。碑文记载了徐有贞治河的过程及用土、用料、建闸数目等，是除害兴利的经验总结。该碑的出土是治黄史上的重大发现，为研究治理黄河与运河并举提供了珍贵资料。

言河湾治河三策疏（河湾治河）[1]

计开[2]：

一、置造水门。

臣闻水之性可使之通流，不可使之堙塞。昔禹凿龙门，辟伊阙，无非为疏导计。故汉武之堙瓠子，终弗成功，汉明之疏汴渠，逾年著绩，此其明验也。世之言治水者虽多，然于沙湾，独乐浪王景所述"制水门"之法可取。盖沙湾地土皆沙，易致坍决。故作坝作闸，皆非善计。臣请依景法为之，而加损益于其间。置门于水而实其底，令高常水五尺，水小则可拘之，以济运河，水大则疏之，使趋于海。如是则有通流之利。无堙塞之患矣。

二、开分水河。

凡水势大者宜分，小者宜合。分以去其害，合以取其利。今黄河之势大（但苦沙多易淤耳），故恒冲决。运河之势小，故恒干浅，必分黄河水，合运河，则可去其害而取其利。请相黄河地形水势，于可分之处，开成广济河一道。下穿濮阳、博陵二泊，及旧沙河二十余里。上连东西影塘，及小岭等地，又数十里余。其内则有古大金堤，可倚以为固。其外则有八百里梁山泊，可恃以为泄。至于新置二闸，亦坚牢可以宣节之。使黄河水大，不至泛滥为害，小亦不至干浅。以阻漕运。

三、挑深运河。

臣惟水行地中，避高趋卑，势莫能遏。故河道深，则能蓄水，浅则弗能。今运河自永乐间，尚书宋礼即会通河浚之。其深三丈，其水丈余。但以流沙（汶、四之水清，尚有此患，安可引入黄河耶。地形口可缓，胡、桃浚急，则严闸禁可也），恒多淤塞。后平江伯陈瑄为设浅铺，又督军丁兼挑故常疏通，久乃废弛而河沙益圩不已。渐至浅狭，今之河底乃与昔之岸平，其视盐河上下固悬绝。上比黄河来处，亦差丈余，下比卫河接处，亦差数尺。所以取水则难，走水则易，诚宜浚之如旧。

【注释】

［1］此文于传世《武功集》无载，然可见于《明史》《居济一得》《行水金鉴》《明经世文编》《山东通志》等籍，或略述或全存。今以《明经世文编》卷三十七之《武功集》所录为选文依据。文中括号内文字为别本所无。 ［2］计开：逐项开列。

【赏析】

本文为徐有贞在治理黄河中所使用的具体实施办法。明景泰四年（1453）十月，督察院佥都御史徐有贞奉敕治理沙湾河道。徐有贞在广泛征求意见以及实地勘察的基础之上，形成"河湾三策"，即本文所录之《言河湾治河三策疏》。徐有贞的"河湾三策"包括增置水门、开分水河、挖深运河等措施。他通过对前人治河经验的梳理，结合沙湾河道与淤沙的实际情况，采取以疏为主的措施，与王景以后普遍采用的置水闸之法有所不同。新增置水闸的启闭不但能够调节水流，也调节了借黄入运的通水量，在最大程度上保证了运河通航所需要的水量，也避免了黄河水大可能会冲击运河的隐患。

杨慎

杨慎（1488—1559），明代史学家、文学家。字用修，初号月溪、升庵，又号逸史氏、博南山人、洞天真逸、滇南戍史、金马碧鸡老兵等。四川新都（今四川省成都市新都区）人。明代三才子之首，东阁大学士杨廷和之子。正德六年（1511）状元及第，官翰林院修撰，参与编修《武宗实录》。世宗继位，复为翰林修撰，任经筵讲官。嘉靖三年（1524），因"大礼议"受廷杖，谪戍于云南永昌卫。曾率家奴助平寻甸安铨、武定凤朝文叛乱，此后虽往返于四川、云南等地，仍终老于永昌卫。嘉靖三十八年（1559），杨慎卒于戍所。明穆宗时追赠光禄寺少卿，明熹宗时追谥"文宪"，世称"杨文宪"。杨慎在滇南三十年，博览群书。后人论及明代记诵之博、著述之富，推杨慎为第一。其又能文、词及散曲，论古考证之作范围颇广。诗作沉酣六朝，揽采晚唐，创为渊博靡丽之词，造诣深厚，独立于当时风气之外。著作达四百余种，具体数目，今已不可考，后人辑为《升庵集》。

黄 河 源

按：《史记》云：河有两源：一出葱岭，一出于阗，合流东注蒲昌海。伏流地中，南出积石，其山多玉石。武帝因按古图书，名河所出山，曰"昆仑"。

班固以骞为未尝见昆仑。唐·薛元鼎[1]使吐蕃，自陇西成纪，出塞二千里，得源于闷磨黎山。中高四下，所谓昆仑水。东北流与积石河相连，河源澄莹，冬春可涉，下稍合流，色赤。益远他水并注，遂浊。吐蕃，亦自言昆仑在其西南。故《蔡氏尚书·禹贡传》[2]兼取二说，而归是于薛。然皆非耳目闻见之实论。

元至元十七年，命都实佩金虎符，往求河源，自河州四阅月，始抵其处。学士潘昂霄述其所见为志，谓河源出吐蕃朵甘思西鄙，有泉百余泓，沮洳涣散，方可七八十里。自上瞰之如列星，群流奔辏五七里，汇二巨泽。自西而东，经历可半月，合赤宾河，其流浸大，始名黄河，然水犹清。又一二日，岐八九股，行可二十日，至朵甘思东北，有大雪山，即昆仑也。自是凡十八日，河水北行，转西昆仑北，一东北流可二十日，至《禹贡》"积石"。自发源至汉地，南北溪涧，分流合派，莫知纪极，至积石，始林木畅茂。及考临川朱思本，得译出梵字图书，其间分合转折，与志或异，而昆仑、积石，地域远近，大要相同。大概谓河源东北流，所历皆西番地，至兰州，凡四千五百余里，始入中国。又东北流，过胡地，凡二千五百余里。

始考张骞使西域，所至惟大月氏、大宛、大夏、康居，其余旁国，皆得之传闻。徒见盐泽伏流，至于积石再出，遂谓此为河源，诚未睹昆仑。班固非之宜矣。元鼎虽亦以使事往吐蕃，然履历有序，其言昆仑山水，委曲可信，故《蔡传》以元鼎之言为近，然亦未究极至。元有天下，薄海内外，皆置驿使，通道绝域，如行国中。都实又特以河源事往，所诣多乡道指授，其所纪载，当有证据。然后知于阗、盐泽、昆仑、积石，一皆河流所经，去源犹远。譬诸常山之蛇，张骞见其尾，元鼎见其腹，而都实所至，昂霄所纪，庶几见其全体矣。

虽然，中夏[3]内事，有干人纪者，君子所当知，中夏外事，无预于人者，君子所当略，故《禹贡》止书"导河积石，至于龙门"，其下经过播逆入海之处，则备及之，意盖有在矣。后世振决荡拆，河流在中国者，代无善捍之策，而反远求其源于荒绝之外，欲何为邪？姑并录之，以具观考。

【注释】

［1］薛元鼎：应为刘元鼎之讹，或源于南宋时蔡沈《书集传》。清代阎若璩已注意到此问题，其《尚书古文疏证》第八十六《唐书》刘元鼎"注曰："《蔡传》'刘'作'薛'，非。唐有薛大鼎，无薛元鼎也。《元史》河源附录亦作'薛'，似沿《蔡传》。"刘元鼎，唐汴州尉氏人。德宗贞元五年（789）进士。宪宗元和中，累官员外郎、慈州刺史。穆宗长庆元年（821），吐蕃请盟，授大理卿兼御史大夫，充两番会盟使。于京城盟毕，又赴吐蕃就盟，会盟地点在吐蕃逻些（今西藏自治区拉萨市），这次唐蕃会盟的盟文用汉藏两种文字刻在"长庆会盟碑"上，该碑至今屹立在拉萨大昭寺前，成为

汉藏两族兄弟友情的历史见证。刘元鼎入蕃会盟往返均途经今青海境内黄河上游，归长安后写出《使吐蕃经见纪略》，详细描述了沿途山川地貌，尤其对黄河河源的地理状况做了细致的描述。［2］蔡氏：指蔡沈（1167—1230），字仲默，号九峰，南宋建州建阳（今福建省南平市建阳区）人。著有《书集传》，或称《蔡传》，其书融汇众说，注释明晰，为元代以后试士必用。［3］中夏：指华夏，中国。

【赏析】

　　杨慎堪称明朝第一才子，所著《丹铅录》系列资料庞杂，被视为开明代考据学之端。

　　本文名为《黄河源》，实则为史料中黄河源的记录汇编，取材于《禹贡》《史记》《汉书》《书集传》《元史》等，皆为实录，并未作过多的辨证。正如作者所言，"姑并录之，以具观考"。

　　对于黄河源的象征意义，杨慎在其《词品》中有所谈及，其曰："填词必溯六朝，亦昔人穷探黄河源之意也。"可以看出杨慎虽对前人探寻河源颇有微词，但"河源"之探，似乎应是文学活动的必备动作。

九曲黄河[1]

　　《河图纬象》[2]曰："黄河出昆仑山，东北流千里，折西而行，至于蒲山，南流千里，至于华山之阴。东流千里，至于桓雍。北流千里，至于下津。河水九曲，长九千里，入于渤海。"《水经注》曰："黄河百里一小曲，千里一曲一直。"《新唐书》云："天宝中，哥舒翰[3]破吐蕃洪济、大莫等城，收黄河九曲，以其地置西海郡。"

【注释】

　　［1］本文收录于《太史升庵文集》卷七十六，又收录于杨慎所著《丹铅总录》卷二中，名曰《黄河九曲》，文字多有不同，今亦录于兹。《黄河九曲》载："黄河九曲，其说出于《河图纬象》，今录于此：'河导昆仑山，名地首，上为权势星，一曲也；东流千里至规其山，名地契，上为距楼星，二曲也；邠南千里至积石山，名地肩，上为

别符星，三曲也；邠南千里入陇首间，抵龙门首，名地根，上为营室星，四曲也；南流千里抵龙首，至卷重山，名地咽，上为卷舌星，五曲也；东流贯砥柱，触阔流山，名地喉，上为枢星，以运七政，六曲也；西距卷重山，东至洛会，名地神，上为纪星，七曲也；东流至大岯山，名地肱，上为辅星，八曲也；东流过绛水千里至大陆，名地腹，上为虚星，九曲也。'元学士潘昂霄《河源志》：'黄河九折，胡地有二折，盖乞而马出，反必赤里也。'《禹贡》：'导河至积石'，以此参考之，《河图象纬》及《河源志》与《禹贡》一一皆合。"［2］《河图象纬》：此书今存有残卷，其作者、成书已不可考。残卷收录于明代孙瑴《古微书》卷三十二中，据孙瑴所述，《河图象纬·九曲黄河》原文见于《始开图》，而语少略，据杨用修引文辑补。［3］哥舒翰（704—757）：复姓哥舒，安西龟兹（今新疆维吾尔自治区阿克苏地区库车市）人，突骑施族。唐朝名将，安西副都护哥舒道元之子。安史之乱后，拜检校左仆射、同平章事，前赴潼关拒敌半年。在宰相杨国忠催促下，仓促出战，发动灵宝之战，兵败被俘，被囚于洛阳。至德二年（757），为反贼安庆绪所害，追赠太尉，谥号"武愍"。

【赏析】

九曲黄河的内涵，在不同时代、不同作品中有所不同。本文所选的《太史升庵文集》与《丹铅总录》虽都是杨慎的著作，但其间文字记载也有较大的差别。选材来源于《河图纬象》《水经注》《新唐书》，其中《新唐书》中的"黄河九曲"与我们一般所讲的"九曲黄河"有所不同，读者应有所辨识。《新唐书》中的"黄河九曲"特指青海一带，黄河在青海境内自上而下流经曲玛莱、玛多、甘德、达日、久治、玛沁、河南蒙旗、同德、贵南、兴海、共和、贵德、尖扎、化隆、循化、民和十六县，流程1455多公里，其间辟有许多黄河古渡口。一般意义上的九曲黄河，则指黄河流经的九个省区。

袁袠

袁袠（1499—1548），明代文学家。字补之，号谷虚。明南直隶苏州府吴县（今属江苏）人。嘉靖十七年（1538）进士，授江西庐陵知县，擢礼部仪制司主事，升署员外郎，广西佥事，引疾归。著《世纬》《袁永之集》。《世纬》一书收录于《四库全书》，《袁永之集》又名《胥台集》，收录于《四库全书总目》。

河清颂（有序）

明统天基命[1]，玄化浸潭[2]。休烈宣章，珍符灵契。谲傥曼衍，纷纶旁魄。揭之策书传诸故老，难可悉究。肆我皇上度宗[3]视朔，迪喆考祥。盖六载于兹而黄河清焉。肇自灵宝，达于平阳，六日为期，凡五十里。澄逾沧浪，洌并湘渭。邑居聚观，司府列状。谨按《孝经援神契》曰："河者，水伯，上应天汉。"《京房易传》曰："河水清，天下平。"《易坤灵图》曰："圣人受命，瑞见于河。"是故历代宝焉，以为圣哲泰亨之征。昔宋元嘉中，鲍照作《河清颂》。彼偏方闰纪，政荒民慢，犹且阔诞矜夸。盛称幽明同赞，神祇与能。矧我四隩同风，八蛮底贡，雨阳若时，昆虫阆泽[4]。协气薰蒸，讴歌弥布。爰降显实，以昭景福。凡我王臣，鼓舞抃跃。夫稽之图纬既如彼，考之功庸则如此。而皇上方谦冲警惕，懿铄弗居，祭告惟谨。然兹事非细，不有述作，曷示康休。臣谨作颂。虽词义鄙猥，文采不足，庶以揄扬盛美，褒赞德业，被之乐章。窃附雅颂云。

颂曰：

咨大河兮，发源昆仑。道崞崿[5]积石兮，骇奔龙门。疏九道兮，曰钩盘、鬲津，浮漓[6]溇漫[7]兮，激庆襄陵。趋倾赴壑兮，兼包并吞。濛瀁[8]潇洞[9]兮，逝者徂征。潜流地中兮，灉沮是经。并渠千七百川兮，汩漱[10]壤坟[11]。脉络纵横兮，溷淆浊黄。曲直叠折兮，浩浩汤汤[12]。泾水仟石兮，其泥数钟。人寿几何兮，河清靡常。於皇受命兮，肇兹吉康。斤斤不显兮，上帝降福简穰[13]。河水清兮，锡贶豫梁[14]。亘下上兮，达于冀方。水维缓兮，湜湜其清。清且澜兮，灏溔[15]扬焆[16]。冲风谧兮，蠙珠[17]曜光。阳侯弭节兮，河伯献祥。龟龙负图兮，游戏水中央。嶃嶃齿齿石泐[18]崿[19]兮，藻繁荣瞚[20]，淇园之竹。青青如箦兮，璧珏下列。河水清兮，皇心豫说。皇谦冲兮，凤夜忧勤。曰皇天无私兮，惟善是亲。谓河清为异瑞兮，无若康兹小民。绥远为迩兮，在予一人。迓天休兮，敬共明神，神怀柔兮，小民敉宁[21]。时雨时阳兮，丰年屡臻。截九有兮，天衢之亨。允犹翕河兮，地天平成。缵禹功兮，侈厥颂声。亿万万兮，孝孙有庆。

【注释】

[1]天基命：谓人主初受天命而就位。 [2]浸潭：逐渐。 [3]度宗：居尊位。指就天子位。度，同"宅"。 [4]闿泽：亦作"闿怿"。和乐貌。 [5]崒崿：高峻。 [6]浡潏：水沸涌貌。 [7]溁漫：水广远貌。 [8]灏瀇：水势相激貌。灏，音凭。瀇，音愈。 [9]湍沸：峻波。湍，音陷。沸，音聃。 [10]汩漱：淹没冲刷。 [11]壤坟：高起的土地。 [12]汤汤：水势浩大，水流很急。 [13]降福简穰：降福简简、降福穰穰的简略语。简简，广大、盛大的样子。穰穰，丰盛繁多的样子。 [14]锡贶：锡，通"赐"，赐给。贶，赐、赏赐。锡贶豫梁，典出《梁书·傅昭传》，史曰："明帝践阼，引昭为中书通事舍人。时居此职者，皆权倾天下，昭独廉静，无所干豫，器服率陋，身安粗粝。常插烛板床，明帝闻之，赐漆合烛盘。敕曰：'卿有古人之风，故赐卿古人之物。'" [15]灏溔：水深而清澈。 [16]扬焆：指扬起的水雾。扬，向上播散，飘扬。焆，烟貌。 [17]蠙珠：珍珠。 [18]泐：石头因风化遇水而形成的裂纹。音"勒"。 [19]崿：山崖。音"谔"。 [20]瞚：眼睛转动的样子。音"镒"。 [21]敉宁：抚定，安定。

【赏析】

以河清颂盛世，自南朝宋鲍照《河清颂》以后，历代不乏作家作品。综观这些作品，以争议较大的皇帝即位，或有重大事件发生以后，会出现不少这样的颂文。本文作于明嘉靖年间,嘉靖皇帝的即位在当时以及后世并未有什么争议,但是其执政期间却有许多"河清颂"这样的文章出现,其背后的原因则是一场死亡人数众多、余震持续十七年的地震。

《明史》记载:"(嘉靖)三十四年十二月壬寅,山西、陕西、河南同时地震。"当时,"震风解瓦,飞沙镇压,五尺之童,无不惊骇"。由于地震于午夜(子时)发生,多数人还在熟睡之中,所以导致八十三万人死亡,死亡人数与黄河泛滥造成的伤亡相当,是中国有记录至今死亡人数最多的地震,更是全球历史上死亡人数最多的地震,方圆两千里(800公里)的人口有六成死亡。包括韩邦奇、马理、薛祖学、贺承光、王尚礼、白大用、杨九泽,以及刚刚被晋升南京国子监祭酒的王维桢,其余不知名死者,更不可胜数。这场地震造成了黄河澄清的景象,本文正是这场灾难以后的颂文。

青蒿满地　摄影/孟宪明

张永明

张永明（1499—1566），明代文学家。字钟诚，号临溪，乌程（今浙江省湖州市）人。嘉靖十四年（1535）进士。除芜湖知县，擢南京刑科给事中。出为江西参议，累迁云南副使、山西左布政使，以右副都御史巡抚河南，嘉靖四十一年（1562）五月进刑部尚书。九月改左都御史。张永明素清谨，掌宪在严嵩罢后，以整饬纲维为己任。四十五年（1566）十月五日为言官所劾，力求去，诏许驰驿归。卒赠太子少保，谥"庄僖"。著有《张庄僖公文集》。

奏为预早设法以杜河患事

钦差巡抚河南等处地方，都察院右副都御史，臣张永明[1]谨题为《预早设法以杜河患事》。

臣接管卷查，嘉靖三十八年二月十七日准工部咨该，周王在铤[2]奏称："黄河旧在河南省城北二十里外，自西而东，经流入海，然泇流自北而南，直冲省城，横波泛滥，日渐南侵，离城仅十余里。患切封域，乞行浚治等因奏。"奉圣旨："该部知道，钦此钦遵。"

该本部议照。会城[3]重镇，若黄河南侵，诚所当虑。但未经该省抚按官员奏报，应行勘处，除行都察院，转行巡按御史，会同踏勘外，合咨前去，烦为督同布、按二司，掌印，守巡，管河等官，亲诣河流处所，逐一踏勘要见前项。水势见今是否南侵，止离城十余里，应作何设法浚治，使复故道，其兴举工程，合用夫力，应作何措办，如合用财力数多，事体重大，径自具由奏请定夺。若工程稍易，可以随势堤防，所费财力不多，就便区处，仍咨行本部，查考施行等因备咨。

前巡抚河南等处地方都察院右佥都御史章焕，会同巡按河南监察御史陈瓒，案行布、按二司，掌印，并守巡，管河等官，踏勘浚治。本年二月十八日，又准工部咨为紧急河患事，该前巡抚河南等处地方都察院右佥都御史章焕，题该本部议拟，合候命下，咨行本官会同巡按御史，亲诣河流处所，督同都、布、按三司，掌印，守巡，并管河副使，及该府、州、县，掌印，管河等官，再行相度。如果前议允，当别无异议，即使调集夫役，动支无碍官钱，先将翟家口对岸地方，择吉祭告，兴工挑挖，务期大势之水引注东流。然后广集众思，或别挑支河以杀将来水势，或培筑堤岸以防后日疏虞，务使河患永息，民生有赖等因覆题。奉圣旨："是。钦此钦遵。"备咨前来，又经案行都、布、按三司，掌印，并守巡，管河等官查勘挑筑。本年八月初四日，又准工部咨为"灾患非常恳乞圣明俯念重地早为议处以安人心事"。该前巡抚河南右佥都御史章焕，题该本部议拟，合候命下，咨行接管巡抚右副都御史张永明，会同巡按御史，督同都、布、按三司，掌印，守巡，并各府、州、县，掌印，各管河等官，先将近省旧堤岸增筑高厚，以防再至其中牟等县泛溢水潦，去处随宜疏导、捍御，以祛民患。及原议挑挖翟家口对岸，或别挑支河，或培筑堤岸，或别有长策，一应救时之宜，善后之略，务要多方谋议，计策万全，务使水归故道，始为全功。合用钱粮，查照旧规。动支应用，若有干涉总理河道衙门，亦要会同区处，共济时艰，倘钱粮不敷，应须别处，亦听计处停当，会奏前来，以凭覆请定夺。事完，通将先后开浚过工程，用使过钱粮、夫役，各数目造册奏缴等因覆题。奉圣旨："是。钦此钦遵。"备咨到臣，随经催行都、布、按三司，掌印，并守巡，管河等官，将原议欲于翟家口开河，引水东流事宜备查。所开河口广狭，该若干深浅，该若干合用钱粮，该若干夫役，该若干何时可以兴工，何时可以就绪，果否能挽河水东流，使复归故道，及别挑支河，果否能杀水势，于人情事体有无窒碍。至于近省堤岸，若增筑高厚，果否可保无虞，及中牟等县低潦去处，作何区处，可以保护城池，使小民得遂安养，一并查议的确。呈报去后，本年九月内续据布政司呈，该左布政使吕时中议照。河源发自绝域，不知几千万里，九折以达中国。潼关而上，泾、渭诸水合流，至陕州则势已渐大，而群山夹岸，未遂弥漫。河南怀庆以下，渐受济、洛、沁、汜等河众流萃汇，遂为天地巨津，而北方之水，盖莫有大于黄河者。

宋室都汴，代有经略，然近省者，惟汴、蔡诸水，而黄河经城东北达海。至元时，河始南徙，逼近开封，合汴、泗以入淮。我朝自正统及弘治以来，虽分决泛溢靡常，而入淮如故，此河南怀庆、开封归德一带，累遭冲决之患，而徐、邳以下，接济运道，利亦有之。至于绕城筑堤，赖以防护，则自宋元以来，咸恃以为安。而我朝间有河水忽涨，突入为害者，则以建都与列省既异其制，而经略与废弛又异其防耳，使其岁加补筑，不令有缺豁坦薄之处，则暴水虽至，亦安能为害哉。爰自去年八月翟家口东岸渐淤，是以河流渐南，南岸既啮，则北岸益淤，日淤日啮，渐逼省城，亦其势也。随该周王暨前巡抚章都御史各奏，奉钦依备行前来，复议时以事体重大，议论纷纭，持久未定。今年六月，忽遇大雨，经旬不止，致将原武判官村冲决一处，散漫横流，浸绕中牟等县，以及开封大堤。议者遂以为翟家口直河不挑，则近省南岸之侵啮，何时可挽。此其说不必遐引远譬，即以判官村决口八百余丈，狂澜肆溢，怀襄无涯，而大河之水拍岸盈流，未见减去。窃恐直河虽挑，亦无以杀南侵之势也。有为神河之说者，以为黄河巨浸，有神司焉，挑之徒费人力无益，此固荒诞无据不足为凭。有为或东或西，倏南倏北，迁徙无常之说者，亦以为挑之无益。其言似矣，而未究其故。盖河流混浊，泥沙相半，昔人谓一石水而六斗泥，盖已试之言。顾水流有缓急，缓急所向，亦无定形，亦无定处。流缓则泥渟，泥渐渟，则地渐高。流急则泥浏，泥渐浏，则地渐低。积高成淤，积低成决，故缓急之势，高低之由，淤决之判也。东西南北迁徙无常，率由是耳。

先蒙巡抚章都御史议，西自翟家口起，东至时和驿东杨宽家庄，止挑河一道，长一十八里，口低深阔不等，计用夫九千九百余名，银贰万玖千柒百余两。续议以前项，口阔底深，不足以受大河之水，须口阔三里，底深称是。则用夫当得陆十余万名，银当得壹百捌十余万两，其为工费甚巨，虽竭数省之财力犹恐不支，况中州哉。迩年水旱频仍，百姓穷困，库藏空竭，道路流离，积逋[4]无算，救死不赡，而欲举大役以求成功，难矣。然犹有可虑者，工程既巨，非数月不可，贫人俯仰无赖，朝不谋夕，驱此陆十万愁苦之役，而责以数月未必可完之工，万一不逞，酿成他变，职恐中州所忧不在黄河，而在荷插[5]之众矣。然又有可虑者，职前谓河流混浊，泥沙相半，即使新河挑挖果成，阔才三里许耳，而大河水面少不下六七里，顷洞一注，容纳不堪，淀滞阻塞，势复洄流而南，则此不赀之费，将竟付之乌有乎。然又有可虑者，河流自此由归德入淮，吕梁而下，伏槽安流，是以漕运有济。设新河一开，果遂直往，时和[6]以东，倒海排山，孰能禁御。散漫铜瓦厢而下，近浸刘皮等口，远浸杨家湖等处，狂奔汛荡，溃坏漕渠，彼时为力抑又难矣。数者有一于此，谁任其咎。

　　古者欲适治理，必顺人情。人情所不欲，虽圣人莫能强。为今之计，莫若较量挑河与浚流孰难孰易，创始与因旧孰费孰省，犯水与缮堤孰险孰夷。虑翟家口东岸之渐淤，则相形度势以浚之。虑近省南岸之渐啮，则相形度势以堰之。堰者不南，浚者渐北，但令东去，不为省城之害，斯亦可已矣。判官村决口，则姑俟秋尽水落，冬春农隙之时，拘集乡人，杂以河夫，退择坚地，速筑堤岸，不使明年霖雨河涨，再罹冲决。至于省城护堤，昨去水面高者一丈五尺，低亦可足一丈，今宜及时大加修筑，缺者补之，卑者增之，薄者培之，务使完固。如此，则虽卒遇泛溢，而省中藩宗社稷，城郭人民，可恃以无恐。先大学士邱濬谓治河者，莫出"贾让三策"与"贾鲁三法"。今完缮堤防，是让之一策。而判官村用塞，翟家口用浚，则鲁之二法具焉。舍是，即无策无法矣。又，据按察司按察使蒋宗鲁、都司掌印署都指挥佥事陈国清、分守大梁道左参政熊遂、分巡大梁道副使沈科、管河副使郭朝宾、开封府知府周爻、管河同知李充善，各议呈到臣，反复详论挑河一节，无虑数千百言，大略相同。有谓工费甚巨，虽竭数省之财力，犹恐不支者。有谓黄河水无定在泥沙所过河身即平，所费不赀而功难，必成成难必久为可惜者。有谓翟家口十八里之民，庐舍疆场付之浚祸，贫民无力迁徙，携老襁幼将安之乎，骛利于南，实害于北者。有谓财力、天时、水势、地里、人情皆非所宜者。有谓前议，则工小而狭，恐束隘停阻，虽开而易淤。后议则工大而难兴，恐劳费不赀，非一省之力可办者。不但是也，又谓时方荒歉，公私俱困，驱陆拾万疮痍憔悴之民，以徼不可必成之功，惟恐激成他变，以为祸本。此多官之隐忧也。臣犹未敢遽信，督同三司、府、县等官。亲诣时和驿翟家口黄河南北两岸，往来相视，诚有如各官所议者，而治之之法，则当浚北岸之淤，以导其滞，固南岸之啮，以捍其冲，至于塞决栽柳渐次为之，此诚简易易行，救时之急务也。舍此不为，而顾欲大开河口，别开支河，竭空虚之库藏，以填巨壑；驱漂没之遗民，以执畚插[7]；挽掀天之巨浪，以逼使其别流，非臣之所敢知也。至谓先年河决开封，诚亦有之，但绕城筑堤，赖以防护，其来远矣。间有夏秋淫雨淋潦，众水皆归于河，遂至弥漫泛溢冲决，或所不免。若能时加修缉[8]，使坚厚完固，水亦安能为患哉。至于"迁省之说""龙卵之说""黄河之患六十年一次之说"，皆足以骇人听闻，亦非臣之所敢知也。臣熟思审处，裁酌既定，询谋佥同随行管河副使郭朝宾、同知李充善，鸠工聚材，开封府知府周爻择吉兴事。又以大工伊始，必得神相，乃克有济，谨涓[9]十月初三日，躬率三司等官，摄诚祭告，以祈神休。即日同知李充善，督同祥符县主簿曹守贞、兰阳县主簿陈完，带领河夫壹千陆百肆十九名于时和驿北岸壅淤之处，并力以浚，导之南岸，冲刷之处，加埽以堤防之。至十一月十三日，据主簿曹守贞、陈完呈报，南北二岸工已就绪，水势俱向北岸，新浚河身东北流行，南岸水势日渐迂回，不复冲刷前项。工役用力省，而成功速，此皆仰赖我皇上圣德格天，川祇效顺所致，殆非人力所能为也。臣随于本月十五日，陈牲设币，躬率三司等官，诣河祭报讫，又行同知李充善将省城护堤修筑高厚，以防日后疏虞。其判官村等处决口，则俟冬春水落，农隙拘集夫役，凡堤岸冲决者，逐一修补，树株枯死者，逐一栽植。于嘉靖叁拾玖年肆月初拾等日，节据管河副使郭朝宾、管河同知李充善各呈，称省城护堤叁重俱已督夫修完，护城大堤周围，俱已起造铺房壹拾叁所，计叁拾玖间，时和驿河口修建公馆捌间，以为巡守员役栖息之所。各将前项决口堤岸等处，俱已增筑，修补坚完。又于荥泽、原武、阳武、中牟、祥符、封邱、兰阳、仪封各县黄河两岸长月等堤[10]，除见在成活柳株外，其余空缺去处，应该柳树，尽行补栽，其前后用过夫料数目造册另报各等情，具呈到臣。会同巡按河南监察御史孙永思议照。黄河之患，自古为然，河南会省距河仅十余里，近因北岸土淤约广数里，因以逼水南行，遂至南岸侵刷渐近省城，加以昨年夏秋之交霖潦，时至百川会集，泛滥腾涌，以为省城之害，是以前巡抚官欲于翟家口对岸开河引水东注，疏杀水势，盖亦思患预防之意。但计开河工役浩繁，劳费不资，况今两河地方灾荒，军民困瘁，库藏空虚，诚恐河工一兴怨怼交[11]，作意外之虞，诚所未免。且该管河各官前报北岸之淤已经浚治，河水东北流行，南岸不至冲刷，而省城与黄河南北两岸诸处堤防又皆增筑坚完，设铺防守，内有重堤之固，外有护堤之埽，似亦可保无虞。今既经三司、各道、掌印等官查议参酌，明白所据，开河一节似应停罢。然臣等私忧过计，黄河变迁自古不常，至于每岁夏秋之际，天雨久暂不时，河水消长不一，以臣等之愚，岂能逆料候临。

期容臣等相机防遏,通融调度,以济时艰,不敢琐屑以烦天听,伏望皇上敕下该部将开河一节再加详议施行。地方幸甚,臣等幸甚,缘系预早设法以杜河患及奉钦依事理,臣等未敢擅便,为此具本专差承差[12]魏汉臣亲赍,谨题请旨。

嘉靖叁拾玖年四月贰拾肆日。

【注释】

[1]原刻本无"永明"二字,据"景印文渊阁四库全书本"补。 [2]朱王在铤:朱在铤,明代藩王,第九位周王,安徽凤阳(今安徽省凤阳县)人。周庄王朝堈嫡一子,嘉靖三十一年(1552)袭封。在位三十一年,万历十一年(1583)薨。谥号"敬王"。子肃溱袭爵。 [3]会城:省会。 [4]积逋:积欠赋税。 [5]荷插:指拿着挖土、筑堤的工具。 [6]时和:时和驿渡,在今河南省开封市北。清代顾祖禹《读史方舆纪要》卷四十七载:"时和驿渡,(开封)府北十里,为河防要地。" [7]畚插:泛指挖运泥土的用具。亦借指土建之事。 [8]修缉:修缮。 [9]谨:仔细谨慎。涓:选择。 [10]长月等堤:明代堤防工程的施工、管理和防守技术都达到了较高的水平。把堤防分为遥堤、缕堤、格堤、月堤四类,按照各堤的特点,因地制宜地修建。 [11]兴怨:激起怨恨。怼:怨恨。交:一齐,同时。 [12]专差:专为某事而特派的人。承差:官府中听候差遣、转承文书的差役。

【赏析】

开封作为黄河流域的一朵文明奇葩,其兴盛因黄河的哺育,其残破也多有黄河冲毁之因。这里当然包含了人为因素,也包含了黄河自身河道变迁的因素。

本文创作的背景是嘉靖三十一年(1552),第九代周王朱在铤上报朝廷,其所在封地——开封河道连年南侵,将有坏城的趋势。嘉靖皇帝派人实地勘测,最终形成结论,即加固堤防,培栽河堤杨柳等树木。自此以后至明末,开封城外河道较为稳固。

濮阳历史上黄河决口留下的潭坑　摄影/董保华

周用

周用（1476—约1547），明代官员、文学家。字行之，号伯川，吴江（今江苏省苏州市吴江区）人。明弘治十五年（1502）进士，授行人，迁南京兵部给事中，又迁广东布政司参议，嘉靖中历官南京工部、刑部尚书。九庙灾，自陈致仕。后以工部尚书总督河道，官至吏部尚书。谥"恭肃"。为人端亮有节概。书法俊逸，善绘事，得沈周楷授。布置渲染，备极高雅。山水遗劲耨密，远近斐叠，气韵蔼然。喜为诗，有作必题。著有《周恭肃公集》。

理河事宜疏（节选）

臣伏睹节该钦奉敕书内开[1]，"凡修河事宜，敕内该载不尽者，俱听尔便宜处置，钦此。"

臣自嘉靖二让的十二年四月，奉命总理河道。伏念漕河系今日军国重务，而臣至愚至陋，分甘弃捐，误蒙陛下不以为不肖，俾承官乏，居常懍懍[2]，寝食靡宁。缘见凡今治河事宜，前此诸臣相继，悉心规画，然又莫不皆以黄河徙决不常，将来利害不能逆睹，惴惴然日惟听河之所为。则是从长之议，经久之图，固有所不敢任者。臣抚躬感激，莫知所为。

近日，查到山东兖州府济宁州见行文卷一件，为开垦荒田，以苏民困事；又一件，为效愚忠兴农功，广圣心以隆圣化事；又一件，为专责任垦荒田，正民习，以固国本事。俱该户部题奉钦依，转行山东布政司各府州县开垦荒田。自嘉靖八年以来，累经有行，稽诸文案，未见成功。臣窃伏惟念以为，治河、垦田，事实相因，水不治则田不可治，田治则水当益治，事相表里，若欲为之，莫如古人所谓沟洫者尔。

今欲举臣之末议，相与乘时整理，此一机会也。又当朝觐考察之年，百度维新，将来任事得人，是又一机会也。敢以臣之私忧过计为陛下陈之。臣惟古今称圣人之治水者，必曰大禹，禹治水之功，莫大于河。自告厥成功，至周定王五年，河徙砱砾，中间自龙门至于碣石入海。不为中国害者，盖一千七百年。然禹之治水，莫备于《禹贡》，则皆纪其成功也。而禹之自言，则曰："予决九川，距四海，浚畎浍距川。"[3]至孔子称禹，又曰："尽力乎沟洫。"[4]夫以圣人之所为，遗于万世而不泯，固宜不可名言[5]。而禹之自言，与孔子之称之者，惟曰浚畎浍，曰："尽力乎沟洫。"然则历千七百年，而河不为中国害者，实大禹尽力沟洫之赐。故自禹至殷盘庚，而称五迁厥邦，以避河圮、沟洫，盖小坏矣圮，犹未徙也。至周定王时，而河徙，则沟洫加坏矣，徙犹未决也。至秦废井田、开阡陌、沟洫扫地矣。秦祚不延，及汉而河决酸枣、决瓠子，决则甚矣。历汉而唐而宋元，河徙、河决，不可胜纪。今年治河，费若干万；明年治河，费若干万。大略塞之而已矣，沟洫之政无闻焉。自今黄河言之，每岁冬春之间，自西北演迤而来，固亦未见大害，逮乎夏秋霖潦[6]时至，吐泄不及，震荡冲激，于斯为甚。考之前代传记，黄河徙决于夏月者，十之六七；秋月，十之四五；冬月盖无几焉，此其证也。夫以数千里之黄河，挟五六月之霖潦，建瓴而下。乃仅以河南开封府兰阳县以南之涡河，与直隶徐州沛县百数里之间，拘而委之于淮。其不至于横流溃决者，实侥万一之幸也。

夫今之黄河，古之黄河也。其自今陕西西宁，至山西河津，所谓积石、龙门，合泾、渭、澧、汭、漆、沮、汾、沁，及伊、洛、瀍、涧，诸名川之水。与纳每岁五六月之霖潦，古与今，亦无少异也。何独大禹则能使之安于东北之故道，历千百年而不变，而后世曾不能保之于数十年之久。由前言之，此其由于阡陌之坏，沟洫之不修者，较然甚明。仰惟陛下临御以来，爱养元元，无所不至，故于乞垦荒田之疏，屡蒙开允。则于今日肇修沟洫之政，以继神禹，地平天成，万世永赖之功，臣愚实有望焉。且黄河所以有徙决之变者无他，特以未入于海之时，霖潦无所容之也，沟洫之为用。说者一言以蔽之，则曰：

备旱潦而已。其用以备旱潦，一言以举之，则曰容水而已。故自沟洫至于海，其为容水一也。夫天下之水，莫大于河，天下有沟洫，天下皆容水之地，黄河何所不容。天下皆修沟洫，天下皆治水之人，黄河何所不治。水无不治，则荒田何所不垦。一举而兴天下之大利，平天下之大患。以是为政，又何所不可。臣窃见河南府州县，密迩黄河，地方历年亲被冲决之患，民间田地，决裂破坏，不成垄亩。耕者不得种，种者不得收，徒费工力，无损饥饿。加以额办税粮，催科如故，中土之民，困于河患，实不聊生。至于运河以东，山东济南、东昌、兖州三府州县，地方虽有汶、沂、洸、泗等河，然与民间田地支节脉络不相贯通。每年泰山、徂徕诸山，水发之时，漫为巨浸，溃决城郭，漂没庐舍，耕种失业，亦与河南河患相同。或不幸而值旱暵，又并无自来修缮陂塘渠堰，蓄水以待雨泽，遂致齐鲁之间，一望赤地。于时蝗螟四起，草谷俱尽，东西南北，横亘千里。天灾流行，往往有之，此皆沟洫不修之故也。若使沟洫既修，则岂惟山东、河南，见在凋瘵[7]之民，得以衣食生活，前日四远流移之民，孰不愿复业垦田以图饱暖。昔也招之不来，今也麾之不去。民利于此，安得不兴。臣惟善救时者，在乎得其大纲；善复古者，不必拘于陈迹。臣之所谓修沟洫者，非谓自畎遂沟洫，一一如古之所谓，止是各因水势、地势之相因，随其纵横曲直，但令自高而下，自小而大，自近而远，盈科而进，不为震惊，委之于海而已矣。臣又惟念远谋不可以幸致，美功不容以杂施，沟洫之政，历千百年，影迹湮没，竟莫举行，究其所由，夫岂无故？孔子曰："无欲速，无见小利。"古今事功，半途而废者，率由于此。臣愚以为，欲修沟洫之政，虽曰不拘陈迹，然时异势殊，变而通之，不能无所事事。今略举其大纲，若正强里以稽工程。若集人力以助夫役，若蠲荒粮以复流移，若专委任以责成功，若持定论以察群议。其诸条目,未敢觀缕[8],议定之后,循其次第,毋以欲速而辄更张,毋因小利而生沮挠。及今黄河南行,雨旸时若,又适遭遇。诏令开垦荒田至,再至三,机会可乘之时,始于河南、山东,次及直隶远年。近日黄河徙决地方,自日而月,自月而岁,自州县达之司府,自腹里达之边方,在下有臣工相与协力,在上赖圣明俯赐斡旋。如无成效,臣甘伏欺罔之罪。臣早夜营思,以为治河裕民之计,无出于此,是以不揣迂谬,昧死上闻。

【注释】

[1]内开:公文用语,援引来文时用之。 [2]居常:平常,日常。懔懔:危惧的样子。 [3]"予决"句:《尚书·益稷》载:"予决九川,距四海,浚畎浍距川。"川,自然的河流。畎浍,人力所开的水道。四海:距离较远,而其地的情形,为我们所不知之处,则谓之海,所以夷、蛮、戎、狄,谓之四海。九,多的意思。 [4]"至孔子"句:《论语·泰伯》载:"子曰:'禹,吾无间然矣!菲饮食而致孝乎鬼神,恶衣服而致美乎黻冕,卑宫室而尽力乎沟洫。禹,吾无间然矣。'"沟洫,沟渠,指农田水利。 [5]名言:称说。 [6]霖潦:大雨积水成涝。 [7]凋瘵:指困穷之民或衰败之象。 [8]觀缕:谓详述。

【赏析】

明嘉靖二十二年(1543),周用以工部尚书总理河道。赴任之初,即撰写《理河事宜疏》上呈嘉靖皇帝,文中提出"沟洫说"用于治理黄河。周用提出的黄河治理方法虽源自《尚书·益稷》,亦见于《论语·泰伯》,但并非一一拘泥于古人。周用述说因水势、地势不同而因地制宜,在当时具有创新性。他把治河与垦田二者视作相互制约、相互促进的关系,这一理论在黄淮平原得到了很好的实践。

本文的行文思路十分清晰,目的十分明确,即"治河裕民"。先提出《尚书·益稷》中大禹的话语,再列出《论语·泰伯》中孔子的论述,树以权威性的证据。再摆出河南、山东之所以旱涝不停,是由于没有采用"沟洫"治理黄河。如此摆事实讲道理,使得嘉靖皇帝应允周之所请。

朱右

朱右（1314—1376），明代官员、文学家。字伯贤（一字序贤），自号邹阳子，临海（今浙江省台州市）人。尝学于陈德永。元至正二十一年（1361）曾诣阙献河清颂，不遇而归。洪武三年（1370），召修《元史》。六年，修日历，除翰林院编修。明年，又修《洪武正韵》。不久，迁晋府右长史，卒于官。朱右博通经史，著有《白云稿》。

进河清颂表

右伏闻至正二十一年十二月戊辰，黄河清七日。自平陆三门碛下至孟津，五百余里。实圣朝希世之瑞。臣右谨撰《河清颂》一通并序上表进呈者，伏以河流万里，带神州而为渊清。以千年符昌期而效瑞，光腾七日，声动八方。恭惟陛下握荣图之灵建，用皇极乘水德之运处，于玄宫浚哲文明，善鉴万类，沉潜睿知，克清四维，缵[1]列圣之丕基。沛如天之洪泽，人心愿治，泰运中兴。虞廷弗遏于苗征，夏后用修于扈伐。出师命将，快睹义旗之云从。罚罪赏功，大震天兵之雷动。一麾而齐鲁克定，再讨而晋缝底平。信乎川岳之昭融，宜尔乾坤之欣合。导昆仑积石，历中原入东海，已非一日之浑。自平陆三门，过垣曲至孟津，凡见五百余里。汪然光苍，然色虽鼋鼍、蛟龙、鱼鳖之无不形。黯然阴炳，然阳实、水火、雷霆霹雳之所自。出泾渭既别汾济，同流酌元，化于枢机。昭回光于云汉，龙门久拓于禹迹。山奠川殷，葱岭回[2]越于尧封。星驰土贡，克符嘉应，爰睹休征。然清明不忘盘水[3]之箴，而黄流尚传《旱麓》之咏。宫童校牒[4]，上接三古之宝文，柱史沐[5]觚。下陋双川之绮语[6]，臣右草茅。贱士田野鲰生，感帝力涵育之恩。年逾五十，被圣朝沐浴之化，报无一分。敬撰颂言，以托子墨[7]，涓埃何补，敢称黼黻于皇猷。海岳有容，少修赞扬之谬体，干冒天威，不胜战栗之至。谨奉表以闻。

【注释】

[1]缵：继承。[2]回："文渊阁四库全书本"作"远"。[3]盘水：《荀子·解蔽》曰："故人心譬如盘水，正错而勿动，则湛浊在下，而清明在上，则足以见须眉而察理矣。"《汉书·贾谊传》载："故其在大谴大何之域者，闻谴何则白冠牦缨，盘水加剑，造请室而请罪耳，上不执缚系引而行也。"[4]宫童校牒："文渊阁四库全书本"作"宫官染翰"。[5]沐："文渊阁四库全书本"作"操"。[6]绮语："文渊阁四库全书本"作"彤管"。[7]以托子墨："文渊阁四库全书本"作"用申愚悃"。

【赏析】

元惠宗至正二十年至二十四年（1360—1364），黄河出现过三次"河清"的景象。当时元朝已经是风雨飘摇，各地义军都在虎视眈眈地盯着大都的皇位，在这种环境下的黄河清，自然不是什么福瑞的标志。元惠宗得到黄河清的消息后，惨然不乐数日，认为自己终将会被取而代之。

作为老臣，朱右是忠诚于元朝的，因此作此祥瑞之颂，以表示自己对于元朝国祚的祝福。本文叙述了朱右上呈《河清颂》的缘由，希望皇帝能够克清思维，泰运中兴。

河 清 颂

皇元至正二十一年辛丑冬十有一月戊辰，黄河清七日，自平陆[1]三门碛下至孟津，凡五百余里。朝廷遣秘书少监程徐致祭，刻石志祥。自古嘉瑞灵应未有若此之盛也。臣右谨按：《易乾凿度》曰："天降嘉应，河水先清。"京房《传》曰："河水清，天下平。"《王子年拾遗记》："黄河一千年一清，皆至圣之君，以为大瑞。"春秋二百四十年，凡异屡书，未闻河清之纪。秦汉以降，"《白麟》《赤雁》《芝房》《宝鼎》，歌于郊庙"[2]，"神雀、五凤、甘露、黄龙，表为年纪"[3]，未闻河清之瑞也。宋元嘉中，河济清，北齐武成以大宁二年改"河清"。唐肃宗"中兴",河清四日,至三十里。亦未尝有七日之久,五百里之远也。惟我国朝太宗皇帝丙子之岁黄河清,距今一百四十六年。河水载清,乃至七日,帝王受命符瑞,未有若此之著者也。夫天一生水[4],为数之元气,钟于子居方为北。

皇朝启运,建国号元,得天一之数,肇造朔方,符水德之瑞。今天子圣神文武,皇太子睿知仁孝。河之呈祥,实应于此。矧[5]水之为物,清乃本性,河浊而清,又返本还元之征也。臣右蜷伏草野,窃闻盛事,旷古所无不胜,抃跃之至。谨拜手稽首而献颂。

曰:

维河降灵,发源昆仑。下合葱岭,度越龙门。滔滔万里,沸腾骏奔。介江达海,岳配川尊。经雍冀兖,爰奠中原。流冲湍激,汩汩其浑。既浑何清,既激何温。温润而清,千载罕闻。圣神御极,握乾阐坤。河伯呈祥,神后效珍。肇自平陆,至于孟津。亘五百里,七日弗沦。其澄如渊,其气如馈。日光玉洁,风澜淀沄。龙鳞结络,虹彩缤纷。洌比甘醴,瑞同景云。动由地脉,原本天根。上符水德,载昭帝阍。帝嘉瑞应,锡之玙璠。沈璧藉缫[6],祼酒炙膰。率土胥庆,词臣致言。泰运中兴,民阜物蕃。车书文轨,登虞迈轩。于万千岁,永祚皇元。

【注释】

[1]平陆:平陆县隶属山西省运城市,地处陕、晋、豫交界处三角地带。[2]《白麟》《赤雁》《芝房》《宝鼎》:汉代班固《〈西都赋〉序》载:"《白麟》《赤雁》《芝房》《宝鼎》之歌,荐于郊庙。"白麟,《汉书·武帝纪》载:"元狩元年冬十月,行幸雍,祠五畤。获白麟,作《白麟之歌》。"赤雁,《汉书·武帝纪》载:"行幸东海,获赤雁,作《朱雁之歌》。"芝房,《汉书·武帝纪》载:"六月,武帝诏曰:'甘泉宫内中产芝,九茎连叶。上帝博临,不异下房,赐朕弘休。其赦天下,赐云阳都百户牛、酒。'作《芝房之歌》。"《芝房之歌》为《汉书·礼乐志》中的《齐房》。宝鼎,《汉书·武帝纪》载:

"元鼎四年夏六月,得宝鼎后土祠旁,作《宝鼎之歌》。"[3]"神雀、五凤、甘露、黄龙":《文选·班固〈两都赋序〉》载:"神雀、五凤、甘露、黄龙之瑞,以为年纪。"吕延济注:"并因瑞以为年号之纪。纪,记也。"李善注引应劭曰:"先者凤凰五至,因以改元。"[4]天一生水:《尚书大传·五行传》载:"天一生水,地二生火,天三生木,地四生金。地六成水,天七成火,地八成木,天九成金,天五生土。"[5]矧:况且。[6]沈璧:沉璧于河。古代盟誓或祭祀时所举行的一种仪式。藉缫:即缫藉,玉的衬垫物。《周礼·春官·典瑞》载:"执镇圭,缫藉五采五就。"郑玄注:"缫有五采文,所以荐玉。"

【赏析】

朱右著有《进河清颂表》,前已著录。元惠宗至正二十年(1360)至二十四年(1364),黄河出现过三次"河清"的景象。当时元朝已经是风雨飘摇,各地义军都在虎视眈眈地盯着大都的皇位,在这种环境下的黄河清,自然不是什么福瑞的标志。1360年朱元璋歼灭陈友谅军队。1361年元顺帝和红巾军龙凤帝(小明王)同时嘉封朱元璋为吴国公。1364年朱元璋自立为吴王,从此结束了戎马生涯,也结束了缓称王时期。从以上所述朱元璋地位的变化,可以想象元朝命数几乎走到了尽头。

这里有一个现象值得注意,即风雨飘摇中的知识分子为当时的国家前途担忧,希望国家政权能够稳固,国祚能够长久。在这种群体意识的构建下,朱右作《河清颂》祝福皇帝能够克清思维,国运能够长久,国泰民安。

荷塘安宁　摄影/王伟

邹守益

邹守益（1491—1562），明代官员、文学家。字谦之，号东廓。江西安福（今江西省安福县）人。正德六年（1511）进士，官翰林院编修。嘉靖三年（1524），因议"大礼"忤旨，遭严刑拷打，被贬为广德州判官。又因上《圣功图》获罪。复起，迁太常少卿兼侍读学士，升南京国子监祭酒。嘉靖四十一年（1562）卒。隆庆元年（1567）追赠礼部右侍郎，谥"文庄"。著有《东廓文集》《诗集》《学豚遗集》等，今有《东廓邹先生遗稿》传世。邹守益为王阳明弟子，一生尤其重视教育，崇尚简易明白、朴实无华、直指本心，竭力发扬王阳明"致良知"说，影响深远，为"江右王门"的主要代表人物之一。

大禹卑宫室力沟洫图[1]

谨按：此是孔子言禹自己宫室则卑小，民田水路引水灌田的皆尽力，薄于奉己，厚于为民，所以为盛德[2]。汉文帝欲为露台，召匠计之，直百金。帝曰："百金，中人十家产也。"遂不为[3]。帝王富有天下，百金甚小，不肯轻费。文帝德盛，亦如禹。禹平水土，又开沟洫，教民灌田，江淮河汉之水，旱则引入沟洫，田得浇灌，涝则水循沟洫以趋河海，不致泛溢，民无旱涝之忧，岁常丰稔。又，田有沟洫，夷狄寇贼遇沟则止，不能驰突，故世极太平，无夷狄盗寇之忧。仰惟皇太子殿下时玩此图，见得古帝王勤俭的意思，涵养圣德，万世之福。

臣等再按：尧都平阳[4]，禹都安邑[5]，皆冀州也。后拥太行，前列三岳；黄河环绕，繇碣石入海。淮水自桐柏山，江水自嶓冢山东北入海，环向帝都，天下第一形胜之地。惟土狭山峻，漕运为难。我圣朝都燕，亦古冀州之境，形胜与尧、禹同。普天下万水朝宗，万山朝拱，圣朝万万世太平基业也。臣等谨附说焉，为殿下考观方舆万一之助。

【注释】

[1]《东廓邹先生文集》卷三载有《圣功图疏》十三则，是讲解邹守益等人为太

子启蒙讲学而绘制的十三幅《圣功图》,本文是第七幅图《大禹卑宫室力沟洫图》的疏解文字。原图册今已不可见。[2]《论语·泰伯》载:"子曰:'禹,吾无间然矣。菲饮食而致孝乎鬼神,恶衣服而致美乎黻冕,卑宫室而尽力乎沟洫。禹,吾无间然矣。'"[3]"汉文帝"句:《史记·孝文帝刘恒》载:"孝文帝从代来,即位二十三年,宫室苑囿狗马服御无所增益,有不便,辄弛以利民。尝欲作露台,召匠计之,直百金。上曰:'百金中民十家之产,吾奉先帝宫室,常恐羞之,何以台为!'""上常衣绨衣,所幸慎夫人,令衣不得曳地,帏帐不得文绣,以示敦朴,为天下先。"清代乾隆《临潼县志》载:"露台祠,骊山东二十里,汉文庙也。帝欲作露台,惜百金中人十家产而止,民感之,立为祠,其地有露台故址。"[4]平阳:古代地名,帝尧所都,春秋晋羊舌氏邑,今山西省临汾市。[5]安邑:唐代孔颖达《尚书正义·五子之歌》疏"惟彼陶唐,有此冀方"曰:"尧都平阳,舜都蒲坂,禹都安邑,相去不盈二百里,皆在冀州。"杨守敬、熊会贞《水经注疏》卷六载:"安邑,禹都也。守敬按:《汉志》,夏禹自平阳徙都安邑,后徙晋阳。"又,"安邑县,守敬按:两汉、魏、晋,县并属河东郡,后魏改为北安邑,属河北郡。在今夏县西北十五里。"

【赏析】

本文作于明嘉靖十八年(1539)七月,时邹守益任南京吏部考功清吏司郎中。邹守益与南京礼部尚书霍韬以太子年幼,未可以文辞陈说,上《圣功图》及《圣功图疏》,为养正之助力。明世宗嘉靖见《神尧茅茨土阶图》大怒,以二人假公行谤讪,下礼部参劾,幸因霍韬在"大礼议"中支持世宗而得到嘉许,终免罪。不久,邹守益即以原职充经筵讲官。《圣功图》十三幅:《文王世子问安图》《文王世子视膳图》《文王世子齿胄图》《汉儒桓荣授经图》《神尧茅茨土阶图》《大禹菲饮食恶衣服图》《大禹卑宫室力沟洫图》《周王稼穑图》《周室后妃蚕织图》《宫中隙地种蔬图》《西苑耕稼图》《西苑蚕桑图》《商王高宗访道图》等,今已不可见,《东廓邹先生文集》存《圣功图疏》十三则。

陈祥

陈祥（1443—？），明代官员。字吉夫，甘州中护卫军籍（今甘肃省兰州市），明成化十一年（1475）进士，授刑部主事，后历任山西按察司佥事、四川按察使等职。著有《考庵集》。

兰州卫重疏水利记

天地之利于人者，莫大乎水。然必托诸人，而后利始大焉。吾兰，古金城郡[1]，密迩北塞，城郭内外，军民屋庐，不下万余区。北逼黄河，岸峻东西，两川田亩水不能上下。经宁夏，始渠引以佃、以渔，获大利焉。城西南，水自马寒山经阿干来者，傍城直泻黄河东去。厥后，守土者采众谋，乃于阿干河[2]凿渠引水十分之三。一自龙尾山麓，经关王庙下，入灌东川田圃。随渠势，有力者置水碓焉。一自西郭，入注东、西、南三面隍堑，以固城垣，御突冲，城北黄河已当一面之天堑；一自高崖子，经古峰寺下，入灌西川田圃。居民始获利矣。

成化间，巡抚都宪眉阳余公[3]，以两川水利微，而弗能当岁旱，欲仿宁夏汉延、唐来等渠，于黄河上流，引水以灌溉。筹画已具，会转佐部，回京未果。既而水入西郭者，亦湮塞，隍堑[4]久涸，识者病之。

今年秋，总制都宪河间张公[5]行部过兰，政暇注意举废，遂允兰州卫之请。循西郭故道而疏通之，复开小渠，以利城居者。余悉由东郭出，亦达于川。甫弥月间，而隍堑周满城郭，沟渠所经之衢巷，凡官民蔬圃暨艺业者，无不沾其利。然阿干之利固若此，而黄河之利尤大焉。矧吾兰俗业耕牧，而土地莫善于河北，所谓金城沃壤千里者，在是。顾以数年边备弛，而敌侵扰，耒耜不敢越河梁，租赋竭产以盈数者，非一日。倘后来者，势可为而时可举，购求余公之议以成之，吾兰之利不尤大欤！因并记之以俟。

【注释】

[1] 金城郡：古建制名。西汉始元六年（前81）置，治所在今甘肃省兰州市西，初辖六县，属凉州。其后建制多有变迁。隋开皇三年（583）废。据清代顾祖禹《读史方舆纪要》卷六十载："兰州，天宝初亦曰金城郡，乾元初复故，后没于吐蕃。宋元丰四年，复置兰州。金亦为兰州，以州治兰泉县省入。元因之。明初改州为兰县，成化十四年，复升为州，领县一。今仍曰兰州。"[2] 阿干河：据清代顾祖禹《读史方舆纪要》卷六十载："阿干河，（兰）州西三里。源出马寒山，至分水岭分为二，南流入金县，为阁门河，北流入兰州阿干峪，为阿干河。自峡奔流至州城，灌溉之利甚溥。今州西五里曰溥惠渠，引阿干水灌田百顷。"[3] 余公：余子俊（1428—1489），字士英，四川青神县（今四川省眉山市）人，景泰二年（1451）进士，授户部主事，进户部员外郎。巡抚延绥时，苦筑延绥长城1770里，史称"尽心边计，数世赖之"。巡抚榆林时，与徐廷璋、马文升并称"关中三巡抚"。官至兵部尚书、太子太保。弘治二年（1489）卒，赠太保，谥"肃敏"。[4] 隍堑：城壕。隍，没有水的城壕。[5] 张公：张泰（1452—1513），字世亨，河间肃宁（今河北省肃宁县）人，成化十四年（1478）进士，授邹县知县。迁监察御史，巡视河东盐课，改按苏松。弘治九年（1496）升陕西按察副使，饬洮州、岷州兵备，迁按察使、山西右布政使、陕西左布政使。正德元年（1506）迁右副都御史巡抚陕西。次年召为大理卿。忤刘瑾罢归。正德四年（1509）起擢刑部左侍郎。正德六年（1511）七月升右都御史总制陕西等处军务。正德八年（1513）十二月初一日卒于官，年六十二。赠太子少保、刑部尚书。

【赏析】

本文作于明正德六年（1511），时陈祥六十九岁，里居兰州。作者热情叙述了兰州水利建设的情况，从成化年间余子俊尽力谋划未果，到正德六年陈泰总制陕西军务期间，繁忙之余，不忘地方政务，引黄灌溉金城良田，涵养兰州官民无数，盛赞引黄灌溉的计划得以实施，并表现了对开发黄河水利的希望和信心。作者在文末也提出了对未来的期望，即能够实施余子俊在成化年间谋划的水利工程。

胡广

胡广（1370—1418），明代政治家、文学家。一名靖，字光大，号晃庵，江西吉水人，南宋名臣胡铨之后。建文二年（1400）庚辰科状元。官至文渊阁大学士。著有《胡文穆公杂著》《胡文穆公文集》。

河清赋（有序）

永乐三年春正月癸卯，高平王、平阳王奏禹门津黄河清。朝臣欢动，以为皇上圣德所致，进表称贺，皇上谦抑[1]弗居[2]。未几[3]，秦王暨山西守土之臣亦皆来奏。见者谓其清如碧玉，洞鉴毫髪，既而成五色经。三旬有二日，渐复其旧。稽之载籍，黄河千年一清，圣王之大瑞，而五色者尤瑞之大者也。恭惟皇上以至德之圣，作配[4]天地，广运神化，瑞应之来，适当其期。臣叨陪侍从，幸睹兹盛事，宜有纪述以传诵将来。

其辞曰：

盖闻洪河之水，通银潢[5]而直下。介箕斗[6]之微茫，绕昆仑而奔泻。欻[7]潜行于地中，忽涣发乎重野。景如吸海之长虹，势若驰冈之迅马。惊湍腾逝，悍波冲射。竞千雷兮砰淘[8]，斗万鼍[9]兮呼咤。溷泥沙兮悠扬，羌昼夜兮不舍。方其道积石，历龙门，下砥柱，逾孟津，出乎无际，漂乎无垠。临万顷兮潢荡[10]，折九曲兮沄[11]浑。想夫浩浩汤汤，堙[12]塞未疏。济、漯莫从[13]，淮泗尚潴[14]。汇四隩[15]而为壑，襄高陵而为污[16]。暨九川兮，涤源[17]九州兮。既别拯苍生于垫溺[18]，免斯世于鱼鳖。惟六府之孔修[19]，赖胼胝之伟烈。嗟形容于允翕，谅一苇之可越。逮乎周道既东，文武益远。《清人》麃其翱翔，方叔去而不返。《葛藟》兴绵绵之咏，尼父有已矣之叹。至若《瓠子》裁决，宣防既歌。下淇园之绿筱[20]，沉美玉于沧波。恒汩汩兮混浊，或沸啮兮盘涡。曾未识其安流，胡能有于盈科。诵逸诗兮俟清，慨人寿兮几何。信不可以骤得，必以待夫时之泰和，尔乃禹门中辟，积石碕礒[21]，洪涛不兴，一碧千里，若人间兮天上。渺余视兮衍迤，式同观乎渭滨。俨浮游于湘芷，澄靓兮泓渟[22]，混瀁[23]兮泳泳。鄙鸭绿于汉江，陋苔青于淮浜。澹玻璃兮洞射，凝云母兮毋滓。风泠泠兮吹渌漪，天晃朗兮映涟洍[24]。粲飞鸟兮白鸥，数游鳞兮鳣鲔。山倒黛兮染翠，岚拖练兮成绮，姱潋滟兮拨蓝，堪荐洁于明水。朝阳升兮淀彩荡，夜月照兮镜光洗。纷挥霍兮五色乍，纡徐而忽驶。寔[25]元气之融会，而发荣光于此。乃有黄耇居河之湄[26]，睹斋瀁[27]而莹澈，为盛世之休征[28]，爰以告言，闻于紫宸。无小大而咸喜，腾邌迩之欢声。维圣人兮在上，致四海兮隆平。霈仁恩兮汪洋，洽寰宇兮皆春。萃诸福兮毕来，沓众瑞兮骈臻。所以天储其精，地閟其灵。而千载之嘉应，实有待于圣明。乃谦抑而弗居，逊肤美而遏胜。盖功愈大而心愈小，道弥高而德弥弘。视夫平成之绩，亘万世而同称者也。猗欤圣皇，允协神禹。稽河清之致祥，繄[29]寥寥兮前古。抚金人而徘徊，摩铜狄而容与。未有并美于今日，亦漫漶而莫吪。泛星槎[30]以寻源，聊逍遥兮银渚。俾玄冥兮先驱，访往迹于河鼓。云冉冉兮斯征，路迢迢兮远举。憩鹊桥而孤吟，睇层霄而延伫。瞻珠阙之崔巍，聆群仙兮夜语。谓圣皇兮达孝，克继述于太祖。缵洪业兮率旧章，靡毫发兮爽轨度。诚于穆而不已，全睿智与文武。天茂锡兮纯祉，浩浩穰穰兮繁聚。粤[31]鸿荒兮芒芒，河之清兮今始睹。于以[32]阐皇猷[33]之精微，隆子孙无穷之祚。彼汉唐之偶值。又奚可以比数。矧[34]元元[35]而无知，将以告夫下土。羲和忽以启驾，宵朣胧兮欲曙。灵缤缤兮既遥，揽余袂兮来下。扶云汉之昭回，挹九天之湛露。披琅玕以自呈，造金门而献河清之赋。

于是为之歌曰：

河水兮清涟，聿应期兮斯千年。圣皇御极兮德配天，于万亿秭兮福禄绵绵。

【注释】

［1］谦抑：谦虚低调的处事方式。［2］弗居：不居，这里指把功劳归于自己。［3］未几：不久。［4］作配：谓与某人或某事物相对应、配合。［5］银潢：银河，天河。［6］箕斗：箕宿与斗宿，两宿相接，属于东北的星宿。［7］欻：迅速。［8］洶：浪涛相激的声音。［9］鼍：爬行动物，背部、尾部均有鳞甲。［10］㳽荡：广大无际貌。［11］沄：同"纭"，杂乱。［12］堙：堵塞。［13］从：同"纵"，放任。［14］潴：水积聚。［15］四隩：四方。［16］污：浑浊的水。这里指黄河水。［17］涤源：《尚书·禹贡》载："九川涤源"，指九州的大川。［18］垫溺：潜入水中。［19］六府之孔修：指国家财货管理得很好。六，古指水、火、金、木、土、谷。府，指贮藏财物之处。［20］淇园之绿筿：《诗经·卫风·淇奥》是卫人歌颂政绩显赫、功德盖世、人品高尚、德才兼备的卫武公的诗，其中有"瞻彼淇奥，绿竹猗猗"句。淇园绿是显赫政绩的代名词。［21］碕礒：山石不平的样子。［22］泓渟：水深的样子。［23］滉瀁：水深广无边际的样子。［24］涟：小波，风吹水面所形成的波纹。泚：水清澈的样子。［25］寘：通"置"，放置。［26］漘：水边，音"唇"。［27］斋瀁：水回旋貌。［28］休征：吉祥的征兆。［29］繄：唯，只。［30］槎：木筏。［31］粤：同"聿""越""曰"，文言助词，用于句首或句中。［32］于以：犹言于何，用什么，在何处。［33］皇猷：帝王的谋略或教化。［34］懽：喜悦。［35］元元：百姓。

【赏析】

明代永乐二年（1404）冬的"黄河清"，在朝野上下，被大肆渲染，目的是证明朱棣夺得皇位，是"奉天承运"，是上天的选择。胡广作为明成祖的近臣，官职是右春坊右庶子，这个接近皇帝和太子的职位，使得他必须要"应制"作文。本文序中所言"至德之圣，作配天地，广运神化，瑞应之来，适当其期"皆是当时臣下上表所必作之辞。

胡广作文平正典丽，作为台阁体作家之一，其台阁之气近似"三杨"，表现出富贵雍容、舒缓典雅的特色。文中引经据典却不晦涩幽深，虽辞藻华美却不刻意堆砌。这是胡广之文不同于其他台阁体文章的地方。

解缙

解缙（1369—1415），明代文学家。字大绅，一字缙绅，号春雨、喜易，江西吉安府吉水（今江西吉水）人。洪武二十一年（1388）进士，官至内阁首辅、右春坊大学士，参预机要事务。解缙文章雅劲奇古，诗豪宕丰赡，书法小楷精绝，行、草皆佳，尤其擅长狂草，与徐渭、杨慎一起被称为明朝三大才子，著有《解学士文集》《天潢玉牒》等；总裁《太祖实录》《古今列女传》；主持编纂《永乐大典》；墨迹有《自书诗卷》《书唐人诗》《宋赵恒殿试佚事》等。

河清颂（有序）

臣缙承诏总修《大明太祖圣神文武钦明启运俊德成功统天大孝高皇帝实录》，自渡江七年辛丑冬十一月，三门碛下黄河清，实启圣之征，帝业由是遂成。明年平江汉，又明年服荆楚，又明年定两浙，又明年克姑苏，廓清中原，四表宁一，乃即帝位。纪元洪武之年，三门碛黄河复清，帝业由是而盛。高丽来朝，为海外诸国先。殊方接武而至。逾三年，皇帝陛下重华协德，瑞应同符，纪元永乐之二年冬十二月戊辰朔，十七日甲申，三门碛下黄河清。先是，荣光烛天，隐隐纷纷。倏然卷收，洞彻见底。沦连五采，间日迭耀。乙酉之旦，河两傍近，白光汤滉，如金镕，如铅如汞，如玻璃色，悠样不定，素练卷而挈之也。居二日，有玄文如绡，轻幕水上，如犁云隐空。已乃，若漆光可鉴，黝然静深，非涅而缁，洞绝渣滓。又二日，乃见浓绿又如翡翠，如青琉璃，如远山黛绕碛下。如苍虬翠蛟，飞舞于流荇文藻之间，望之而可掬也。二日后，如朝霞映日，红云上波，初阳迤逦，花卉纷披。倏如胭脂浮流，薄腻一洗。下见沙石如芙蓉丹砂，灿然郁列于氍毹绵绮之间，可指而数也。后二日，如泥金霏屑，隐约浮沉。流薄采凤，羽毛鳞鬣，泳飞潜动。金芝晕文，琼玉在炼。错杂班映，莹无纤尘。又如筑琥珀以为堤，酿金香而注之也。已乃，微碧与天一色，横渡乱流者扣舷鼓枻，洞见眉发，疑若步空虚，凌倒影，挽银河而下之也。于是夹河观者耄倪欢呼，旷古罕遇，自河津传播于晋绛之人，相率来观，肩相摩也。自韩城播，皆于秦陇之人，观者扶携，皆项相望，足相蹑也。四方之人行旅过之，莫不为之惊喜叹息。阅玩坐起，襄怀[1]而不能去者，晋高平王遣使驰奏之。继而吏民报至，皆图其状。秦王上表贺，献图与晋人克合。于是群臣上表。永乐三年春正月戊戌越十八日乙卯，乃复其旧。实三旬有二日。按所上图，咨询群言，既审同异。恭惟皇帝陛下谦抑弗居，谓何德臻兹，称太祖高皇帝神灵。然自陛下即位以来，四方万国之外感恩慕德，高丽、日本、安南、占城、暹罗、爪哇、西洋、流球、真蜡、拂林、览邦、缅甸、波勒、逓比、兀良哈、女真野人、西番哈梅朵耳、乌思尼巴、天竺，否召不约咸至于庭。瑞应大来，震动天地，不可掩抑，大平之业将由是而极盛。臣缙职司纪载，欢欣无已，谨拜手稽首而献颂曰：

  天启圣明，休命赫奕。洪河屡清，龙门之碣。昔在太祖，广运神武。银河昭回，洗涤九土[2]。洪河[3]孔神，佳气协顺。应兹昌运，岁在辛丑。云雷构迍，河清献瑞。既肇龙门，天戈所指，六合风靡。景贶朝宗，如河之水。功德格天，即位纪元。龙门河清，应[4]于明年。东夷始服。三陲接踵，如何奔趁，有赴无壅。我皇继统，永乐纪元，龙门河清，亦越明年。惟此龙门，神禹所辟。功在生民，宇宙无极。惟兹瑞应，先后同符。太祖在天，昭昭不诬。禹功帝德，世万世亿。帝德禹功，与河俱东。河源昆仑，太古积雪。九河骏奔，溅目沃铁。辟石回泷，盘束地底。龙门天开，弦激猬起。冲奔九地，灭电走影。声喧怒雷，淖汨沸鼎。经纬天文，横绝地纪。贯一百川，罗络万里。五行之生，莫先于水。四渎之列，莫大于此。于此考祥，粤古是常。昭兹大运，塞其荣光。虹飞雨翳，雾密霞流。倏阳忽阴，乍辟乍收。其腾氲氲，其下缤缤。其旁囷囷，其隙纭纭。海市青红，仙神艳淑。医凤骖麟，朝暾若木。转盼一空，伏波凝席。沉沙跃金，垩壤荐璧。惊鸥鹚群，下顾毛羽。隔岸见鱼，空行曳尾。星芒耀月，影夹镜倒。浸回光动，植交映[5]。既自既玄，翕忽丹青。黄旗紫盖，春卉秋英。五方岁融，五纬宣精。五运合一，五采流形。事有绝世，久而后应。物有绝伦，久而后盛。地辟天开，多历年所。尧舜重华，卓冠万古。草木咸若，卿云烂垂。干羽苗格，箫韶风仪。于时河清，荣光既塞。不游不惊，贡赋络绎。冀通岛夷，夹石兖导。九河转输，济漯浮于碣石，龙门会于渭汭。匪缓而淳，曷胜舟载。盈变谦流，时移变易。不有来今，曷知古昔。于昭大明，圣圣相承。殊音重绎，日造在庭。尧舜惟钦，我皇日敬。寤寐丹书，典谟金镜。祥谓不祥，圣不自圣。惟谦授益，惟人无竞[6]。河流载清，尚或如带。圣寿齐天，万世永赖。河流载清，龙门如砺。圣德同天，永赖万世。

【注释】

[1]裹怀：即徘徊。按：此文中多处有异体字，选文一如其旧，偏差较大者，于注解中标出。 [2]九土：九州，指明王朝统治的天下。 [3]洪河：即黄河，这里指水势浩大的黄河。 [4]应：瑞应。古代以为帝王修德，时世清平，天就降祥瑞以应之，谓之瑞应。 [5]植交映：此《河清颂》为四言诗，形式整齐，然而此处句读仅有三字，推测应是"植"字前缺失一字。《河清颂》于"明天顺本"无载。本文选自"嘉靖本"，检后世覆刻版本，亦仅有"植交映"三字。 [6]惟人无竞：即无竞维人。《诗经·大雅·抑》有"无竞维人，四方其训之"句。

【赏析】

明永乐二年冬至三年春（1404—1405），河津、同州、韩城黄河澄清一月有余，这次黄河澄清来的非常及时，为明成祖朱棣以武力夺取皇位找到了"奉天承运"的理由。这次黄河澄清也掀起了明代历史上一场规模浩大的河清颂文的撰写运动，其内容几乎无一例外地歌颂了朱棣即位的合法性。解缙作为明初才子，虽为应景之作，却也体现出自己特有的文学风格。本文想象丰富而又富有激情，雄壮豪迈而又不事雕琢，这些风格与解缙为人处世颇为相似。

值得注意的一个事实是：明代洪武年间、永乐年间、成化年间、崇祯年间都有过黄河澄清的情况，但无一例外是由于黄河流域大旱。

郑州黄河南岸　摄影/王伟

吕柟

吕柟（1479—1542），明代理学家。字仲木，号泾野，学者称泾野先生，陕西高陵人。吕柟自幼笃志好学，虽寒冬酷暑，端坐诵读于书舍。十四岁应童子试，补廪生。正德三年（1508）殿试进士第一，中状元，授修撰。在翰林院充任经筵讲官、考官、史官期间，讲授义理，尽心竭力；考核官吏，不徇私情；主持修史，秉笔直书。吕柟是享有盛誉的理学家，在学术思想上属程朱学派，初受业于渭南薛敬之，以河东理学家薛瑄为宗。著有《四书因问》《周易说翼》《尚书说要》《春秋说志》《礼问内外篇》《泾野诗文集》等。《四库全书总目提要》认为吕柟文章受到明代复古运动中"前七子"的影响，故其为文"颇刻意于字句，好以诘屈奥涩为高古"。

观底柱记

底柱[1]在平陆县东五十里，大河自蒲津[2]西来，至是微折而南，是柱正当转曲之间，在三门山之阳，紫金、骆驼二峰之西。其形如柱，植立河中。今年三月，内滨初公、谷泉储公及柟约往观之，期至初秋，盖谷泉子之行吉也。

乃七月三日至平陆，同刘虞州四人缘河北岸崎岖而东，至其下，登拜禹庙。出临先门，坐且未稳，私心急欲一观斯柱。乃引河人蹈禾黍中，迤逦南望，仿佛窥其形状，但为双树所蔽翳，不真尔。既坐，三公问从人底柱何在，从人群指，而三公尚未得睹。予曰："西岸双树蔽翳而突兀祠前者是也。"谷泉子曰："不知泾野已先见耶，又隐而不言，可乎？"予曰："柟所见者，心也。诸公所未见者，迹也。是故见形忘形，见声望声，斯则真底柱尔。"诸公皆大笑，乃饭。

饭已，自先门之磴[3]而下，东缘河浒至悬崖，去河咫尺，倚崖而立。南望斯柱，果形状峭拔，与河中诸峰不同。时暴雨新落，大河泛涨，是柱颇偏西岸。予又疑曰："往何以谓之柱在中流邪？"虞州子曰："河至秋阑冬后，则东流倒于西岸，而是柱正当中尔。"诸公更欲前进，求至其所，而路益隘阨。内滨子乃命绘人扶二吏往，直至紫金峰东，与柱相对，而东岸山砑有古刻"底柱"二字，及唐、宋、元人铭诗。绘人皆誉来以观,遂开尊河浒之上,面流三爵,盖是时跋涉艰楚,不能再步尔。内滨子浩然叹曰:"斯河也,自昆仑、积石而来,北过龙门,东至底柱。纳水不啻万流,过山不啻千重,虽崇岭峻巇,俱辟避左右,无一能当之者。独此柱高不及数寻,围不及百丈,乃岿然中流,上撑昊天[4],下系厚地,污浊不染,波荡不去,亘万古而不磨。"曰:"人之一心,本与乾坤相通,或为巧言左语所入,或为谠论[5]正议所拂,遂移其正理,变其常性,是非颠倒,真妄错杂,乃不若此柱何耶?"谷泉子曰:"今日之游,岂真为是柱哉?"

于是诸公皆凭高名酒,临流赋诗,以发其精幽,既而曰:"禹固留此柱以教万世之疑惧者乎!"其后诸联和皆后列。五年七月五日记。

【注释】

[1]底柱:砥柱山位于河南陕县东北的三门峡黄河中间,有神门、鬼门、人门等三门。 [2]蒲津:蒲津渡是历史上的著名古渡口,遗址位于山西省永济市西约十三公里处。 [3]磴:石阶。 [4]昊天:苍天。 [5]谠论:指正直之言,直言。

【赏析】

本文作于明嘉靖五年(1526),时吕柟因"大礼"之议被贬官解州(今属山西省运城市)。在解州期间,写下了六篇游记《游王官谷记》《游龙门记》《观底柱记》《游傅岩记》《游雷首山记》和《游沫水记》。

清初学者对关中学者的文学成就有所讥议,具体就吕柟的诗文创作而言,其文笔精意远,结构严谨,辞气畅达,文辞雅洁,刻画简约生动,具有相当高的审美价值。吕柟的文章一定程度上反映了关中理学家的学术思想和艺术品位,具有浓郁的文学色彩和重要的文学意义。本文体现出吕柟丰富的学识、高洁的胸怀、卓越的器识以及诚挚的救世情怀,文章或恢宏大气,或精雕细刻的面貌,具有构思巧妙、文笔生动、随处点染的优点,读来倍感文笔精美而富有情趣。

徐宏祖

徐宏祖（1587—1641），明代地理学家。字振之，号霞客，南直隶江阴（今江苏省江阴市）人。徐宏祖生于富庶之家，一生志在四方，"达人所之未达，探人所之未知"，所到之处，探幽寻秘，并记有游记，记录观察到的各种现象、人文、地理、动植物等状况，被称为"千古奇人"。著有《徐霞客游记》。

游太华山记

二月晦[1]　入潼关，三十五里，乃税驾[2]西岳庙。黄河从朔漠南下，至潼关，折而东。关正当河、山[3]隘口，北瞰河流，南连华岳，惟此一线为东西大道，以百雉锁之。舍此而北，必渡黄河，南必趋武关[4]，而华岳以南，峭壁层崖，无可度者。未入关，百里外即见太华屼出云表；及入关，反为冈陇所蔽。行二十里，忽仰见芙蓉片片，已直造其下，不特三峰秀绝，而东西拥攒诸峰，俱片削层悬。惟北面时有土冈[5]，至此尽脱山骨，竟发为极胜处。

三月初一日　入谒西岳神，登万寿阁。向岳南趋十五里，入云台观。觅导于十方庵。由峪口入，两崖壁立，一溪中出，玉泉院当其左。循溪随峪行十里，为莎萝宫，路始峻。又十里，为青柯坪，路少坦。五里，过寥阳桥，路遂绝。攀锁[6]上千尺㠉，再上百尺峡。从崖左转，上老君犁沟，过猢狲岭。去青柯五里，有峰北悬深崖中，三面绝壁，则白云峰也。舍之南，上苍龙岭，过日月岩。去犁沟又五里，始上三峰足。望东峰侧而上，谒玉女祠，入迎阳洞。道士李姓者，留余宿。乃以余晷[7]上东峰，昏返洞。

初二日　从南峰北麓上峰顶，悬南崖而下，观避静处。复上，直跻峰绝顶。道士指为仰天池。旁有黑龙潭。从西下，复上西峰。峰上石笋起，有石片覆其上如荷叶。旁有玉井甚深，以阁掩其上，不知何故。还饭于迎阳。上东峰，悬南崖而下，一小台峙绝壑中，是为棋盘台。既上，别道士，从旧径下，观白云峰，圣母殿在焉。下至莎萝坪，暮色逼人，急出谷，黑行三里，宿十方庵。出青柯坪，左上有栒渡庵、毛女洞。出莎萝坪，右上有上方峰，皆华之支峰也，路俱峭削，以日暮不及[8]登。

初三日　行十五里，入岳庙。西五里，出华阴西门，从小径西南二十里，入泓峪，即华山之西第三峪也。两崖参天而起，夹立甚隘，水奔流其间。循涧南行，倏而东折，倏而西转。盖山壁片削，俱犬牙错入[9]，行从牙罅中，宛转如江行调舱然。二十里，宿于木柸。自岳庙来，四十五里矣。

初四日　行十里，山峪既穷[10]，遂上泓岭。十里，蹑其巅。北望太华，兀立天表。东瞻一峰，嵯峨特异，土人云赛华山。始悟西南三十里有少华，即此山矣。南下十里，有溪从东南注西北，是为华阳川。溯川东行十里，南登秦岭，为华阴、洛南界。上下共五里。又十里为黄螺铺。循溪东南下，三十里，抵杨氏城。

初五日　行二十里，出石门，山始开。又七里，折而东南，入隔凡峪。西南二十里，即洛南县峪；东南三里，越岭。行峪中，十里出山，则洛水自西而东，即河南所渡之上流也。渡洛复上岭，曰田家原。五里，下峪中，有水自南来入洛。溯之入，十五里，为景村。山复开，始见稻畦[11]。过此仍溯流入南峪，南行五里，至草树沟。山空日暮，借宿山家。

自岳庙至木柸，俱西南行，过华阳川则东南矣。华阳而南，溪渐大，山渐开，然对面之峰峥峥也。下秦岭，至杨氏城，两崖忽开忽合，一时互见，又不比木柸峪中，两崖壁立，有回曲[12]无开合也。

初六日　越岭两重，凡二十五里，饭坞底岔。其西行道，即向洛南者。又东南十里，入商州界，去洛南七十余里矣。又二十五里，上仓龙岭。蜿蜒行岭上，两溪屈曲夹之。五里，下岭，两溪适合。随溪行老君峪中，十里，暮雨忽至，投宿于峪口。

初七日　　行五里，出峪。大溪自西注于东，循之行十里，龙驹寨。寨东去武关九十里，西向商州，即陕省间道，马骡商货，不让潼关道中。溪下板船，可胜五石舟。水自商州西至此，经武关之南，历胡村，至小江口入汉者也。遂趋觅舟。甫定，雨大注，终日不休，舟不行。

初八日　　舟子以贩盐故，久乃行。雨后，怒溪如奔马，两山夹之，曲折萦回，轰雷入地之险，与建溪无异。已而雨复至。午抵影石滩，雨大作，遂泊于小影石滩。

初九日　　行四十里，过龙关。五十里，北一溪来注，则武关之流也。其地北去武关四十里，盖商州南境矣。时浮云已尽，丽日乘空，山岚重叠竞秀。怒流送舟，两岸秾桃艳李，泛光欲舞，出坐船头，不觉欲仙也。又八十里，日才下午，榜人以所带盐化迁柴竹，屡止不进。夜宿于山涯之下。

初十日　　五十里，下莲滩。大浪扑入舟中，倾囊倒箧，无不沾濡。二十里，过百姓滩，有峰突立溪右，崖为水所摧，发发欲堕。出蜀西楼，山峡少开，已入南阳淅川境，为秦、豫界。三十里，过胡村。四十里，抵石庙湾，登涯投店。东南去均州，上太和，盖一百三十里云。

【注释】

［1］晦：农历每月的末一天。　［2］税驾：指解下驾车的马，停车，有休息或归宿之意。　［3］河、山：黄河和华山。　［4］武关：古晋楚、秦楚国界出入检查处。位于陕西省商洛市丹凤县东武关河的北岸，与函谷关、萧关、大散关称为"秦之四塞"。　［5］土冈：不高的土山。　［6］锁：铁链。　［7］余晷：剩余的时间。　［8］不

及:来不及。[9]犬牙错入:比喻交界线很曲折,像狗牙那样参差不齐。[10]穷:尽头。[11]稻畦:稻田。[12]回曲:曲折。

【赏析】

本文作于明熹宗天启三年(1623),记述了徐霞客自二月晦日至三月初十日,从潼关出发,到秦岭山脉以南共计十一天的旅程。

华山,古称"西岳",雅称"太华山",为五岳之一,位于陕西省渭南市华阴市,在山西省西安市以东。南接秦岭,北瞰黄、渭,自古以来就有"奇险天下第一山"的说法。

在这篇游记里,徐霞客在记述游历过程中,围绕华山奇秀这一最为显著的特点,由远及近、自下而上,详尽而全面地对华山进行了淋漓尽致的描绘。本文中,徐霞客关于山、石、水、云、雾等景物的描写都十分生动,活灵活现,不仅贴近现实,而且十分准确。现代地理学印证了徐霞客对于地质地貌和岩石景观记载的准确性。

陕西境内的黄河浮桥　摄影/孟宪明

晋陕峡谷 摄影／王伟

薛瑄

薛瑄（1389—1464），明代理学家。字德温，号敬轩。河津（今属山西）人。明永乐十九年（1421）进士，授广东道监察御史。正统元年（1436），升山东提学金事，以白鹿洞学规开示诸生，人呼为"薛夫子"。景泰二年（1451），起召为大理寺丞，寻迁南京大理寺卿。天顺元年（1457），官拜礼部左侍郎兼翰林院学士，知制诰，参与内阁机务。不久，因不满权臣石亨、曹吉祥专权乱政，托病乞归。卒谥"文清"。《明史》有传。薛瑄是著名的理学家，为河东学派的创始人。尊崇程、朱，笃于实践，立身行事，严辨公私。其诗虽少，却能抒写性情，并无说教之气。其文少迂腐之气，平正自然，注重形象的描写。著有《读书录》《敬轩薛先生文集》（又名《薛文清公全集》）。

黄 河 赋

吾观黄河之浑浑兮，乃元气之萃烝。浚洪源于西极兮，注天派于沧瀛。贯后土[1]之庞博[2]兮，沓玄沟[3]之晶明[4]。过积石而左转兮，龙门呀[5]而峻倾。薄太华而东骛兮，撼砥柱之峥嵘。入大陆而北徙兮，迷不辨夫九河[6]之故形。经两海[7]而纪众流兮，擅浮沉之濯灵。览颓波而怀明德兮，又何莫非姒氏[8]所经营。登昆仑而俯视兮，固仿佛其初迹。驭高风而骋望兮，遂周游其曲直。何末流之混浊兮，始清澄而浞浞[9]。羌潓滟而徐趋兮，势沄沄而自得。触险石以斗暴兮，诧雷轰而磬击。天宇扩其沉潆兮，渺上下之玄黄。雾雨霏霏而溘集兮，混邃古之洪荒。微风荡拂而涣散兮，天机组织其文章。颓飙浩而汹涌兮，百怪垂涎而簸扬。腥云浊浪以荡汨兮，恍忽颠倒夫舟航。灵曜升而赫照兮，乘正色于中央。望舒在御而下临兮，列宿涵泳其光芒。若乃震秉符以行令兮，百谷淫淫其冻释。山泽沮洳以上气兮，增混瀁[10]之洋溢。鱼龙乘涛以变化兮，杳莫测其所极。祝融[11]载节[12]以南届[13]兮，雷雨奋达以滂霈。潢支流而股合兮，百川奔而来会。木轮囷而漂拔兮，蔽云日而淘汰。狂澜汹而啮岸兮，块土焉塞夫冲溃。霜戒严而木脱兮，少昊[14]执矩以司秋。洲渚缅邈而石出兮，始杀湍而安流。霰雪纷其四集兮，颛顼乘坎以奋神。大块噫气而摩轧兮，流㶁㶁下而龙鳞。层冰木横绝而山委兮，河伯驱石以梁津。羌[15]险夷而明晦兮，变朝暮与四时。飙风起而冲木兮，蟒怪骇其难推。睹圆方之一气兮，恒来往而密移。昔尼父之叹逝兮，跨百世而罕知。顾川流之有本兮，与终古以为期。启龙图[16]而玩六一[17]兮，悟主宰之所为。喟余心之未纯兮，感道妙之如斯。聊诵言以自明兮，庶昼夜之靡亏。

【注释】

[1]后土：古代称大地。 [2]庞博：即磅礴。 [3]玄沟：《周易参同契》载："法象莫大乎天地兮，玄沟数万里。"宋代朱熹《周易参同契考异》曰："玄沟，盖为天汉。"天汉，即银河。 [4]晶明：明亮耀眼。 [5]呀：张口的样子。唐代韩愈《月蚀诗》有"月蚀于汝头，汝口开呀呀"句。 [6]九河：古代黄河下游许多支流的总称。有徒骇河、太史河、马颊河、覆釜河、胡苏河、简河、絜河、钩盘河、鬲津河九道河流。 [7]两海：即乌梁素海和岱海，二者皆因黄河改道而形成的河迹湖。乌梁素海是我国八大淡水湖之一，也是黄河流域最大的岸边湖泊。 [8]姒氏：禹，夏后氏、姒姓，史称大禹。 [9]湜湜：水清澈见底的样子。 [10]滉瀁：指光、影等摇动、晃荡。 [11]祝融：三皇五帝时夏官火正的官名，与大司马是同义词。 [12]载：年。节：节律，节气。 [13]南：南方。届：到。 [14]少昊：姬姓，名玄嚣，远古华夏部落联盟首领。五帝之一，又称白帝，史称青阳氏，是黄帝长子，母亲为嫘祖。 [15]羌：文言助词，用在句首，无义。 [16]龙图：河图，相传龙马从黄河中背负而出的图。 [17]六一：即六一泥，道家炼丹用以封炉的一种泥。

【赏析】

　　这篇文章与此前的同类作品构思有很大不同。作为一代理学大师，薛瑄在行文中，虽然描绘了黄河的壮观景象和四时的变化，但重要的目的在于以黄河为寄托，表达更为深层的理学内涵。文章熔状物、抒情、议论于一炉，把作者所要表达的道理融在对自然景观的描绘之中，给读者留下较大的想象空间，去体会作品的主题思想，从而避免了枯燥的说教。

　　文章的语言富于形象化，韵味较浓。虽然讲究典雅，但其不尚艰涩，隐晦的典故则不选用。薛瑄在描写黄河水时,大量运用水偏旁的字作形容词,每个字却从不重复出现,体现了他高超的运字能力,表现了他追求文风的雅炼,讲求修辞的精美,但不堆砌奇字难典。因此,文章体现出行文流畅,自始至终一气呵成的特点,给人一种整体之美。

赋中有关的哲理之论,多是自然流露,使人不觉突兀。这些议论虽然讲的是哲理,但却不像某些作品那样崇尚玄言、深奥难懂,而是比较浅近平易,又不乏文采。在明代理学家的文学作品中,这样的文字是不多见的。

游龙门记

出河津县[1]西郭门,西北三十里,抵龙门[2]下。东西皆层峦危峰,横出天汉[3]。大河[4]自西北山峡中来,至是,山断河出,两壁俨立相望。神禹疏凿之劳,于此为大。由东南麓,穴岩构木,浮虚[5]驾水为栈道,盘曲而上。濒河有宽平地,可二三亩,多石少土。中有禹庙,宫曰"明德",制极宏丽。进谒庭下,悚肃思德[6]者久之。庭多青松奇木,根负土石,突走连结,枝叶疏密,交荫皮干,苍劲偃蹇,形状毅然,若壮夫离立,相持不相下。宫门西南一石峰,危出半流。步石磴,登绝顶,顶有临思阁,以风高不可木,甃甓[7]为之。倚阁门俯视,大河奔湍,三面触激,石峰疑若摇振。北顾巨峡,丹崖翠壁,生云走雾,开阖晦明,倏忽万变。西则连山宛宛而去。东视大山,巍然与天浮南望洪涛漫流,石洲沙渚,高原缺岸,烟村雾树,风帆浪舸,渺茫出没,太华潼关,雍豫[8]诸山,仿佛见之。盖天下之奇观也。

下磴,道石峰东,穿石崖,横竖施木,凭空为楼。楼心穴[9]板,上置井床辘轳,悬繘[10]汲河。凭栏槛,凉风飘潇,若列御寇驭气在空中立也。复自水楼北道,出宫后百余步,至右谷,下视窈然。东距山,西临河，谷南北涯相去寻尺，上横老槎为桥，蹐步以渡。谷北二百举武[11]，小祠，扁曰"后土"。北山陡起，下与河际。遂穷祠东，有石龛窿然若大屋。悬石参差，若人形，若鸟翼，若兽吻，若肝肺，若疣赘，若悬鼎，若编磬，若璞未凿，若矿未炉，其状莫穷。悬泉滴石上，锵然有声。龛下石纵横罗列，偃者、侧者、立者，若床、若几、若屏，可席、可凭、可倚。气阴阴，虽甚暑，不知烦燠。但凄神寒肌，不可久处。复自槎桥道由明德宫左，历石梯上。东南山腹有道院，地势与临思阁相高下，亦可以眺望河山之胜。遂自石梯下栈道，临流观渡[12]，并[13]东山而归。

时宣德元年丙午，夏五月廿五日。同游者杨景端也。

【注释】

[1]河津县：今山西省稷山县。 [2]龙门：山名，在今山西省稷山县与陕西省韩城市之间，跨黄河两岸。悬崖壁立，巨涛奔流，形势非常险要。《后汉书·李膺传》注引东汉辛氏《三秦记》："河律，一名龙门，水险不通，鱼鳖之属莫能上。上则为龙也。"《尚书·禹贡》载："导河积石，至于龙门。南至于华阴。东至于底柱。又东至于孟津。东过洛汭，至于大伾。北过降水，至于大陆。又北播为九河，同为逆河。入于海。"后人为了纪念禹，在山上建有禹庙。 [3]天汉：银河。 [4]大河：黄河。 [5]浮虚：空虚，这里是凌空的意思。 [6]悚肃：敬畏，恭敬。思德：缅怀夏禹对后世的恩德。 [7]甃：用砖砌东西。甓：砖。 [8]雍：陕西省的简称。豫：河南省的简称。 [9]穴：挖凿，洞穿。 [10]繘：井上汲水的绳索。《玉篇·糸部》载："繘，绠也，用以汲水也。索也。"西汉扬雄《方言》载："繘，自关而东周洛韩魏之间谓之绠，或谓之络。关西谓之繘绠。" [11]举武：举足，举步。武，步武。 [12]渡：禹门渡，即古时龙门关。 [13]并：通"傍"，依靠，沿着。

【赏析】

黄河龙门是黄河的咽喉，位于山西省河津市西北与陕西韩城市交接的黄河峡谷出口处。薛瑄是山西河津人，对于家乡的名胜古迹和自然景观，以饱满的情怀，亲切的笔触，进行细致入微的描绘，歌颂了黄河的壮丽。

本文描述景物采用远近结合的方式，首先选择了气势宏伟、视野开阔的远景和后土祠石凫山石近观,进行了细腻的、多侧面的描写和渲染,使读者在字里行间感受到色彩纷呈。在着力描写自然景观之中,注重对其文化内涵的阐释,笔锋一转,用寥寥数语,插入人文景观的抒写,使读者在观景的同时,又能够产生深刻的哲理思考。而这一切又体现得亲切而自然,无强人所难的说教气。

陕西合阳养在河滩里的牛群　摄影／孟宪明

刘天和

刘天和（1479—1545），明代水利专家。字养和，号松石。湖广省麻城县（今湖北省麻城市麻城县）人。正德三年（1508）进士，嘉靖十三年（1534）任总河。十五年（1536）改兵部左侍郎、总制三边军务。后告老居家，故于嘉靖二十四年（1545）。著有《问水集》。《黄河图说》碑陈列于陕西西安碑林博物馆。碑首呈半圆形，内刻长方形额，篆书"黄河图说"四字。碑身刻黄河下游南流经今河南、山东、安徽一带的地图，其方位与今地图同。刻碑载有《国朝黄河凡五入运》《古今治河要略》《治河臆见》三篇文章，虽整篇文章皆不见于《问水集》，但其间文字多有可相互参校之处。

黄 河 图 说

国朝黄河凡五入运

洪武二十四年河徙原武[1]黑洋山，由陈、颍入淮。先是元至正间河北[2]入会通河，至是南徙，而会通河遂淤。永乐九年命工部尚书宋礼发山东丁夫十六万五千疏浚之，九月工成。

正统十三年河决荥阳，北经开封、曹、濮，至阳谷入运河，溃沙湾东堤，累塞弗绩。景泰四年命左佥都御史徐有贞役夫五万八千治之，十有八月工成[3]。

弘治二年河决金龙口，东北趋运河。命户部侍郎白昂役夫二十五万治之，三月工成。

弘治五年河复决金龙口，溃黄陵岗堤，趋张秋，入运河，治弗效。六年命右副都御史刘大夏役夫十二万有奇治之，二年工成。

正德四年河决曹、单，由沛县飞云桥入运河。嘉靖七年庙道口淤，命右都御史盛应期治之，役夫九万八千，开新河，用工四月余停止。九年飞云桥淤，河北出榖般亭口。十三年冬，河南徙，济宁鲁桥下至徐沛运河淤，上命臣天和役夫十四万有奇疏浚之。始于十四年正月中旬，迄工于是年四月初旬云。

古今治河要略

《夏书·禹贡》：导河积石，至于龙门。南至于华阴，东至于底柱，又东至于孟津，东过洛汭，至于大伾。北过洚水，至于大陆，又北播为九河，同为逆河入于海。

贾让治河三策：堤防之作，近起战国，齐与赵魏，以河为境。齐地卑下，作堤去河二十五里，赵魏亦为堤去河二十五里，虽非其正，水尚有所游荡，时至而去，则填淤肥美，民耕田之，或久无害。稍筑室宅，排水泽而居之，湛溺固其宜也。今堤防狭者去水数百步，远者数里，此皆前世所排也。今行上策，徙冀州之民当水冲者，放河北入海，难者将曰败坏城郭、田庐、冢墓以万数，百姓怨恨。昔大禹凿龙门，辟伊阙，析砥柱，破碣石，堕断天地之性，此何足言也？今濒河十郡治堤岁费且万万，及其大决，所残无数。如出数年治河之费，以业所徙之民，遵古圣之法，定山川之位，使神人各处其所而不相奸。且以大汉方制万里，岂其与水争咫尺之地哉？此功一立，河定民安，千载无患，谓之上策。若乃多穿漕渠，旱则开东方下水门，溉冀州，水则开西方高门，分河流，富国安民，兴利除害，支数百岁，谓之中策。若缮完故堤，增卑倍薄，劳费无已，数逢其害，此最下策也。

张仲义曰："河水浊，一石水而六斗泥。"

欧阳修曰："禹得《洪范》书，知水润下之性，乃疏而就下，水患乃息。"然则以大禹之功不能障塞，但能因势而疏决尔。今欲逆水之性，障而塞之，夺洪河之正流，使人力干而回注，此大禹之所不能也。且河本泥沙，无不淤之理。淤常先下流，下流淤高，水性渐壅，乃决上流之低处，此势之常也。然避高就下，水之本性，故河流已弃之道，自古难复。是则决河非不能力塞，故道非不能力复，所复不久，终必决于上流者，由故道淤而水不能行故也。智者之于事有所不能，必则较其利害之轻重，择其害少者而为之，犹愈害多而利少。

宋神宗时河决恩、冀等州，司马光言："北流幸而可塞，则东流浅狭，必致决塞，是移恩、冀之患于沧、德也。不若俟二三年东流益深，北流渐浅，然后塞之。"神宗曰："东北流之患，孰为重轻。"光曰："两地皆赤子[4]，但北流已残破，而东流尚全尔。"

宋神宗谓辅臣曰："以道治水，无达其性可也。如顺水所向，迁徙城邑以避之，复有何患？"

任伯雨曰："河流混浊，流行既久，迤逦淤淀，久而必决者，势也。或北而东，或东而北，安可以人力制哉？今宜因其所向，宽立地方，约拦水势，使不致漫流尔。"

吕祖谦曰："禹不惜数百里地，疏为九河，以分其势。善治水者，不与水争地也。"

欧阳玄《至正河防记》治河一也，有疏、有浚、有塞，三者异也。酾河之流因而导之谓之疏，去河之淤因而深之谓之浚，抑河之暴因而扼之谓之塞。疏浚之别有四：曰生地，曰故道，曰河身，曰减水河。生地有直有污，因直而凿之。故道有高有卑，高者平之以趋卑，高卑相就则高不壅，卑不潴，虑夫壅生溃，潴生湮也。河身者水虽通行，身有广狭，狭难受水。水溢悍，故狭者以计辟之，广难为岸，岸善崩，故广者以计御之。减水河者，水放旷则以制其狂，水骤突则以杀其怒。治堤一也，创筑修筑补筑之名，有刺水堤，有截河堤，有护岸堤，有缕水堤，有石船堤。治埽一也，有岸埽，有水埽，有龙尾、拦头、马头等埽。其为埽台及推、卷、牵、制、薶、挂之法，有用土、用石、用铁、用草、用木、用筏、用絙之方。塞河一也，有缺口、有豁口、有龙口。缺口者已成川，豁口者旧常为水所豁，水退则口下于堤，水涨则溢出于口。龙口者水之所会，自新河入故道之源也，曰折者用古算法。因此推彼，知其势之低昂，相准折而取匀停也。

余阙曰："中原之地，平旷夷衍，无洞庭、彭蠡以为之汇，故河尝横溃为患。禹自大伾而下，则析为三渠，大陆而下则播为九河。然后其委多，河之大，有所分，此禹治河之道也。自瓠子再决，流为屯氏诸河，其后德棣之河又播为八，偶合于禹所治，由是讫东都至唐，河不为害者数百年。至宋河又南决，惟一淮以为之委，无以泻而分之。□□（缺二字）之河患，与武帝时无异。"

宋濂曰："夫以数千里湍悍难治之河，而欲使一淮以疏其怒势，禹之无此理也。分其半水，使之北流，以杀其力，河之患可平矣。譬犹百人为队，则力全莫敢与争，若分为十则顿损，又各分为一则全屈矣。治河之要孰逾此。"

丘浚曰："曩时河水犹有所潴[5]，如巨野、梁山等处，犹有所分，如屯氏、南河之类。虽以元人排河入淮，而东北入海之道犹微有存者，今则以一淮而受众水之归矣。后世治河者往往与水争利，其行也强而塞之，止也强而通之，又不如听其自然而不治之为愈也。诚能沿河流相地势，择便利就污下，条为数河，以分水势，使河之委，易达于海。如是而又委任得人，积以岁月，随见长智，害除而利日兴。河南淮右之民，庶其有瘳乎？"又曰："汉唐以来，贾让诸人言治河者，多随时制宜之策，在当时虽或可行，而今日未必皆便。宜今河南相地所宜，或筑长垣以御泛溢，或开淤塞以通束溢，或迁村落以避冲溃，或给退滩以偿所失，虽不能使并河州郡百年无害，而被患居民可暂苏息矣。"

元史至元十七年，命都实为招讨使，佩金虎符，往求河源，四阅月始至，是冬还报。翰林学士潘昂霄、临川朱思本各有撰述。大率河源东北流，历蕃地至兰州，凡四千五百余里，始入中国。又东北流过达达地，凡二千五百余里，入河东境内。又南流一千八百余里，至河中潼关,又东流九百余里至开封。又东南分流,一由梁靖出徐州小浮桥口,一由宿州出宿迁小河口,一由涡河出怀远荆山口,通合于淮,口口(缺二字)又一千四百余里,通计万有余里云。

治河臆见 [6]

天下之水,凡禹所治,率有定趋,惟河独否[7],盖尝周询广视,历考前闻而始得之。其原有六焉,河水至浊,下流束溢停阻则淤,中道水散流缓则淤,河流委曲则淤,伏秋暴涨骤退则淤,一也。从西北极高之地,建瓴而下,流极湍悍,堤防不能御,二也。易淤故河底常高,今于开封境测其中流,冬春深仅丈余,夏秋亦不过二丈余,水行地上,无长江之渊深,三也(滨河郡邑护城堤外之地渐淤,高平自堤下视城中如井然)。傍无湖陵之停潴,四也。孟津而下,地极平衍,无群山之束隘,五也。中州南北悉河故道,土杂泥沙,善崩易绝,六也。是以西北每有异常之水,河必骤盈,盈则决,每决必弥漫横流。久之,深者成渠,以渐成河,浅者淤淀,以渐成岸。即幸河道通直,下流无阻,延数十年,否则数年之后,河底两岸,悉以渐而高,或遇骤涨,虽河亦自不容于不徙矣。此则黄河善决迁徙不常之情状也,故神禹不能虑其后。自汉而下,毕智殚力以从事,卒莫有效者,势不能也。甚者喜功生事,妄兴大役,以劳民病国,曾不旋踵而或淤或决,可畏也已。然则河终不可治欤?曰贾让、宋廉之说备矣,而今则未宜。盖南经园陵,北妨运道,河之所泄,惟徐邳之间尔,复多阻山,治之倍难,与古大异。其"勿与河争之"一言,则万世治水之定论也。若欧阳修、司马光而下,吾咸取法焉,然则河终不可入运欤?曰河之水至则冲决,退则淤填,而废坏闸座,冲广河身,阻隔泉源,害岂小邪?前次张秋之决,庙道口之淤,新河之役,今兹教百里之淤,可鉴已。议者有引狼兵以除内寇之喻,真名言也。故永乐迄今,治河则于淤则浚之,决则塞之而已。虽先朝宋司空礼、陈平江瑄之经理，亦惟导汶建闸，不复引河。且于北岸筑堤卷埽，岁费亿计，防河北徙，如防寇盗。然百余年来，纵遇旱涸，亦不过盘剥寄顿[8]，及抵京稍迟尔，未始有壅塞不通之患也。如迩年鱼、沛河水自至，则不得已而聊幸目前舟行之便利，后害虽大，不暇计矣。然仅二百余里尔，上至济宁临清五百里间，则犹资汶水诸泉之利也，顾可泥近小而忘远大邪？苟已去而复引之，则亿万之财力徒捐，而数百里已平之故道难复，当事者所深惧也，况昔人已虑及此邪。惟汶泉之流，遇旱则微，汇水诸湖以淤而狭，引河之议或亦虑此。然国计所系，当图万全无已，吾宁引沁之为愈尔。盖劳费正等，而限以斗门，涝则纵之，俾南入河。旱则约之，俾东入运，易于节制之为万全也。而大劳未艾，民力方屈，运道方幸通，抑何敢以轻议邪？若徐吕二洪而下，必资河水之入而后深广。近夏邑新开东北之流，赖以下济，圣化潜孚，川灵效顺，不假人力。治水之臣，惟当时疏浚，慎防御，相高下顺逆之宜，酌缓急轻重之势，因其所向而利导之尔。然则中州之患，何以恤之？议者云：黄河南徙，国家之福，运道之利也，当冲郡邑，作堤障之，不坏城郭已矣，被患兵民，蠲[9]其租役，不至流徙已矣。谨三复斯言云。

嘉靖乙未夏四月钦差总理河道都察院右副都御史麻城刘天和书

此碑现存陕西长安，蔡君亮工以拓本见赠，与问水集多所发明。因附刊于集后，字多漫漶，不克影印。故钩摹原图，制成缩本，而以图说三篇，附录于此。

汪胡桢　识

【注释】

[1]原武：原武县，西汉置，今河南省原阳县。唐初改原武县，北宋并入阳武

县。清雍正改属怀庆府。1949年与阳武县合并，改原阳县。［2］河北：河向北行。［3］徐有贞塞河事有碑文，前已著录。［4］赤子：人民，指老百姓。［5］潴：水积聚的地方。［6］臆见：个人的私见。［7］否：不稳定。［8］盘剥：反复剥削。寄顿：积存，积压。［9］蠲：免除。

【赏析】

黄河在明代立国之初，就开始水灾频发，执政者也越来越重视黄河的治理。明嘉靖年间，治河总督刘天和总结了一系列科学有效的治黄理论，并将自己在治河中的经验教训写成《问水集》一书，于嘉靖十五年（1536）刻制成河防地图——《黄河图说》。这幅《黄河图说》被后人称为中国地图史上最杰出的黄河治理专题地图，堪称"治黄专图之最"。

原图配有碑文三篇，《国朝黄河凡五入运》《古今治河要略》《治河臆见》，内容各有不同，本选文尽录其三篇文章，以俟读者阅览。《黄河图说》保存了明代中叶黄河、运河流向的真实情况，特别是存留了嘉靖十四年（1535）初黄河分三道，一支出涡河口、一支出宿迁小河口、一支出徐州小浮桥，汇于淮河出海的情况；记录了明初治理黄河、运河的若干工程成效，也展示了刘天和在治理黄河过程中，在采用前人经验的同时，补充和校正了文献中关于黄河历史的记载。

内蒙额济纳的胡杨林　摄影/董保华

爱新觉罗·玄烨

爱新觉罗·玄烨（1654—1722），清朝第四位皇帝，清定都北京后第二位皇帝，年号"康熙"。康熙帝八岁登基，十四岁亲政，在位六十一年，是中国历史上在位时间最长的皇帝。康熙帝坐镇北京，取得了对三藩、沙俄战争的胜利；消灭了在台湾的明郑政权；三征噶尔丹并取得胜利；创立"多伦会盟"取代战争，联络蒙古各部，意图以条约确保清朝政府对黑龙江的领土控制。在政治上加强中央集权，注意休养生息，发展经济，笼络汉族士人，开创出康乾盛世的大局面。庙号"圣祖"，谥号"合天弘运文武睿哲恭俭宽裕孝敬诚信中和功德大成仁皇帝"，葬于景陵。传位于第四子胤禛。

黄河（并序）

河源发于塞外，流经万里余，始由中土[1]入海。曩曾遣使探流穷源，河之为利为害，莫不洞悉。近以巡省边隅，驻跸湖滩河朔[2]。一水潆洄，自西北来，流不甚浊而波缓，岸隘而土坚。白草萧萧，黄沙弥望，其中环抱，约地千二百余里，草丰水美，便于畜牧。明弘治间，沦于外彝[3]，地逼秦境，时相寇扰，故诸臣每言不宜弃此。众议纷然，人多不察，恒惜其言之未用。然使当日即用其言，加兵塞外，揆理度势，岂遂能驱而远之？亦必徒劳士马耳！朕尝以收复河套之论，谓其心忠于国则可。谓其灼见事机，言之可行，则未然也。国家威德所布，龙荒大漠与河套尽入版图，诸蒙古岁修赆贡，奉职惟谨。非务德，意绥柔[4]，讵兵力之所可致耶？故临流增思，诗示永久。

洪流远且长，迢遥逾塞垣。旋绕几曲折，沙杂波涛浑。渐下渐开拓，建瓴势迅奔。所经虽绵邈，脉络自有根。东南藉挽输，疏瀹[5]频讨论。昔岁省堤防，淮济亲临轩。今兹历大荒，羽卫成云屯。崚嶒两岸间，天寒落涨痕。冰澌[6]断更续，晶晶耀朝暾[7]。此中地沃饶，水草佳且繁。昔人议收复，斯举诚难言。观俗抚幽遐，老幼争攀援。殊方亦苍赤，咸施沐浴恩。期令归化意，来者如河源。昼夜入沧海，包括弥乾坤。

【注释】

［1］中土：指汉地中部或中原王朝，也叫中原、中华、中夏、华夏、诸华。　［2］湖滩河朔：今托克托县旧城地。　［3］外彝：外族，外国或外国人。这里指俺答。　［4］绥：安抚。柔：柔和。　［5］瀹：疏通（河道）。　［6］冰澌：解冻时流动的寒冰，冰凌。　［7］朝暾：形容初升的太阳，阳光明亮温暖，亦指早晨的阳光。

【赏析】

康熙三十五年（1696）九月十九日，康熙帝以"巡行北塞、经理军务"的名义，本着对少数民族开诚示信，广布威德，多方抚理，加强团结的治理观念，第二次御驾亲征噶尔丹，其路线是北出居庸关，经张家口、归化，十一月经湖滩河朔（托克托）渡黄河，经鄂尔多斯直抵宁夏，调动西北各部组成联合防线，遏制噶尔丹西窜之路。目的是抚恤塞外，招抚噶尔丹及其部下，切断噶尔丹去回部、青海及其联络西藏的通路，使其处于孤立无援的困境。

康熙三十五年（1696）十月二八日，康熙帝驻跸湖滩河朔（托克托），此时黄河已是封河前的流凌时期。康熙帝的战略是要利用以"小雪流凌，大雪封河"的自然规律，使西征大军顺利从冰上渡过黄河。康熙帝在黄河结冰封河前，滞留于托克托八天。本文正是此时创作，文中谈及明朝河套地区丢失的情况，表达了自己的看法："朕尝以收复河套之论，谓其心忠于国则可。谓其灼见事机，言之可行，则未然也。"诗序部分的风格雍容典雅，体现出一代帝王从容的气度和博大的胸怀。

爱新觉罗·胤禛

爱新觉罗·胤禛（1678—1735），清朝第五位皇帝，定都北京后第三位皇帝，年号"雍正"。雍正帝在位期间做了一系列改革：为加强对西南少数民族的统治，实行"改土归流"；废除贱籍制度，实行摊丁入亩；实行官绅一体当差一体纳粮；平定罗卜藏丹津叛乱；政治上创立密折制度监视臣民，设立军机处以专一事权；改善秘密立储制度，使得皇位继承办法制度化。雍正帝的一系列社会改革对于"康乾盛世"的连续具有关键性作用。雍正十三年（1735）驾崩，庙号"世宗"，谥号"敬天昌运建中表正文武英明宽仁信毅睿圣大孝至诚宪皇帝"，葬清西陵之泰陵，传位于第四子弘历。

高家堰碑文

黄河为运道，民生所关，而治河以导淮刷沙为要。高家堰[1]者，所以束全淮之水，并力北趋以入河，河得清淮，则沙不积而流益畅。故考河道，于东南以高堰为淮、黄之关键。

淮自中州挟汝、颍、涡、汴诸水，汇注于洪泽一湖，荡激漭洄，浩渺无际。而淮、扬两大郡居其下流，惟恃堰堤以为障御，所系讵不重哉？

我皇考圣主仁皇帝，为亿兆苍生筹万世永赖之计，屡勤清跸，指示臣工，方略昭垂，神谋卓越，全河形势，经画周详，而高堰堤工，尤廑睿虑。迄今数十年来，河臣遵守成规，列郡得安衽席[2]者，皇考圣绩神功之所赐也。朕绍承鸿绪，注念河防，思高堰堤工绵远，保护维艰，惟不惜多费帑金建石工，使高厚坚固，久远可恃，斯于运道、民生，实有裨益。朕衷默定，询度佥同，爰特发帑金，庀材鸠役[3]，专命大臣董其事。经始于雍正八年二月，越雍正十年六月，大工告竣。仰藉神庥，风涛恬静，薪石云集，工作易施，增卑而高，培薄而厚，易圮而新，孔固孔完。其增广皆有加于旧，凡六千三百四十余丈，延袤四十余里。所费帑金一百一万余两。于是高堰之工屹然为淮扬巨障。河臣上言，大工之成，不可无纪。用俞所请，摛文勒石，以示朕宵旰畴咨[4]之至意。冀河流济运，永庆安澜，保障无虞，民生乐业，以无忝皇考底定平成[5]之绩云尔。

【注释】

［1］高家堰：位于今江苏省淮安市境内洪泽湖东岸，通称"洪泽湖大堤"，俗称"石工堆"，被誉为"水上长城"，是大运河水利工程的重要历史见证和宝贵遗产，2003年被江苏省确定为全省推荐申报世界文化遗产的六个条目之一，2006年被国务院公布为全国重点文物保护单位。高家堰作为黄河水道中的关键性闸坝，名称出现较晚。 ［2］衽席：指太平安居的生活。 ［3］庀材鸠役：即鸠工庀材。指招聚工匠，筹集材料。土木工程兴建前的准备工作。 ［4］宵旰：比喻勤于政事。畴咨：访问，访求。 ［5］底定：平定，安定。平成：指事情安排妥当。

【赏析】

本文作于清朝雍正十年（1732）。高家堰位于今江苏省淮安市境内洪泽湖东岸，通称"洪泽湖大堤"。其作为清代早期黄河与淮河汇合之地，在南北河道及漕运上具有重要的地位。明代潘季驯等认为高家堰兴建于东汉陈登，历经兴废，决而复修，毁而复建。自明代始，黄河治理开始列入国家预算，高家堰作为南北航道中的关键部位，耗资不菲，清代亦然。仅清代而言，康熙帝、雍正帝、乾隆帝、咸丰帝时期都有大规模的修筑，并且自乾隆帝始，国库每年拨付百万两帑金作为护堤之用，还驻扎汛兵三千人以护堤。

雍正八年至十年（1730—1732），耗资101万两白银修、补、增高家堰堤坝，为其后数十年黄河安澜做出了重大贡献。

河源神庙碑文

四渎[1]之中，河[2]为大。自星宿[3]发源，经行数千里而入中国[4]，亘络坤维，泽润九宇，方望之祭，三代以来尚矣。我国家敬共明神，钦崇祠事，精禋昭格，灵贶丕彰，南北堤工安澜，底绩[5]漕艘利济，输挽以时，以至引河自汕，于中浤沮洳，悉淤为沃壤，澄清千里。经历三旬，上瑞光照，鸿庥屡著，兖、豫、江、淮之境，各建庙宇，春秋展祀，尊崇令典。视前代加虔。顾河源所自，庙貌阙焉，于礼未称。朕念昆仑远在荒徼，命使不能时至，而《禹贡》有"导河积石"之文，考其地在今西宁河州[6]境内，黄河流入中国自此始，则建庙以祀。河源之神实惟此地为宜。乃命礼官详议，敕甘肃抚臣于河州相度善地，恭建新庙，高门广殿，肃穆宏深，发帑鸠工，专官董役。雍正九年冬十月告成，朕亲洒宸翰，赐额曰"福佑安澜"。

先是谕旨甫颁，经营伊始，雍正八年六月之望，河州有"庆云捧日"之瑞[7]，自午至申，万众瞻仰。七月五日，临洮道臣相地积石关外，见河流澄澈，上下百有余里，彻底莹洁，凡三昼夜。同时入告，共庆嘉祥。

朕惟河岳山川均为造化之功用，而润泽广远，利赖溥被，惟河最灵，河神之福国佑民，历有明验，今兹立庙之地，显著休征，益以知天心降鉴，感则必通，神德昭明，诚无不格，爰志建庙岁月，揭诸贞珉[8]，兼纪明神显应之迹，垂示永久，以昭朕夙夜懋勉，恭承天眷，敬迓神庥之至意云。

【注释】

[1]四渎：长江、黄河、淮河、济水的合称。 [2]河：特指黄河。 [3]星宿：即星宿海。位于青海省中部，巴颜喀喇山西麓，古时以为黄河发源地。 [4]中国：古代华夏族建国于黄河流域一带，以为居天下之中，称中国。后世中原王朝亦自称中国。 [5]底绩：指获得成功，取得成绩。 [6]西宁河州，今临夏市，隶属甘肃省临夏回族自治州。 [7]庆云：五色云，古人以为祥瑞之气。捧日：原指拱日，用于比喻忠心辅佐帝王。 [8]贞珉：石刻碑铭的美称。

【赏析】

　　本文作于清朝雍正十年（1732），雍正皇帝亲自撰写碑文，并赐匾额"福佑安澜"。文中叙述了河源神庙建造的缘由以及神庙建造的地方，表达了雍正皇帝对河源神的敬畏之心和河神福国佑民的愿望，希望河源神能够佑中国黄河安澜，漕运通达及时。

　　清朝初期，执政者注重对汉民族文化的吸收，也尊重汉民族的民间信仰，因此各地修建祭祀场所、庙宇诸多，如关帝庙、城隍庙、文庙、禹王庙，当然河源神庙亦在此列。

　　自元代都实奉敕探寻河源，建府设州，但一直未建造河源祭祀固定场所。河源神庙开工于雍正八年（1730），竣工于雍正九年（1731）。这是封建社会时期在国家层面第一次为黄河源修建祭祀神庙，但需要注意的是，神庙修建之地并非真正的黄河发源之地，而是位于当时的西宁河州，今甘肃省临夏回族自治州临夏市。

黄河源头的牛头碑　摄影／王伟

爱新觉罗·弘历

爱新觉罗·弘历（1711—1799），清朝第六位皇帝，定都北京之后的第四位皇帝。年号"乾隆"。乾隆帝在位期间清朝达到了康乾盛世以来的最高峰。其武功繁盛，在平定边疆地区叛乱方面做出了巨大成绩，并且完善了对西藏的统治，正式将新疆纳入中国版图，清朝的版图由此达到了最大化，近代中国的版图也由此正式奠定；实行"因俗而治"的民族政策；文化得到了很大的发展，开博学鸿词科，修《四库全书》。但乾隆帝对于文化的控制，也达到了前所未有的力度，其执政期间，文字狱高达140余起，不少文人学者噤若寒蝉。乾隆六十年（1795），乾隆帝禅位于第十五子颙琰。嘉庆四年（1799）崩于养心殿，享年89岁，庙号"高宗"，谥号"法天隆运至诚先觉体元立极敷文奋武钦明孝慈神圣纯皇帝"，葬于清东陵之裕陵。

中州治河碑

国以民为本，在知民莫达之隐。民以食为天，在防食致害之源。害源不求，食则无秋。达隐莫知，民则何依。豫民之向隅也，切体恤之。悉为灾之因涝也，为鬘剔之。时则守土之臣曰胡宝瑔[1]，襄事之臣曰裘曰修[2]，二臣奉朕旨，惜工不爱帑，不劳民，水用泄。土计方，上源下游，以次就治。抚臣胡宝瑔因民之请，欲泐石纪恩，而建亭以覆之。朕维此繁文可勿事，惟是斯民之利赖有宜垂示久远者。《虞书》言养民之政，举水、火、金、木、土、谷为六府，禹之明德远矣。究其所设施，则决川距海，即系之以浚畎浍距川。《周礼》：遂人掌邦之野，有遂有径，有沟有畛，有洫有涂，有浍有道，有川有路。而稻人掌稼，下地畜水，止水，荡水，均水，舍水，写水，而后作田。古先哲王，其纳天下，于在宥兵农礼乐，至一名一器之微，皆纤悉为之制，而必先之以水土之政，此地平天成之所由基也。水土之政不修，食曷由出？朕于四方水旱之告，蠲赈动以千万计，顾图之于既灾之后，不如筹之于未灾之前。仰体上天覆育元元之心，罔敢暇逸，以无负所付，用康乂我亿兆人，良有司为朕分牧民之任者，其亦体朕心，以期于永永弗斁，则朕之至愿也。

至于齐、徐、淮、海，莫不分命臣工董司其事，以疏以瀹，寻源注委。而豫居天下之中，黄河界其北，淮渎经其南，平原高壤，无大陆广川为之泻，故尤为难治，今自荥泽[3]以下，导汴、涡、沙、汝诸水以流其恶。其支分派别，或堤以束之，或渊以潴之，或引之使分，或汇之使合，曲之使有容，直之使径达，为水门以蓄泄之，为涵洞以吐纳之。

朕后先宣示之旨，及诸臣之疏具在，兹不复叙，为叙其大指若是，嗟乎，豫之民其受困亦亟矣。及朕知之，始为之易抚臣，发帑粟，兴水利，然救什一于千百，其亦迟矣。朕方抱愧之不暇，而曰民感恩乎？其益增吾愧而已矣。

【注释】

[1]胡宝瑔（1694—1763）：字泰舒，江南歙县（今安徽省歙县）人，时任河南巡抚。乾隆二十三年（1758），治理河南水灾，受到乾隆帝褒奖，加太子少傅。 [2]裴曰修（1712—1773）：字叔度，一字漫士，江西新建（今江西省南昌市新建区）人，乾隆四年（1739）进士。乾隆二十二年（1757），奉旨疏浚丰乐河、贾鲁河、惠济河、涡河，从而使洪水分流减少水患。乾隆二十八年（1763），裴曰修采取降低河床的方法来治理睢河，平息了水患。自乾隆二十三年至乾隆三十六年（1758—1771），一直致力于清朝河道治理，足迹遍布江河南北，是有清一代杰出的治水专家。 [3]荥泽：隋仁寿元年（601），改广武县置。元代属开封府。明成化八年（1472）因河患南徙至今古荥镇。清代仍属郑州，1931年与河阴县合并为广武县。

【赏析】

清乾隆二十二年（1757），黄河在河南、山东、安徽多处决口，洪水久不消退。是年，乾隆帝南巡，召见三省巡抚商议治理对策，并派遣军机大臣裴曰修协同办理。这是一次历时数月，在豫东地区由朝廷主导，军民参与的大规模的水利建设，通过此次河道治理，黄河中下游河道在很长时间内相对稳定。河道功成以后，乾隆帝御制《中州治河碑》纪念了这次水利修建之盛事。

文章情辞恳切，提出国以民为本，民以食为天，急民之所急，才能了解民心向背，体现了乾隆帝的民本思想。

按：此碑文收录于高宗《御制文集》《清实录·乾隆朝实录》中，亦刻于《水利图碑》中。《水利图碑》具体内容有二：一是开封、归德、陈州、汝宁四府三十六州县区域内的河渠综合图，一是这篇文章。这个石碑目前由河南省商丘市博物馆保管。

花园口的安澜雕塑　摄影/孟宪明

爱新觉罗·福彭

爱新觉罗·福彭（1708—1749），清朝宗室大臣，克勤郡王岳托后裔，第五任平郡王。通政使曹寅外孙，文学家曹雪芹姑表哥。雍正四年（1726），袭封平郡王，担任右宗正，署任都统。雍正十一年（1733），授军机处行走。拜定边大将军，讨伐噶尔丹策零，率领将军傅尔丹前往科布多保护北路诸军。再被召还。雍正十三年（1735），福彭覆命率师驻守鄂尔坤，筑城于额尔德尼昭之北。再被召还以庆复代替。乾隆初年，先后管理正白旗和正黄旗的满洲都统，升任议政大臣。乾隆十三年（1748）逝世，谥号"敏"。其子庆明承袭平郡王之爵位。

九 河 考

九河[1]之迹著自许商[2]，商为汉成帝时河堤都尉。上书曰："古记九河之名，有徒骇、胡苏、鬲津，今见在成平、东光、鬲县界中。"自鬲津以北至徒骇，其间相去二百余里。据商所言，徒骇在成平[3]，胡苏在东光[4]，鬲津在鬲县[5]。徒骇最北，鬲津最南。三河既知其处，则其余六者，以《尔雅》九河之次推之，太史、马颊、覆釜必在东光之北，平成之南；简、洁、钩盘必在东光之南，鬲县之北无疑，此其大略可知者也。若条分而缕析之，一水必指一处，则记载纷如，可得而述。

《孔疏》[6]："徒骇河之本道，东出分为八枝。"于钦谓："漳河即古徒骇"。以今舆地考之，漳水自巨鹿至天津入海，中间所历，皆徒骇之故道，则《齐乘》之言似得其实。

太史，自昔无考，《明一统志》云："在南皮县[7]北。"

马颊、覆釜，《通典》云："在平原郡界"。平原，德州也。

胡苏，于钦以沧州南之大连淀当之。《汉·志》[8]云："东光县有胡苏亭。"

简河，《正义》云："在贝州历亭县界"。历亭，今东昌府之恩县[9]

是。简河反在鬲津之南，谬矣。《金·地理志》云："南皮县有洁河。"

钩盘，《通典》云："在乐陵县[10]东南"。鬲津，《元和志》云："在安德南七十里"。于钦以滨州之士伤河当之。

自汉以来，讲求九河者甚详，然许商止得其三，其马颊、覆釜、钩盘三河，至《通典》始得之。由宋迄明，而后简、洁、太史三河遂皆胪列可指。以汉人所不能知者，而后人考之独详，其果可信也欤？

《蔡注》[11]以为，或新水而被以旧名，或一地而互为两说，皆似是而非，无所依据，诚哉是言矣。独是《蔡注》，亦有可议者。简、洁本二河，故考亭[12]注《孟子》亦分之为二，《蔡注》乃合之为一，且议先儒不知一为经流，何其疏略之甚也。徒骇为河之本道，《孔疏》之说甚明，故班固云："自兹距汉已亡其八枝，则其一存者即徒骇也"，岂别有所谓经流耶？至《尔雅·释水》并无一曰二曰之文。《郭注》[13]于简下注云："水道简易"，于洁下注云："水多约洁"，则简、洁之必不可合而为一也，审矣。今欲自实其说，遂自一而数之至八，若《尔雅》之文，有固然者，诬蔑古人诖误[14]，来者多闻阙疑，殆不如是。至于九河之迹，既不可复识。而王横[15]遂谓："与碣石俱为海所渐。"夫许商所指三河见在之地，今河间交河县东有成平故城，东光县东有东光故城，济南德州北有鬲县故城，皆汉县也。则所谓"为海所渐"者，王横之臆说，又乌足信也哉。

【注释】

[1]九河：指古黄河的九道河流。 [2]许商：字长伯，西汉长安（今陕西省西安市）人，精于《尚书》，擅长算术，著有《五行论》《许商算术》，大小夏侯学派的传人之一，其弟子众多。商曾任博士、将作大匠、河堤都尉，与丞相史孙禁到黄河下游视察洪水，研究治水方略。 [3]成平：汉武帝元朔三年（前126），置成平县于今

河北泊头市齐桥镇大付村附近。［4］东光：今河北省东光县。［5］鬲县：秦置鬲县（在今山东省德州市德城区南），属济北郡。西汉属平原郡。北魏析平原郡、清河郡地置安德郡，鬲县属之。北齐天保七年（556）鬲县废。［6］《孔疏》：指唐代孔颖达的《尚书正义》。［7］南皮县：今河北省南皮县。［8］《汉·志》：即《汉书·地理志》。［9］恩县：古旧县名。明洪武二年（1369）降恩州为县，徙治今山东省平原县西恩城，属高唐州。清属东昌府。1956年划归平原、夏津和武城三县。［10］乐陵县：今山东省乐陵市（县级市）。［11］《蔡注》：即蔡沈的《诗集传》。［12］考亭：指朱熹。［13］《郭注》：指晋代郭璞的《尔雅注》。［14］讹误：贻误。［15］王横：生卒年不详，字平中，西汉琅邪（今山东省诸城市）人，受《易》于费直，受《毛诗》于徐敖，又传《古文尚书》。王莽时官大司空掾，能言治黄河之策。《汉书·沟洫志》作"王横"，《后汉书》亦作"王横"。《汉书·儒林传》作"王璜"。

【赏析】

　　本文名为《九河考》，属考证性质的散文，作者从汉代学者的论述，梳理至当下舆地之形式，援引汉代许商、王璜，晋代郭璞，唐代孔颖达，宋代蔡沈等人关于九河的论述，可谓权威而中肯。

　　文中提出了距古为近的汉代学者尚不能考证出九河的真实位置，后世反而能一一翔实辨识，其言不可信。对于封建时代科举教科书《书集传》中蔡沈的注解也提出了异议，正体现了清代早期学术已经开始往考据发展，也体现了作者疑古、辩古的学术态度。

　　对于黄河下游九条河道的考证，自汉代至今，学者众多，论争繁复，清代较为著名的有田雯的《中州河防考》。本文考证虽不尽翔实，但读者可以从中看出清代早期皇室宗亲的学术思想发展状况。

蔡世远

蔡世远(1682—1733),清代文学家。字闻之,号梁村。福建漳州府南靖县(今福建省南靖县)人。清康熙四十八年(1709)进士,历任翰林编修,詹事府左庶子,翰林侍讲学士,詹事府少詹事,内阁学士兼礼部右侍郎,官至礼部左侍郎、经筵讲官。雍正十一年(1733)卒于官。乾隆一年(1736),赠礼部尚书,赐祭葬,谥"文勤",后又追赠太傅。蔡世远精研程朱理学,是清代闽学派的主干。其分修《性理精义》,主讲于福建鳌峰书院、漳浦县学官,士子争先恐后地前往听讲。雍正皇帝称赞他讲学用心得体,尽心尽职,"谈经禁近,朕心怃讲论之勤;晋秩容台,邦礼藉寅清之重"。方苞为其撰写《礼部侍郎蔡公墓志铭》论曰:"其材天植,其学不迷,其志不欺,其数非奇,而不竟其所施。匪予之私,众心所凄。"蔡氏著有《二希堂文集》,卷首有皇四子弘历序、皇五子弘昼序、平郡王福彭序。

河清颂(有序)[1]

臣闻圣人在上,天不爱道,地不爱宝。是故河出图,包羲则之以画卦;洛出书,大禹则之以叙畴[2]。盖天地一元之气,分而为阴阳,播而为五行。五行之生,以水为先,而四渎之水,又以河为大。天降嘉祥,兆自河洛,理固然也。钦惟我皇上四德[3]根心,五气[4]顺布,孝以事亲,本爱敬之心,以推暨乎百姓,诚以事天体元善之长,以涵濡乎群生,澄叙官方,扬清激浊。而百官以治,心周蔀屋[5],恺泽旁敷,而万民以察。

乃雍正四年十二月,自陕州至徐、邳、淮、扬,黄河清二千余里,历有数旬。臣闻阳气生于冬至,而盛于春清。于十二月者,阳气浸盛,岁功方成,贞元会合[6]之时也。清于豫、徐、扬、兖间者,宅土[7]中央,万派同流,四方之所和会也。经数旬如一日者,皇上中天之治,日新月盛,光被靡极也。仰惟圣祖仁皇帝深仁厚泽,涵育天下六十余年,皇上丕承而光大之,以言乎心,则清明;在躬以言乎治,则清和,咸理观乎人文以化成。故日月五星,征其应人情,以为田。故嘉禾瑞麦，发其祥。兹又见黄河之聿清，昭圣人之大瑞，天气感动，而地气应之，地气宁谧，而河伯劾灵，此三才合撰之至理，一德感孚之明验也。乃天眷弥隆，圣敬日跻，群臣请陛殿受贺。皇上谦让弗居，谓事天如事亲，受宠若惊，敬畏弗懈，善则归亲，虔告景陵，恩推臣下交儆懋修。《诗》曰："昭事上帝，聿怀多福"。孔子《系·大有》之卦曰："履信思顺，是以自天祐之。"[8]我皇上乾惕益深，位育益弘，翼翼谦谦，巍巍煌煌，所谓多福而天祐者，莫大乎此。

臣叨侍禁廷，珥笔[9]起居，领训周详，受恩深重，欣逢道宝之昭彰，窃慕赓歌之盛事，谨拜手稽首而献颂。

曰：

巍巍帝德，上通穹昊。高明博厚，诞膺大宝[10]。惟德之征，五行顺布。川泳岳辉，昭回呈露。百神受职，四灵[11]来游。五纬[12]垂象，万派安流。惟河之清，千年罕觏。上瑞聿彰，光启宇宙。皇心缉熙，雍雍肃肃。江汉秋阳，以濯以曝[13]。至化所孚，洪澜渟泓。清且涟漪，正在嘉平。河从西来，星宿濯波。既逾葱岭，积石攸过。北绕河湟，亘于地轴。龙门[14]磊砢，澔渏洄洑。元气和会，诞降嘉祺。白鱼赤鲤[15]，朗映鳞鬐。一碧长空，素练成绮。阳亨岁成，荣光在此。贝阙何明，珠宫有烂[16]。晶洁莹辉，爽彻霄汉。豫徐兖扬，历二千里。越有数旬，其清未已。凡兹臣工，欢忭[17]盈廷。曰惟我皇，荡荡难名。自建极来，嘉征懿铄。是宜致庆，聿怀多福。惟帝曰俞，天实贶予。予加抑畏，永念前谟。皇考陟降，在帝左右。乃眷既渥，申以保佑。虔告皇考，以彰瑞应。笃叙明昭，丕承有庆。惟时臣工，肃然敬听。谦尊而光，圣不自圣。孝思维则，归善于亲。推恩锡类，交儆臣邻。昔在包羲，宝图聿献。亦越轩辕，鱼人[18]来见。黄龙蟠蜿[19]，当舜之时。德水现灵，禹则觏之。我皇首出，迈帝轶王。有开必先，以有斯祥。谁则澄之，河伯呈之。河伯则辞，匪克为之。曷为不浑，洪钧[20]是使。洪钧不居,伊谁之司。究厥渊微,惟圣成能。太极在心,即物即诚。廓然太虚,静正灵莹。孰先感召,天一所生。四渎之长,爰效其灵。功峻昆冈,泽浃环瀛。稼穑惟宝,明德惟馨。三事允治[21],万象光亨。於[22]千万年,永奠清宁。

【注释】

　　[1]据现代科学研究认为,黄河水清原因有二:一是黄河流域降雨量锐减,随雨水冲入黄河泥沙骤减;一是酷寒导致黄河河面结冰,水流迟缓,泥沙大量沉淀淤积,这两种情况都会导致饥荒和灾害。[2]叙:顺序。畴:九畴,即一、五行;二、五事;三、八政;四、五纪;五、皇极;六、三德;七、稽疑;八、庶征;九、五福,六极。其中第五皇极为核心。[3]四德:指儒家提倡的孝、悌、忠、信四种德行。[4]五气:五行之气。[5]周:救济。蔀屋:草席盖顶之屋。这里指民间百姓。宋代王安石《寄道光大师》诗:"秋雨漫漫夜复朝,可嗟蔀屋望重霄。"[6]贞元会合:指新旧更迭。元代欧阳玄《魏国文正公许(衡)先生神道碑》载:"论许先生之为臣,而推世祖之为君,则见我元国家之初,当贞元会合之气运,故善言先生,必以道统为先,而后及功业。"[7]宅土:疆域。[8]履信思顺:笃守信用,思念和顺。《易·系辞上》载:"子曰:'祐者,助也。天之所助者,顺也;人之所助者,信也。履信思乎顺,又以尚贤也,是以自天祐之。吉无不利也。'"[9]珥笔:古代史官、谏官上朝,常插笔冠侧,以便记录,谓之"珥笔"。[10]诞膺:承受天命或帝位。大宝:皇帝之位。[11]四灵:古代指东西南北四方的星宿。[12]五纬:金、木、水、火、土五星。[13]江汉:长江和汉水。秋阳:指烈日。《孟子·滕文公章句上》载:"他日,子夏、子张、子游以有若似圣人,欲以所事孔子事之,强曾子。曾子曰:'不可;江汉以濯之,秋阳以暴之,皜皜乎不可尚已。'"[14]龙门:黄河龙门是黄河的咽喉,位于山西省河津市西北与陕西韩城市交接的黄河峡谷出口处。此处两面大山,黄河夹中,河宽不足40米,河水奔腾破"门"而出,黄涛滚滚,一泻千里。[15]白鱼:即白龟,在古代被视为神灵的化身。赤鲤:亦称"赤骥"。传说中的神鱼,为神仙坐骑。[16]贝阙、珠宫:用珍珠宝贝做的宫殿,形容房屋华丽。屈原《九歌·河伯》载:"鱼鳞屋兮龙堂,紫贝阙兮珠宫。"[17]欢忭:欢喜快乐。[18]鱼人:鲛人,又名泉客,是中国古代神话传说中鱼尾人身的神秘生物,与西方神话中的美人鱼相似。早在东晋·干宝的《搜神记》中记载:"南海之外有鲛人,水居如鱼,不废织绩。其眼泣

则能出珠。"[19]黄龙蚼蜿:《史记·封禅书》载:"黄帝得土德,黄龙地蚼见。"裴骃《集解》引应劭曰:"蚼,丘蚓也。"[20]洪钧:指天,也指造化、自然。[21]三事:指正德、利用、厚生。唐代孔颖达《尚书正义》云:"'正德'者,自正其德。居上位者正己以治民。'利用'者,谓在上节俭,不为麋费,以利而用,使财物殷阜。利民之用,为民兴利除害,使之不匮乏,故所以阜财。'厚生'者,谓薄征徭,轻赋税,不夺农时,令民生计温厚,衣食丰足,故所以'养民'也。"允治:指三事谐和。唐代孔颖达《尚书正义》云:"'三者和',谓德行正、财用利、生资厚。"[22]於:语气词,表示感叹、赞美的语气。音乌。《诗经·清庙》载:"於穆清庙,肃雍显相。"《史记·夏本纪》载:"皋陶曰:'於!慎其身修。'"

【赏析】

蔡世远精研程朱理学,为人正派,学问渊博,曾分修李光地总裁的《性理精义》,亦讲学于福建鳌峰书院、漳浦县学官,最为后人瞩目的则是曾为乾隆帝师。在其《二希堂文集》卷首,皇四子弘历(乾隆皇帝)称其为"闻之先生",皇五子弘昼(和硕和亲王)称其先生,"八大铁帽子王"之一平郡王福彭自称受业弟子。足见其地位显赫,学术精通。

本文作于雍正五年(1727),据史料记载,雍正四年(1726)十月至十二月,黄河清六百余里,群官朝贺。然而《清世宗实录》载雍正皇帝的御批:"不以为喜,实以为惧。"时为翰林侍讲学士的蔡世远在这种情况下,撰写此文。

文章先序后颂,四平八稳,字里行间体现出蔡世远性理之思。在序的最后,借孔子之言"履信思顺",点出全文主旨,体现出作者创作此文的中心思想。

陈文述

陈文述（1771—1843），清代文学家。初名文杰，字谱香，又字隽甫、云伯、英白、沈明，后改名文述，别号元龙、退庵、云伯，又号碧城外史、颐道居士、莲可居士等，钱塘（今浙江杭州）人。嘉庆时举人，曾入阮元幕下，从学于王昶、孙星衍，历全椒、繁昌、昭明、江都、崇明等地知县。作诗学吴伟业、钱谦益，博雅绮丽，在京师与杨芳灿齐名，时称"杨陈"，著有《碧城诗馆诗钞》《颐道堂文钞》等。

上李书年观察论黄河不宜改道书[1]

阁下某之来袁江[2]也，在五月初。其时淮、黄并涨，洪泽之水一丈八尺有奇，为从来所希有。五坝启二，淮涨未减，而荷花荡已决口矣。执事者议开黄营减坝，以泄河涨。议未定而坝已决，河水骤掣，由海州六塘河入海，淮涨亦减。于是群以为机势顺利，创为改道之议，大府据以入告。圣心轸念东南之民，日与鱼龙相邻处也，因机势顺利之奏，制为《黄河改道议》，以颁示督河诸臣。而实则机势顺利，仅就决口形势言之。即分探水势之官弁[3]，亦仅至响水口而止，以下三百余里，均未目击，能改与否，未有真知确见也。近以上游郭工告溃，减坝水势少缓，数月来未暇议及。

然某博采舆论，有知其必不可改者，祗以位卑，言高易蹈妄言之咎，且河库谈观察力主改道，有必应试行之议，故缄言而不敢言，而又不能终于不言也。管见所及，敢为阁下陈之。

夫改道非易言也。数万家之田庐坟墓系之，妇子老幼转徙流离系之。途长工巨，施筑不易，帑藏所需，多则千万，少亦数百万。不知其不可而议改道，是不知也。知其不可而议改道，是不仁也，此谈观察之过也。夫所谓必不可改者，何也？方今河水所经，必由海州所属之硕项湖。硕项湖，非湖也。夏秋之交，山左蒙、沂之水，经此入海，汇成巨浸，汪洋百余里，若湖者然，故曰湖也。冬春水涸，居民于中种麦，麦后水至，不及种秋粮，亦谓之一熟地。今议改道，则将使蒙、沂之水避河流由他途入海耶？将使黄河合蒙、沂以入海若淮水耶？将于此湖中百里尽筑堤岸耶？抑任其泛滥耶？蒙、沂改道，固无他途可行，合以入海，则下游河身甚仄，泛滥必广。设立堤岸，既阻蒙、沂入海之路，且地势低下，必高至数十丈而后可。方今汪洋巨浸，将于何施工也？凡此皆窒碍之显然者。且当日改道之议，以河流湍急，刷浅成深，冀得自然河形。今数月矣，减坝当湍激之冲，其浅如故，则土性坚实，不受冲刷，是其明证。

阁下怀忠爱之忱，负人伦之望，为大府所引重，则曷不以不能改道之说进于大府。硕项湖情形之不能改道，其理甚明，已不待知者而决也。特苦于未知耳，否则或以为谰语之非实耳，则曷不按之图书，访之老于河工者？并委大员亲履勘之，能改与否，可一言决矣。诚知其不能矣，而不急图变计，非欲置田庐坟墓，妇子老幼于洪流巨浸野也，亦非别有良法也。特以业奉御制改道之说耳。皇上之为此记也，据大府所入告。大府所告，亦据当日之情形，今事更数月，隔碍显然，则据实以陈，正人臣勿欺之义。而皇上圣度如天，爱民若子，诚知隔碍，必不以一记之故，轻议更张也。则曷不据实以陈，以俟圣天子之揆度乎？

夫河上之官，利于有事，即明知其不可，而不欲显言者众矣。大府之前，非阁下莫能言，某舍阁下亦无可与言者，则说言之发，在此时矣。此非特一人之望，亦数十万妇子老幼所望也！

谨白。

述之为此议也，在九月十月之交，适浙盐使常公入京，道出河上，辱承下问某，亦以此说进盐使入京面奏，即以水中不能筑堤，浚河为言。适观察以鄙见达之三府履勘，属实据以告，于是皇上复有黄河复旧记之作。因于次年之春，浚渠修防，三月河复，至今利赖亦可见。圣天子听言若转圜[4]，而滨河之民永庆安澜于亿万千载矣。

【注释】

[1]此文亦收录于魏源编纂之《清经世文编》卷九十七，但文字多有删改。 [2]袁江，又名秀江。古名南水、牵水、渝水。在今江西西部，为赣江支流。 [3]官弁：官吏的随从人员。 [4]转圜：挽回。

【赏析】

自清嘉庆皇帝登基以后，嘉庆元年至嘉庆二十五年（1796—1820），黄河决口十四次，从朝廷到地方官员，哓哓于黄河改道北行，争论不休。本文作者就是在这样的情况下，企图通过李书年上书嘉庆皇帝，以表达他关于黄河不能北行入海的论断。作者依据当下黄河流域既成的百姓安居、生产事实展开论述，提出朝廷方面可以委派官员实地勘察。这是陈文述第二次上书朝廷，反对黄河北行入海，希望皇帝能够采纳他的建议，挽救已经在黄河冲刷区域安居生产的老百姓。

这篇文章的作者作为下级官员，委托上级监察官员上书皇帝，言辞谦恭而又恳切，所论据理力争，又绝非空谈，成为书札类散文的典范代表，为后世多家选本选用。

青海的黄河支流　摄影 / 董保华

顾炎武

顾炎武（1613—1682），明末清初杰出的思想家、经学家、史地学家和音韵学家，南直隶昆山（今江苏省昆山市）人，本名绛，别名继坤、圭年，字忠清、宁人，亦自署蒋山佣。南都败后，因为仰慕文天祥学生王炎午的为人，改名炎武。因故居旁有亭林湖，学者尊为亭林先生。与黄宗羲、王夫之并称为明末清初"三大儒"。顾炎武晚年治经重考证，开清代朴学风气，被誉为清学"开山始祖"。其学以博学于文，行己有耻为主，合学与行、治学与经世为一。著有《日知录》《天下郡国利病书》《肇域志》《音学五书》《韵补正》《金石文字记》《亭林诗文集》等。

复 庵 记

　　旧中涓[1]范君养民[2]，以崇祯十七年夏自京师徒步入华山为黄冠[3]。数年，始克结庐于西峰之左，名曰"复庵"。华下之贤士大夫多与之游，环山之人皆信而礼之。而范君固非方士者流也。幼而读书，好《楚辞》、诸子及经史，多所涉猎，为东宫伴读。方李自成之挟东宫二王以出也，范君知其必且西奔，于是弃其家走之关中，将尽厥职焉。乃东宫不知所之，而范君为黄冠矣。

　　太华之山，悬崖之颠，有松可荫，有地可蔬，有泉可汲，不税于官，不隶于宫观之籍。华下之人或助之材，以创是庵而居之。有屋三楹，东向以迎日出。

　　余尝一宿其庵，开户而望大河[4]之东，雷首之山[5]，苍然突兀、伯夷、叔齐之所采薇而饿者，若揖让乎其间，固范君之所慕而为之者也。自是而东，则汾之一曲，绵上之山，出没于云烟之表，如将见之。介子推之从晋公子，既反国而隐焉，又范君之所有志而不遂者也。又自是而东，太行、碣石之间，宫阙山陵之所在，去之茫茫而极望之不可见矣。

相与泫然，作此记，留之山中。后之君子登斯山者，无忘范君之志也。

【注释】

[1]中涓：宦官。 [2]范君养民：范养民（生卒不详），字上古，号湘滨，襄阳（今湖北省襄阳市）人，明崇祯朝太监，明亡在华山出家。虽有不少著作，可惜都散佚不存。 [3]黄冠：道士所戴的帽子。后指道士。 [4]大河：黄河，明人惯用大河称黄河。 [5]雷首之山：雷首山，古山名。在今山西省中条山脉的西南端，介于黄河和涑水间，主峰在今山西省芮城县西北。《尚书·禹贡》载："壶口、雷首，至于太岳。"随地异名，《水经注》载俗称尧山，《括地志》《通典》各载九名，略有差异，有历山、首阳山、蒲山、襄山、甘枣山、猪山、渠猪山、独头山、薄山等称。

【赏析】

本篇文章作于顾炎武晚年，约六十五岁时，即清康熙十六年（1677）。时清兵已入关三十余年，顾炎武仍坚持抗清，为了免遭迫害，他背井离乡，遍游各省。

"复庵"的"复"，有光复明朝的含义，而光复明朝，也是顾炎武晚年的最大心愿。本文赞扬了范养民的崇高气节，抒发了自己内心的强烈的爱国认同感。融情于景，而景中寓含了顾炎武深沉热烈的故国之思。顾炎武通晓经史，作文善于用典，如伯夷、叔齐隐于首阳山，介子推归隐等。典故的运用，以古鉴今，借助历史人物、事件来表达作者自己内心的情感。更进一步突出了顾炎武对范养民"不食周粟"的民族气节的赞扬，也映射了顾炎武本人要将这种民族气节践行到底，绝不屈服。

靳辅

靳辅（1633—1692），清代治河名臣。辽阳（今辽宁省辽阳市）人。顺治六年（1649）出仕为笔帖式，两年后进入翰林院为编修，顺治九年（1652）被授为国史馆编修，康熙元年（1662）升任兵部职方司郎中，康熙七年（1668）晋通政使司右通政，康熙九年（1670）改任武英殿大学士兼礼部侍郎。康熙十年（1671）任安徽巡抚，康熙十六年（1677）以安徽巡抚总督河道。从康熙十六年至康熙三十一年（1677—1692），靳辅一直致力于治河，其出任河道总督之初，正是黄河、淮河泛滥极坏之时。靳辅治河继承明朝潘季驯的方法，对黄河水患进行了全面勘察，提出了对三大河流进行综合整治的详细方案，并积极组织实施，终使堤坝坚固，漕运无阻。康熙三十一年（1692）逝世，赐祭葬，谥"文襄"。康熙三十五年（1696），清政府允江南士民所请，在黄河岸边为其建祠。著有《靳文襄公奏疏》《治河奏绩书》。

黄　河

《禹贡》："导河始自积石"，不言河源，荒远在所略也。考《山海经》《汉书·西域志》《唐史》及《元·河源记》所论河源，参差不同，世传《山海经》出于伯益所作，当洪水怀襄[1]之时，禹方八年三过其门而不入。益佐禹随山烈焚，何暇越五万里而至昆仑，縻岁月于水害不经之地。张骞虽身遍诸国，惝恍阅历未必非诞。至薛元鼎[2]奉使吐蕃，访河源，得之于闷磨黎山[3]。然汉唐之世，外国未尽臣服，道未尽通往者，不无迂回艰阻，安能直抵其处，而准其流行之曲折，道里之远近乎？惟元薄海内外[4]，罔不臣服，置邮乘传，如行国中。至元中，命招讨使都实佩金虎符往来，河源访得之。其言当属可据，第以非贡道民咨所系，录其大概，不尽述下。若自河东以迨河阳[5]弗敢略也，自荥泽[6]以迨入海弗敢略也，并加详焉。

吐蕃朵甘思西鄙有泉百余泓，名"火墩脑儿"译言"星宿海"也。直中国西南四川马湖蛮部三千余里，云南丽江宣抚司西北一千五百余里，大概东北流以入中国，其源不甚巨。自东行合赤宾河，亦里出河、忽阑河也。里术河诸流始有"黄河"之名。然水犹清，人可涉也。又东行北向，转而西缘昆仑之北。又东北流至积石，河州洮水自南来注之。至兰州正东行出宁夏镇。

南东行，即东胜州。自发源至汉地，南北涧溪细流旁贯，莫知纪极。（朱思木曰："河北流遇丰州西受降城，折正东流，过中、东二受降城，凡七百余里。而正南过云中、东胜州，合黑河，又南流折，过保德州、葭州、兴州、临洮，凡一千余里。"）以上皆本《河源记》而稍略之。

河自过东胜州，稍折而西南流入（河东、河西陕西各府），界稍西南，又正南流，凡千余里，下龙门。又南流，汾水自太原静乐东北来注之。又南至朝邑，洛水自甘泉西北来注之。又南，渭水自巩昌，合泾水西来注之。又南，抵华阴潼关，折而东流，经阌乡、灵宝，至陕州穿三门山（即《禹贡》"砥柱山"也）。又东过新安、洛阳、孟津，至巩县北，洛水会瀍、涧、伊诸水，西南来注之。又东，过成皋，济水自阳城北来注之。又东，迳成皋大伾山，氾水南来注之。又东，过荥阳，绝蒗荡渠（一名浚仪渠，即《禹贡》"溢为荥"者是也）。又东，至河阴、武陟，沁水自潞泽北来注之。

以上犹《禹贡》故道也。

又东行，其阴为荥泽、郑州、中牟、祥符、陈留、兰阳、仪封诸邑；其阳则为原武、阳武、封邱三邑，及祥符、兰阳、仪封北境入山东曹、单等邑。又稍东南，入归德境，过考城、商丘入江南界，经砀山、丰县、萧县、徐州、灵璧北，以出于邳、睢之间。复正东流，过宿迁治，南又过桃源治之北，又东至清河数里，淮水出清口西南来会之，乃过山阳治北，从安东治南，东北流至云梯关[7]入于海。

黄河经流数千里，百川之会不可殚详，详其最大者曰汾，曰渭，曰洛，曰济，曰沁。

汾 河

汾河出静乐县管涔山。东南流，过太原县，合晋水。又西南过文水县,合文水。又南过绛州,折而西至荣河县,入于河。

渭 河

渭河出渭源县南谷山。东流,过鸟鼠同穴山。至宝鸡,纳汧水。又东至咸阳,纳丰、镐水。又东过泾阳,属泾汭。东至朝邑,会漆、沮,至华阴,入于河。

洛 河

洛水出陕西商州之冢岭山。东流,至熊耳。又东北至新安,与涧水会(涧水出渑池)。又东至偃师与瀍会(瀍水出谷城北潜亭)。又东至洛阳,会于伊(伊水出卢氏闷顿岭)。又东北至巩县,同入于河。

济 河

济水出阳城县王屋山,初名沇水。东西二源至济源县合流,始名为济。东南流,至河内温县。当巩县北入于河。

济水至王莽时,下流已涸,然今大、小清河,及济、兖诸泉,实皆济渎脉络。盖济性劲疾,常伏流地中,间过山冈石根壅遏即喷薄上溢而为泉,非真涸也。

沁 河

沁河出沁源县羊头山世靡谷。南流,至阳城县,与获泽水合。又南与丹水合。又东过武陟,又东南至荥阳县北入于河。

【注释】

[1]怀襄:谓洪水汹涌奔腾溢上山陵。[2]薛元鼎:应为刘元鼎之讹,或源于南宋蔡沈《书集传》。清代阎若璩已注意到此问题,其《尚书古文疏证》第八十六"《唐书》刘元鼎"注曰:"《蔡传》'刘'作'薛',非。唐有薛大鼎,无薛元鼎也。《元史》河源附录亦作'薛',似沿《蔡传》。"刘元鼎,唐汴州尉氏人。唐德宗贞元五年(789)进士。宪宗元和中,累官员外郎、慈州刺史。穆宗长庆元年(821),吐蕃请盟,授大理卿兼御史大夫,充两蕃会盟使。于京城盟毕,又赴吐蕃就盟,会盟地点在吐蕃逻些(今西藏自治区拉萨市),这次唐蕃会盟的盟文用汉藏两种文字刻在《长庆会盟碑》上,该碑至今屹立在拉萨大昭寺前,成为汉藏两族兄弟友情的历史见证。刘元鼎

入蕃会盟往返均途经今青海境内黄河上游，归长安后写出《使吐蕃经见纪略》，详细描述了沿途山川地貌，尤其对黄河河源的地理状况做了细致的描述。［3］闷磨黎山：即今青海中部偏南之巴颜喀喇山。［4］薄海内外：泛指海内外广大地区。［5］河阳：春秋晋邑。在今河南省孟州市西。［6］荥泽：隋仁寿元年（601）改广武县置，治今河南省郑州市西北古荥镇北。属郑州。北宋熙宁五年（1072）省入管城县。元祐元年（1086）复置，属郑州。元属汴梁路。明洪武初改属郑州。成化十五年（1479）南移治今郑州市西北古荥镇，属郑州。清属开封府。1931年与河阴县合并，改为广武县。［7］云梯关：古云梯关遗址在江苏省响水县黄圩镇云梯关村境内。据《阜宁县志》载："北宋元以前，北沙即为海口，自黄河夺淮合流入海，淤沙渐涨，有土套十余，形若云梯，故以名云梯关。"

【赏析】

　　本文作于靳辅河道总督任。靳辅治河的全局观有二：一是主张黄河、淮河、运河三河联治；一是对黄河有全局的了解，不但对经常泛滥之处了解，更是上溯至河源，梳理至入海，并对黄河重要的支流一一详注。

　　本文题为《黄河》，实则考证与叙述各半，和以往相对单纯的"河源"之文有所不同。靳辅在引用了部分"河源"文字以后，对荥泽县以下黄河河道的流经予以说明，言简意赅，而非陷入烦琐的考证。

　　《四库全书总目提要》评价本文说："其《川泽考》所载，于黄河自龙门以下，至淮、徐注海，凡分汇各流，悉考古证今，颇为详尽。于注河各水及河所潴蓄各水，亦缕陈最悉。"

治河奏绩疏·黄河三砂

　　河之有疆砂[1]，如人之患噎，小噎则伤气，大噎则伤食。故虽痛痒不形，而治之不可不预也。自河流顺轨以来，河底日深，然尚有疆砂三处，为河之梗，不可不及暇而图之。

　　三砂者：桃源[2]之古城、清河[3]之曹家涯、安东[4]之莲花庵也。然三砂之中，古城砂不甚崇隆，水涸时尚深丈许；莲花庵近海，且河流日渐南刷，更一二十年，必仍从苏家嘴正流，可与砂不相值；惟曹家窑砂最巨，横亘者一二百丈，每冬春水落时，去水面不过一二尺。夫河流迅急，一遇限砂，则回澜旋洑，从底而起，舟行甚险。且河流为之不快，但去之甚难。虽乘冬春水落，用钉犁铁钯等具铲削，终难施力计。惟有于其南岸于伏砂断绝之处，另开越河里许，引河流使之避砂而行，但所开之河，不过深一丈，宽五六丈，听河流自行汕刷，此等工程当于春初河防少暇时，调河兵挑浚，不烦募役也。夫此砂既无大害，又非运道经行之地，然设遇亢旱之岁，河水浅涸，一值限砂之阻，势必流缓而停砂，此亦淤积之一渐，苟有妨于河，虽小无忽可也。

【注释】

　　[1]限砂：指黄河中因水流缓慢淤积而成的地方，这些地方河床高，遇到汛期水涨，决堤风险较大。限，险阻。[2]桃源：今江苏省泗阳县。中国大运河泗阳段（京杭大运河及古黄河遗产点）入选世界遗产名录。[3]清河：南宋咸淳九年（1273）分淮阴县西北界置，治今江苏淮阴县（王营）西南（原大清河口），为清河军治，属淮南东路。明崇祯末复治甘罗城。清乾隆二十六年（1761）移治运河南岸之清江浦，即今淮阴市。1914年改名淮阴县。[4]安东：明洪武初改安东州置，属淮安府，治所即今江苏涟水县。1914年改名涟水县。

【赏析】

　　本文作于靳辅河道总督任，由开端所言"河流顺轨"可知，此应是清康熙十七年（1678）以后的事。靳辅整理黄河，采用黄河、淮河、运河三河联合治理，谋划具有宏观意识。从本文来看，靳辅治理黄河亦能从细微处着手，治河分轻重缓急。

　　靳辅治河十余年，带领随从切实勘探，行事作文以经世致用为首，所以他的文章实用性较强。实用性强且譬喻巧妙，是本文的特点。黄河三处险滩，"如人之患噎，小噎则伤气，大噎则伤食"，以人人能够切身体会之噎食相类比，比喻巧妙。

蓝鼎元

蓝鼎元（1680—1733），清代文学家。字玉霖，号鹿洲，福建漳浦（今福建省漳浦县）人。1721年随其族弟蓝廷珍出师平台，提出诸多治理台湾的策略，被誉为"筹台之宗匠"。清政府在台湾增设绥化县、淡水厅，升澎湖通判为海防同知，添兵分戍，多出自蓝鼎元的建议。著有《东征集》《平台纪略》《鹿洲公案》《女学》等。1725年分修《大清一统志》。历任广东普宁知县、广州知府，卒于官。

河清颂序

皇帝御极之四年，丙午，冬十有二月，黄河澄清，自关中而豫而兖而徐、淮，上下二千余里，莹澈三旬日，至明年丁未之春湛如也。于时天下臣民，咸欢欣忭舞[1]，以手加额，谓黄河千年一澄清，为盛世休嘉[2]之大瑞。书契[3]以来，实所罕觏[4]，相传圣人在上，乃克有之。今以皇帝圣德，膺兹难得之祥，宜播弦歌，垂史册，以昭示万世。臣伏思天地民物一理一气，至诚感通，如影随形，惟皇衷懋建其有极，斯清宁昭著于上下，瑞应之征，非偶然也。

臣谨按：《礼经》[5]："圣王用民必顺，故天不爱其道，地不爱其宝，人不爱其情。是以有膏露、醴泉、器车、图马、凤麟、龟龙之瑞。"而又申之曰："圣王能修礼以达义，体信以达顺，此顺之实也。"可知天瑞之来必由人事，礼义信顺即为稀世之嘉祥，惟其有之，是以应之。自古及今，未有无其实而能征其应者。

臣又按：《白虎通》[6]曰："天下太平，符瑞来至者，以王者承天顺理，调和阴阳。阴阳和，万物序，休气充塞，故符瑞并臻，皆应德而至。德及天，则斗极明，日月光；德至地，则嘉禾生，蓂荚[7]起；德至山陵，则景云出，芝实茂；德至渊泉，则河出图，江出贝。"《乾凿度》[8]曰："天降瑞应，河水先清。"又可知上帝无私，惟德是眷，苞符彰兆必归之。承天顺理，调和阴阳之大君，亦未有无因而至者也。

我皇上心涵太极，道备中和，法乾坤之情，定民物之性，一气感召，同体相关。是以精诚所格，上通帝载，每有郊庙祀事，乘舆出入，无不天霁日朗，景色和舒。或四方小有水旱，则深宫斋戒，感动天和，时雨时旸，应念不爽。祥风至，瑞雪零，日月五星呈联珠合璧之象，此所谓德及天者乎！

躬耕耤田，勤求民瘼，以如伤若保为心，蠲租减赋，平粜[9]给赈，至于三农告丰，嘉禾瑞麦，有一茎三穗、五穗、九穗之奇。又有御苑葡苡辛夷，种种珍异，此所谓德至地者乎！仁孝诚敬，善继善述，是以祖宗陵寝灵蓍逾丈。芝草蕃生，此所谓德至山陵者乎！声教四讫，海不扬波，江不溢浪，河不惊澜。而且运道深通。畿辅山左，开凿河渠，收水泽营田之利，此所谓德至渊泉者乎！于是昊苍之眷顾日隆，谓圣德山高水深，弥天际地，当锡古今极难之上瑞，以嘉乐之俾，亿万载享永清之福。千百国庆大泽之长，爰命河神澄泥汰浊，特垂清淑以耀乾坤，此所谓天降瑞应，河水先清者，又若合符契也。河色黄赤，吞纳百川，扬波鼓浪，猛迅湍急。开辟以来，未有能使之清者，即史册所记极盛之时，或清数十里数百里，不过一日二日三日，未有淳泓[10]四省，至二千余里之遥，经二三旬日之久，而未艾者也。良由我皇上清明在躬，上下同流，其存于中者无欲而静虚，居敬而动直心事。光明豁达，洞然无一物之能蔽其发于外者。智周万物而明，无不通道，济天下而公，无不溥庶政源源本本，沛然无一物之能涓。是以大化潜孚，气机在握，虽极浊如河亦转灵明之象焉。夫黄河源远流长，上通天汉[11]下涌昆仑，蜿蜒万数千里而注海，若亘古无间断之期。黄河清，则天下皆清，此我大清万年福祚灵长之瑞也。是宜播告八方，御殿受贺，以敬迓休祉[12]。

皇上谦让弗居，归美圣祖仁皇帝六十余年丰功骏业，燕天昌后之隆，祭告景陵[13]，弥深继述。又遣官崇祀河神，增修德政，严恭寅畏之小心，贤于升中告成，泥金刻玉者万万矣。古之圣王，遇灾而惧，前史且夸为美谈，况我皇上受天之祐，得瑞若惊，嘉况骈臻[14]，乾惕方懋，放勋[15]之钦明恭让，重华[16]之温恭允塞。臣何幸，身亲见之，既稽首称贺，又早夜以思，天听聪明，天心仁爱，夫岂徒征瑞于河，用彰圣德，无亦有勖[17]我臣民洗心涤虑之意乎？人受天地之中，以生所性皆善，至清至明，非如黄河之本性而浊也。气习之染，物欲之蔽，虽或有时决堤防而不分泾渭。然平旦清明之气，未尝不存，非若黄河之水土，比附交融，固结而不可澄汰也。本性而浊者，尚可以圣心所感而澄而清之。比附融结者，尚能以圣化所孚而淘而淑之。况本然至清至明之，皆善可任气拘物蔽之，濡染而不奋励濯磨[18]，以无负圣天子清明之治哉。

从兹天下吏治，咸激浊扬清，以澄肃相崇尚。天下士习民风，咸洁己自好，以同流合污为愧耻，则礼乐可兴，风俗可淳，长流庆泽，垂美无疆。我皇上顾而乐之，谓河清之为祥大矣！此之谓"人不爱其情"，与"天不爱道""地不爱宝"同为大顺大化之实也。臣不敏，愿与天下臣民共勉之，因拜手稽首而扬颂。

【注释】

[1]忭舞：高兴得手舞足蹈。[2]休嘉：美好嘉祥。[3]书契：文字。[4]觏：遇见。[5]《礼记》：又名《小戴礼记》《小戴记》，成书于汉代，为西汉礼学家戴圣所编。[6]《白虎通》：又称《白虎通义》，是中国汉代讲论五经同异，统一今文经义的一部重要著作。班固等人根据汉章帝建初四年（79）经学辩论的结果撰集而成，因辩论地点在白虎观而得名。《白虎通义》继承了董仲舒以后今文经学神秘的唯心主义思想。它以神秘化了的阴阳、五行为基础，解释自然、社会、伦理、人生和日常生活的种种现象，对宋明理学的人性论产生了一定影响。[7]蓂荚：传说中一种表示祥瑞的草。[8]《乾凿度》：即《周易乾凿度》，是中国西汉末纬书《易纬》中的一篇，又

称《易纬乾凿度》。《乾凿度》融道家、大易、数术于一体，是纬书中保存完好、哲学思想较为丰富的作品。［9］平粜：官府在荒年缺粮时，将仓库所存粮食平价出售。［10］渟泓：指积水深，这里指范围广大。［11］天汉：银河。［12］敬迓：恭敬地迎接。休祉：福祉。［13］景陵：清圣祖爱新觉罗·玄烨（康熙帝）的陵寝，位于河北省遵化市。［14］嘉况：精美的礼物、赠品。骈臻：一并到来。［15］放勋：尧的名号。［16］重华：虞舜的美称。［17］勖：勉励。［18］濯磨：洗涤磨炼。比喻加强修养，以期有为。

【赏析】

本文作于清朝雍正四年（1726）。自南朝宋鲍照《黄河清》以河清为祥瑞以后，历朝历代多有颂声。其中清雍正四年这次黄河清作为圣人出，宣扬的规模最大，参与人数也最多。今存雍正《御制文集》中以"河清"为主题的作品多达数十篇。究其原因，大抵是因为雍正皇帝得位的合法性受到怀疑，急于找到一个"君权神授"的表征，加之雍正皇帝"于天人感应之际，信之甚笃"（《雍正起居注》）。

这次"河清"的规模比较大，持续的时间也比较长，从雍正四年（1726）十二月上旬末开始，陕西、山西、河南、山东和江苏等五省的河水渐清，次年年初仍可见到。在得到地方官员"河清"的奏报之后，雍正表面上说"受宠若惊，不以为喜，实以为惧"，实际上却是心中欢喜。他的举动主要有三个方面：迅速祭祀了康熙皇帝，派遣臣工建造河源庙等祭祀河神，亲自撰写《河清颂》。

蓝鼎元作为地方官员，上表祝贺，体现出这场"河清"颂的活动覆盖面很广。究其行文而言，引经据典，显示出蓝鼎元学识的博大精深。旷敏本评曰："吸经之髓，撷史之华，其碎引之处如珠之走盘，其整收处如金之入冶，势将操而复纵，气欲断而还，连体精词，蔚突过匡刘多矣！"

黎世序

黎世序（1772—1824），清代治河名臣。字景和，号湛溪，河南罗山人。嘉庆元年（1796）进士，授江西星子知县，调南昌。擢江苏镇江知府。十六年（1811），迁淮海道。与河督陈凤翔争堵倪家滩漫口，由是知名。十七年（1812），署南河河道总督。黎世序到任后微服简从，实地勘查，了解水情，制订开河、筑圩、泄洪、浚淤方案，带头捐款筑堤。其治河思想较清前期有所改变：一改"束水攻沙"为"重门钳束"（用全河之水并力攻沙）；一改厢埽（用土填压秸、苇的护堤办法）为碎石护坡。此举工期缩短，成效较大，节约官帑数十万。道光元年（1821），加太子少保。四年（1824），卒于官，优诏褒恤，加尚书衔，赠太子太保，谥"襄勤"，入祀贤良祠。著有《东南河渠提要》《续行水金鉴》《河上易注》《湛溪文集》。

黄河北岸减坝疏

窃查南河河身，自徐州以下，渐形窄狭，较之豫省堤防，两岸相距，不止减少一半。每至伏、秋，大汛届临，盛涨之水，奔逸出槽，自河南行过徐州，由宽入狭，实有不能容纳之势。是以康熙年间，前河臣靳辅于黄河两岸，上自丰、砀，下至清江，节节建筑减水闸坝。考之成书，不下十余处。故能保守堤岸，相机启闭，永庆安澜。嗣因北岸挑开中运河后，粮船得以对渡遄行[1]，而黄河北岸闸坝，恐以减落黄水串入运河，遂将北岸减水之区悉行废闭，全赖南岸闸坝宣泄，以为大汛分消。

近数十年以来，河底日渐淤高，寻考往日闸坝基址，或以淤没已久，不可复开；或以口门过低，防其掣溜[2]，率多不能举办。惟赖上游天然、峰山二闸，稍分黄涨。每当汛水届临，猛盛异常，而旁消路少，堤单河窄，深以涌溢为虞。臣等递年相度情形，亟须多筹宣泄，以保堤岸。特于上年奏准，于徐州上游，就十八里屯旧基，添建滚坝，适值秋汛异涨，开放减水，上游厅汛，始保无虞。彼时下游淮、扬一带，清、黄并涨，为十余年来未有之大。直至霜降节后，犹复拍岸盈堤，非常危险。幸而风浪不起，涨水渐消。臣等惊怖之余，庆幸出于意外。推原其故，实由下游无路分减。故徐州一带虽报落水，而清江以下仍复壅积不消。且十八里屯滚坝，及天然闸、峰山闸减落之水，仍由引渠一路澄清，归入洪湖。黄涨虽得分减而少衰，湖潴则因增添而日盛。清江为清、黄交汇之处，淮、黄两路汇注，浩瀚异常，加以中河承受东省蒙、沂之水，或值一时同涨，则清江一处吸引三股大川，即海口十分通畅，亦虞一时宣泄不及。数百里堤岸，处处皆形滞重，实堪惴惧！必须于下游筹画减水之区，始足以保堤工而资引注。

查有外河北岸王营减坝，系前河臣靳辅[3]建设，于减泄黄流，引疏清水，最为得力。因嘉庆十一年间冲塌坝底，经钦差前大学士戴衢亨[4]等临工会勘，奏请移建，并添设二坝，前河臣吴璥[5]请银兴办完工。第坝身虽已坚固可放，而盛涨之水，由坝减入盐河，势必猛骤。其盐河两岸堤工，日久未修，皆形卑薄，必须一律加高培厚，方可拦束水势。其河势逢湾迎溜之处，亦须镶做护埽，以御溜势。其间段淤浅之所，尤应估挑宽深，并相地添筑格堤，以为拦约。至减坝外临黄堤埽，亦须预为启拆，盘做裹头，庶缓急启放之时，得资钳制。此处为下游最要关键，不敢以惜费而稍事因循。且从前改建石坝，已费银四十余万两，若久废不用，则前此帑项，竟属虚縻。即饬道、将等核实查估，计各项官办工程，需银六十万余两。其盐河两岸官堤以下民堰，培筑工程，系为护卫民田，估需银八万余两，例归民修，应由藩库借款，摊征办理。仰恳圣恩俯准，于就近藩关各库，拨给解工，趁此春融，亟为挑筑，以备伏、秋盛涨减泄之用。则全河上下游，挹注机关，得以纵操由人，即遇异涨骤临，宣防亦稍有把握。至盐河亦为运盐运柴要道，或恐减黄行水之后，稍有停淤，亦无难随时挑挖。且黄河有此分泄涨水，不致倒灌运口，则清水长可畅出刷黄，亦永无溜缓停沙之弊。

再徐州以下峰山四闸，本系因山建设，历年减黄，甚为得力。惟头闸、四闸，一半因山，一半建于平地，现在河身较旧时淤高，恐启放后水势过陡，塌宽掣溜，是以历年只启二、三两闸，其头闸、四闸未敢轻放，以致泄水无多。查该处头、二闸之间，有龙、虎二山，两山中间，空档约长二十余丈，系平岗石脊，彼此相连，较高黄河滩面三四尺，稍加铲削平正，即可作为天然滚坝。盛涨则听其漫坝而过，水落则自然断流，可抵头、四两闸分泄之水，而所费仅需数千余两。已饬该管道厅妥为办理，合并陈明。

【注释】

［1］遄行：速行。　［2］溜：迅急的水流。　［3］靳辅：字紫垣，辽阳州（今辽宁辽阳）人，隶汉军镶黄旗，水利工程专家。著有《治河方略》一书，为后世治河的重要参考文献。　［4］戴衢亨：字荷之，号莲士，原安徽休宁隆阜人，寄籍江西大庾。乾隆四十三年（1778）殿试状元，授翰林院修撰。历任侍读学士、军机大臣、体仁阁大学士，掌翰林院如故。著有《震无咎斋诗稿》。　［5］吴璥：字式如，浙江钱塘人。乾隆四十三年（1778）进士，选庶吉士，授编修。五十四年（1789），督安徽学政。召见，高宗因其父曾为总河，询以河务，所对称旨，即日授河南开归陈许道。累迁布政使。五十九年（1794），巡抚出视赈，璥充乡试监临，闻河水暴涨，即出闱驰防，帝嘉之。六十年（1795），署巡抚。

【赏析】

　　本文作于清嘉庆二十一年（1816）。自乾隆后期，每年治黄支出官帑庞大，多数被河官中饱私囊，以致黄河每年涨汛必冲决，每年必修筑。黎世序于嘉庆十七年（1812）总督河道，在继承前人经验的基础之上，又有所革新，不再拘于"束水攻沙"，而是变为"重门钳束"，即用全河之水并力攻沙。而对于堤坝的建筑，开始尝试使用碎石护坡，此种方法至今仍有借鉴之价值。

　　黎世序治河多采用包世臣之计议，本文所议及创虎山腰滚坝，世臣阻之曰："河以无溜为至险，攻大埽不与焉；湖以淤底为至险，掣石工不与焉。公谓减黄入湖，为化险为平。黄缓湖高，吾坐见其积平成险也。两险交至，其祸甚烈。公意在及身，然以忧患贻后世已。"世序不听，计划此坝建成后，遇不得已之境况才开启，但实际情况是每年都须开启。嘉庆二十五年（1820），河水大涨，清河、安东、阜宁三县境内河水常常与堤坝持平，而中泓无溜，终酿成高家堰决堤。

刘台斗

刘台斗(生卒年不详),字建临,号星槎,江苏扬州府宝应(今江苏省宝应县)人。嘉庆四年(1799)进士,历官瑞州铜鼓营同知。著有《星槎游草》。

黄河南趋议上铁制军[1]

今岁黄河漫溢,自陈家铺迤下,漫口数百丈,正河涸成平陆,大溜[2]由射阳湖一带入海,将有南趋之势。盖地势北高南下,若顺其就下之性,则舍旧图新,似亦因势利导之机也。然窃见新河有难成者五,有不可不虑者四。

夫现在之漫口,数百丈之口也。而口门以下,愈远愈阔,至四五十里六七十里不等。河面太阔,无以束水,水宽则流缓,流缓则沙停,此难成者一也。现在溜势奔腾四注,数十里之地,或东或西,十数日之间,忽深忽浅,河无一定之形,溜无一定之势,此难成者二也。且漫口向南,而大溜先向西南转趋东北,若因之成河,则是折一大湾,迎溜必生险工,对湾仍致淤阻,下壅上溃,未见其畅流归海,此难成者三也。且改新河,必须筑一南堤,又须于清、黄交界之处,中间隔一横堤,乃数十里中,汪洋一片,人力既无可施,取土更无所出,此难成者四也。凡言湖者,皆潴水之区,非行水之道也。若射阳湖有出水之口,则滔滔下注,久当涸出;五坝之水,不当停积中泓矣。谓之为湖,其形必如盂如釜,外仰内凹,故水满则溢,水平则停,盖盈科而溢出海滩,非畅流而直趋海口也。现在河流南注,势似湍激者,以濒湖一带,地势较河身为低,河面较地势又低,故此时似畅;究之湖外之海滩,仍反高仰,非如海口得建瓴之势也。河将入海,必束之使高于海面,故能敌逆上之海潮,以冲突入海。若今之射阳湖口,则河流之趋湖，虽由高入低，而由湖趋海之路，反由低入高，以低就高，数年之后必淤塞，此难成者五也。

更有不可不虑者。夫五坝减下之水，减入下河者也。往时五坝一开，虽无黄流之阻，尚且淹漫数县之地，停蓄数月之久，必须闭坝而后就涸，未有坝未闭而先行涸出者。若分射阳湖以为黄水之道，则清水去路，为黄水所夺，减坝之水，全积下河，不能容纳。此可虑者一也。运河闸洞之水，亦归入下河者也。一为黄流所阻，去路日高，水无所归，以内地为壑。此可虑者二也。淮南之盐场，东南财赋之薮也。沿海场垣，濒于盐、阜，今若逼近黄流，淡水内侵，产盐必少，清水内壅，场垣必淹。此可虑者三也。至于黄河本有南趋之势，阜宁地势高于盐城，盐城地势高于兴化，愈南则愈低。今若导之使南，再有漫溢，则就下之势，必入兴、盐；一入兴、盐，则不能入海，而南入于江，是河与江合。江、淮、河、汉，四渎合流，是古今一大变迁也。杞人之忧，又不止淮、扬二郡之生灵，东南一带之财赋矣。

且愚见更有请者，山盱五坝减出之水，归入下河者，以高邮各坝为口，以坝下引河为喉，以兴、盐各路湖荡为腹，以串场河各闸为尾闾，以范堤外各港口为归墟，必须节节疏通，使水不中淳，层层关锁，使水不旁溢，方能引水归海，而保护田庐。数年来各邑受淹之故，以坝下引河浅窄，而两岸十余里外，即无堤形，是以减下之水，不能下注，先已旁流，此高邮受灾之缘由也。坝水注之兴、盐，停蓄湖荡，湖荡虽能受水，而不能消水，旁无堤防，下无去路，盈科而进者，仍复泛溢四出。在湖荡之上者，误以湖荡为归墟，在湖荡之下者，止知曲防壑邻，幸游波之不及，而壅极必溃，虽少缓须臾，亦复同归于尽。此兴、盐各邑被水之缘由也。场河浅，故上游之水不能骤泄；海口高，故场河之水不能骤出。加以坝面宽而闸面窄，来源多而去路少，犹以斗米注升，欲其畅流不得矣。此范堤内外被水之缘由也。

诚使坝下之引河[3]，加掘宽深，坚筑堤防，引归湖荡，则高邮之田可保矣。湖荡之旁，圈筑围圩，约拦水势，仍留去路，导入场河，总使水有下注之路，而无旁溢之门，则兴、盐一带之田可保矣。再于场河挑深，酌添范堤闸座，并挑通闸外港口，则范堤内外之民灶可无虞矣。惟是场河以外，形如釜边，场河以内，形如釜底，以釜底泄入釜边，必须抬高水面，方成建瓴。若以挑河之土，坚筑两岸之堤，则地势虽内低外仰，而水面仍内高外下也。如此，则有沟有防，表里相应，诚一劳永逸之计也。

【注释】

[1]铁：铁保（1752—1824），字冶亭，号梅庵，满族正黄旗人。先祖姓觉罗氏，后改栋鄂氏。幼慧敏，喜习汉诗文。乾隆三十七年（1772）进士，授吏部主事，袭恩骑尉世职。嘉庆时官两江总督，道光初以三品卿衔改任，后遭流放至新疆、吉林。著有《惟清斋全集》，曾任《八旗通志》总裁，辑满人诗文集为《白山诗介》。制军：明、清时总督的别称。　[2]大溜：河心的速度大的水流。　[3]引河：为引水灌溉而开挖的河道。

【赏析】

嘉庆十二年（1807）七月，黄河在云梯关外陈家浦决口，分流入射阳湖，有人建议趁势让黄河改道于射阳湖入海。刘台斗反对改道，通过实地勘查、访问，作此文驳之，并呈两江总督铁保，得到认可。文中列举新河难成者五条因素，不可不考虑者四个方面。

文章最后，刘台斗提出了具体的解决办法。建议对高堰坝下引河掘深筑堤，引归运东湖荡；湖荡之旁，圈筑围圩，约拦水势，仍留去路，导入场河；再于场河挑深，酌添范堤闸座，并挑通闸外港口，以挑河之土坚筑两岸之堤，使"地势虽内低外仰，而水面仍内高外下也"。

这个具体的实施办法得到铁保认可却未能施行，所以阮元在《江西铜鼓营同知刘台斗传》中感慨：当年靳辅议筑堤不成是有人反对，而今天刘台斗议筑堤人人赞同居然也筑不成，故云"昔阻其如此者，今欲求其如此而不得矣"。

潘天成

潘天成(1654—1727),清代治河名臣。字锡畴,江南溧阳(今江苏省溧阳市)人。年少时,父母挈子女出避仇,天成行后,几乎毙命于仇人。年十五,欲归苦无资,行商养亲。二十一岁,奉母及妹妹归乡,遇风雪,负母行数里,还抱妹,往复跣行,足流血,入雪尽殷。从学于荆溪汤之锜,及父母卒,游学桐城,遂隶籍为安庆府学生。终穷饿,年七十四卒,葬惠应寺侧。天成学问,源出姚江,以养心为体,以经世为用。其诗文皆抒所欲言,不甚入格。天成出自寒门,终身贫贱,而天性真挚,人品高洁,类古所谓独行者。其精神坚苦,足以自传其文。国昌子重炎,师天成,编刻其遗书为《铁庐集》。

治河五论

治 河 一

孔子《系辞》[1]有曰:"昔者庖牺氏之王天下也,仰以观于天文,俯以察于地理,于是始作八卦,以通神明之德。"能通神明之德,治水之功始可施。地理用察,较之观天文而更难可知矣。地之理形,于山川之脉络,有分合聚散、高下广狭、起伏隐显之不同。虽不同也,实有端绪可寻,如蚕作茧,先吐一丝千条万缕,缠绵旋绕,毫发不乱,周子所谓"一实万分",孔子所谓"吾道一以贯之"也。《先天图》[2] "艮"居西北,"兑"居东南,天下之山,皆起于昆仑,层峰叠嶂,连阜重冈,环绕天下,聚于东南大海之滨,余气潜行海中而发岛屿,交牙盘曲,环绕四海之外;天下之水发源于昆仑,千溪万壑,分流潆洄,总归东南大海之中。周子[3]所谓"合万为一",《中庸》所谓"小德川流,大德敦化",此天地自然之理也。能察地理有不通神明之德者乎?大禹导水必先导山,故随山刊木,奠高山大川,知山之脉络,则知水之脉络,治之之功可知矣。《禹贡》所书,详于中国,外者略焉。

班固《西域传》云:"黄河源出昆仑,潜行地中,合葱岭之水,出于阗国,合于泑泽,复分而岐出,即蒲昌海也。广三四百里,其水停蓄,冬夏不竭,去玉门关三四百里,即河之重源。浑浑泡泡,喷涌有声,已复潜行,南出于积石山,为中国河也。自积石转北,历兰州金城、宁夏灵州,转东过三受降城,内转南历榆林府谷、神木、葭萌之境,河之东岸(以下缺六字),保德州,又南经朝邑、华阴,渭水入焉。河之东岸(以下缺七字),过雷首山,乃折而东,至孟津县。孟津以上,多循山麓河,不为害。孟津以下,两岸平阔,河势渐涨而溃决矣。又东经开封府原武县,至大名府。经浚县、滑县,又东北经开州,又北经临清州清河县,又东经德州,又东经景州、沧州入海。"此黄河水之脉络也。

昆仑山脉发南一支,至积石,谓之"南山",历西倾至太华、熊耳、外方(即中岳嵩山),至于桐柏、嵩山之脉,落平洋,历开封、归德,至徐州,起芒砀诸山,又落平洋,隐伏于无形,至南旺分水龙王庙[4],奔洪过山东,起泰山,尽于海滨八百里劳山,余气潜入海中,结诸岛屿。此黄河南境山之脉络也。昆仑山脉北发一支,过葱岭、雪山,东转入玉门、嘉峪,起甘肃祁连诸山,北转贺兰,东转三受降城,起燕然[5],中抽一支向南,历大同,起五台山。南一支,发太行山。北一支,起恒山,至碣石。太行、恒山之脉,发于平地,若显若隐,若断若续,盘屈于大河之滨。此黄河北境诸山之脉络也。

合观黄河南北诸山之脉络,则知黄河之源流脉络,出入高下,停蓄险隘,平阔聚散归宿之形,而治河之功可施矣。故《禹贡》书导水,必先书导山也。梅勿庵[6]先生曰:"欲兴水利,必先观诸山形势脉络,断续起伏,以察地之理,而后水利可兴也。凡遇平洋脉络断伏处,尤宜细察,以地形洼下,土力疏薄过脉处,细嫩常被水之冲击而决也,不当豫有以防之乎,豫有以防之为力易矣。"

治 河 二

治河之策，莫要于沿河郡邑各兴水利，使水势有所分，不全注于河，而有冲突溃冒之患也。且旱涝有备，岁书[7]大有蓄积饶多，礼义兴可以享长治久安之业矣。尝考《汉书》，昆仑、葱岭南山北山，峰峦插汉，两山之间，广者千余里，狭者数百里，秋冬积雪坚冰，春夏始化，奔放于河，易致泛滥，古人谓之"桃花水"也。尤可患者，春月寒暖不常，雪化而复成冰，冰解而犹未化，涌起奔腾，如山如岳，顷刻千里，如崩崖裂石冲击两崖，堤防单弱，安能御乎[8]。若使上流宁夏、河套皆兴水利屯田，疏通汉、唐二渠，坚筑堤岸，立水门，西河注东河，泄"桃花水"，势有所分矣。陕西之水，皆东注于河，渭、汭、沣、泾、浐、灞俱疏凿，筑堤如郑、白二渠，以备旱潦，沃野千里，可以粟支十年矣。山西之水，莫大于汾，合诸水西注于河，若兴水利，耕作不失时矣。至于河南伊、洛、瀍、涧，河北济、沇、淇、漳，虽有变迁，大势无异于古。若诸小水可资灌溉者，古多设闸坝启闭，若加修理，大河南北诸水不至令注于河矣，泛滥溃决之患不亦可免乎。若直隶，天下会归之地；山东，各省通衢，舟车往来，百货骈集，水利不兴，连朝阴雨，一望汪洋，道路不通。数月旱干，赤地千里，农民悬耜，可勿患乎。且直隶、山东诸水，多与地平，不若两江、两广、浙、闽、湖广，以人力戽水，转于数仞之上。可见直隶、山东水利当兴，尤易兴也。况土田肥美，物产丰殖，风气防聚，人才众多，富而教，教而益，富不将化及于无穷已乎。或者曰：修各省水利，所费不赀，何所取办？抑知河决塞之费，亦不赀。若修水利，河不至决，以塞河之费修之，且借以赈饥，两利俱存也。古人有云："水利之大者，官修之。水利之小者，民修之。"田主出食，佃客出力，农隙兴工，宽以数十年积渐修之，亦易为力也。岁岁丰穰，不必议蠲、议赈，为利多矣。惟视力行，何如耳富而教，教而益，富此诚长治久安之业也。

治 河 三

禹导河，自积石至碣石，入于海。河之两岸，皆有山脉相联以界之，与淮隔绝，风马牛不相及也。自秦始皇决黄河灌大梁[9]，地脉始伤，至隋炀帝开汴河达江都，河、淮始合。然河之大势，犹北归于海也。至宋熙宁时，河决澶渊，而分北清河入海，南清河入淮，河流犹有所分，为患未甚。至元建都燕京，漕东南数百里，粟以实京师，贾鲁排河，全合于淮，北流遂绝，河失其性，冲突溃决，为患甚矣。决而塞，塞而决，河决而漕不通，淮决而河不通。然则欲通漕，必治河，欲治河，必治淮，故固高堰以治淮，刷清口以治河，而漕始通也。古人治河，惟去其害，后人治河，欲收其利，此其所以难也。然固高堰又岂易言哉！

淮之上流，有七十二山，河又颍水、涡河、淝水、濠水、泗水、浍、溹、潼等五河，洪泽、阜陵、万家等诸湖，俱汇于淮之东岸，仅以区区高堰障之，又岂易固者哉。故古人作外堤以备淮水，高三十二尺。修六坝以备蓄泄。又于王涧、张福二口筑堤，置减水二闸，淮溢则纵之外出，黄溢则遏其内侵。又于清口并力筑堤，捍使淮无所出，黄无所入，使全淮毕趋清口，防于大河，而河与漕俱治矣。然仅能塞之，而不知疏以分其势，浚以去其淤，欲求塞而不决，其可得乎？必于黄淮入海之处，多疏支河以分其势。又闻淮扬长老云：前明时，尝备海寇，钉暗桩于海口，久而未去，泥沙淤塞，以致河流停滞，河底日高行，且驾淮安城而上之矣，岂不危乎？必去海口暗桩，水深时以数舟系轮锄，随流上下，转轮而锄之。（轮锄法：如小车施轴，施铁齿辐辏于轴。如农田耙状，系一于舟尾，系各一于舟两旁，此江宁孝廉韩斗南所制，比古人金龙戏水法较善。）使泥沙随流而去，不致停滞，水涸时，用肩爬踏锸起泥，设机发之于岸，使河日深堤日高。（法：用阔锸，使两人各以一足踏之，以手扳之，起土用肩爬，一人挽之，一人推之，设机架系竹罱，如鱼罾状，发之以筑堤，河之深阔即为堤之高广。）水循山脉，奔趋于海。（淮安之脉，东历庙湾，以下龟蒙之山峙焉。余气入海中，起独山八里。又下起云台山，乃黄、淮入海之门户。）不至冲突溃决，则数百里之地常庆安澜矣。

治 河 四

今夫固高堰，使全淮之水从清口灌注于河，共趋于海，所以利漕也，于淮扬、高宝以下诸州邑，尤有利焉。使高堰不固，淮水溃决，淮扬以下诸州邑，不将为鱼乎？不必溃决或霖雨连朝，淮水暴涨，从高堰六坝漫入射阳诸湖，下流不通，不能奔放于海，即天长、邵白、桥墅等处，亦将泛溢为患，而况泰兴、兴化、泰州之当下流者乎？高堰之筑，始于汉末之陈登，修治于明初之陈瑄，复修于潘季驯。季驯筑堰长八十里，起自武家墩，经大、小历阜陵湖，周家桥翟坝，以捍淮之东侵。又，淮之北岸有王涧、张福二口，淮水每从此泄入黄河，致淮水力分，而清口淤浅，且黄水亦从此灌入于淮。于是并力筑堤，使淮无所出，黄无所入，使全淮毕趋清口，会于大河，以入海，而河与漕俱治矣。然黄河地脉本高，泥沙停滞，清口淤塞，淮水不能直入于河，阜陵、洪泽泛溢，而高堰不能不溃矣，此不可不有以疏之浚之也。又，翟坝在周家桥南二十余里，为山阳、盱眙接界，长老云："周家翟坝长二十五里，与高邮南北金门两闸西堤四十里相对。周桥翟坝决，而高邮南北冲溢，无宁时矣。"愚故曰："固高堰、高宝以下诸州邑，尤利也。然高宝以下诸州邑，不多疏支河以分杀其势，又安能无害乎？"古语云："防民之口，甚于防川。"当决之，使流高宝以下州邑之地，当如江南圩田法，或方数里数十里，四围开沟，取土筑堤，沟之深广即堤之高阔。堤旁植榆、桑、柘、蜡子树，以固堤，使水不能冲啮，又有材木丝茧之利焉。沟中种菱、芡、莲、蒲、萑、苇，使水波不扬，又有鱼虾食物之利焉。外有入海之处，循范文正所筑之海塘，捍门自为启闭。内水暴涨，冲开捍门，奔放于海。潮水泛溢，倒闭捍门，使不入于内河。潮退泥沙积于堤外，以成高埠，海滨之人谓之"海龙"。今范公堤外，或沙涨数十里数百里，初殖菱、芦，积久坚实以为村落田畴，家备舟楫，或河海泛溢，居民乘之而避，不至淹没，且平日取鱼虾，或装载贸易，间有贼寇生发，居民欲保身家，家自为战，官兵助之，无不胜焉。此诚永远之利而终无害者也。

治 河 五

盖黄河发源昆仑，沿南北山之脉络，经中国，北至碣石入海，既已略言其概矣。今大河自阳武县，经开封府城北封邱县、南留县、兰邱县，河之北岸为长垣县境。又东经仪封县北，河之北岸为东明县境。又东南经睢州考城之北，又东南经归德府之北，河之北岸为曹县界。又东为虞城县及夏邑之北，河之北岸为单县。又东为砀山县之北，又东为曹县之南，又东为沛县之南五十里萧之北，又东经灵璧之北，睢宁县之北，邳州城南，又东经宿迁县南，桃源县北，又东经清河县南，而淮河合焉。淮水出河南桐柏山，东流信阳州确山县，又东经罗山县北，真阳县南，又东经息县，南光县北，光州北，东北流固始县北，又东北流颍川县南，又东流霍邱县北，又东流颍上县南，又东流寿州城北三十里，为东西镇阳镇也，夹淮据险，为古来之要津。东经怀远县，南经涂山、荆山之间，稍折涡水入焉，亦淮南津要也。又东经凤阳城北十里濠水入焉，濠州向为淮南重镇，以长淮为蔽障也。又东经临淮县北，又东北经五河县南，又东经泗州城南一里，盱眙北六里，自昔淮水襟束之处，战争所必资也。泗州东三十里，龟山峙焉。乃盘折而北又二十余里，而洪泽、阜陵、泥墩、万家等三十里湖，皆汇于淮水之岸，淮水之溢，恒在于此。又东北经清河县，而合于大河，谓之"清口"，亦谓之"泗口"，自古为南北必争之地焉。今黄河夺泗水之流，而为黄、淮交会之冲，淮河既受黄河之委输，又为运河之灌注，势不能安流而入海矣。

由是观之，黄河自昆仑，数万里经中国诸州之地，合于淮以入海。淮又合七十二山河，三十六湖，仅以八十里高堰障而东之，回狂澜既倒，淮扬诸县为众水所归，冲击震荡，危乎？不危乎？上流开沟洫，固堰坝，下流多开支河以杀河势，可不汲汲乎若稍缓焉。淮水暴涨，河水奔腾，泥沙日淤，高堰溃，运河决，淮扬诸州县，城郭田庐为巨壑，南北之咽喉亦塞矣。

盖天下之水，未有不以海为归者。黄河北岸，减水坝由沭阳、安东等处以入海。潘季驯减水坝俱建于北岸，欲从灌口以入海也。当从灌口相其地势，多分支流以入海。入海之处，既通河淮之水，不至泛溢。高堰漕堤俱固，运河常通，然则开海口，治下流，不特救淮扬州县之民，实为漕运万年久远之计也。且今日下流工程当在范公堤上，非坝水所到也，但于石礴、丁溪开通一二处，则浮水渐浅，河湖旧形渐露，再寻射阳、德胜、平望、喜鹊诸湖旧迹，而以闸坝之水，引河以归之，再由湖归河，以入新开海，条分缕析，脉络分明。汤潜庵《答孙屺瞻书》云："即大禹治水，不过如此。"或者曰："欲新开海口，海水高于内地，宁无倒灌之患乎？"孙屺瞻为总河，巡视海滨，谓其断无此事，此不必论。昆仑数万里，山川之脉络也，即从桐柏山之一脉，至天长县分水岭。南分一支结扬州，沿大江盘曲结泰州、如皋、通州等处，余气入海；北分一支由盱眙龟山，沿高堰结淮安等处，余气入海。惟高邮、宝应、兴化，居两支脉络之间，其地势最低，其水入海最易，而内水常高于海也。海滨之地，所以高于内地者，以范文正公筑千里海塘，取民稻米糠皮布于堤上，海潮进退，糠皮沙泥粘渍淤淀，渐成高阜，迤逦层叠，千有余里，海滨之民谓之"海龙"，即海潮暴涨，不至于泛溢内地。范公筑海塘所以卫内地，捍海潮，其功不在禹下，自宋至今数百余年，堤外海滨沙涨百余里或数百里，如今日通州、崇明两地，争沙涨结讼[10]可知也。沙涨之地，俱如江南圩田法，各处开沟筑堤，立水门以蓄泄，而成庐舍田畴，其为民生利，宁有穷乎？

【注释】

[1]《系辞》：《易传·系辞传》或《周易·系辞》之简称，相传为孔子作。宋代欧阳修怀疑非孔子作，自欧阳修以后，争讼不断。今学者认为《系辞》应当是经过孔子以后儒家整理的作品。 [2]《先天图》：据传宋代陈抟根据《说卦》中的"天地定位，山泽通气，雷风相薄，水火不相射"而作"先天八卦图"，也称为伏羲八卦图。 [3]周子：周敦颐（1017—1073），又名周元皓，原名周敦实，字茂叔，谥号"元公"，道州营道楼田保（今湖南省道县）人，世称濂溪先生。是北宋五子之一，宋朝儒家理学思想的开山鼻祖。著有《周元公集》《爱莲说》《太极图说》《通书》。周敦颐所提出的无极、太极、阴阳、五行、动静、主静、至诚、无欲、顺化等理学基本概念，为后世的理学家反复讨论和发挥，构成理学范畴体系中的重要内容。 [4]南旺分水龙王庙：位于山东省汶上县城西南十九公里南旺镇北。面对素称"水脊"的汶河、运河交汇之处，故得"分水"之称。 [5]燕然，古山名，即今蒙古人民共和国境内的杭爱山。 [6]梅勿庵：梅文鼎（1633—1721），字定九，号勿庵，宣州（今安徽省宣城市宣州区）人。清代"历算第一名家"和"开山之祖"，被世界科技史界誉为与英国牛顿和日本关孝和齐名的"三大世界科学巨擘"。 [7]岁书：史书。 [8]"尤可患者"句：指黄河凌汛。黄河流域内冬季气温的分布是：西部低于东部，北部低于南部，高山低于平原。元月平均气温都在0℃以下。年极端最低气温：上游 -25℃—-52.3℃，中游 -20℃—-40℃，下游 -15℃—-23℃。因此，黄河干流和支流冬季都有程度不同的冰情现象出现。这些冰情除对冬季的水运交通、供水、发电及水工建筑物等有直接影响外，尤其在河流中出现冰塞、冰坝这种特殊冰情以后，还会导致凌洪泛滥成灾。 [9]大梁：战国时魏国都城，当时中国最大都市之一。在今河南省开封市西北。秦始皇二十二年（前225），王贲攻魏，决黄河及大沟水灌大梁，城毁魏降。《史

记·秦始皇本纪》载："二十二年，王贲攻魏，引河沟灌大梁，大梁城坏，其王请降，尽取其地。"［10］争沙涨结讼：据《崇明县志·境域》载，雍正十三年（1735），通州与崇明互争扁担沙，开始时是通州与崇明民人之间争沙，但后来发展到州与县争沙，以至于后来两淮运盐司通州分司亦参与争讼，终以通州府胜。此后，随着黄河泥沙淤积，不断出现新的海口山地。据《（嘉庆）海门厅图志·舆地志》载，乾隆二十八年（1763），通州与崇明暴发富民沙之争。不久，又出现了天南沙之争。乾隆三十三年四月设置海门厅，将通州所辖19沙、崇明所辖11沙共30沙划设海门厅，并规定新涨出沙洲俱归该厅管理。

【赏析】

据潘天成门人许重炎在篇末所述，潘原作治河十篇，付梓之时，由许重炎择其经世致用，尤裨实用者五篇刊行于世。整体而言：治河一，发明贾让上中下三策；治河二，明器用之利，治河三，详防堤之法，治河四，审冲决之势，治河五，论水学之要。

潘天成以一介布衣，未考取功名，亦未躬亲治河，但细研篇中文字，有宏观概述，也有详细具体实施之办法，不能简单视为纸上谈兵之作。作者在文中提出的重要治河思想有两点：一，治理黄河下游，应从黄河途经山、河全局考虑，以解决问题为出发点，而经济效益为治水成效之必然；二，黄河下游需多开分水河，借以削弱黄河水势。此二条都有其合理性，当然也存在弊端。

青海久治年宝玉则峰下　摄影/董保华

裘曰修

裘曰修（1712—1773），清代治河名臣。字叔度，一字漫士，江西新建（今江西省南昌市新建区）人。乾隆四年（1739）进士。历任翰林院编修、吏部侍郎、军机处行走、仓场侍郎、礼部尚书、刑部尚书、工部尚书。乾隆三十八年（1773）三月，任《四库全书》馆总裁加太子少傅。卒于官，谥"文达"。乾隆二十二年至乾隆三十七年（1757—1772），往返于疆域南北河道，疏浚、新开河道达九十三处。因为其不凡的治水业绩、宝贵的治水经验以及心怀苍生的高尚情操，裘曰修的声誉极高，被当时百姓尊为"水神"。奉敕编纂《四库全书》《热河志》《太学志》《秘殿珠林》《石渠宝笈》《钱录》等，著有《裘文达公文集》《裘文达公诗集》。

治 河 论

上[1]

四渎[2]之为害者，莫如河[3]。欲祛其害而害弥甚者，莫如治河。予以为，河非能害人也，人害之也，河非难治也，治河者以难相嬗[4]也。

人之言曰："河决关天意。"又曰："自古无不患之河。"然而禹导河归直沽[5]入海，七百余年无河患，则河决未可以言天意。河患未始，不可以人力制也。《尚书·舜典》记功曰"浚川"。《孟子》称禹治水曰"疏九河"。然则治河至策，疏与浚而已矣。疏，分也。浚，深也。河流黄浊，不深则淤不可除。河性横而身窄，不分则决不可止。而议者不察，曰堤曰塞。呜呼！垫其下而堤其上，激其怒而塞其决，以障之者顺之，独不思川壅而溃，伤人必多乎。

且夫河之所以必疏且浚者，何也？曰黄浊非江、汉、淮、济比也，性横身窄非江比也，如使不浊、不横、不窄何为？其必疏且浚也。盖尝统河之源流而详考之，河自巴颜喀拉山，东经星宿海，至九渡河，千余里，源固清也。自九渡河东，凡五百余里，稍受浊流而水渐浊。

又经托罗海、昆仑，而河州、宁夏、榆林，计六千余里，受无数浊流，则又浊。又南行千余里至华阴，受圁水[6]及汾、泾等浊流，则又浊。合数千百浊流会于一，而浊乃甚矣。

然而雍[7]之三面少冲溃之患，何也？龙门逌上，浊未甚多，高山大岭以障之；其下虽甚浊，而洪涛迅疾，挟泥沙以南奔焉。故虽有小患，不为害也。由华阴而孟津，太行、底柱之间，河犹无恙。由巩、洛而东北，平原广野，河所难制，何者？土质不坚，无山无湖，平时黄流宽缓，浊淖下积，积日久，臀[8]日浅，及乎三汛[9]水发，性加震荡，不能有数十里之身以容之，奈之何不溢且溃哉？于是溢而堤之，溃而塞之，俞溢俞堤，俞溃俞塞，水无所泄，臀高出民屋几何，不尽沿河之民而鱼鳖之也。

是故禹知其然，鉴父[10]之失而浚之；以为浚之犹未也，又必洒二渠并疏为九以入海焉，所以应七百年无患也。汉王景引河归千乘、德、棣之间，亦播为八，偶和禹迹，此所以亦八百余年无患也。

河流顺轨，田庐安固，国用不耗，施及无穷。故曰疏与浚，治河至策也。曰贾让上策，何如？曰徒放河，使北入海，日久淀高，水仍逆行耳。惟合其中策，多穿漕渠，时清其淀，庶追禹功而永保无患，是亦疏浚兼施之意也。

中

天下有一定之法，可以定不定；无一定之法，不可以定有定。是故天象难定也，置闰与差而岁定；钟律难定也，有中柜黍而黄钟定；河之迁徙难定也，有大禹疏浚之法而河定。

难者曰：河宜北不宜南，禹之擅功[11]，以导之归北，非徒以疏与浚也。

予曰：不然。河虽浊水，性固就下也，可以北，不必于北；可以南，不必于南。奚以明其然也？自有天地，即有河。陶唐以前，盖不知其几千万年也。其北耶？南耶？不可得而知也。及九载之绩弗成，禹相度治之，适经于北，遂导于北。然而禹第疏之浚之而已，既不能必后人遵其法，即不能必后之河常北也。

抑闻之郦道元云：禹塞淫水于荥阳，引河通淮、泗、济水，分河东南流，则当时已不尽北。至商仲丁河决商丘，则分睢入淮以归海矣。河亶甲决嚣，则又分颍以入淮矣。武乙泛偃师，则且分汝以入淮矣。然则自禹导河，七百余年后，河且数南，固不独周定王五年河始南徙也。

议者弗深考，辄曰南归非性，不亦陋哉？曰：河道既不别于南北，图说称由徐、扬归海，河自顺其自然者，何也？曰：此以南北地势知之，非可以人力强也。且自禹迄今，河道之归海者四：北大陆、北之南渤海、东之北千乘、东之南安东。西汉及周[12]、宋以来，河患剧矣，然溢而北者，不过信都；而北决而南者，北之南馆陶，又其南顿丘，又其南濮阳，又其南定陶。每决则南徙，然则河之所欲趋者可知矣。禹之导河也，澶、相以北，有西山以障之，有九河以杀之，故河安于北，九河塞而河乃南迁。今诚祖禹之法，河虽由南归海可也；违禹之法，合万余里之水汇于一，以委之河，虽由北归海，患未已也。今不求法之一定，而哓哓于南北之异道，亦见其暗于势而昧于理矣。

下

或曰：往年朱家海坍，淮、扬被害，议者欲通河入沁，合卫归北，以图复禹故道，此诚御灾之良策也。而子以南归为可，毋乃贻讥于识者乎？

予曰：然。子以为河在南，淮、扬被害；河在北，而恩、冀、德、沧、深、瀛之间，独不被害乎？淮、扬被害，则导之北，恩、冀等州被害，将又导之南乎？夫冀、兖土疏，河之淤垫，北易于南，河之冲决为害，北更甚于南。商、周无论已，西汉而后，决溢何可胜数！其甚者，如汉元光之泛郡十六，鸿嘉之灌县邑三十一，败官亭民舍四万余所。周显德之大决杨刘，宋乾德之水被七州，熙宁之灌郡县四十五，非其被害之尤惨者乎！且卫至德州东北，卑窄甚矣。自康熙四十五年，引漳入卫，漳、汶合而卫不能容。议者现谓鲍家嘴诸水所会，旁邑堪虞，若复益之以河，吾见其害之什伯于汉、周、宋也。虽加宽深之功，无解暴决之患，非河独异于北，盖冀、兖之土使然也。

曰：然则河可南，将永合淮以归海乎？

曰：此正宋、元后河之大患也。河可南，特不可合淮耳；清口不可合，而上游分流于淮，亦不可也。何以明之？河所经必淤，河淤已难治矣。又兼治所经之淤，不重难乎？是故分于颍，则陈州、项城、太和、阜阳、颍上之民危；分于涡，则亳州、蒙城、怀远之民危；分于睢，则萧、宿、灵璧、睢宁、虹、泗、盱眙之民危。或至洪泽溢，高堰决，则江北、淮南尽危。故曰虽分流于淮，犹不可也，况合淮乎？

盖尝熟计而谛思之。安东、海州、沭阳之境，有南北二股河焉，即昔之石䃆湖也。西距沭阳，东逼东海，约三万四千五百余顷，其黄河东归之正道乎？诚由清河北境，导河达湖，由湖东盐河左开数支河以播于海，上溯九河八河之遗法，是所谓疏也。由是岁浚之为常，又由下游而上游，辟徐、豫之河身，令二三十里至七八里不等，广其旁，使水涨有所容，深其中，使水落足以通舟，河其永有所归而无泛溢之患乎？因湖而功力省，别淮而清浊分。其详别具于策。

【注释】

[1]《治河论》原刻本分为《治河论上》《治河论中》《治河论下》三篇，今选录时合并为一篇。为尊重原作，给读者以提示，特以上、中、下分别标识之，仅此而

已,非有上等、下等之别。[2]四渎:长江、黄河、淮河、济水的合称。[3]河:特指黄河。[4]相嬗:即相禅,指相演变、相转化。[5]直沽:海河的别称。[6]圁水:古水名,上游即今中国内蒙古自治区的乌兰木伦河,下游即今中国陕西省的窟野河。[7]雍:古雍州,今宁夏全境及青海、甘肃、陕西、新疆部分、内蒙古部分。[8]臀:器物的底部。这里指黄河河道底部。[9]三汛:指春、夏、秋三季的涨水期。第一汛叫春汛,或名桃汛、桃花汛、桃花水,汛期大概在清明节后二十日;第二汛叫伏汛,汛期在春汛后至立秋前;第三汛叫秋汛,汛期在伏汛后至霜降前。[10]父:传说中夏禹的父亲名"鲧",姒姓,有崇部落首领,史称"崇伯鲧"。曾经治理洪水长达九年,用在岸边设置河堤的障水法,缓解了中原泛滥的洪水,救万民于水火之中,劳苦功高。但水却越淹越高,历时九年未能彻底平息洪水灾祸,因此有了大禹治水。[11]擅功:指超越其父亲鲧的治水功劳。擅,胜过。[12]周:指后周。

【赏析】

裘曰修自乾隆二十二年至乾隆三十七年(1757—1772),躬亲治河,历数省,涉及海河流域、黄河流域、淮河流域,其疏浚、新开河道达九十三处。其所治理河道中,尤以治理黄河最为著名,在长期的黄河治理过程中,形成了他独到的见解,著之于文字,这就是我们今天能够看到的《治河论》。

《治河论》原文三篇,详细阐明了河道治理中,人害比河害更为棘手,这个问题的提出体现出清初裘曰修敏锐的洞察力。清末魏源的《筹河篇》详细列举了由黄河水灾而衍生的烦冗的机构与巨大的国库支出。《治河论》中提出的黄河水性就下,治理黄河应顺应时代的变化,因时制宜,治理的原则就是疏浚并用,不必哓哓于南北孰优孰劣。而对于黄河是否能够借淮河入海,裘曰修持否定态度,但此论述并未得到清朝廷高层的重视。黄河的夺淮夺泗入海,淤塞了淮河下游入海通道(即今废黄河),使得淮河水系紊乱,洪水排泄不畅,四处泛滥,灾难频繁发生。裘曰修的见解在当时审时度势,具有前瞻性,就今天来看,其治河的某些论断仍具参考借鉴的价值。

徐乾学

徐乾学（1631—1694），清代政治家、文学家。字原一、幼慧，号健庵、玉峰先生，江南苏州府长洲县（今江苏省昆山市）人。康熙九年（1670）进士第三名（探花），授编修，先后担任日讲起居注官、《明史》总裁官、侍讲学士、内阁学士，康熙二十六年（1687），升左都御史、刑部尚书。家有藏书楼"传是楼"，是中国藏书史上著名的藏书楼。徐乾学是顾炎武的外甥，与弟徐元文、徐秉义皆官贵文名，人称"昆山三徐"。其曾主持编修《明史》《大清一统志》《读礼通考》，著《憺园文集》。

治 河 说

古之言治河者众矣。河既善徙，决无常处，治之亦无常法，在因其时，相其地，审其势，以为之便宜，而非可以数见之成言、已湮之故迹，谋其实效也。古之善言河者，莫如汉之贾让[1]，元之贾鲁[2]。今观其前后三策，仅可施之北河，与今日东南之势大异。即明宋濂[3]之说，浚淮导济，南北分行，亦非今日运道所宜。若徐有贞[4]之治水闸、疏水渠，其说专主乎疏，谓一淮不足以受全河也。刘大夏[5]之堤荆隆镇、安平，其功特著乎塞，谓取全河而注之一淮也，与今之所患，河不入淮，其势又不相侔[6]矣。今朝廷之上，不惜以重费鸠工[7]，而河臣仔肩于下，勒限受事，庶几底绩可期，然善后有策，岂无说以处此乎？请以今日之黄河论之。

岁修有防矣，抢筑有备矣，遥堤缕堤，在在相望矣。乃一逢溃决，制御莫施，数年以来，屡见于宿迁、桃源之境。此地去海甚近，而每多冲决，非海口之淤为之乎？自白洋以东，向之河身广为一二里者，今止以数丈计，即新开引河，力为利导，而河性不趋，则云梯关之壅塞非一日矣。论者曰：堤防既立，水必归槽，藉以冲刷海口，可不浚自开。然沙壅日久，土坚且厚，即上决已塞，而欲用水攻沙，正恐下流难达，其势必将别溃。是必云梯关之工，与桃、宿决口并举，而逆河入海之遗意，庶乎无失也。

请以今日之淮论之。淮以上为七十二溪，为洪泽，淮以下为白马、氾光诸湖，中立一堤障使东指，所恃者惟高堰耳。高堰一倾，清水潭数决，致淮、扬二郡，巨浸累年。今高堰修筑已成，淮水宜静向东行，而清口之流，浅隘如故，惧淮水之复入诸河，是必大辟清口与高堰一工，彼此相济，而后可以无虞也。

请以今日运河论之。运河以内，有浅涸之虞，必取给于山左诸泉。而昔之水柜，如马踏、高柳等湖，今成平陆，一遇旱干，必有浅阻，是五湖旧迹，不可不讲也。运河以外，有冲击之虞，如曹、单、金、鱼诸县，南临大河，惟赖太行古堤障之。今河势不东，虑其北走，闻曹、单以西，扫湾而北，渐逼馆陶，是张秋之决，曾见于顺治间者，不可不预为之防也。

请以今日黄、淮之交论之。清口以南有清江浦，其北有清河县，其东有徐家沟、云梯关，而黄、淮交会之要地，全系于清口。今清江浦外涨沙长及数里，水力不足以刷之，是必别建一工，开引河于厚沙之中，然后东行之势可复也。

请以今日黄、运之交论之。运河之口，必达黄河，而黄河一涨，必入运河，浊流倒冲，不久旋淤，如直河、董口、骆马诸道，数迁数淤，其明验矣。今既别开皂河，安可不为之长计乎？闻昔之茶城，有镇口三闸，今之清江有通济三闸，皆防黄水之溢入耳。宜仿其遗制，立启闭法以截黄流，即于闸外数里，立每岁冬春大挑法，以为常，不然，而黄涨必淤，纷纷迁改，终无益也。

故曰异代之法不可以治今日之河，此河之治不可以为彼河之法。时为之，地为之，势为之矣。安敢以胶柱之见、筑舍之谋，取旧日之陈言，轻为借箸哉！

【注释】

[1] 贾让：西汉时期筹划治理黄河的代表人物。生卒年不详。因提出治理黄河的上、中、下三策而著名。历代对贾让三策评论颇多，意见不一。 [2] 贾鲁（1297—1353）：字友恒，元代高平（今属山西晋城）人。历任东平路儒学教授、户部主事、中书省检校官、行都水监、工部尚书、总治河防使。清代靳辅对贾鲁所创的用石船大堤堵塞决河的方法非常赞赏："贾鲁巧慧绝伦，奏历神速，前古所未有。" [3] 宋濂（1310—1381）：初名寿，字景濂，号潜溪，别号龙门子、玄真遁叟。祖籍金华潜溪（今浙江义乌），后迁居金华浦江（今浙江浦江）。宋濂与高启、刘基并称为"明初诗文三大家"，又与章溢、刘基、叶琛并称为"浙东四先生"。明太祖朱元璋称赞其为"开国文臣之首"，学者称其为太史公、宋龙门。 [4] 徐有贞（1407—1472）：初名珵，字元玉，又字元武，晚号天全翁，南直隶苏州府吴县（今江苏苏州）人。景泰八年（1457），明代宗病重，徐有贞与石亨、曹吉祥等人策划发动夺门之变，拥戴明英宗复辟，被拜为华盖殿大学士、兵部尚书，封武功伯。 [5] 刘大夏（1437—1516）：字时雍，号东山。湖广华容（今湖南省华容县）人。天顺八年进士，历兵部职方司主事、郎中、广东右布政使、户部左侍郎、右都御史等职。弘治十五年，升任兵部尚书。刘大夏深受明孝宗宠遇，辅佐孝宗实现"弘治中兴"，与王恕、马文升合称"弘治三君子"，又与李东阳、杨一清被称为"楚地三杰"。正德十一年（1516），刘大夏去世。追赠太保，谥号"忠宣"。 [6] 侔：相等，齐等。 [7] 鸠工：召集工人。

【赏析】

本文作于清康熙二十四年（1685），时河道总督靳辅与安徽按察使于成龙治河意见相左，康熙帝询问徐乾学意见，徐乾学说："臣系江南人，不知江北地形。但于成龙从未治河，难以深信。靳辅久任河工，屡著成效，举朝皆以为是，毕竟从靳辅之意为是。"嗣后，又作《黄河说》对黄河、淮河、运河以及两两交汇处详加辨析。文中"河既善徙，决无常处，治之亦无常法，在因其时，相其地，审其势，以为之便宜，而非可以数见之成言、已湮之故迹，谋其实效也"的论述，体现出徐乾学实用的卓识。徐乾学文风豪放，又笔力高古，博及群书，康熙帝视之为文坛领袖。

张伯行

张伯行（1651—1725），清代治河名臣、文学家。字孝先，号恕斋，晚号敬庵，河南仪封（今河南省兰考县）人。康熙二十四年（1685）进士。累官至礼部尚书。历官二十余年，以清廉刚直称。其政绩在福建及江苏最为著名。去世后，雍正帝追赠其为太子太保，谥"清恪"。光绪初年，从祀文庙。伯行学宗程、朱，及门受学者数千人，其理学思想主要包括"性理"学说、反对姚江、重视主敬、排斥佛道和尊崇躬行等五个方面。张伯行于黄河之功绩在堵治仪封（今兰考县）溃堤，督修黄河南岸堤，以及马家港、东坝、高家堰各工程。

治河杂论

黄河自宿迁而下，河博而流迅，治法宜纵之，必勿堤；宿迁而上，河窄而流舒，治法宜束之，亟堤可也。又，徐、邳水高而岸平，泛滥之患在上，宜筑堤以制其上；河南水平而岸高，冲刷之患在下，宜卷埽以制其下。不知者，河南以堤治，是灭趾崇顶者也；徐、邳以埽治，是摩顶拥踵者也。其失策均也。

河堤之法有二：有截水之堤，有缕水之堤。截水者，遏黄水之性而阻之者也，治水者忌之。缕水者，顺河之势而束之者也，治水者便之。夫水之为性也，专[1]则急，分则缓；而河之为势也，急则通，缓则淤。若能顺其势之所趋，而堤以束之，河安得败？惟河欲南而截之使北，欲合而截之使分，以逆天地之气化，而反天地之血脉，河始多事也已。

河南属河上源，地势南高北下，南岸多强，北岸多弱。夫水趋其所下，而攻其所弱，近有倡南堤之议者，是逼河使北也。北不能胜，必攻河南之铜瓦厢[2]，则径决张秋；攻武家坝，则径决鱼台。此覆辙也。若南攻，不过溺民田一季耳。是逼之南决之祸小，而北决之患深。治槽有八因：因河之未泛而北运，因河之未冻而南运，因风之南北为运期，因河之顺流为运道，因河安则修堤以固本，因河危则塞决以治标，因冬春则沿堤以修，因夏秋则据堤以守，是谓八因。有三策：四月方终，舟悉入闸，夏秋之际，河复安流，上策也。运艘入闸，国计无虞，黄水啮堤，随决随补，中策也。夏秋水发，运舸度河，漕既愆期，河无全算，斯无策矣。是为三策。五行之性，金圆，木直，水曲，火锐，土方。夫水之不可使直，犹木之不可使曲也。黄河九折而入中国，每折千里，此西域之河耳，亦折之大者耳。若自三门七津而下，由安东入海，仅仅二千里而强，不知几百折也，故能盘旋停蓄而不泄。若人之肠胃然，丹田以上多直遂，丹田以下多盘曲，然后停蓄而注于膀胱，否则径泄气射，毙也久矣。黄河之在西域，丹田而上者也；流入潼关，丹田而下者也。故入西域，折以千里计，入潼关，折以数十里计，是注膀胱之势也。每折必扫湾，在河南制之以埽，在徐、邳制之以堤，吾谨备之耳。若恶其埽湾，必导之使直，是欲直肠胃使从管达膀胱也，岂惟人力不胜之？倾岩急泻，是谓敝河。故大智能制河曲，不能制河直者，势也。

　　黄河险工，当以头年下，为次年之防。一年积料，为两年之用，则桑土早备，阴雨无虞矣。慎之哉！

　　黄河非持久之水也，与江水异。每年发不过五六次，每次发不过三四日，故五六月，是其一鼓作气之时也。七月则再鼓，而八月则三鼓，而竭且衰矣。故万一河势虚骄，锐不可当，我且避其锐气，固守要害，如河南之铜瓦厢，山东之武家坝，徐州之曲头集。布阵严整，三守四防以待之。而姑以不要害之地，委而尝之，以分弱其势。持之稍久，水势渐落，复将所委之堤随缺而随补之，刻期高厚，勿令后水再由。如此则河之攻我也有限，我之守河也无穷。

　　四防[3]中，风防尤宜慎之。房村决，风涛鼓击不已，黄吕梁以巨舟四十，障于决口，风涛遽静，亦奇事。然河堤千里，舟不及也。古有黄河风防之法，如遇水涨，涛击下风堤岸，则亦林秸粟稿，及树枝草蒿之类，束成捆把，遍浮下风之岸，而系以绳，随风高下。巨浪止能排击藁束，且以柔物，坚涛遇之，足杀其势，堤且晏然于内，排击弗及。丁夫却于堤外培工。此风防之要法也。捆稿仍可贮为卷埽之用，盖有所备而无所费也。

河决之患有二：如上有所决，下无所泄者，曰隘决，不必斗水抢筑，俟涨落水出，直塞之耳。若上决而下泄者，曰通决，此不可少需，抢筑可也。否则流冲势泄，恐成河身，则正河流缓而淤矣。余于房村，以抢筑法施之，正河即安。

潘公[4]曰：多穿漕渠，以杀水势，此汉人之言，然特可言秦、晋以上之河耳。若入河南，水汇土疏，大穿则全河由渠，而旧河淤；小穿则水性不趋，水过即平陆耳。夫水专则急，分则缓；河急则通，缓则淤。治正河，可使分而缓之，道之使淤哉？今治河者，第幸其合，势急如奔马，因而顺其势，堤防之，约束之，范我驰驱，以入于海，淤安可得停？淤不得停，则河深，河深则永不溢，亦不舍其下而趋其高，河乃不决。愚按多穿漕渠以杀水势，但不可施之于黄河耳。凡清水之河，皆可用之。骆马河之下为中河，则中河可以多穿漕渠也。洪泽河之下为周家桥、翟家坝、高良涧、古沟、高家堰、武家墩，则周家桥、翟家坝等处，皆可穿漕渠也。仍宜各设闸座，水小则闭闸，蓄水以敌黄；水大则开闸，放水以溉田，可以除水之害，可以资水之利，一举而两得也。武家墩之下为运河，亦宜多穿漕渠，以杀水势，可以溉民田，而运河可免泛滥冲决之虞。凡可以穿漕渠之处，皆宜建闸，其下皆宜水田。仍令地方官兼管水利事，如同知、通判及县丞、主簿之类皆可兼之。则民生既可以资水之利，而河道亦可免泛滥冲决之患矣。

【注释】

[1]专：使集中，使专一。　[2]铜瓦厢：在今河南省兰考县西北14公里处，东坝头乡以西，黄河西岸，本是相当繁华的黄河渡口和集镇，既为村镇名，又为险工地段。决口前，黄色的琉璃瓦，贴护长长一段堤坝，远望如铜墙铁壁金光闪闪，故得俗名"铜瓦厢"。1855年夏，铜瓦厢决堤，黄河改变了自南宋以来朝东南夺淮河入黄海的流向，奠定了现代黄河折向东北注入渤海的行河路径。　[3]四防：指潘季驯在《河防一览》中提出的昼防、夜防、风防、雨防。　[4]潘公：潘季驯（1521—1595），字时良，号印川。湖州府乌程县（今浙江省湖州市吴兴区）人。从嘉靖四十四年（1565）开始，到万历二十年（1592）止，他奉三朝简命，先后四次出任总理河道都御史，主持治理黄河和运河，前后持续二十七年，为明代治河诸臣在官最长者，以功累官至太子太保、工部尚书兼右都御史。

【赏析】

本文为张伯行治河思想之选录，题目为魏源编纂《皇朝经世文编》时所增。清康熙三十八年（1699）六月，仪封县（今河南省兰考县）黄河决堤，伯行招募民工用口袋装土来堵塞，在具体的实践过程中，形成了自己的治河思想。时任河道总督张鹏翮巡视黄河后，上疏推荐张伯行治理黄河。康熙帝命张伯行以原来的官衔到河工任职，督修黄河南岸堤二百余里，以及马家港、东坝、高家堰各工程。

张伯行治理黄河主要采用"束水攻沙"，但此方法在具体使用时又有所改进，其认为筑堤与否应因地、因时而制宜，否则会产生相反的效果。"不知者，河南以堤治，是灭趾崇顶者也；徐、邳以埽治，是摩顶拥踵者也。其失策均也。"

张鹏翮

张鹏翮（1649—1725），清代治河名臣。字运青，号宽宇、信阳子，四川潼川州遂宁县黑柏沟（今四川省蓬溪县）人。康熙九年进士，身仕康熙、雍正二朝。历任刑部主事、苏州知府、兖州知府、河东盐运使、通政司参议、大理寺少卿、浙江巡抚、兵部右侍郎、左都御史、刑部尚书、江南江西总督、河道总督、户部尚书，雍正元年（1723）任文华殿大学士，时人称其为"遂宁相国"。雍正三年（1725）卒于官，谥"文端"。张鹏翮曾随索额图勘定中俄东段边界，为签订《尼布楚条约》作准备。他还曾主持治理黄河十年，治清口，塞六坝，筑归人堤，采用逢弯取直、助黄刷沙的办法整治黄河。张鹏翮工诗善文，著有《冰雪堂稿》《如意堂稿》《信阳子卓录》《奉使俄罗斯行程纪略》《治河全书》等书。后人为之辑有《遂宁张文端公全集》。

论逢湾取直

按《物理论》[1]曰：黄河百里一小曲，千里一大曲。杨慎谓黄河九曲，其说出《河图·纬象》。河导昆仑山，名地首，上为权势星，一曲也；东流千里至规其山，名地契，上为距楼星，二曲也；邠南千里至积石山，名地肩，上为别符星，三曲也；邠南千里入陇首间，抵龙门首，名地根，上为营室星，四曲也；南流千里抵龙首，至卷重山，名地咽，上为卷舌星，五曲也；东流贯砥柱，触阏流山，名地喉，上为枢星，以运七政，六曲也；西距卷重山，东至洛会，名地神，上为纪星，七曲也；东流至大岯山，名地肱，上为辅星，八曲也；东流过绛水千里至大陆，名地腹，上为虚星，九曲也。惟其千里一大曲，百里一小曲，故河虽善淤而无停滞之患。假令寸寸而为曲折，则水阻沙停，河之溃决不可胜言矣。

皇上三十八年阅视河工毕，谕大学士曰："朕欲将黄河各险工顶溜湾处开直，使水直行刷沙。若黄河刷深一尺，则各河之水少一尺；深一丈，则各河之水浅一丈。如此刷去，则水由地中行，而各坝亦可不用，不但运河无漫溢之虞，而下河之水患，似可永除矣。"四月复奉旨黄河湾曲之处，俱应挑挖引河。前河臣奏称徐州杨横庄一带，已遵旨陆续挑挖。奉旨凡有湾曲之处，俱各挑直，高邮等处运河越堤湾曲，亦着取直。会前河臣病没，未及举行。臣鹏翮至，独棹小舟，沿溯南北河岸，审视水势，见顶冲大溜之处，对岸必有沙吻挺出，此河曲之故也。于曲处挑挖引河以杀其势，则险工自平。因讯河官何故稽迟，皆称挑挖引河需费多，挑后必逢大溜冲刷，乃能成河。若遇缓水，率致淤垫，例应追项。是以人心惧缩。予曰："追项之例，以警虚饰误工者耳。若实心任事，挑后偶淤，此非人力之罪，吾当仰乞圣恩，免其赔修。"

乃申前谕，别缓急，于徐得杨横庄，于邳得戚字堡，于桃得谈家口，于安得汪家庄，凡四处，河形屈曲之险工也。而时杨横庄为最急，庄在黄河南岸，于对岸掘去沙壖[2]，为引河一，凡千八十丈；河首南岸置迎水坝一，迎挑水势，逼溜入河，而徐州之险可平矣。戚字堡在黄河北岸，于对岸挑引河一，如杨横庄，凡五百七十丈，导河水直流南下，而邳州之险可平矣。谈家口河势改易，大溜外行，工可缓也，故前估而今寝之。惟张家庄在黄河南岸，大溜顶冲，宜对顾家湾挑引河一，凡九百二十丈，引河口下置拦坝一，约水汇入引河，而桃源之险可平矣。汪家庄在黄河北岸，以桃汛水发，沙吻刷卸，自然成河，无庸施工。疏上，上亟报可。

遴员开挑。而安东黄河，其身最狭，仅六十余丈，万里水势，收束太急。自时家马头至尹家庄，河身曲甚，对岸沙洲逼溜，直射韩家庄。韩庄以下，又突出沙吻逼溜，直射便益门。堤高于城，人居釜底，此韩家庄、便益门，于安东黄河两岸称剧险也。乃自时家马头引河尾曲处挑直，使黄水顺流而下，至韩庄对岸新淤截河沙洲穿中引黄直下，冲刷沙吻，则尹韩二庄、便益门三险可平，而安东城郭人民，可以高枕矣。北岸引河一，自时家马头东，对南岸引河尾新河头起，至便益门新河尾止，凡五百四十丈；南岸引河一，自韩家庄东，对北岸引河尾新河头止，凡五百二十丈，皆遵皇上挑曲取直之意。疏上，又报可。次第鸠工，往来程课，汛员以请帑赔修，罔不踊跃从事。六大溜平，河直如矢，依稀百里一小曲，千里一大曲之旧。归墟向若，无所龃龉[3]，永无旁挺横溢之患，果不出睿算中矣。

【注释】

　　[1]《物理论》：三国吴杨泉著。杨泉，字德渊，会稽郡（今浙江绍兴）人。　[2]墉：城下宫庙外及水边等处的空地或田地。　[3]龃龉：牙齿上下不整齐。比喻彼此不合。

【赏析】

　　张鹏翮自康熙三十九年（1700）始任河道总督。其后八年间奋力探究治河理论，一方面继承了前人治河经验，一方面统筹朝廷整体规划，一方面又结合实际情况进行大胆创新和改变，大规模地治理黄、淮、运河工程，在河工方面取得了显著的功绩，为保证国泰民安做出了重要贡献。

　　在张鹏翮治河理论与实践中，以淮刷黄并力入海，以及逢湾取直尤为突出，成效也最为明显。本文即张鹏翮"逢湾取直"理论的重要论述。

黄河图总说

　　黄河源远流疾，其势屈曲而多沙，大汛一至，辄高数十尺，是以有溃溢之患。至于溃溢，则其流散漫，水缓沙停，下流或淤，上流日益奔溃矣。淮水不及黄河之远，发自河南之桐柏山，纳七十二山溪之流，又会洪泽、阜陵之湖，而出于清河县志东。每伏、秋水涨，其高亦数十尺。此黄与淮古并称为"二渎"也。

　　自宋熙宁间，黄河南徙会于淮，于是淮、黄合流入海者，迄今六百余年。前代治河之法虽随时变通,然其大要在固守其堤防,弗使其暴涨之水得而乘之。设有冲决,则亟塞其口,弗使溔漫[1],如是而已。当治安[2]之时,人情懈驰,修守弗谨,一遇暴水,横决随之。及其既决,水分势缓,正流渐堙[3],人之不察,以为故道不可复,而欲某其新。故往年高堰、唐埂[4]不修,淮水东溃,清口流涩,黄水因而蹴之,清口遂淤为平陆,人不以咎淮水之东,而谓清口之不可疏也。黄水倒入清口,加以两岸溃决屡见,以致海口泥沙壅塞,人不以咎黄流之失其轨,而谓海口至不可通也。且创为拦黄坝以障之,河工之溃坏至斯而极。

惟我皇上睿智如神,深察水性,指授方略,尽毁拦黄坝,大阔清口,连开张福口、张家庄诸引河,坚筑唐埂六坝,自是淮水悉出而会黄。淮、黄相合,其力自猛,流迅沙涤,海口深通。两河皆循故道,淮、扬诸州邑,数十年在波涛中者,一旦复为耕稼之区。

下流既畅,上流亦不至溃溢,即宿、桃、徐、邳以西,至中州所属,凡滨河之民,俱可无胥溺之虑矣。后之防河者,藉此成规,时时修补,弗至废坏,即千万年长治之道也。

臣鹏翮愚蒙,仰承圣训,幸睹成功,不胜欣庆,谨将历年修防事宜分段详列于后,俾天下咸知皇上平成之伟绩云。

【注释】

[1]溔漫:水广大的样子。 [2]治安:指社会秩序的安宁。 [3]堙:堵塞。 [4]唐埂:唐大历三年(768),在洪泽湖"汉堰"以南又修筑"唐堰"蓄水,与"汉堰"相接。"唐堰",清人多称之为"唐埂",即"古沟唐埂六坝"。

【赏析】

清康熙三十九年(1700),张鹏翮总理河道,在康熙帝的授意下,开始进行黄河、淮河汇合处至入海口河段的治理。张鹏翮总理河道之初面临的黄、淮形势,据《清圣祖实录》卷一九八载康熙帝言:"今所急者清黄两会之处,最为紧要。黄水高,故清水不得通泄,以致泛滥。最者高家堰去水尚远,今与培筑堤岸相平。但今清水何以得出,河身何以得深,此系尔当图划效力者。"张鹏翮以随时变通之思想,统观黄、淮全局,并绘制《黄河全图》。本文附于《黄河全图》之后,是为概述。文中所述,包含张鹏翮治河思想的诸多方面,包括:维持黄河南行、束水攻沙、以淮刷黄、蓄清刷浑,同时指出下流治理要统观上流实势,凡此种种,皆张鹏翮实践之总结,为后世治理黄河提供了重要借鉴。

黄河茅津渡口　摄影/王伟

张廷玉

张廷玉（1672—1755），清代政治家、文学家。字衡臣，号砚斋，又号澄怀主人，张英次子，安徽桐城（今安徽省桐城市）人。清朝康熙三十九年（1700）进士，历任侍讲学士、内阁学士、刑部侍郎、吏部侍郎、礼部尚书、翰林院掌院学士、户部尚书、文渊阁大学士、文华殿大学士、保和殿大学士、吏部尚书等职。配享太庙（为清代配享太庙之唯一汉人）。历事康、雍、乾三朝，历任《明史》《圣祖仁皇帝实录》《世宗宪皇帝实录》《会典》《玉牒》《吏部则例》等书总裁官。著有《澄怀园全集》。

圣治光昭河清献瑞颂（有序）

皇帝御宇之四年冬十二月初九日[1]，黄河澄清，自陕州至于桃源二千余里，濒河之民，白叟黄童[2]踊跃趋视，以为奇瑞。至五年正月，尚澄澈如前。河臣抚臣相继奏闻，于是诸王、文武大小臣工欢忻抃舞，合词而称曰："此圣治之祥符也，表请御殿受贺。"

皇上涣发德音，训谕群臣，却颂美之仪文，明感应之至理。推嘉贶之所自，仰圣祖之垂庥，特命祭告景陵[3]，以展孝敬。复以堤工甫竣，瑞应适彰，致祭河神，以崇报享。又以天祖锡福皇躬，爰推恩泽溥及臣下。圣德谦冲，恩施浩荡，诚自古所未有也。维时文学侍从之臣，作为歌诗，纪述盛事，恭进宸览。臣叨掌院篆职，宜敷扬美盛，为群臣先。臣闻传纪所载，黄河水清，圣人之应。然稽之往代，千载一觏，且为地甚近，又暂时偶见而已。今则境连四省，期迈三旬，史册所传，莫能媲美。况我皇上御极以来，海宇清宁，太和翔洽。天休滋至，上瑞骈臻。在天则有日月合璧[4]，五星联珠[5]，甘露瑞雪之应；在地则耤田[6]岁产嘉谷，多至九穗，直省所在见告，乃至十有三穗。他若山川宝玉，上林草木之祥，不可胜纪。今兹河清之瑞，复超越前古。盖我皇上以至诚之心，至敬之德，孝事圣祖，钦若昊天，以及敷政宣猷，建官察吏，振纲肃纪，激浊扬清，四海之广，九州之大，民生之所以厚，民德之所以正。仁渐义摩[7]，礼陶乐淑[8]。宵衣旰食[9]，日理万几。明目达聪，惠周六合[10]，无非本至诚至敬以运之。是以皇帝鉴观，休嘉叠见，昭升平之大瑞，为载籍所未闻，而我皇上圣不自圣，益以至诚至敬承之。天祖之申锡方隆，黼宸[11]之寅恭[12]倍切。其在《书》曰："至诚感神。"又曰："勑天之命，惟时惟几。"《诗》曰："小心翼翼，昭事上帝，聿怀多福。"盖古帝王所以凝承景贶基命宥密者，胥在于此。

臣日侍内廷，伏睹我皇上诚敬之心，洵有如《诗》《书》所云者，固宜迎善气以迓鸿庥，绥福履而绵宝祚矣。而且圣慈溥被，谦德弥光，念百职之微劳，沛恩纶[13]于中外，昌符嘉应。我皇上以至诚至敬之心致之者，而归美于臣工之襄赞，则内外诸臣叨沐恩荣，黾勉夙夜，其所以仰体皇上诚敬之心，以自殚其诚敬之道者，又当何如也。且夫躬盛德者召嘉祥，嘉祥既集，而盛德益崇，则福应亦必愈盛。天人感召，其理灼然著明。我皇上当福应蕃昌，嘉祥毕集之时，益懋圣德。存诚主敬[14]，日进无疆。睹已往之休征，验将来之福庆。将见纯嘏繁禧，单厚多益；振古希逢之瑞，悉见于今。《诗》云："如川之方至，以莫不增。"河清其先兆矣。臣恭聆训，亦不敢袭铺扬侈大之词，干渎清听，谨敷陈圣德，拜手稽首而献颂曰：

巍巍圣皇，德合天地。兢业为心，励精图治。维诚维敬，孝思不匮。监于成宪，格于上帝。万邦咸和，百嘉邕遂[15]。川渎呈祥，于昭上瑞。瞻彼黄河，源于天上。星海腾波，昆仑叠浪。积石潆洄，龙门激荡。横亘坤维，百川所向。九曲逶迤，秋涛春涨。快睹澄清，实为神贶。爰当圣世，阳侯[16]效灵。素波浩浩，碧漪泠泠。光连银汉，㴒瀁渟泓[17]。日星辉映，冰鉴晶莹。以彰至治，以应太平。图箓所纪，咸曰休征。昔闻其言，今果觏此。自豫及徐，二千余里。期越三旬，湛然彻底。兆姓欢呼，万目共视。臣工忻庆，瀛寰忭喜。瑞超往牒，光腾青史。钦惟圣祖，陟降在天。我皇大孝，思慕弥虔。善继善述，夕惕朝乾。诚敬感孚，鉴观昭然。上苍眷佑，赐福绵绵。天符地产，嘉应骈蕃。圣治益隆，纶言[18]申戒。咨儆倍加，精勤弗懈。昭告景陵，恭承嘉贲。锡庆臣僚，湛恩汪秽。祇若天心，诸福来会。保佑申重，於[19]万千载。

【注释】

[1]清雍正四年，即1726年。 [2]白叟黄童：指老老少少。白叟，老人。黄童，小孩。 [3]景陵：清圣祖爱新觉罗·玄烨（康熙帝）的陵寝，位于今河北省唐山市遵化市。 [4]日月合璧：指地球进入太阳与月球之间或月球进入地球与太阳之间所发生的现象。出自《汉书·律历志上》。 [5]五星联珠：指水星、金星、火星、木星与土星等五大行星排列在太阳同一侧一条直线上，像一条链子串联起来一样。金、木、水、火、土五大行星，在中国古代史籍中分别称作太白、岁星、辰星、荧惑、镇星。古人把"日月合璧，五星联珠"看成是吉兆，和国家兴旺有关。按：台北故宫博物院藏有清代徐扬乾隆二十六年（1761）所画《日月合璧五星联珠图》。 [6]耤田：指古代天子、诸侯征用民力耕种之田。 [7]仁渐义摩：渐摩，亦作"渐磨"。浸润，教育感化的意思。《汉书·董仲舒传》载："渐民以仁，摩民以谊。"颜师古注："渐谓浸润之，摩谓砥砺之也。" [8]礼陶乐淑：礼乐，礼与乐。礼是行为道德的规范。乐能调和性情、移风易俗。二者都可用以教化人民，治理国家。陶淑：陶冶使之美好。 [9]宵衣旰食：天未明就披衣起床，日暮才进食。形容勤于政事。 [10]六合：指上下和四方，泛指天地或宇宙。 [11]黼宸：帝王的居处。借指帝王。 [12]寅恭：恭敬。 [13]恩纶：恩诏。 [14]存诚：心存虔诚。主敬：心内恭敬。 [15]百嘉：各种好事。邕遂：邕，通"畅"，畅遂。指生物生长舒肆旺盛。 [16]阳侯：古代传说中的波涛之神。 [17]滉瀁：水深广无边际的样子。淳泓：积水很深的样子。按："泓"字原缺，据"景印文渊阁四库全书本"《皇清文颖·河清颂》补。 [18]纶言：《礼记·缁衣》载："王言如丝，其出如纶；王言如纶，其出如綍。"郑玄注："言言出弥大也。"后世以"纶言"为帝王诏令的代称。 [19]於：表示感叹的语气词。音"乌"。

【赏析】

　　本文作于清雍正五年（1727），时张廷玉任内阁大学士兼理户部尚书、吏部尚书、翰林院掌院学士事务，又授为文渊阁大学士，可谓是位极人臣。有清一代，汉人能有如此政治待遇，仅张廷玉一人而已。张廷玉二十九岁进士及第，三十三岁即以学养深厚、态度稳重奉旨侍值南书房，从此开始了他数十年在清王朝权力中枢的宦海生涯，历康熙帝、雍正帝、乾隆帝三朝。张廷玉精于经学，其在侍值南书房时，就已经开始担任《御选咏物诗》《御定佩文韵府》纂修官。张廷玉对于作文的态度，强调"文以载道"，文章要能够起到培养仁义之人的作用，正如本文所言"仁渐义摩""礼陶乐淑"。在具体撰写的过程中，注重"和平庄雅"，摒弃故作新奇、辞藻烦冗的文章，强调作文应以汉、魏为主干，参之以唐、宋，归之于经世致用。本文很好地体现了张廷玉的文学主张，序文淳朴，颂文典雅。虽是应景之作，但字里行间所透露出的义理，足令读者束身俭行，内化知微之心，外化治平之行。

黄河与黄河大桥　摄影／王伟

章佳·尹继善

章佳·尹继善（1695—1771），清代政治家。章佳氏，字元长，号望山，满洲镶黄旗人，东阁大学士兼兵部尚书尹泰之子。雍正元年（1723）进士，历官编修，云南、川陕、两江总督，文华殿大学士兼翰林院掌院学士，协理河务，参赞军务。乾隆四十四年（1779），乾隆帝撰《怀旧诗》，将尹继善置于"五督臣"中，评论曰：八旗读书人，"继善为巨擘"，"政事既明练，性情复温厚，所至皆妥帖，自是福星辏"，又云："尹继善公正端厚，所至以爱民为先务，故甚得名誉，临事不动声色，而大小悉就理筹画，河工诸务并协机要。"这一评价较为公允。尹继善与钱塘袁枚私交甚密，身后有袁枚撰《文华殿大学士尹文端公神道碑》。尹继善著有《尹文端公诗集》，参修《江南通志》。

河 清 赋

聪明惟天，时宪惟圣[1]。覆冒无私，旦明[2]必敬。德泽周乎，群生孝思。本乎至性，和四序[3]而平八风[4]，顺五行而齐七政[5]。惟诚必通，有感斯应。睹万物之咸宁，昭一人之有庆[6]。盖由精一遥传[7]，中和交致，建极[8]作则以绥猷[9]，秉道[10]乘乾[11]而出治。成位育之鸿功，尽圣神之能事。远宗近守[12]，既迈帝而超王[13]。合撰同流，复参天而两地[14]。是以庥征叠见，品汇咸昌。民跻寿域，岁乐丰穰。山川呈其秀灵，经渎献其嘉祥。万象渊涵，早净桃花之浪[15]。一泓澄澈，影连银汉[16]之光。尔乃马图复出，龙采全昭，率土上平成之颂，普天来清晏之谣。皎洁则遍二千余里，绵延则亘四省。而遥稽从前之瑞牒，诚独盛于圣朝。底定[17]远过于夏禹，放勋[18]媲美乎唐尧。若夫梯航[19]入贡，沧海无波。清同甘露，瑞胜嘉禾。光添玉珮，美润菁莪。溥博渊泉而声名洋溢，咏歌沐浴而治化渐摩[20]。抑且金沙皆洁，历久犹清，波恬日朗，水净沙明。当奏疏之入告，益保泰而持盈。答鉴兹[21]于求莫，副贻谋于观成[22]。蠲吉[23]明禋[24]，永笃率由[25]之念。晋阶赐福，钦闻咨儆之声。臣中祕叨荣，寸长未擅，共庆天庥，渥承主眷，以瑞应之光昌，卜历年之亿万。效康衢[26]之讴吟，望彤庭[27]而拜献。乃敬作歌。

曰：

景运方隆兮，圣人在位。百神怀柔兮，群流和会。河澄清兮，民物泰。诸福骈臻兮，欢腾中外。

【注释】

[1] 聪明惟天，时宪惟圣：语出《尚书·说命》。时：是，代词。宪：法，效法。 [2] 旦明：神明。 [3] 四序：春、夏、秋、冬四季。 [4] 八风：八方所吹的风。这里指天下民心。 [5] 七政：指日、月、金、木、水、火、土星。《尚书·舜典》载："在璇玑玉衡，以齐七政。"《孔传》载："七政，日月五星各异政。"孔颖达《正义》载："七政，谓日月与五星也。"又，《尚书大传》载："七政者，谓春、秋、冬、夏、天文、地理、人道，所以为政也。" [6] 一人之有庆：《尚书·吕刑》载："一人有庆，兆民赖之，其宁惟永。"《孔传》载："天子有善，则兆民赖之，其乃安宁长久之道。"后世常用为歌颂帝王德政之辞。 [7] 精一：精纯。遥传：重复而且普遍相信的事情。 [8] 建极：建立法度、准则。蔡沈《书集传》载："建，立也。极，犹北极之极。至极之义，标准之名，中立而四方之所取正焉者也。" [9] 绥：安好。猷：法则。按：今故宫博物院太和殿有"建极绥猷"匾额。 [10] 秉道：秉承天道。 [11] 乘乾：秉承天意。 [12] 宗守：宗庙所在。指国家政权。 [13] 超迈：超越、胜过。 [14] 参：即三，参天指采取天"三"之数，即奇数。两地：指采取地"二"之数，即偶数。语出《周易·说卦传》："参天两地而倚数。"文中之意为天地之间万物。 [15] 桃花之浪：指桃花汛。指每年三月下旬到四月上旬，黄河上游冰凌消融形成春汛。当其流至下游时，由于恰逢沿岸山桃花盛开，故被称为"桃花汛"。 [16] 银汉：银河，天空联亘如带的星群。 [17] 底定：指平定，安定。 [18] 放勋：尧的名号。后世借指勋业四达。 [19] 梯航：亦作"梯杭"。"梯山航海"的省语，意谓长途跋涉。 [20] 治化：治理国家、教化人民。渐摩：亦作"渐磨"。浸润，教育感化之意。语出《汉书·董仲舒传》："渐民以仁，摩民以谊。"颜师古注："渐谓浸润之，摩谓砥砺之也。" [21] 鉴：察，监视。兹：此，指人间。 [22] 贻谋：指父祖对子孙的训诲。观成：看到成果。 [23] 蠲吉：谓斋戒沐浴，选择吉日。 [24] 明禋：洁敬。指明洁诚敬地献享。 [25] 率由：遵循，沿用，遵循成规。 [26] 康衢：大路，康庄大道。 [27] 彤庭：本指汉代以朱漆涂饰的中庭，后泛指皇宫。

【赏析】

本文作于雍正五年（1727），因雍正四年冬至雍正五年春（1726—1727），黄河水清，百官朝贺，以"河清"为颂为赋者不胜枚举。章佳·尹继善作为雍正皇帝之重臣、宠臣，理应上表作疏恭贺天禧，本文即此应景之作。

尹继善在文人荟萃的江南地区长期执政，身边围绕着一大批知名文人，包括当时闻名朝野的袁枚。具体之诗歌而言，尹继善作诗讲究韵律，喜和韵、叠韵，作品较为雅正，也更符合唱和交际。其论诗有"差半个字"之说，认为言为心声，"古今未有心不善而诗能佳者"，故其诗平淡醇厚，但不如袁枚诗作之性灵潇洒。

此《河清赋》有韵有散，韵散结合，文章多有典故，但并非皆生僻之引，可以看得出作者在用韵、换韵之间淳朴雅正的文风。

河曲水草繁茂　摄影／孟宪明

张玉书

张玉书（1642—1711），清代政治家、文学家。字素存，号润甫，江苏丹徒（今江苏省镇江市丹徒区）人。张九徵次子，长兄为张玉裁。自幼刻苦读书，顺治十八年（1661）进士，精春秋三传，深邃于史学。历任翰林院编修、国子监司业、侍讲学士。康熙二十三年（1684）授刑部尚书，调兵部尚书。二十九年（1690）拜文华殿大学士兼户部尚书。康熙十八年（1679）主持修《明史》，先后出任《平定朔漠方略》《佩文韵府》《康熙字典》总裁官。他数度勘视河工，支持靳辅主持治河工程。康熙五十年（1711）卒于热河，谥"文贞"。张玉书擅古文辞，称一代大手笔。著有《张文贞公集》。

河 源 考

江、淮、汉皆发源于中国之山，独河在西域，经数折而后入中国。其经行之地，时隐时见，时伏入地中，时出于地上，水势纡折漫衍，而道里又远在荒服[1]，莫能亲履其境，故历代穷其源者，戛戛[2]乎难之。夫禹导河，止自积石。积石者，河之所经，而非其源也。汉·张骞使西域，度玉门，言有二水合流，一出葱岭，一出于阗，汇入盐泽，伏行地中者千里，至积石而再出，则视《禹贡》所纪，为已远矣。然而葱岭、于阗，皆河之所分流，而亦非其源也。唐·薛元鼎[3]使吐蕃云"得河源于闷磨黎石山"，史称其说多迂怪，未足为据。元至元间，遣都实专求河源，凡四阅月，至火敦脑儿之地，有泉百余，澄泓散涣，若沉若浮，不可逼视，履高下瞰，灿如列星，是即所谓星宿海者。其地在吐蕃朵甘思西鄙，居中国之西南，河之源发于此，而尚未名之为黄河也。自西而东，群流奔辏，汇为巨浸，始名黄河。然其流尚清，人可径涉，又越数日，而水始浑浊，又数折而经行大雪山，是即所云昆仑山者。昆仑距星宿不啻千有余里，则直以昆仑为河源者，犹未可为定论矣。越昆仑东北流，而至《禹贡》所云"积石"，越积石至兰州，而入中国之境，约略计之，凡四千五百余里。然则《山海经》所谓"昆仑去嵩山五万里"者，其说不犹几于诞与？今所传《河源志》，乃元学士潘昂霄所撰，昂霄得之都实之家，其说似可信。夫河在中国之左，性属阳，而势劲，北地泉少，当水落时河身逼束，未至为害。秋涨，则诸水尽奔入河，而并[4]河州郡遂受河患。顺河之性，使自达于海，犹且不时冲决，如前史所记载，况欲折之使南，以为济漕之用，斤斤于一清口[5]争强弱，其不遗东南以昏垫之忧者几希矣。然而今日之患，又不在河强淮弱，而在河、淮分流，悍不相顾，而河不为我用，此言治河者所以蒿目[6]而深忧也。有志经世者，溯河之源，思河之流，而务所以安其澜而疏其势，庶几[7]其有救乎。

【注释】

[1] 荒服：古"五服"之一。称离京师二千到二千五百里的边远地方。亦泛指边远地区。 [2] 戛戛：拟声词，形容困难。 [3] 薛元鼎：应为刘元鼎之讹，或源于南宋蔡沈《书集传》。清代阎若璩已注意到此问题，其《尚书古文疏证》第八十六"《唐书》刘元鼎"注曰："《蔡传》'刘'作'薛'，非。唐有薛大鼎，无薛元鼎也。《元史》河源附录亦作'薛'，似沿《蔡传》。"刘元鼎，唐汴州尉氏人。唐德宗贞元五年（789）进士。宪宗元和中，累官员外郎、慈州刺史。穆宗长庆元年（821），吐蕃请盟，授大理卿兼御史大夫，充两蕃会盟使。于京城盟毕，又赴吐蕃就盟，会盟地点在吐蕃逻些（今西藏自治区拉萨市），这次唐蕃会盟的盟文用汉藏两种文字刻在《长庆会盟碑》上，该碑至今屹立在拉萨大昭寺前，成为汉藏两族兄弟友情的历史见证。刘元鼎入蕃会盟往返均途经今青海境内黄河上游，归长安后写出《使吐蕃经见纪略》，详细描述了沿途山川地貌，尤其对黄河河源的地理状况做了细致的描述。 [4] 并：全部。 [5] 清口：清口枢纽，历史上是黄河、淮河、大运河三条河流的交汇之处，也是中国大运河上最具科技含量的枢纽工程之一。2014年，中国大运河成为世界文化遗产，清口枢纽作为一项重要的遗产区被列入名录。 [6] 蒿目：极目远望。蒿，望。 [7] 庶几：差不多。

【赏析】

本文题曰"河源考"，就其具体内容而言，征引材料并非广博，作者的核心思想也并非拘泥于考证。张玉书任户部尚书期间，数度勘视河工，对于靳辅的治河工作给予大力支持。可以说，靳辅之所以能够长期执行自己的治河思想，除了康熙帝的首肯以外，与张玉书的支持也是分不开的。文中体现出张玉书的治河主张，即治河者要熟知黄河变迁的水性，施工时要统观全局，这个主张与靳辅的思想无疑是相同的。

黄河桃花峪河段　摄影／董保华